大野龍蛇

紅樓夢斷
系列

新校版

高陽

下

目次

第六章

這天的曹家，顯得喜氣洋洋，大廳連東首的「祖宗堂」收拾得十分整齊；桌椅都加上大紅平金的圍披，「祖宗堂」點著一對粗如兒臂的紅燭，供著一桌餑餑。曹頫一到，先進去行了禮，然後由曹雪芹引領著，到了馬夫人院子裡。

「四老爺來了！」

隨著丫頭的通報，堂屋門簾高啟，馬夫人特為從裡屋迎了出來，後面跟著一班珠圍翠繞的親族，簇擁著秋澄，上穿粉紅繡牡丹的緞襖，下面是月白生絹百褶裙，頭上是新穿的一具珠花；髻上插一支「鳳點頭」的點翠金釵，一副紅藍寶石與珍珠三鑲的長耳環，薄施脂粉，輕染雙唇，居然是大家閨秀的風範。

「四老爺！」盈盈下拜的秋澄，稱呼依舊。

曹頫尚未答話，錦兒從她身後閃出來嚷道：「叫四叔！」

「還──，」秋澄有些發窘，「還沒有見禮呢。」

「又不是外頭抬進來的，要見了禮才能定名分、改稱呼；家裡的女兒不同的，只要認了你就跟生下地一樣，名分自然就有了。四叔，」錦兒問道：「你老說我這話通不通？」

「通，通！通極。」曹頫想起曹老太太在日，有時對他不滿，語言之間稍有責備的語氣，秋澄總是在旁邊打岔，無形中為他解了圍，不由得倍生好感，所以接下來又說：「我很高興，太太這件事辦得真好。」

「我可是秉承老太太的遺命辦的。」馬夫人笑著糾正。

「是，是！秋，秋——。」

「秋澄。」季姨娘提醒他。

「對了，秋澄。」曹頫說道：「也真不愧老太太的賞識。」他接著一楞，「啊！我還沒有預備見面禮呢！」

「鄒姨娘預備下了。」錦兒接口。

「喔，是甚麼？」

「四叔回頭就知道。」錦兒答說：「這份見面禮還真好。」

「都坐吧！」馬夫人說著，自己先坐了下來。

話雖如此，卻只有曹頫坐在對面的椅子上，其餘的人都按規矩站著；馬夫人比較客氣，先招呼季姨娘跟鄒姨娘落座，接下來招呼錦兒。

「你也坐！」馬夫人問道：「通聲甚麼時候來？」

「臨時有事上衙門去了。」錦兒答說：「不過一定會趕來。」

「棠官呢？」馬夫人又問：「上園子了？」

「是啊！今兒該他的班。」季姨娘答說：「這麼一樁喜事，說是早定規了，我們可是昨兒才知道；早知道了，讓棠官請一天假來道喜，也算不了甚麼。」

聽她的話，就像吃夾生的米飯那樣，胸口梗得不舒服，所以都不作聲；只有曹頫將臉沉了下來。

鄒姨娘急忙打岔，「連天有風，只有今兒天氣最好。」她說：「真正是天從人願。」

「老太太在天之靈，一定也是高興的。」曹頫轉臉向曹雪芹說：「和親王請客的事，只怕暫時要擱一擱了。」

「喔，是。」曹雪芹沒有說下去；因為他覺得在這場合談這些事，並不合適。但不談這些又談甚麼呢？錦兒找了個話題，卻仍與和親王府有關。

「四叔，聽說和親王府蓋得極整齊；幾時倒讓咱們去逛一逛啊！」

「行。」曹頫想了一下說：「等我來找個方便的日子。」

就這時曹震趕到了，一見秋澄便誇讚她長得體面。這一來自然而然將季姨娘所造成的尷尬局面消除了。

「震二爺來了，時候也差不多了。」何謹到上房來問：「是不是該行禮了？」

「行禮吧！」馬夫人說：「請四老爺上香。」

家祭行禮，照例男先女後；但這天情形不同，曹頫上了香，接下來是馬夫人行禮，默禱了一番，禮畢起身，站在供桌前面說道：「我已經祝告老太太了。從這會兒起，秋澄便是咱們曹家的女兒了。秋澄你給老太太磕頭吧！」

「是。」秋澄答應著，在鋪了紅氈的拜墊上，跪了下去，仰臉喊一聲：「老太太。」聲音已經哽咽了；接著伏倒在墊上抽抽噎噎地哭了起來。

這雖出大家的意外，但卻在情理之中，思念故主，加上感激涕零，原該有此一哭。錦兒趕緊叫丫頭去絞了一把熱手巾來，上前攙扶她起身，「好了，好了！別哭腫了眼，不好看。」接著將熱手巾遞到她手裡。

於是依序行完了禮，曹頫奠了酒；接下來是秋澄見禮，事先說好了的，除了她同馬夫人及曹頫磕頭以外，其餘不論上下，都以平禮相見。稱呼自然都改了，馬夫人吩咐，從何謹開始，都稱她「大小姐」；只有杏香仍管她叫秋姑。

飯開在馬夫人堂屋中，算秋澄作主人，一一安席，到得曹震那裡，他笑嘻嘻地說：「秋妹妹大喜！」

秋澄靦腆地笑了，低聲說道：「謝謝震二哥。」

「謝媒還早。」曹震說道：「我真想不到跟仲老四做了親戚。」說完，哈哈大笑。

「對了！」曹頫問說：「聽吏部的朋友告訴我，仲老四捐了官了，有這話沒有？」

「有啊！」曹震答說：「跟咱們家做親戚，總得有個頂戴才像樣子。」

這樣公然談論仲四，自不免使秋澄受窘，錦兒正在尋思如何為她解圍時，只見鄒姨娘悄悄起身，手中持著一枚小小的錦囊，走到曹頫面前，低聲說道：「老爺，你給秋小姐的見面禮。」

曹頫將錦囊接到手中，一面捏一捏，一面問說：「是甚麼？」

「老爺打開來看就知道了。」說完，鄒姨娘仍回原處。

這時大家的目光，都集中在曹頫手上；他慢條斯理地解開絲繩，朝囊中看了一下，脫口說道：「好！這給秋澄正合適。」

季姨娘心急，在那一桌嚷道：「老爺，都等著你揭寶盒子呢！」

「是一方玉印。」曹頫說道：「秋澄，你過來！」

「是。」

「這方印只有一個字，你很用得著。」

「謝謝四叔。」秋澄接印在手，看了一下，頓時喜逐顏開，給曹頫請了個安，回到那一桌，將玉印拿給馬夫人看。

「我眼睛不好，又是篆字，更看不清楚了。」馬夫人問：「是個甚麼字？」

「是個『曹』字。」

「這好！」馬夫人深深點頭。

「就像做官的，頒了印信一樣。」錦兒說道：「鄒姨娘選的這樣見面禮，真有學問。」

「是現刻的，還是現成的？」馬夫人問。

「是現成的。」鄒姨娘說。

「就要現成的才好。」錦兒笑道：「倒像注定了秋澄該姓曹似地。」

「本來就是注定了的。」曹雪芹在那一桌接口，「她本來姓魏。」

「喔，」曹頫微感驚異，「原來本姓是魏，那可真巧了。」

「我倒想起來了。」曹震忽然問說：「那天有人問我，你是不是魏武的後裔；我說我只知道我們曹家的始祖是宋朝開國名將，下江南收服李後主的曹彬。再往上就不知道了。」

「那得查《宋史》。」於是這一桌談曹家的譜系；另一桌不會有興趣，也聽不懂。馬夫人另有膳食，略坐一坐退席，由杏香伺候著吃飯。等她一走，季姨娘的話就多了。

首先是從她自己手上取下一個寶石戒指，對秋澄說道：「鄒姨娘送了，我不能不送。東西不值錢，不過一點心，你別嫌太薄。」

「姨娘賞東西，我怎麼敢嫌？不過——。」秋澄有點說不下去了。

錦兒明白她的心意，接口說道：「季姨娘，你弄錯了；剛才那方印是四叔給秋澄的，鄒姨娘不過替四叔預備，不算她的見面禮。」

秋澄一聽錦兒把她心裡的話說了出來，以後的話就好說了，「姨娘，你收起來吧。」秋澄說道：「並沒有這個例子，你不必援例；我亦不敢領。」

「例都是人開的，算我送你的，不行嗎？」

「不是不行，是我不敢。收了姨娘的，鄒姨娘要援例，我於心不安；不收鄒姨娘的，收姨娘你的，不就是厚此薄彼了嗎？」

「我倒不是那種想法，既然你不賞臉，我也沒有法子；只好老老臉，做個虛假人情了。」

這番話說得秋澄大為不安；錦兒卻覺得可厭，故意說道：「季姨娘那個戒指，還真不賴。可惜，有人不要，有人想要要不到。」

「誰？」季姨娘問說。

「當然是我。」

季姨娘略有些躊躇，但終於毅然決然地說：「好！我就送了你。」

說著季姨娘便去捋她的戒指，大家都以為錦兒只是逗她，到這時候一定會出言阻止；那知錦兒竟不作聲，看季姨娘那種又心疼、又不能說了不算的愁苦神情，都不忍再看了。

錦兒卻是真狠得下心來，接過戒指便套在自己手指上，還翻覆觀看；然後伸出手去看著秋澄說：「不壞吧？」

「你——。」

「你別說了。」錦兒搶在前面攔她的話；接著面向季姨娘：「你別心疼！這玩意暫時存在我這裡，省得你跟秋澄推來推去。等棠官娶媳婦的時候，我貼上一個紅的，配成一對，好讓你給兒媳婦作見面禮。」

聽得這話，季姨娘的表情頓時不同，「你也真是！」她說：「就看我捨不得一個戒指？」

「捨得，捨得，沒有人說你捨不得。別提這件事，誰再提，罰酒。」

這下算是將季姨娘的嘴堵住了。到得飯罷，喝了一會茶，曹頫帶著兩個姨娘告辭而去；曹震衙門裡還有事，也要先走，但錦兒卻有話要跟他說。

當然，那是避在一邊，私下交談：「仲四捐的甚麼官，你知道不知道？」

「同知。」

「幾品？」

「五品。」

「那不把你跟四老爺都比下去了嗎？」

「啊！」曹震被提醒了，「這，有些應酬的地方，可不大方便。」

「你當初應該跟他好好核計一下——。」

「誰知道他那麼性急！」曹震突然想起，「四老爺的話靠不住。」

「何以見得？」

「十二月十九封印，要到正月十九才開印，他怎麼能到部裡『上兌』？」

「四老爺可不是瞎說的人。」

「他也不是瞎說，一定是把事情弄錯了。」曹震又說：「反正這一兩天要跟他見面，等我來問他。」

「你可別說他捐官的品級高，把你比下去了；那不顯得咱們太小氣了嗎？」

「我明白。」曹震又說：「他如果真的要捐同知，我也有辦法。」

「甚麼辦法？」

「我花兩三吊銀子捐個知府。」曹震突然心思活了，「真的，先捐知府，再加個甚麼『花樣』，大不了一萬銀子，索性弄個實缺；能補江寧府，那就太妙了。」

曹震忘其所以地聲音放大了；曹雪芹便走來問道：「甚麼『太妙了』？讓我們聽了也高興、高興。」

「回頭跟你談。」曹震取出懷中的金表看了一下說：「我可真得走了。」說完，匆匆而去。

「走！」錦兒說道：「咱們看一看太太，就到你那兒聊去。」

說著便將秋澄往前推，略微在前的曹雪芹便停住了腳步退讓。

「幹麼呀？」秋澄不好意思地笑道：「今兒都這麼客氣！」

「今兒自然以你為主。」錦兒仍是往前推：「請吧。」

到了馬夫人的起坐間，她剛吃完了飯在剔牙；秋澄看杏香帶著小丫頭正收拾餐桌，便上前幫忙，剛一伸手，杏香便即嚷道：「秋姑，你別動！今兒沒你的事；你請坐，喝茶，剛沏的『瓜片』。」

「來！」錦兒拉著秋澄說：「你挨著太太坐。」硬將她安排在馬夫人旁邊。

這時曹雪芹已揭開那把成化窯青花茶壺的蓋子，看一看茶汁說：「倒是真正六安瓜片，那兒來的？」

「不就是我乾爹送的嗎？」

「喔——。」曹雪芹笑一笑沒有再說下去。

「咱們今天鬥個牌吧？」

馬夫人有興，自然沒有人會推辭，錦兒便問：「太太是先歇個午覺呢，還是馬上動手？」

「先歇個午覺。」

「對，養足了精神好贏錢。反正還要擾一頓，晚一點吃飯好了。」

她的話提醒了杏香，「我倒忘了回太太了。」她說：「老何跟我說，他們打算湊分子送秋姑一桌席；請教門館子來做，請太太跟秋姑定個日子。」

「唷！」秋澄立即接口：「那可不敢當。」

「你別推！」錦兒說道：「人家一半是請太太。」

「對了！」杏香深深點頭，「老何老謀深算，深怕秋姑辭謝，所以請教門館子來做。秋姑，你別推了，攙帶我們也吃一回清真席。」

「好！我也出一份，公請太太。你們都是陪客。」

大家都覺得這也未始不可，但馬夫人卻不以為然，因為她覺得要抬高秋澄的身分，便得將她與下人的界限劃得清清楚楚；如果秋澄出了分子，就會混淆不清。不過這是個不能公然說明的理由，而一時又找不到一個冠冕堂皇的說法，就只好逕自搖頭了。

「娘，」曹雪芹問：「你不贊成？」

「對了，我不贊成。」馬夫人一面說，一面想，「人家是專請秋澄，我不過順帶公文一角；秋澄又說要出分子公請我，這算是甚麼名堂呢？」

「是啊！」曹雪芹說：「公請二字，師出無名。」

「還有，」馬夫人又說：「公請我是秋澄的意思，他們要請的是秋澄；『張公喝酒李公醉』，在他們或許不願意，我呢，喝完了還不知該謝誰？這件事最好別混在一起，各歸各辦。」

這最後兩句話，只有錦兒聽懂了，當下對正要開口的曹雪芹揮一揮手，先攔住他的話，然後提出她的辦法。

「太太說得不錯，橋歸橋，路歸路，別混在一起。」她轉臉看著秋澄說：「老何他們要請你，你堅絕不受，未免不近人情；不過，來而不往非禮，過一天你也拿出二十兩銀子，辦一桌席，回請他們，謝謝舊日的情分，這不是兩全其美嗎？」

「對！」曹雪芹接口：「他們是羅漢請觀音，你是觀音齋羅漢，算起來羅漢占點便宜，那也是應該的。」

「雪芹，你別打這個譬仿！羅漢請觀音，把太太奉為上座，還可以說是請了王母娘娘，咱們倆呢？」錦兒問道：「咱們不就沒分了嗎？」

「咱們倆？」曹雪芹笑道：「咱們倆就是大羅散仙，那怕它是蟠桃宴呢，闖上了就吃它個海晏河清。」

「好！咱們全算是大羅散仙。如今要請王母娘娘定日子了。」

「是要我定日子？」馬夫人說：「除了齋期，那一天都行。」

大家都不作聲；杏香等了一會，方始開口：「是不是這麼定規了？我好跟老何去說。」

「是的。」秋澄點點頭。

「杏香，你可把話說清楚，他們送一桌席，秋澄回送一桌。」

「喔，」杏香將她與馬夫人的話想了一遍，領悟到其中的微妙；只是還有句話要問清楚：「秋姑只回送一桌席，不是在席上做主人？」

「做！」秋澄應聲而答，聲音極其爽脆。

馬夫人不作聲；錦兒自然也就不必多說了。於是杏香叫人將何敬喚了來，在廊下談了一會，回進來說：「日子定了，是上燈那天晚上。」

馬夫人點頭認可；曹雪芹便向秋澄與一直未曾開口的翠寶說：「別忘了，上燈那天，你們來做大羅散仙。」

正在談著，丫頭來報，門上有話要回。曹雪芹出去一問，意想不到的是，仲四來看他；而且，「仲四掌櫃說了，只見一見二爺，說兩句話，交了東西就走。」門上說道：「我怕二爺不打算見他，所以跟仲四掌櫃說：『彷彿見芹二爺溜達去了，不知道在不在，等我進去看一看。』」

「好了，我知道了。你說『在家』，我馬上出去。」

「是。」

門上正要離去，不道錦兒一掀門簾，大聲喝道：「慢著。」等門上駐足，她又吩咐：「你跟仲四掌櫃說：芹二爺歇午覺剛睡下，這會兒起來了；不過穿衣服、洗臉，得有一會功夫，請仲四掌櫃寬坐。」她緊接著又問：「你把仲四掌櫃請在那兒坐？」

「花廳上。」

「我看，」錦兒看著曹雪芹建議，「把他請到你書房裡，讓老何先陪他聊聊怎麼樣？」

曹雪芹已經會意，是錦兒有些關於「親事」的話要先交代他；因而問說：「要那麼大的功夫嗎？如果你只是幾句話，就不必找老何陪他了。」

「不！」錦兒答了這麼一個字，向門上揮揮手：「你聽見我的話了，先找老何把仲四掌櫃請到芹二爺的書房裡陪著，等芹二爺去了再說。」

門上答應著去了；錦兒掀簾入內，只在堂屋中坐，跟在後面的曹雪芹，便在她下首的椅子上坐下，隔著茶几說道：「你有話要交代我，就說吧。」

「你不聽四老爺說了，仲四兌銀子捐官？你震二哥說，他捐的是五品同知，這一下不是連四老爺都給比下去了？」

「嗯，不過——。」

「你聽我說，」錦兒迫不及待地，「仲四兌銀子的話不實在，封印一個月，他上那裡去兌銀子？四老爺必是聽錯了，可是想捐同知的話不假。」

這時候曹雪芹有點不耐煩了，「錦兒姐，你別繞彎子了！」他催促著：「長話短說，要言不煩。」

「好！」錦兒答說：「因為仲四捐同知，你震二哥想加捐知府，還打算謀個江寧府的缺。這件事出入關係很大，得把前因後果都摸清楚了，才能定規。你這會兒跟仲四見面，先把他捐官的事弄清楚。」

「我知道了。」曹雪芹起身就走。

「對不起，失迎！」曹雪芹開門見山地說：「說仲四哥有東西要交給我，是嗎？」

「是的。昨兒有鏢客從廣東趕回來，帶來幾帖膏藥，說治氣喘，靈極了。我想太太也許用得著，把它都要了來了。」說著，仲四解開一個小包袱，裡面是十帖膏藥。

「多謝，多謝。」說著，曹雪芹蹲下身去請安。

「不敢，不敢！」仲四亦急忙半跪著回禮。

「仲四哥！」曹雪芹突然說道：「以後咱們要成至親了。」

仲四沒有聽明白他的話，只當是續絃以後，彼此越發親近，所以只連聲應道：「是，是！」

「我，」曹雪芹的說法又進一步，「以後得管仲四哥你叫姐夫了。」

「不敢，不敢！」仲四困惑而侷促地，顯得很不自在。

「是這樣的——。」

曹雪芹將秋月已改名曹霞，字秋澄的前後緣由，細說了一遍。仲四驚喜莫名，同時也很不安，心情異常複雜，以至於訥訥然竟無法訴說他的感覺。

曹雪芹了解他的感受，所以並不覺得他的態度可異；緊接著便談錦兒要他問的話。

「仲四哥，有人說，你已經兌銀子，捐了個五品同知，有這話沒有？」

「喔，」仲四對這件事倒很沉著，先問一句：「芹二爺，這話是誰說的？」

「是四家叔聽吏部的朋友告訴他的。」曹雪芹又說：「如今各衙門都封印，兌銀子的話，似乎不確；不過到底是怎麼回事？恐怕只有你才知道。」

「是的。」仲四從從容容地說：「意思是有這個意思，跟震二爺也談過；而且這件事我拜託了震二爺，要兌銀子，也該是震二爺替我出面。」

「那麼，四家叔的話，是怎麼來的呢？」

「我有個朋友是吏部的書辦，有一回跟他談起；他想招攬這樁買賣，我說不行，已經託了人了。我這個朋友就到處說我兌銀子捐官的事，也不知他安的甚麼心思？真是——。」仲四搖搖頭，沒有再說下去，是一副痛心疾首的樣子。

「原來是這麼回事？我明白了。」曹雪芹換了個話題：「過年作何消遣？賭錢了沒有？」

「做買賣的，也就是過年這幾天開禁。」仲四答說：「我那裡每天都有局，一桌寶、一桌牌九，到上燈為止。賭得不大，芹二爺是不是有興來玩玩。」

「謝謝！我不好此道。」

看看沒有話了，仲四起身告辭；曹雪芹送客出門，回到馬夫人那裡，只見杏香迎了出來，輕輕搖手。

「太太睡下了。錦兒奶奶在夢陶軒等你。」杏香又問：「你手裡拿的甚麼？」

「仲四特為送來的，治氣喘的膏藥，你把它收好了。」

等曹雪芹回到夢陶軒，只見錦兒跟秋澄在他書房中閒聊；於是他先談仲四特為來送膏藥，接下來要談仲四捐官的事，不想錦兒先一步將他攔住了。

「我託你問的話，回頭再說。」

這就明明是要避開秋澄；秋澄從開年以來，變得很過敏，一聽這話，起身說道：「我要回去休息一會兒。」

「不是要談你。」錦兒撒個謊，「是我們那位二爺的事，我託雪芹問一問仲四爺。」

秋澄信以為真，但也不便再留下來，「我不管你們是談我，還是談震二爺？」她說：「反正我是睏了；而且要換換衣服，別這麼像——。」她把話嚥住了。
「像甚麼？」錦兒笑道：「像新娘子？」
「啐！」秋澄掉頭就走。
「我沒有告訴你呢？」曹雪芹說：「我已經認仲四作姐夫了。」
「喔，」錦兒急急問說：「他怎麼樣？」
「他彷彿有多少話不知道該怎麼說似地。」
「那也難怪！仲四一個買賣人，保鏢平平安安，兒子又挺有出息的，想想這一生也就夠了，誰知道還有一步意想不到的老運，跟咱們家做了親戚；趕明兒再捐了官，跟他們通州知州平起平坐，那是多大的造化！」錦兒接著便問：「捐官是怎麼回事？」
「兌銀子的話不確。」曹雪芹將仲四的話，細說了一遍。
「他如果捐了五品同知，你震二哥就要捐知府；那一來，四老爺說不定也要加捐。」錦兒說道：「光是捐個銜頭，換一換頂子，也還罷了，你震二哥還想謀過實缺，這件事有利有弊，雪芹，你看呢？」
「不是說還想謀江寧府的缺？」
「是啊！」
「這我倒贊成！是很有面子，也很有意思的事。不過，我看不那麼容易。」
「就是這話囉！」錦兒說道，「這兩年稍為過得舒服一點兒，如果得福不知，大把花銀子去謀那個缺，弄不成功，勞民傷財；弄成功了更壞。」
「何以見得？」
「你震二哥的性情，莫非你還不知道？弄成功了想撈本，貪贓枉法會出事。」

「說得是！」曹雪芹深深點頭，「錦兒姐，你可真是震二哥的賢內助。俗語說：家有賢妻，夫不惹禍；不正就是這話！」

「你別恭維我。」錦兒說道：「你得替我出個主意，怎麼樣能讓他死了那條心。」

「那只有你勸他。連知府的銜頭都不必捐。」

「可是，人家要捐了五品，把他比了下去，那就連我心裡都會長個疙瘩。」

「那好辦。」曹雪芹慨然說道：「仲四是極通情理的人，我開誠布公跟他談，他絕不會不聽。」

錦兒沉默了一會說：「這不好！倒像咱們妒嫉他官大似地。」

「不要緊！」曹雪芹說：「所謂開誠布公，也得有個說法，不會讓仲四心裡不舒服。」

「你預備怎麼說？」

曹雪芹細想了一下，「有個倒因為果的說法，我說震二哥早就想捐知府，謀實缺，大家都勸他不必；震二哥的心是冷下去了，可是沒有死，如今他一捐了五品同知，只怕又會把震二哥的心挑熱了？我只要說到這兒，仲四自己就會有表示。」

「好！」錦兒放低了聲音：「這件事只有咱們倆知道。」

「我明白。」曹雪芹說：「咱們上太太那裡去吧！只怕已經醒了。」

「不忙，我還有件事跟你談，是鄒姨娘託我的——。」

「我已經知道了。」曹雪芹打斷她的話說。

「那麼，你是怎麼個意思呢？」

「這件事關聯著好幾個人，得要慢慢兒商量。首先要看太太的意思。」

「那當然。」錦兒答說：「我也想過了，得要都覺得沒有甚麼才能辦。不過大家都點頭了，你不肯也是枉然。」

「我沒有甚麼不行。」曹雪芹又說：「這件事在眼前還無從談起，不必急！」

由於錦兒對此事相當重視，所以曹雪芹第二天便去看仲四，想及早澄清，大家都好放心。那知到了鏢局撲一個空，仲四回通州去了。

曹雪芹心想，每年都要到通州給族中長輩拜年；這年因為秋澄的緣故，一直抽不出空，正好乘此機會到通州去一趟，兩件事一起辦，豈不乾脆？

鏢局子頗為殷勤，當時便套了一輛車，派原本要到通州去的一個鏢頭趙得勝陪送。曹雪芹因為這天天氣甚好，想騎了馬去；於是一面寫一封短簡給秋澄，一面帶著桐生，由趙得勝及一名趟子手相陪，四騎快馬出東便門，到得通州恰好趕上午飯時分。

「好極！」仲四一見很高興地說：「今兒我請兵部的一位司官老爺，正愁著少一位陪客，不想芹二爺來了，真是天從人願。」接著，他喚他的當提塘官的次子來見曹雪芹，而且關照：「該磕頭！」

仲四的次子號叫碩甫，真個磕下頭去，而且仲四還拖住曹雪芹不讓他還禮，只好口中連連遜謝。

「那位司官是兵部車駕司的主事，姓周，算是我們老二的上司。」仲四又說：「這周主事兩榜出身，很健談，一點架子都沒有，跟芹二爺一定談得來。」

正談著，外面傳報：「兵部周老爺到！」

於是仲碩甫首先往外奔；仲四也迎了出去，曹雪芹也站起身來，略有些躊躇，仲四便做個手勢說：「客不送客，當然也不必迎接，芹二爺你請安坐好了。」

曹雪芹想想還是走了出去，在廊上等候，只見仲四父子陪著一個面有書卷氣的中年人，由中門進來；發現曹雪芹，在前引路的仲碩甫緊趕幾步，站在曹雪芹旁邊，預備引見。

「這位是內務府曹四爺曹頫的令姪——。」

仲四為雙方通了姓名，那主事單名佶，字吉人；曹雪芹是初次聽說這個名字，而周吉人卻知道他。

「久仰足下是八旗的名士。令叔、還有令兄通聲先生，我都見過。」

「那裡當得起名士之稱？汗顏之至。周先生，請你千萬別如此說。」

於是彼此揖讓升堂，禮貌都很周到，卻不免拘束；仲四便說：「彼此都不外，『先生』、『足下』把交情都叫遠了。咱們大家用排行或者表字稱呼吧！」

「好！」周吉人首先表示同意，「仲四哥這話很通，我就託大稱足下一聲雪芹了。」

曹雪芹便照仲四父子對周吉人的稱呼，答一聲：「是，周五爺。」

這天是仲四請「春酌」，除了鏢局的自己人以外，也請了好些客，都是平日有往來的買賣人及通州各衙門的胥吏；也有些官兒，但身分不能與周吉人比，好在地方大，不同身分的客人，安排在各不相擾之處，而設在內宅的一席，便只有主客周吉人、陪客曹雪芹，以及為仲四司「書啟」的「張先生」二人。筵席不但豐盛，而且鏢客走南行北，各地的珍奇食物，平時難得一嘗的，這天源源不絕地上桌；加以仲四父子輪番作主人，殷殷相勸，周吉人很喝了些，談鋒也就越健了。

先只是品評藝文，月旦人物，話鋒一轉談到時局，周吉人不由得蹙起雙眉，「金川的仗，不能再打下去了。」他說：「再打下去，非大喪元氣不可。」

曹雪芹不甚了然；那張先生的消息很靈通；本來通州是水陸大碼頭，一切信息往往比別人來得早，何況有鏢客沿路親聞目睹，格外真切，據張先生所知，江浙已因軍需供給，上下騷動，米價大漲，小民生計一受威脅，則飢寒必起盜心，地方上就不能如往日平靖，大是可慮。

「這話不假。」周吉人證實了江浙物價波動；因為他見過江西巡撫唐綏祖的奏摺，其中就提到了這一點，「唐中丞為此還碰了一個大釘子；說起來還是好意，我真為他不值。」

「喔，」曹雪芹問：「是何逆耳的忠言？」

「是這樣的——。」

原來唐綏祖覺得軍需浩繁，國庫或者力有未逮，倡議捐廉；除自己首先捐出五百兩銀子以外，還打算命江西司道以下的官員，按所得養廉銀多寡，定捐輸的數目，俟集有成數再報解戶部。

「好意是好意，未免事理不明，近乎荒唐。」周吉人說：「養廉銀原是先帝澄清吏治的一大發明，各縣收錢糧外加的陋規。一律歸公，再按官員大小、職務繁簡來分派，得以維持用度，不必貪汙。這種化暗為明的做法，高明之極。如果捐了養廉銀，所入不足以養廉，豈不是教屬下去貪非分之財。無怪乎上諭嚴加申飭。」

「不過，」張先生接口說道：「苛捐雜稅多了，是不爭之事。最近聽說長蘆鹽的稅課也要加了。」

「光加稅還算是小事，最累民的是大軍徵發，一路要錢要糧。即令是行軍所未經的省分，亦必得協餉，才能保得地方的安靖。」張先生又說：「其實金川一隅之地，形同化外，就讓土人在那裡胡搞，也搞不出甚麼名堂來，何苦勞師遠征？明明疥癬之疾，自己要搞成個心腹之患，如今後悔怕嫌遲了。」

是誰後悔呢？周吉人不說，曹雪芹也能想像得到，「莫非廟算慮不及此？」他問。

「廟算是早就顧慮到得不償失。不過，英主的作為，非常情可度。」周吉人遲疑了一會，終於忍不住要說：「倘非如此，訥親、張廣泗如何得能伏法；傅中堂，怎麼能封公爵？」

張先生對他的話不甚了解，曹雪芹卻一聽就明白了，「為了樹刑賞之威，打這麼一場仗，未免——。」他搖搖頭沒有再說下去。

「雪芹，我跟你說吧，」周吉人將聲音放得極低，「金川的軍務，如果不趕快收束，麻煩大得很呢？」他說：「不但民心可慮；軍心亦會動搖！」

曹雪芹看他頗有酒意，怕他再說下去還會有觸犯時忌的話，所以不敢搭腔。但張先生卻不大有這樣的警覺，「要收束怕也很難吧！」他說：「我聽西南回來的人說，大金川的頭目，是個極狠極難纏的腳色；又說，傅中堂不敢班師是怕成了訥親第二。」

「八旗軍心動搖，就是為此。」

「怎麼呢？」

這就不但張先生，連曹雪芹都覺得有些不可思議。看他們沉默不語，周吉人知道是何緣因，而舉了最近的一個例子，來印證他的看法。

這個最近的例子，便是從去年臘月開始，便在催促傅恆班師；開年以後，更是從年初一起就三令五申。先是大加獎飭，封忠勇公，賞雙眼花翎，賞四團龍補服；並聲明「此外尚有黃金帶、寶石帽頂，俟班師抵京，朕遣大阿哥往迎時頒賜。」而越是如此，越使得傅恆自覺功績不稱；尤其是訥親被誅，更存畏懼，深怕一回京後，皇帝翻臉，重論專征得失，所以必欲掃穴犁庭，方肯賦歸。

「現在是要回來了！」周吉人說道：「傅中堂之奏報定期班師，是因為上諭中有這樣一句話：『今惟遵旨迅速還朝，其他概可勿問。倘徘徊不前，將擁重兵於外，欲何為耶？』這不等於質問傅某：你不回來，是不是想造反？試問為人臣者，誰能受得了這句話？」

「真是！」張先生聳聳肩說：「有道是『伴君如伴虎』，一點不錯。」

「回來是回來，傅中堂手心裡可是捏著一把汗。皇上得理不饒人，那怕死了，都要算老帳。像張廣泗身已伏法，但他的兒子張極最近又拿交刑部了。」

提到張廣泗，因為與平郡王府有關，曹雪芹不由得不關切，「請教，」他問：「那又是怎麼一回事？」

原來傅恆到達軍前，實地了解軍情以後，認為張廣泗錯在想利用投奔小金川的良爾吉與大金川的土司莎羅奔弟兄間的宿怨，以夷制夷，兵不血刃而建大功。這一把如意算盤，全恃一個上諭中稱之為

「漢奸」的嚮導王秋而辦；卻不知王秋首鼠兩端，張廣泗墮入彀中，受其操縱而無以自拔，只好將錯就錯，剛愎自用到底；當御前侍衛鄂實奉旨拿問時，張廣泗表示：「功成在即，良爾吉、王秋斷不可輕動，要殺良爾吉、王秋，非先殺我不可。」此為後來高宗深惡張廣泗的由來。

因此，傅恆最明智的一著，便是一反張廣泗之所為，逮捕良爾吉，即日梟首軍前；王秋與他的兩個兒子，一名王者師、一名王者賓，同時被擒，兩子伏法，王秋則尚待審問，暫時不死。

一審王秋，當然會牽出張廣泗；於是居間負聯絡之責的張廣泗之僕薛二，亦被捕到案，供出張廣泗曾向以前小金川土司澤旺及「賊黨」良爾吉勒索金銀。

其事真假尚不可知，但傅恆據薛二所供，奏報到京後，前三天奉硃筆上諭：「張廣泗以封疆大員，身膺軍旅重寄，需索內地屬員，尚為不可，乃藉端詐騙番夷金銀、貪汙藐法，玷辱班行，貽笑蠻服，莫此為甚！伊既贓私纍纍，而查出貲產無幾，必有巧於隱匿寄頓之處，著將伊子張極等拏交刑部，並伊家人薛二，亦著四川總督策楞鎖解來京，軍機大臣會同該部嚴審追究，定擬應得之罪。並傳諭各省，將張廣泗貲財家產，一體嚴查，毋得徇縱遺漏。」

聽周吉人談完此案始末，曹雪芹不免為平郡王府及鑲紅旗幾個與張廣泗有往來的官員擔心。

當然，他人不會明瞭他的心境，只有仲四看出他有些神思不屬的模樣，便找個機會，悄悄問道：

「芹二爺是不是人不舒服？」

「沒有，沒有！」曹雪芹由他的話中，意識到自己神情上必是顯得意興闌珊；這未免有虧陪客應盡的義務，因而打點精神，找出話來陪周吉人閒談，席間頗不寂寞。

歡飲到日色偏西，周吉人告辭而去，臨行握著曹雪芹的手，說了他在京中的住址，一再聲言，希望再見，情意頗為殷勤。這是他作陪客盡到了職，仲四父子都很高興，也很感謝。

「芹二爺，」仲四說道：「我知道你要去看幾位貴本家，拜個晚年，我叫人套車陪了你去。你可千萬別在人家吃飯，我新近得了一罈好酒，敢說王府裡都不一定有。這酒有個喝法，不會喝就蹧蹋了；我原來有兩罈，蹧蹋了一罈，才學了個竅門。你拜客回來，我陪你；就咱們哥倆。喔，還有句話，你今天就睡在這兒。反正這一回到通州來，你是客，我是主。」

曹雪芹原有最好促膝相談的話要說，當即爽快地答應下來。一個圈子兜下來，天色已暮，再要走一家就非得讓人留下來吃飯不可，因而原車轉回鏢局。

仲四已經預備好了，叫人端來一個裝五斤紹興酒花雕的小罈，日久塵封，花紋已經看不清楚；拿撣子拂去灰塵，才看出泥頭上貼著一張黃紙，標明「貢酒」，另有兩行字，一行是「十年陳女兒紅」；再一行是「雍正元年進」。

「好傢伙！」曹雪芹笑道：「這罈酒三十七年了，我得管它叫一聲：『酒兄』。」

「蹧蹋了那一罈，比這還久。打開來，裡面長了白毛，酒只剩下一大碗，稠得跟漿糊一樣，簡直沒法兒喝。後來有高人指點，說道就叫『醍醐』。」

由牛乳所製酪之精者，名為「醍醐」，出涅槃經；曹雪芹一聽有此望文生義的別解，不由得好笑，但亦不想說破，只問：「這樣子沒法兒喝，要怎麼才能喝？」

「要另外拿五斤好酒對。」仲四說道：「上回那一罈，等知道這個竅門，已只剩下一飯碗了；我拿兩斤好酒對上，跟一個朋友對分喝，兩個人都醉了，睡了一覺，醒過來神清氣爽，舒服極了。」

說著他叫人另取一罈五斤的花雕，親自動手，將一舊一新兩種酒都倒在磁州出的綠釉瓷缸中，拿木杓子攪和了，取一盞來請曹雪芹嘗。

嘗一口也沒有特異之處，但不能不誇一聲：「果然不同。」

「這會兒看不出好，燙熱了就知道了。」一燙上，糟香越發，曹雪芹才領略到它的醇美；三杯下肚，飄飄然地興致極好，不由得舉杯相敬。

「仲四哥，」他說：「咱們可真是緣分。」

「在你是緣分，在我是走了一步運。芹二爺，我現在老覺得心裡有點兒發慌，彷彿欠了人甚麼還不起似地。你讀的書多，倒替我琢磨琢磨，是甚麼講究。」

「這是好事。」曹雪芹答說：「好人遇到順境，會覺得老天爺給得太多了，有點兒當不起；仲四哥，你是這麼一種感覺不是？」

「一點不錯。」

「有這種感覺就好，所謂『戒慎恐懼』，實在恐懼戒慎。自己覺得福氣夠大了，就會想著要刻刻小心，多做好事散散福，免得器滿易盈，這就是載福之器；散福實在就是積德。」

仲四沉吟了一會，欣然說道：「芹二爺，我懂了。『散福就是積德』，這句話說得好。好比錢一樣，要散出去才會再進來；人人摟住錢不放手，莫非天上會掉下來？」

「對！差不多就是這個意思。」

「這會我心裡舒坦多了。來，芹二爺，咱們乾一杯！」

「好。我敬你。」曹雪芹乾了酒，提壺為仲四斟滿；然後問道：「仲四哥是想捐一個五品同知？」

「是的。」仲四看著曹雪芹，楞了好一會才說：「芹二爺，你不知道會不會笑我，我是覺得能替秋小姐多盡一分心，就多盡一分，我是想替她弄一副像樣的誥封。」

「我大姐也知道這一點，她很感激，也很高興；可是也很不安。」

「喔，為甚麼？」仲四很注意地問。

「因為，」曹雪芹作出很為難的神氣，「我不知道該怎麼說。」

「不要緊！芹二爺你儘管說。」仲四又說：「說話的人跟聽話的人，心境不一樣，我覺得不該說，別人覺得我不該不說，這種事我也常遇到的。」

「既然你這麼說，就不該說的，我也應該說了。」曹雪芹略頓一下說下去：「震二哥一直想弄個實缺知府，這回你捐官，把他的那顆心又熱了起來。仲四哥，我震二哥豈是當地方官的材料？他要那麼做，絕不會有好結果，大家怎麼樣勸他也不聽；後來才知道他心裡有個想法說不出口。」

「想來芹二爺你跟秋小姐是琢磨出來了？」仲四問道：「能不能跟我說一說？」

「怎麼不能？原就是要跟你來談的。」

話雖如此，曹雪芹一直沒有想出能不讓仲四傷感情的措詞，似乎唯一的說法是，仲四捐了五品同知，曹震才想到要加捐為四品知府；這一來仲四心裡一定會想，「莫非我生來就該比他低一等？」成了至親，而且關係只會越來越密，仲四有這個疙瘩在心裡，一輩子都會不舒服。因此話到口邊，曹雪芹還是不肯說，先是舉杯就口；接著裝作失手打碎了酒杯，「哐啷」一聲，連他自己都嚇一跳。

在伺候席面的是仲四的一個遠房親戚，身分不上不下，大家都叫她「陳三姑」，皤然老嫗，卻很機靈，趕緊說一聲：「『碎碎』平安。」接著，另換上一個酒杯來。

這下真到了圖窮而匕首見，再想不出拖延辰光，容他考慮的招數來了！那知急有急智，居然想出一個極好的說法。

「我震二哥是一把如意算盤。」曹雪芹問：「仲四哥你知道不知道，同知管甚麼？」

「這，芹二爺，你可把我考住了。」仲四答說：「彷彿聽說，同知既是文官，又是武官，真鬧不清楚是幹甚麼的？」

「府有同知，直隸州也有，不過叫『州同』，原來的官稱叫做『同知府軍事』、『同知州軍事』，意思是跟知府或者知州一同管軍事，所以簡稱同知。到後來便成了專職。」曹雪芹緊接著說：「震二哥的如意算盤是，有你替他管一府的兵馬，他就可以安安穩穩當知府。」

話猶未完，仲四連連搖手，「震二爺這把如意算盤，簡直成了『鐵算盤』，是算計我仲四的一條老命！」他鄭重其事地說：「芹二爺請你務必告訴震二爺，使不得！他如果真要這麼辦，說不得只好委屈秋小姐了。」

看他那種神情，曹雪芹又好笑，又得意，卻故意裝作不解地問：「仲四哥，我還不大明白你的意思。」

「那就實說了吧！我也不敢捐甚麼官了。」

「那倒不必！」

「對！」仲四立即接口，他是會過意來了，「我另外捐個震二爺用我不上的官。」

「只怕你不捐同知，他也就不捐知府了。」曹雪芹特意宕開一筆，「咱們慢慢兒從長計議。」

「是！從長計議。最要緊的是聽聽秋小姐的意思，她說怎麼辦，就怎麼辦。還有，」仲四緊接著說：「看房子的事，請芹二爺幫著留意。」

「好，好！我跟她說。」

「芹二爺，」仲四一臉的懇切，「房子大小好壞，都請秋小姐拿主意，不過，我有一點兒心願，請你跟秋小姐提一提，想來也應該是她樂意聽的。」

不說他自己的心願，卻先顧慮到秋澄是否樂意去聽，這一點讓曹雪芹深為感動，也深為秋澄高興，當下一迭連聲地說：「一定轉達、一定轉達。仲四哥你說吧！」

「我在想，房子最好能在府上近處，好讓我常常給太太去請安。」仲四緊接著說：「這是一個禮數，還不就是那麼句話，太太也未必每一回都能見我；就見了，我也不配陪太太聊閒天。芹二爺，你說，我這話很老實吧？」

「是、是！多承抬愛，感激之至。」

「芹二爺，你這是跟我說客氣話了！要老是這麼在禮數上一點兒都錯不得，我就不敢跟芹二爺親近了。芹二爺我說我心裡的話吧，房子想買在府上近處，就為的是想跟芹二爺你多親近。」仲四緊接著說：「不是我多喝了幾杯酒說酒話，我對震二爺是佩服、是敬重，要說交朋友，芹二爺你如果不以為我是高攀，我倒是真願意跟你常常來往。」

這番話在曹雪芹的方寸之間，就不是「感動」二字可以形容的了；他將早已藏之心中想說的一句話說了出來：「仲四哥，你如果拿我當朋友，你就叫我雪芹。別再二爺、三爺的；光聽這個稱呼，就近乎不起來。」

「好！」仲四舉杯一飲而盡，「雪芹，咱們就這麼說了。」

「那才是！」曹雪芹也乾了一杯；隨手提起酒壺為仲四滿斟。

就在這時候，仲碩甫出現了；老遠地便陪著笑說：「芹二爺——。」

「不！」仲四打斷他的話，「該換個稱呼。」

驀地裡夾雜這麼一句話，仲碩甫不免茫惑；站住腳在那裡想：該換個甚麼稱呼才合適？

「你該叫二舅，而且得磕頭。」

一聽這話，仲碩甫又驚又喜，他也知道老父即將續絃；也聽說曹家為抬高秋澄的身分，認了她作女兒。但究竟如何，卻難以打聽。如今聽父親這麼充滿信心地說話，知道好事已諧；秋澄改為曹姓，亦已證實。

當下，仲碩甫撩起狐皮袍子，雙膝著地，口中說道：「芹二舅，今兒可怠慢你了。」

曹雪芹急忙離座，一面作揖還禮，一面說道：「不敢當，不敢當！請坐下來一起喝酒。」

「芹二舅這麼說，你就恭敬不如從命吧！」

「是。」

於是陳三姑又添了一副杯筷來，仲碩甫坐在下首相陪；見他的那隻酒杯是深口寬杯，曹雪芹便即說道：「二世兄的酒量一定極好；中午藏了量，這會兒得好好喝一喝。可惜我的酒已經多了，無法奉陪。」

「不敢，不敢！」說著，一仰脖子將一大杯酒乾了，照一照杯說：「芹二——，芹二舅請。」

這個稱呼頭一回沒有注意，此刻聽入耳中，曹雪芹頗有異樣的感覺，欣然舉杯說道：「真沒有想到，我會成了舅舅。」

「這是喜從天降；芹二舅，我再敬你一杯。」

「慢點喝！」仲四頗不以愛子的豪飲為然，「陪你二舅喝酒的日子，長著吶！」

「是！」仲碩甫答應著，「剛才周主事跟我說，很佩服芹二舅真才實學，他結了個詩社，很想請芹二舅加入，讓我探探你老的意思。」

曹雪芹心想，周吉人的詩社，必都是些京官；而且至少也是個舉人，自己一無功名、二無職銜，一個白丁夾在裡面，即令他人不以「異類」相視，自己也會覺得格格不入，因而不想參加。

「請你替我謝謝周主事。我的詩，功夫還淺得很；等我做得像樣了，再來入社。不過，」曹雪芹加重了語氣說：「我倒很想交一交周主事，他那天有空，我約他到舍間來敘一敘。」

「是了，我來約。」仲碩甫說：「也就是這半個月還有點兒空，待後，兵部就要大忙特忙了。」

「怎麼呢？」曹雪芹問：「忙甚麼？」

「傅中堂班師回來——。」

「喔，」曹雪芹打斷他的話問：「傅中堂班師已經有確期了？」

「是的，已經從四川啟程了。他這一班師回京，兵部上上下下都得忙，有的是越忙越好；有的白忙一場不算，還得受氣。」

「那必是些驕兵悍將，爭功諉過。」

「一點都不錯。芹二舅對官場的那一套，很內行。」

「芹二舅那樣不內行？」仲四說道：「讀通了書的，學問大得很呢！要不然，怎麼叫『秀才不出門，能知天下事』？」

「我可不是秀才。」曹雪芹笑著說。

仲四真個人情練達到了世事洞明的程度，一聽曹雪芹的語氣，便知他鄙薄秀才；然則自己是失言了，所以接口又說：「芹二舅是不願意去考；如果肯到那間鴿子籠大的屋子裡去吃幾天的苦，老早就是翰林了。」

「是啊！」仲碩甫關心而困惑地問：「芹二舅，你為甚麼一直不去考？憑你的才學，還有個不兩榜及第的？」

曹雪芹以前最怕人家問他這話。如說蕭閒慣了，視作官當差為苦事，不免有人譏笑他矯情；不過，從去年下半年開始，就容易回答了。

「快要去考了。」

一聽這話，仲四大為興奮，急急問道：「甚麼時候？」

「自然是明年。明年庚午，大比之年。」仲碩甫轉臉問曹雪芹：「不過，芹二舅，你今年得進學吧？」

「甚麼叫『進學』？」仲四插嘴問說。

「進學就是中秀才。」仲碩甫答說：「中了秀才方能去考舉人。」

「進學這一關我就不過了。」曹雪芹說道：「我打算捐一個監生，直接下場。」

「是，是！」仲碩甫深深點頭，「不過花幾兩銀子，省事多了。」

「捐監生」一事，仲四倒知道，他的朋友之中，就很有人花錢捐個監生，算是衣冠中人，以便在應酬場合得與縉紳先生平起平坐；當下吩咐仲碩甫：「這件事你替你芹二舅去跑跑腿。」

「是。」仲碩甫說：「請芹二舅幾時寫個三代履歷給我。」

「好，好！」曹雪芹隨口答應著。

第二天下午，曹雪芹回京，進了城直接去看錦兒；因為曹震在家，就不便多說甚麼。問起通州之行，曹雪芹說是原要去給本家拜年，順便去看了仲四。

「還見了他家的老二仲碩甫，正好請他的上司吃飯，我還做了一回陪客。」曹雪芹看一看錦兒又說：「晚上又留我喝酒，開了一罎比我年紀還大的花雕，喝得很痛快，談得也很痛快。」

這「痛快」二字，是暗示已經談妥了；錦兒卻有些不大放心：「你們不是說的醉話吧？」她問。

「醉是醉了，不過不是醉話。」

「你自己怎麼會知道？」

「我知道。」曹雪芹說：「沒有喝痛快以前，就談得很痛快了。」

錦兒放心了，曹震卻問：「你們談些甚麼？」

「談我赴考的事。」曹雪芹說：「震二哥，捐監生的事，你不必勞神了，有仲碩甫替我去辦。」

「仲四跟你談了他捐官的事沒有？」

「談了。」

「他怎麼說？」

「他說他想捐個同知；後來又變卦了。」

「為甚麼？」錦兒插嘴問說：「怎麼變法？」

「我跟他說，震二哥打算加捐一個知府，還想弄個實缺幹。他如果捐了同知，正好替震二哥去管兵馬。你們猜，他怎麼著？」

「不知道。」錦兒催促著：「你快說吧！」

「他嚇壞了！說那一來非把老命送掉不可。」

「你不該跟他說這些話的！」曹震說道：「他一個買賣人，沒有做過官，聽說同知管兵馬，自然嚇壞了。」

「後來呢？」錦兒問道：「他不捐同知，預備捐甚麼呢？」

「這得問秋澄。他表示秋澄怎麼說，怎麼好。不過——。」曹雪芹笑一笑，沒有再說下去。

「不過甚麼？」錦兒問道：「你索性把話說清楚了。」

「他的意思是捐甚麼官都可以，不過要避免跟知府有關聯。」

「怎麼？」曹震有些不悅，「他是存心要躲著我？」

「不是這意思。他是只想為秋澄弄一副誥封，並不想捐官；到時候你真的要請他幫忙，他要推辭呢，面子上說不過去；倘或答應下來，又怕才具不勝，壞你的事。」曹雪芹又說：「看起來純然是一番為人著想的善意。」

「這也還罷了。」曹震點點頭說，「其實，我也不過有那麼一個想法，捐不捐還在兩可之間；仲四也未免看得太認真了。」

「那麼，震二哥，你到底捐不捐知府？」

這是替錦兒把她心裡想問的一句話說了出來，她自然關心，同時暗地裡在想阻攔的法子。曹震卻完全不了解她心裡的想法，轉眼看著她問道：「你大概很想過一過掌印夫人的癮吧？」

錦兒為之啼笑皆非，想一想答說：「我可沒有那個福氣，也沒有那個本事。」

「掌印要甚麼本事？」

「怎麼不要。」錦兒抬眼說道：「雪芹，你把那回跟我們講過的，縣丞護印的故事說一說。」

據說有一縣的縣丞跟縣官不和，縣丞設計陷害縣官，把大印給盜走了；縣官要用印，打開印盒一看，裡面只有一塊石頭，當時大驚失色，要下令查緝。縣官太太才智過人，當即攔住他說：「別張揚！一張揚，印就丟定了；丟了印就得丟官。」

縣官便問：「何以見得一張揚，印就丟定了？」

「這明明是縣丞玩的把戲，也許用意只是警告你，教你知道他的厲害。過幾天仍舊會把印悄悄兒送回來，不就沒事了？你要一張揚，事成僵局，他一不做，二不休，把印往井裡一丟，你那兒找去？」

「你的話是不錯。不過，丟了印我寢食不安，能靜得下心來等他原璧歸趙嗎？」

縣官太太沉吟了一會說道：「我有個法子，教他乖乖把你的印，雙手奉上。」接著，她悄悄兒囑咐了一番話，縣官心領神會，如計而行。

第二天適逢三、八「放告」之期，縣官正在坐堂問案時，有個差役氣急敗壞地，飛奔上堂，大聲說道：「大老爺，大事不好！『老胡瓜』帶人由西門外攻來了。」

「老胡瓜」是有名的悍匪，縣官急急問道：「有多少人？」

「二、三十名。」

「二、三十名還不要緊，不必關城，等我帶鄉團出西門，給他來個迎頭痛擊。」說著，縣官下令召集鄉團；並又吩咐：「快請二老爺。」

「二老爺」便是縣丞，等將他請了來，縣官已捧著紅布包裹的印盒站在那裡立等了。

「『老胡瓜』由西外門攻過來了。兄弟帶隊出城捕盜，請老兄護印。」接著，不用縣丞分說，將印盒往他手裡一塞，急步上馬，揚鞭而去。

這自然是一場虛驚，根本就沒有「老胡瓜」攻城這回事；縣丞知道人家棋高一著，回來接印時一定會打開印盒來看，裡面如果沒有印，即時就會翻臉，只好私下將原印歸盒。縣官一回衙門，果如所料，打開印盒一看大印無恙，笑著說了一句：「掌印真非太太不可！」

曹雪芹不徐不疾地講完，由於故事本身頗為動人，所以曹震也聽得很入神；聽完了，自語似地說：「對了！知府是地方官，守土有責，應該要親自帶兵打強盜。」

錦兒接口說道：「你也知道了吧！甚麼『三年清知府，十萬雪花銀』，不是容易做的官！如果你遇見那麼一位厲害的『二老爺』，我可沒有那位知府太太的本事。」

「真的。做地方官要碰運氣。」曹雪芹也說：「有一回我去灤州，正趕上皇上謁東陵，永平知府為了連天大雨，蹕道修好了，讓雨水沖壞，一連兩次，上面王公大臣坐催；下面民怨沸騰，伕子徵不起來，急得要上吊。從那一回起，我就再也不想做官了。」

「你聽聽！何苦好好的京官不做，想去當甚麼知府！連仲老四那樣的人都不敢帶兵馬，你行嗎？」

聽他們叔嫂倆一搭一檔在鼓吹，曹震實在有些煩了，「好了，好了！」他亂搖著手說：「我也不過那麼一句話，你們就拿雞毛當令箭了！那裡有那麼多廢話？」

「好吧！」錦兒還是要說：「我寧願你罵我廢話，不願意你去幹傻事。」

「錦兒姐！你別說了。震二哥自然胸中有丘壑，不會自己找麻煩。」

「我想也不會。」錦兒對曹雪芹說：「你吃完了飯，早點回去吧！太太惦著呢。」

「我也不吃飯了。」

說著，曹雪芹起身要走，但為曹震留了下來；因為他還有事要跟曹雪芹談。

「有件事，你不知道願意不願意幹？來爺爺八十大慶，打算好好熱鬧一下，內務府打算公送一篇壽序；來爺爺不樂意，他說：『人家翰林看不起咱們內務府，請他們做壽序，看起來是篇富麗堂皇的四六，暗底下用些深奧的典故，貶得人一文不值。你們有那個花錢找人來罵的癮，我可不領情。』為此，大夥兒都覺得為難，來爺爺新升了保和殿大學士，壽辰那天還少得了壽序？獨缺咱們內務府那一篇多沒有面子！」

錦兒趁他一口氣說下來，暫息緩氣的當兒，插嘴問道：「你是打算請雪芹來做？」

「是啊！」

「給多少潤筆？」

「二百兩。」

「起碼也得五百兩。大家公份，又不是你一個出，何苦放著大水不洗船？」

「可是——」

「你別說了！」錦兒大包大攬，有些蠻不講理似地，「我替你們哥倆說合，雪芹不肯寫，問我；你要不拿五百銀子過來，雪芹也問我。」

「其實——。」

錦兒魯莽地阻止曹雪芹：「『親兄弟，明算帳』，上回內務府送傅中堂老太太的壽序，請翰林做的，潤筆一千兩，咱們已經減半收了，不能再委屈。」

說完，大馬金刀地將雙手往桌上一按，做出那種願與不願一句話，毫無通融餘地；兼含著不怕你不點頭的那種拿穩了的神情。

曹震卻沉著得很，先喝口酒方始抬起頭來問道：「你的話說完了沒有？」

「說完了，就是這個樣。」

「我的話還沒有完。」

「還有甚麼？」

「後天就得要。」

不想還有這麼一個條件！錦兒氣往上衝，「你剛才怎麼不說？」她問。

「也得容我有說話的功夫啊！嘰嘰呱呱盡聽你一個在嚷嚷，我連插句嘴的餘地都沒有。而且，現在說也不晚。」說完，曹震還陰惻惻地一笑。

這一笑更讓錦兒火大，「也不知道多早晚學的這副陰世鬼的德行！」她知道曹雪芹做文章要看興致，尤其是這種應酬文章，限時交卷，絕不可能，恨恨地說道：「有規矩的，立等不應，你給一千兩也不能寫。」

「那可是你不肯寫，不是雪芹不肯。」曹震又說：「滿飯好吃，滿話難說；你這個脾氣，趁早改一改吧！」

這句話將錦兒這一兩年來變本加厲、好強爭勝脾氣又觸動了，心裡實在不服這口氣；當時站起身來，向曹雪芹招一招手，自己先走到遠處等著。

「你能不能替我爭口氣？」

一聽這話，曹雪芹不由得沉吟了；想了一下說：「你何必跟震二哥爭閒氣。」

這話又不中聽了，錦兒揮著手說：「你別管！你只跟我說一句好了。」

曹雪芹想像得到，如說「不行」，不知道她會如何失望？當下咬著牙說：「行！我拚他一拚。」

「對！到時候要拚就得拚。」當下得意洋洋地重回原處，向曹震說道：「你別門縫裡張眼，把人都瞧扁了。不過，我先問你，你懂規矩不懂？」

「甚麼規矩？」

「限時加倍，內務府得給一千兩銀子。後天一手交錢，一手交貨。」錦兒又說：「你們的錢來得容易，也分幾個給雪芹花花。」

曹震心知錦兒是激勵曹雪芹發憤之意，反正便宜不落外方；而且這年要為秋澄辦喜事，出項要比往年多，也該助以一臂之力。內務府方面，可能爭到四百兩，自己再貼上六百兩就是。

主意打定了，話卻不能不說，「如果不是你最後一句話，我就不能給這個數。」他說：「雪芹的筆下雖不錯，不過一篇壽序值不值一千兩，猶待斟酌。」

「本來是給多了。」曹雪芹笑道：「錦兒姐拿鴨子上架，我還不知道能不能弄出來呢！」

「你別說洩氣的話！」錦兒微帶呵斥地，「今兒回去好好歇一宵，明兒動手，兩天一夜的功夫，還弄不出一篇文章來，你將來可怎麼下場？」

「這說得倒也是。」曹震接口，「你索性按照場規試一試。」

「場規怎麼樣，我還不知道呢？」

「你有心下場，就得稍為熟悉、熟悉場規。三場以第一場為重，考四書文，限定六百五十字。第一天點名進場，當天半夜裡發題紙，快手第二天下午就脫稿了。第三天辰巳之間『放頭牌』。」曹震又說：「明天算第一天，你到第三天上午交卷好了。」

「那就是大後天上午交卷，比我說的又多了一夜。」

他們夫婦倆都是為他打算，但都像是唯恐他不能如期交卷似地；曹雪芹倒有些不服氣，平靜地答說：「我仍舊後天下午交好了。」接著站起身來：「我早點回去，籌畫籌畫，該怎麼寫。」

「慢點！」曹震到臥室中轉了一轉，取出一張紙來，「這是來爺爺一生的事蹟。你帶回去看。」

曹雪芹接紙在手，回家先到馬夫人那裡請安；略略說了通州本家的情況，秋澄問說：「桐生回來說，你在震二爺那裡，想來吃過飯了？」

「吃過了。」

「談了些甚麼？」

「錦兒姐替我攬了個差使。」接著，曹雪芹將為來保作壽序的事說了一遍。

「你錦兒姐還真照顧你。」馬夫人說道：「這一千兩銀子，別到琉璃廠胡花了。」

「我看中一個惲南田的冊頁，二百兩銀子就夠了。多的歸公帳。」

「好！」馬夫人問道：「這篇壽序，你預備怎麼寫？」

「還得看了『節略』再說。」

「我教你一個訣門。」馬夫人說：「如今的來爺爺，就彷彿當年你爺爺那樣，都是從皇上小的時候就伺候起的；皇上小的時候，每每是來爺爺抱他。」

「啊，啊！」曹雪芹很高興地說：「太太這一指點，我就容易下手了。」

原來來保本身是內務府包衣，且與曹家同屬於正白旗，康熙末年由庫使擢升為侍衛；由於對當今皇帝幼年有攜抱護持之功，所以抬入滿洲正白旗，且賜姓喜塔臘氏。曹家自曹寅開始，便跟他很熟；生平事蹟，不須看曹震帶回來的節略，曹雪芹亦大致了然，此刻聽馬夫人談起好些外間所不知的逸聞，更不愁無鋪敘的材料。

因此，曹雪芹一回夢陶軒，便將自己關在書房裡，邊想邊寫，將來保的出處大概寫完，預備加上幾段能表現其人性情長處的故事，便可收束了。

來保善於相馬，亦精於騎射，他的兒子成麟，控馬的功夫，更是無出其右。有　回皇帝因金川軍事失利，遷怒在前線調度糧秣的戶部尚書舒赫德，封刀命侍衛立斬於軍前；大家都知道舒赫德並無過失，但沒有人敢犯顏直諫，惟獨來保從容陳奏，能迴天意。只是皇帝雖願收回成命，無奈侍衛已走得遠了，無法追及；於是來保建議派成麟另賫一道赦舒赫德的硃諭，星夜急馳，竟早於欽命侍衛三天，到達軍前，及時救了舒赫德。

這一段故事本身頗為動人，曹雪芹又寫得筆酣墨飽，淋漓盡致，自己讀了一遍又一遍，正在得意之際，聽得有人叩門，看一看自鳴鐘已是子末丑初，料想如此深夜，必是杏香來噓寒問飢，所以開得門去，雙手便是一抱，湊上臉去想親一下，方知錯了。

「怎麼是你！」曹雪芹急忙將手鬆開，笑著賠禮：「對不起，對不起！我只當是杏香。你怎麼這時候還來？」

「我早來了，跟杏香在聊天。」秋澄問說：「甚麼得意文章？念得如此起勁？」

「喔，」曹雪芹讓開一步，「請進來坐。來爺爺那篇壽序，三分天下有其二了；你要不要看看。」

「不！等你脫稿了一起看。」秋澄從從容容坐了下來說：「這會兒看了，也許有意見，說了，攪亂你的文思；不說，我在心裡憋得慌，不如不看。」

「也好！今晚上我熬個通宵，把它趕出來。」

「不管熬不熬夜，都該吃點兒東西了。」秋澄又說：「杏香在小廚房裡，我是特為來問一聲，消夜在那兒吃？我看開到這裡來好了。」

「這裡好，這裡好！」

「那，我去告訴杏香。」

「不用！」杏香在門外應聲，「我已經端了來了。」

掀開門簾，杏香帶著提了食盒的丫頭，鋪設停當，曹雪芹坐下來說：「今晚上不能喝酒，一喝了酒就有睡意，熬不成夜。」

「難得！」杏香笑道：「看來是要走運了。」

三個人喝著粥，都沒有話。曹雪芹是心思在壽序上；秋澄想說甚麼，似乎不知如何開口？杏香看在眼裡，便即問道：「你跟我乾爹還談了些甚麼？」

「喔！」心神不屬的曹雪芹，茫然地問：「你說甚麼？」

杏香要再說一遍，但為秋澄所阻，「算了，算了！」她說：「咱們吃完了粥，走吧！別擾亂了他的文思。」

「你，」杏香問說：「真的要熬夜？」

「我想一鼓作氣弄完了它。」曹雪芹答說：「錦兒姐好強，深怕我做不出來似地。我不能讓她在震二哥面前輸了這口氣。」

秋澄與杏香對看了一眼，眼中示意，彼此的感想是相同的，對付曹雪芹，錦兒最有辦法。

「你後半夜要甚麼不要？」杏香問說。

「就要一壺好茶。」

終於脫稿了。曹雪芹從頭細看了一遍，自覺大致還過得去，但文字不免粗糙；好在有的是功夫，等睡一覺起來，修改完了，明天下午便可交卷了。

看自鳴鐘，因為忘了上絃已經停擺。冬天「寅卯不通光」，但隔著圍牆，聽得胡同裡轆轆地車走雷聲，山東大漢送水的水車已經上街，估計也快天亮了。

熬夜的人在這陰陽交替的破曉時分，睡意最濃，走到書房間壁的套房裡，特設一張小床，已由杏香為他疊好了被；被窩還有個湯婆子，於是連燈都顧不得熄，便自解衣上床。朦朧中聽得外屋有人在說話。

「你好強，他也好強。大概整一宵沒有睡；這不就是壽序稿子？我看看，啊，殺青了。」

「真難為他！不過，也只有我才能治他的懶病。」

原來是錦兒來了，跟秋澄在說話；曹雪芹雙眼雖還澀倦，卻在床上睡不住了，「錦兒姐，你怎麼來了？」他高聲問說。

「啊！把你吵醒了。」錦兒在外屋答說：「還早，你再睡一會。」

「我不睡了。」曹雪芹下了床，一面披衣，一面問道：「這會兒多早晚了？」

「已末午初。」

「好！起來正好吃飯。」

於是錦兒與秋澄都退了出去，接著便是杏香來服侍他漱洗；曹雪芹已把壽序之事暫且抛開，心裡自然而然想到了通州之行的結果，同時也想到錦兒此來，絕不是為了想知道他的壽序寫了多少，而是為捐官的事要跟秋澄來談。

轉念至此，有些不安，怕錦兒措詞不當，容易發生誤會，便即問說：「錦兒姐甚麼時候來的？」

「剛到不久。」

「她跟秋澄談了些甚麼？」

「沒有談甚麼。」杏香答說：「不過倒是有句話，她跟秋姑說：我回頭要跟你談一件事。」

「只怕此刻就在談了，」曹雪芹急急說道：「你趕快去，把錦兒姐請了來；讓她一個人來。」

杏香有些為難地問：「這可怎麼說啊？」

想想也是，如果秋澄跟著一起來，杏香總不能截住她；當下說道：「你想法子別讓她們在一起。」

「為甚麼？」

「嗐！你別多問了，行不行？這會兒沒功夫跟你細說，照我的話做，沒有錯。」

「只有把秋姑調開。」

「隨便你用甚麼法子，只要調虎離山就行了。」

杏香點點頭，匆匆而去，託詞頭痛，請秋澄為她到馬夫人那裡去找藥；不道錦兒也要去看馬夫人，這一下杏香只好隨便找個理由硬留她了。

「等等！錦二奶奶，我有一樣東西要請你看。」

「甚麼東西？」

等秋澄走遠了，杏香方低聲說道：「芹二爺有話要跟你說，你請到他書房去吧！」

「不用了！」是曹雪芹在外面應聲；進門便問：「秋澄呢？」

「替我到太太那裡找治頭痛的藥去了。」杏香又說：「你們有話就快說吧！我到廚房裡看看去。」

曹雪芹點點頭問錦兒：「捐官的事，你打算怎麼跟秋澄說？」

「怎麼？」錦兒頗感意外，「你昨兒回來，沒有跟她提？」

「沒有。」曹雪芹說：「咱們得想個很婉轉的說法，不然她心裡會很不舒服。」

錦兒不作聲，靜靜地想了一會說：「咱們先問問她自己的意思，如何？」

「她不會肯老實的。一定是：這是人家的事，我管不著。」

「如果她這麼說，我就有話了。仲四捐官，原就是為了她的誥封，怎麼能說是人家的事。」

「她依舊不開口呢？」

「那就——，那就咱們替她作主。」

「這也未嘗不可。」曹雪芹說：「要這麼辦的話，根本就不必跟她談；咱們想好了，跟她說一聲，她一定不置可否，咱們就作為她的意思，跟仲四去說。反正他們一時還不會談這件事，中間有人架弄，一時也不會拆穿。」

「就拆穿了也不要緊，她不是那種不明事理的人。」

「對，對！咱們就這麼說了。」

他們說停當了，秋澄也回來了；為杏香取來一包頭痛藥膏。杏香原是託詞，但不能不貼，裝模作樣地瞞住了秋澄，一起吃了午飯，曹雪芹與錦兒一起到馬夫人那裡問安，少不得談到壽序的事，錦兒當然很高興地誇讚曹雪芹。

「真不容易！」她說：「一夜功夫就做成了。只要這麼發憤，何愁舉人不到手？」

「你別這麼說！」馬夫人笑道：「不是你逼著他，他也不能這麼發狠。進了考場，未見得就會這麼快。」

「太太這話正說反了。」錦兒說道：「考場裡的號子，站起來挺不直腰；睡下來伸不直腿。聽人說，頭一天還好，第二天那氣味簡直不能聞了。雪芹受不得那個罪，自然逼得他早早交卷，好趁早出場。雪芹，你說我這話是不是？」

「是啊！我已經打算受這麼一回罪了。」

「一回可不止。明年鄉試中了，後年春天會試，中了進士殿試，說不定中個狀元回來。」

「你別老趕了！」曹雪芹說：「咱們旗人就從沒有中狀元的。」

「幹林呢？」

「那得大卷子寫得好，才有希望。」

「那你就練字吧！說實在的，只要你中了進士，就甚麼都不必愁了。」錦兒又說：「那天跟震二爺聊閒天，他說：只要雪芹中了進士，不用他開口，內務府就會替謀缺，或者戶部，或者工部，當個現成主事，不必上衙門自然會有人送禮上門。那時候由著你的性兒去當名士。」

曹雪芹不作聲；馬夫人卻開口了，「人家的禮也不是白送的。」她說：「俗語說得好，『得人錢財，與人消災』，有甚麼請款、報銷的公事來拜託幫忙，也是件很麻煩的事。」

「那也好辦。」錦兒接口，「能幫就幫，不能幫只好說聲對不起。送不送禮在人，幫不幫忙在己。那時候震二爺自然會給雪芹指點利害；只要雪芹自己耳根子別太軟就行了。」

「他就是耳根子軟。」馬夫人正色告誡愛子：「你這脾氣可真得改一改。」

談到這裡，曹雪芹起身回夢陶軒，一面喝茶，一面取出壽序的稿子來細看，正在聚精會神地斟酌時，聽得門上輕叩，轉眼看時，是秋澄在門口。

「怎麼不進來？」

「我怕擾亂你的文思。」秋澄問說：「快脫稿了？」

「快了。」

「要謄清吧！」

「當然。」

「我來幫你的忙，怎麼樣？」

「固所願也，不敢請耳！」曹雪芹笑嘻嘻地站起身來，「我這位子讓你。」

「我在這張半桌上寫好了。」

「不，不！那裡光線不好，也不舒服；寫正楷非得有個好座位不可。」接著又說：「我的紙一直捨不得用，今天可要開張了。」

說著，從黃楊木的書櫥中，取出來一盒宣紙箋，是在琉璃廠定製的，水印的格子，底版上印著極淡的花紋，細看才能分辨，是用惲南田的花卉，刻板套印。最後印著「夢陶軒吟箋」五字。

「印得真不錯。」秋澄說道：「不過也不是甚麼稀世珍品；你甚麼都大方，唯獨這幾張信紙當寶似地，小氣得要命。」

「雖不是甚麼稀世珍品，可是用一張少一張，自然就小氣了。」

「用完了不會再印？怎麼說用一張少一張？」

「製這箋紙的老劉，外號『扭不轉』，脾氣很撇，就跟我投緣，有一回刻了一副板，我說好他就替我印了一百張。見了的都誇獎，我有個朋友，在王府當差，跑了去找老劉，不知道怎麼把話碰僵了，楞是不給印，我那朋友拿出王府的勢力壓人，更壞，老劉當場把板劈了兩塊。」

曹雪芹又說：「這一百張箋紙就跟古書的孤本一樣，我怎麼不拿它當寶？」

「你就是能跟怪人交朋友。」秋澄笑道：「聽你這一說，都嚇得我不敢動筆了。」

「為甚麼？」

「怕寫壞了，糟蹋你的寶貝。」

「你是例外，儘管糟蹋，寫壞九十九張，還剩下一張，那就真的是海內孤本了。」

秋澄說的是真心話，此刻聽他這樣說法，心情放寬來，紙好、筆墨也湊手，自覺比平常練字時寫得好，興致就越發高了。

在另一面改稿子的曹雪芹很快地完事了，拿了剩下的兩張稿紙走過來說：「你先看一遍，有不清楚的地方問我。」

「好！你擱在那兒。」

「你先看。」曹雪芹說：「看完了我去太太那兒，陪錦兒姐聊聊天，你一個人安安心心寫好了。」

「你別去！」

曹雪芹頗感意外，順口就問：「為甚麼？」

「太太快歇午覺了。」

「太太歇午覺，我跟錦兒姐回來好了。」話一出口，心裡想到：秋澄的話不錯，到了馬夫人歇午覺的時候，何以錦兒還在那裡？那就一定是馬夫人留著她談甚麼事。

但能讓馬夫人一破每日必行的例課，不睡午覺跟錦兒談事，那麼這件事不但重要，而且一定也有趣，談來可以忘倦。這又是一件甚麼事？曹雪芹坐在那裡怔怔地思索了一會，突然省悟，談的是辦喜事。

怪不得秋澄躲開，而且不願他去！這樣想著，腳癢心更癢，有些坐立不安了。

秋澄看在眼中，意有未忍，便說一句：「你要去，就去吧！」

聽這話，似乎那面所談的事，又跟她無關；略想一想，作一試探，「不忙！」他說：「我等你抄完了，一起走。」

「我不去。」

這下證實了自己的想法不錯，「為甚麼不去？」他故意問道：「是不是聽了害臊？」

秋澄不答，只板起了臉。曹雪芹哈哈大笑，退出房門，急步飛奔，不道得意忘形，一出去就滑了一下，踉踉蹌蹌收不住腳，順手抄住廊上的高腳花盆架，只聽「叭噠」一聲，一盆蠟梅砸在地上，人也摔了一跤。

「怎麼啦？」

秋澄趕緊出來探望；又有個小丫頭將曹雪芹扶了起來。幸好，除了右手揿在花盆泥上，弄髒了手以外，別無傷處。

「地上滑，走得急，摔倒了，沒有甚麼。」

「真的沒有甚麼？」

「真的沒有。」曹雪芹關照：「快打水來，讓我洗手。」

「報應！」秋澄只說了這一句，扶起花盆架，隨即又回屋子裡去謄稿。

曹雪芹猜得絲毫無誤，馬夫人院子裡、走廊上聚了好些丫頭、老媽子，在聽屋子裡談為秋澄辦喜事的細節。

原來承平歲月，飽食終日，在家總得想些有趣的事來消磨辰光，男人的花樣比較多，厭了還可以出去走走；閨閣之中，不過有限的幾樣消遣，刺繡女紅、講究烹飪以外，無非聊聊天、鬥鬥牌；識字的還好，不識字的有時長日無聊，便只有到黑甜鄉中去討生活，這種日子安閒是安閒了，但也很容易令人厭煩。

因此，家中如果有甚麼喜慶，便是一件令人興奮不已的大事，一談起來，總是興味盎然；細枝末節，顧慮周詳。這天是錦兒談起來的，先還比較含蓄，及至杏香一來，她可以代表她「乾爹」提出意見，這敞開來一談，使得在後房的秋澄坐不住了，才遁到了曹雪芹那裡。

「怎麼？」錦兒問道：「文章改好了？」

「改好了。秋澄替我在抄呢！」

「你也該陪陪她。」杏香說道：「丟她一個人在那裡，說不過去吧。」

「那可沒法子。我不能不來聽聽。」

「你要聽甚麼？」

「你們不是在談辦喜事嗎？」曹雪芹說：「為趕了來，還捧了個跟頭。」

等曹雪芹將秋澄不願他來的情形，形容了一遍，大家都覺得好笑。可是，曹雪芹還是沒有趕上聽她們談這件有趣的事；因為馬夫人要歇午覺，而且窗外關心這樁喜事的人太多，有些話也不便深談。再有一個理由，便是杏香認為不該將秋澄一個人丟在夢陶軒，所以從馬夫人那裡辭了出來，去看秋澄。

秋澄已經將稿子抄好了，正找了一張粉紅宣紙在裝封面；一見大家到來，平靜地問：「太太歇下了？」

「是啊！」錦兒答說：「太太的瞌睡蟲把我們攆回來了。」

「你仔細看看，」秋澄將裝訂好的壽序稿遞給曹雪芹，「看看有錯字沒有？一千兩銀子的潤筆，可不能有半點兒馬虎。」

「對！」杏香說道：「咱們上那面坐吧，讓他靜下心來細看。」

等她們一走，曹雪芹坐在他原本的位子上細心校閱，發現有個字是筆誤，便找一張紙預備裁一條下來「加籤」；隨手一翻，發現了一首詩，是秋澄的筆跡：「黃葉辭枝去，青山入夢遙；柳絲同白髮，明日兩飄蕭。」詩下註著題目：「偶成」。

是剛才寫的嗎？曹雪芹在心裡問；吟哦了幾遍，認為不是剛才所寫，亦必是近作，因為起句「黃葉」是自況，「辭枝」便是出閣，這是近事，所以不可能是舊作。

但「青山」又作何解？寫下來沒有帶走，是忘掉了呢？還是特意留給他看的。凡此在曹雪芹都是極感興味的事。

於是他看完了稿子，將錯字在籤條上註明，夾入稿中；然後帶著秋澄的詩稿去找她。

錦兒跟秋澄在他臥室對面那一間起坐之處喝茶閒話；曹雪芹進門向秋澄說道：「只有一個字筆誤，請你改一改。」

秋澄接到手中，錦兒便並頭細看；看到第二頁說道：「抄得這麼整齊，拿筆改一個字，就像雪白的皮膚上有個疤，太可惜了。能不能不改？」

「這個字關係出入很大，非改不可。」曹雪芹說：「反正是稿子，拿了去人家還是會有改動。」

「人家改是人家的事，反正我交了出去；就像——」錦兒笑道：「就像嫁女兒一樣，上花轎的時候是完璧，一進洞房是另一回事。」

這個譬喻明明是拿秋澄開玩笑；她臉雖微紅，佯作不聞，管自己低著頭只看那張籤條。

就這時杏香送了兩籠蒸食來當點心，一見錦兒與曹雪芹相視發出詭祕的微笑，便即問道：「怎麼回事？甚麼事好笑？」

「錯了一個字，錦兒姐——。」

「有了！」秋澄突然發話，聲音提高了，顯然是要打斷曹雪芹的話；「挖補一個字好了。」

「不錯，不錯！」錦兒高興地說道：「我們怎麼就沒有想到這一著？」

「那得到書房裡去。」杏香說道：「傢伙都在那兒。」

「不必！你去一趟，把傢伙取來，順便帶一張紙。」

所謂「傢伙」便是挖補用的象牙小刀等物；錦兒看著曹雪芹細心將錯字刮去，另外補上一小塊紙，壓緊磨平；然後由秋澄調好了墨色，在原處改寫一個字，遽然一看，天衣無縫。

「這是個好兆頭。」錦兒說道：「殿試卷子才要挖補。雪芹，明年鄉試，後年會試，你一定都中，接下來殿試。」

曹雪芹笑笑不作聲，只將稿子交了過去說：「我可交卷了！你收好。」

「好！費心、費心。潤筆三日之內奉上。」

「不忙！」曹雪芹說：「我跟太太回過了，我只要二百兩銀子買畫；等我看好了，把畫送到你那裡，你再給錢。其餘的，一時大概也不用，存在你那兒好了。」

「太太已經跟我說了。趕明兒個我先兌二百兩銀子送來。」錦兒又說：「骨董鬼見錢眼開，你拿現銀買現貨，可以殺他的價。」

「錦兒姐可是越來越精明了。」曹雪芹將那張詩稿拿了出來，「大姐，這是你——。」

一語未完，秋澄省悟，一把將詩稿奪了過去說：「瞎寫的。」

「寫的甚麼？」錦兒將手一伸，「我看看。」

秋澄無奈，將詩稿交了出去；曹雪芹便說：「我想僭易一字，『黃葉』之黃，改為紅字，如何？」

「不通！」秋澄答說：「從沒有聽說紅葉會掉的。照你所說，『掃紅』不是掃落花，是掃落葉了。」

「果然不通。」曹雪芹笑道：「我沒有想到紅葉不落。」

「我也覺得黃字不好。」錦兒插嘴，「不過說不上來，為甚麼不好。反正這個字要改。」

「不如改桐葉。」曹雪芹又問：「『青山』何指？」

「不就是『蔣山青』嗎？」

「啊，啊！原來你是想到南京了！怪不得說『入夢遙』。然則『柳絲』自然是『白門柳』了。」

「當然。」

「你們這一談，我也懂了。」錦兒說道：「你必是出閣之前，想念老太太，連帶想到咱們在南京老家的日子。不過怎麼說『明日』呢？又不是伍子胥過昭關，那裡一夜功夫就白了頭髮。」

「錦兒姐，你別把字眼看死了，『明日』是指將來；不是真的隔了一夜。」

「那還差不多。」

秋澄倒是想說，這「明日」無非轉眼之間之意。想一想，如此解釋，未免過於蕭瑟，掃了大家的興致，所以把話又嚥了回去。

「雪芹，」錦兒忽發奇想，「你能不能把秋澄的這首詩畫成畫？」

「那怎麼行？」杏香脫口說道：「莫非畫個白頭髮的老婆子？從沒有那樣的畫。」

「其實也無所謂。」秋澄很坦然地說：「人總是要老的。」

「可是畫出來好看不好看呢？」

「那就得看畫的人的本事了。」錦兒接著杏香的話說。

她的話大有考一考人的意味；曹雪芹不免躍躍欲試，一轉念間浮起一個新的念頭，不暇思索地答說：「好！我畫。反正畫詩意，你們不必問我怎麼畫。」

「那當然。」錦兒慫恿著說：「你快畫出來看。」

「我回頭就動手，不過有句話先要說明白，甚麼人也不能來看，讓我一個人關起房門來畫。」

「我呢？」杏香問說：「我真想看看你怎麼能在畫上畫一個白頭髮的老太太？」

「對不起，你也不能例外。」曹雪芹說：「你替我把畫桌弄清楚，沏一壺好茶，你就陪錦兒姐上太太那兒去玩；到吃晚飯的時候，畫就有了。」

杏香照他的話做，都弄妥當了，邀錦兒、秋澄一起上馬夫人那裡；臨行時還關照丫頭：「把院子的門關上，別教人去打擾芹二爺。」話雖如此，卻不放心，一遍一遍親自去探望；隔門相語，曹雪芹只答她一句：「你放心！你們一定會覺得有趣。」

這天的晚飯，預定開在馬夫人堂屋裡；馬夫人已經吃完了，大家還在等，看看起更了，馬夫人便說：「他大概畫不出來了！你們先吃吧。」

「不！」錦兒堅持著：「要等。」

「你們越是這樣，他越心急，倒不如你吃完了回家；他的心一寬，也許就畫出來了。」

錦兒想一想說：「太太說得也是。我們就吃吧！」

剛剛坐定，只聽外面在報：「芹二爺來了。」

聽得這一說，杏香便迎到門口，揭起門簾說道：「慢慢兒畫吧！先吃飯。」

「畫好了。」曹雪芹一面進門一面說。

這時秋澄也站了起來，「一直在等你，是太太吩咐，別催你，讓我們先吃。」她問：「畫好了就喝酒吧；喝甚麼酒？」

「錦兒姐喝的甚麼？」

「我喝的是玫瑰露，香倒很香，太甜了一點兒。」

「兌點兒白乾就不甜了。」曹雪芹坐下來說：「我也喝玫瑰露。」

於是錦兒為他斟玫瑰露；杏香去取白乾；秋澄把曹雪芹愛吃的菜移到他面前，三個人亂了一陣，方都坐定。

「畫得怎麼樣？很得意吧？」錦兒問說。

「還好。」

「你是怎麼畫的？」

「回頭你看了就知道了。」曹雪芹徐徐引杯，「這會兒我得賣個關子。」

錦兒與秋澄對看了一眼，都不作聲；杏香提議：「要不要我去取了來，讓大家先睹為快？」

「還少一個人物。回頭吃完飯，等我補上。」

杏香大失所望，但失望中又有得意，「是不是，」她說：「我說了人很難畫吧！」

「一點都不難。」

「你還沒有畫。」杏香說道：「你畫了就知道了。」

「你還沒有看。」曹雪芹學著她的語氣說：「你看了就知道了。」

這是一個軟釘子，杏香不作聲了。錦兒笑道：「雪芹今天一定弄了甚麼狡猾；我不上你的當。」

「怎麼不上我的當？」

曹雪芹是故意賣關子，裝得神祕莫測似地，錦兒好奇心大起；親族相處，感情厚了，自然會在日常生活中出現這種有趣的話題，所以她一再旁敲側擊，想窺探出那幅畫中有些甚麼？但曹雪芹始終不肯透露；吃完飯，依舊好整以暇地陪著馬夫人聊天。

「你該走了吧？」馬夫人問錦兒，「還是今晚上住在這兒？」

「那要看雪芹。」

「怎麼？」

「他要是讓我看了畫，我自然就走；不然我得住在這兒。」

「原來錦兒姐等著看我的畫。」曹雪芹馬上接口，彷彿原先不知道似地：「你不早說！」

聽得這種故意逗人的風涼話，錦兒不免有些冒火：「哼！」她冷笑著：「求你多少遍，你不理；我不求你了！你願意拿給我看，我就看；不願意就拉倒。」

「願，願！」曹雪芹笑著應聲；又說：「其實已經畫好了。請！請指教。」

這下錦兒方回嗔作喜；到了夢陶軒的書齋，一張五尺的條幅，連款都題好了，拿針佩在壁上。近前細看，畫的是設色山水，景致彷彿李白的詩：「三山半落青天外，二水中分白鷺洲。」蕭疏秋柳之下，一個白髮紛披的老者，策杖閒眺，意態悠閒。

「怎麼？」杏香先就大聲詫異地說：「畫的不是白頭髮的老太太。」

「你別嚷！」秋澄說道：「先看看題款。」

題的是「雪芹六十造象」六個篆字；下面又有一行小字：「乾隆己巳雨水後一日戲筆。」下面鈐著一方小印，只有一個字：「霑」；前面又有一方閒章：「長思短歌」。

「怎麼變了你自己呢？」杏香又問。

「為甚麼不能變我自己？」

「你別老傻裡呱嘰的老問這個了。」秋澄推了杏香一把，「詩裡頭又沒有指明，是個女的；他要畫他自己，有何不可？只要符合詩意，就行了。」

「我就知道雪芹一定弄了甚麼狡猾。」錦兒點點頭說：「不過畫得倒是不壞；他是指望著晚年能重回老家，這又是一個好兆頭。」

聽得這話，連曹雪芹都困惑地望著她；大家的眼色中都在期待她解釋。

「你們想，旗人不能隨便出京；雪芹六十歲那年如果在江寧，當然是在那裡做官。」

「你也想得太玄了。說不定還當織造呢！」秋澄笑著說了句：「官迷！」

錦兒笑笑不答，視線還是在畫上，「這裡太空了！得補點兒甚麼東西才好。」她指著畫上的一大塊空白說：「譬如加上一行鴻雁。」

「不！」曹雪芹向秋澄說道：「我是給你留的地位，你把你那首詩題上吧！」

「我的字怎麼能題畫？不行，不行！別糟蹋你這幅畫。」

秋澄不肯落筆，禁不住大家起鬨，秋澄只得勉為其難；但她也有一個條件，跟曹雪芹作畫一樣，不許人看。

「好吧！」錦兒說道：「我們躲開。」

「還有一層，」秋澄又提第二個條件：「題壞了別怪我。」

這回該曹雪芹答話：「不要緊！」

「只要你不心疼，我就題。說老實話，一定會糟蹋了畫。」

她這一說，還真讓錦兒擔心，在夢陶軒起坐間中不斷嘀咕：「不該勉強她的，真要題壞，有多沒趣。」

「不會，不會。」曹雪芹也有些惴惴然，不過不能不這麼說寬心話。

不一會見秋澄打發丫頭來請；攤過去一看，秋澄規規矩矩地寫著那首〈偶成〉，但並未寫出題目，只在詩後加了一段話：「雪芹吾弟作白門秋色圖，著一老翁，自道為六十造象；或謂此乃服官江寧之先兆，當什襲以藏，留待他年之證驗。」下面寫「秋澄敬識」四字。

「好極了！」曹雪芹大讚：「行款、字都好；識語更妙！這一題，即便畫不好，也值得保存了。」

「咦！」一直在看畫的錦兒困惑地發這一聲；大家都轉臉來看她，等她說下去。

錦兒卻沒有話，只是皺眉苦思；曹雪芹忍不住問：「是怎麼回事？」

「我總覺得少了一點兒甚麼？」

曹雪芹一看便即明白：「少兩方圖章。」他問：「是不是？」

「不錯，不錯！你說對了，就是少兩方圖章，倒像勻了胭脂，沒有畫眉毛，看起來太淡。」錦兒問道：「得要補兩方圖章，一個也行。」

秋澄是有兩方小印，但名字都改過了，已不通用；杏香提議鈐用曹頫所送的那個「曹」字玉印。

「那怎麼行？自己人蓋上一個『曹』字印，不成笑話？」

「那就沒法子了。」杏香說道：「芹二爺刻圖章慢得很，明天能刻出來就很好了。」

看錦兒臉上有怏怏不足之色，曹雪芹便說：「有個救急的法子，我可沒有試過。」

「能救急就好。試一試何妨！」杏香問道：「是甚麼法子？」

「我畫兩個圖章在上面。」

這下，大家都好奇心起，「我還是頭一回聽說畫圖章。」錦兒催促著：「怎麼個畫法？你讓我們開開眼界。」

於是曹雪芹取來銀珠與新筆，在「秋澄敬識」四字下，畫了兩個圖章，朱文的只有一個「霞」字；白文是「秋澄」二字。

看他一筆一筆細描，但東一下、西一下，起初看不出甚麼，到慢慢成形，趣味就好了。畫好了一看，與真的圖章毫無兩樣；題的款有此兩印一襯，彌覺美滿。

但曹雪芹卻不滿足，「前面應該加一方閒章，行款才好看。」他抬眼望著秋澄，「你願意刻個甚麼閒章？」

「閒章還有種類？」

「種類多著呢！這會兒沒有功夫跟你說；你想一句話，我看行不行。」

秋澄點點頭，想了一下說：「有句話能不能用：『與君世世為姐弟。』」

「這是套用東坡對子由說的話，何不逕用原文。」

「原文行嗎？」

「怎麼不行？」曹雪芹說：「妹妹稱為『女弟』，不也是弟嗎？」

其時錦兒已經能懂了，「你這輩子女身，莫非下輩子也是女身？」她說：「下輩子當然是男身了。」

眾議一致，秋澄當然不會有意見；曹雪芹端詳了好一會：「這要長方形，用鐵線篆才好看。不過畫起來很費事，線如畫得不直，就不是鐵線了。」

「好！」錦兒說道：「咱們別攪他；那面坐吧。」

「不如到我那裡去。」杏香說道：「我有好些繡的東西，請兩位替我挑一挑花樣。」

於是相偕到了杏香的臥室，等錦兒與秋澄喝茶時，她將特為借來的繡花圖樣捧了出來，像一函古書似地，裝潢得很講究，栗木夾板，上面有一張灑金箋簽條，寫的是：「顧繡圖譜」。

「顧繡圖譜！」秋澄驚喜地失聲而呼，「我可見過顧繡；那真是鬼斧神工。」

聽她是如此興奮的神情，錦兒便不看圖譜，先聽她談顧繡。

「你們知道不知道，老太太年紀輕的時候，大家管她叫『鍼神』；她就是學的顧繡。老太太跟我講過顧繡的來歷；據說——。」

據說明朝中葉，道州知州顧名儒，辭官回到家鄉上海，築園養老；園名露香，其中三樣名物：水蜜桃、糟蔬菜、刺繡。最後一樣，更是名聞遐邇，稱為「顧繡」。

「顧」是指顧名儒之妾繆氏。相傳她的繡法得自大內，精髓所在是個「細」字。買來的上等絲線不能用，要小心擘開，比少女的髮絲還要細，繡花鍼當然也是特製的，否則不能細入毫芒。

這還是人力可致的，但分色的精妙，便是繆氏的天才了，所繡的山水、人物、花鳥，看不出鍼腳，只是一幅氣韻生動、工細無匹的畫；因此，顧繡稱為「畫繡」，或者說「繡畫」，亦無不可。

顧繡流傳的軼聞很多，最傾倒繆氏的絕技的，是近在松江的董其昌，說她所繡的〈八駿圖〉雖趙孟頫的畫筆，亦未必能勝過。又有一幅〈美人停鍼圖〉，圖中美人十餘，窮態極妍，神情姿態，無一相同。揚州有個大鹽商一見不捨，用一副漢玉連環及一幅南唐周昉所畫的仕女交換而去。

顧家婢妾眾多，在繆氏的教導之下，個個工於刺繡；幅幅售得高價，以致提起露香園，都只知道顧繡，不知道還有主人顧名儒在。因而顧名儒酒後常常發牢騷，自覺寄食於婢妾十指之間，是件極委屈的事。

顧繡公開傳授，是明朝末年的事，顧名儒有個曾孫女，嫁後不久居孀，年方二十四歲，但有一子；顧氏撫孤守節，以傳授刺繡為生。她本人所作，比同時由露香園中傳出來的作品，更為高明；秋澄所見的一幅顧繡，便是她的傑作。

「那是一個橫披，名叫〈海上仙山圖〉。〈長恨歌〉忽聞海上有仙山，樓閣玲瓏五雲起』，光看這兩句詩，你們就知道工程多大了；我真沒法兒形容，反正目眩神迷就是了。」

「那個繡件呢？」錦兒問道：「到那兒去了？」

「那可得——。」秋澄突然頓住；嚥了口唾沫，真像把未完的話硬吞了下去似地。

錦兒心知其中必有蹊蹺，而且不會是甚麼光彩的事；有杏香在，她便不再追問，只看圖譜。

圖譜裝成四大冊，分山水、人物、花卉、翎毛四大類，圖樣畫得很細，下方細註分色之法，頗為實用。

「你要繡甚麼？」

「我想繡兩幅被面、一對枕頭、一個帳額、一個鏡套。」

「作甚麼用？」

「自己用。」

其實，錦兒也知道自己的話問得多餘；這些繡件當然是為秋澄預備的嫁妝，因而心照不宣地問了句：「來得及嗎？」

「盡力趕就是。」

這一問一答，意思非常明顯；因此，當錦兒要秋澄挑選時，她一口拒絕：「不是我的事，我不管。」

語氣還很硬，錦兒覺得好笑，便即說道：「好吧，你不管，我跟杏香來管。」

於是逐幅看去，細細評議，挑的自然都是吉利的圖樣；最費斟酌的是那幅帳額，因為被面、鏡套，白天不用，好歹無人得見，帳額卻是終年懸在那裡的。

正在商議不決時，曹雪芹來了，錦兒先不談他的畫，問他帳額圖樣的意見。

這些繡件作何用處，他是早就知道的；略看一看，便即說道：「這幅『天半朱霞』圖好！」

「我也覺得這幅好。」杏香說道，「喜氣洋洋。」

「不但喜氣，還有——。」

「請你別往下說了！」杏香攔住他說：「不光是你一個人聰明！」

因為一說破扣著一個「霞」字，秋澄一定坐不住；談得好好的少了一個人，豈不掃興？曹雪芹領會得此意，便不再多說；只將他的畫展了開來。

於是話題由顧繡圖譜轉到白門秋色；錦兒非常喜歡這幅畫，「難怪太太老說雪芹，改不掉的名士派，沒藥醫了！」她說：「弄這些東西，真會入迷；越看想得越多，想得多了趣味就來了。」

「可了不得了！」秋澄笑道：「咱們家已經有了一位名士，再來一位女名士，那就不用穿衣吃飯了，整天無事忙吧！」

「就算無事忙，也比整天東家長、西家短，專談人家的是非強得多。」

「你聽聽！」秋澄向曹雪芹說：「簡直是老太太當年的口氣了。」

「我怎麼能比得上她老人家見得廣，想得透，說出話來，一針見血。」

「喔，」杏香對曹家在南京的日子，嚮往異常，如今聽她們談曹老太太，不由得就說：「咱們這位老太太一定是女中豪傑，我聽大家平時談起來，沒有一個不服她、不敬她的。」

「你這『女中豪傑』四個字，形容得倒也恰當。」錦兒接口說道：「我時常在想，倘或老太太如今還健在，那有多好！」

「是啊！我也在想，老太太如果在，對咱們家這樁喜事，不知道會多高興！」

「這當然也是。」錦兒說道：「不過，我另有想法，老太太如果還在，我要請她勸勸四老爺，玩兒骨董字畫，也該有個限度；更要請老太太，把我們那位二爺找了來訓一頓，幹麼那麼樣爛賭！」

「怎麼？」曹雪芹不免關心，「他越賭越厲害了？」

「可不是！」

「你怎麼不說說他？」秋澄問道：「震二爺不也蠻聽你的話的嗎？」

「哼！」錦兒微微冷笑，沒有再說下去。

就這時聽得鐘打九下，杏香起身，要去伺候馬夫人歸寢；秋澄便問錦兒：「你怎麼樣？要回去該走了；不回去得替你預備。」

「不必！」錦兒說道：「我睡你那兒。」

「那就走吧！先到太太那裡聊一會兒。」

等她們紛紛起身，曹雪芹亦蹶然而起，「我一個人在這兒幹甚麼？」他說：「我也去。」

「對了！」錦兒說道：「順便把你的畫帶去給太太看。」

「不！」

「為甚麼？」

曹雪芹搖頭不答，秋澄卻明白他的心意；「是怕太太看了感觸。」她說：「回頭太太不問畫的甚麼，咱們就別提。」

子女自以為年輕，如老萊子之效嬰兒，綵服娛親，父母才會忘老；曹雪芹未至六十而作六十造象，馬夫人見了會想：到那時不知道還能見愛子不？這樣的感觸，對上了年紀的人，是心理上極大的打擊。

錦兒領悟到這一層，才知道自己對馬夫人的感情，較之曹雪芹固然差得遠，而且亦不及秋澄，故而體會不到。

由此連類推想，別有會心；原來她逐漸發現曹震對她的情分已不如前，冷眼觀察，他對翠寶的親熱，在私底下有增無減。剛才談到曹震好賭，秋澄的話，觸及她的心事，這天不回家而住在秋澄那裡，便是要訴訴這一番心曲。

「你說震二爺聽我的話，不錯，是聽；只不過是表面文章。甚麼叫『陽奉陰違』，他就是！」

「你用這四個字，就見得你自己婦道有虧了。」秋澄說道：「我常時見你對震二爺呼來喝去，有些事獨斷獨行；他辦不到，或不願意這麼辦；而你呢，多年來拿住了他的短處，恩威並用，把震二爺收服了，當面不敢反對，就只好陽奉陰違了。」

錦兒不作聲，好一會才開口，「我也想到了這一點，不過不如你看得透澈。」她問：「你說我以後該怎麼辦？」

「病根找到了，下藥還不容易嗎？」

「這一點我當然知道，要改一改。可是，你不是不知道他的脾氣，向來欺善怕惡；我一遷就他，他得理不讓人，會爬到我頭上來。」錦兒又說：「到那時候，事事當面駁我的回，倒不如仍舊是這樣兒，至少還落得『陽奉』。」

「我不贊成你這話。你說他欺善怕惡，我看他也並沒有欺侮翠姐。」

「哼！」錦兒冷笑，「不但不欺侮她，還真聽她的話呢？有時候表面敷衍我，到頭來還是照翠寶的意思辦。」

「這一說，正好相反。」秋澄笑道：「那是陽違陰奉。」

「氣人就在這裡！」錦兒氣鼓鼓地說：「我就看不出來我那一點兒不如人家。」

「人苦於不自知。妹妹，」秋澄從被窩下面伸過手去，握著她的手說：「你別說我幫翠寶，她可比你會做人。」

「你不用說這個，你只老實說：我那一點不如她？你說得對了，我自然改。」

「剛才我不是說了，你把震二爺呼來喝去，凡事獨斷獨行，這一點就不如人家。」秋澄又說：「古書上有個故事說，年紀大了，牙齒掉了，可是三寸不爛之舌在，這就是柔能克剛的道理。」

「可是我也說了，我處處體諒他，他以為我好欺侮，爬到我頭上來，怎麼辦？」

「不會。有太太，有雪芹，他也不敢對你無禮。再說，我如今也算姓曹了，老著臉說一聲：震二哥，你不能這樣子對二嫂子。他也不能不賣我一個面子。」

錦兒又沉吟了好一會，慨然說道：「好吧！我就聽你的勸。不過，將來要請你說公道話的時候，你可別撒手不管。」

「你看我是那種人嗎？」

「你不是那種人，雪芹也不是那種人。不過，」錦兒下轉語的聲音格外重，「牽涉到另一個人，你們就有顧忌了；尤其是雪芹，不也管人家叫姐姐嗎？」

這是明指翠寶，「不相干！」秋澄很快地說：「我們自然幫你講理。」

「如果我沒有理由呢？」錦兒很快地問：「你們就不幫了？」

秋澄默然；猶在思索如何回答時，錦兒卻又開口了。

「俗語說，『清官難斷家務事』，有理沒理有時很難說；只看旁人怎麼看。」

「要說旁人怎麼看，自然是對你有利。」

「何以見得？」

「你是大，她是小，世上只有『寵妾滅妻』的，幾時聽說過寵妻滅妾？而且震二爺也不至於做出這種沒良心的事。」秋澄接著又說：「至於你沒有理，要人家幫你，就幫了，也不過一回；就幫上了，只怕你自己也覺得無味。總而言之，你沒有一點不如翠寶，地位又比她有利，照說不可能爭不過她，其實也無須爭。最要緊的是千萬別跟震二爺破臉；夫妻一破了臉，就像好好一樣瓷器碎成兩片，即使拿膠續上，絲毫不缺，可是總有條裂痕在那裡。你說是不是呢？」

「唷，唷！看你這長篇大套，倒像飽經世故的老媽媽似地；看起來仲老四真是走了一步大運。」

秋澄狠狠在她手背上打了一下，抽回了手說：「原來你是借個題目來消遣我！」說著，轉身過去，背對著錦兒。

「怎麼回事？」錦兒笑道：「到這會兒還害臊？」

「不是甚麼害臊不害臊，你要人家跟你說正經的，你自己就不應該開玩笑。」

錦兒微笑不語。不管是怎麼樣得罪了秋澄，只要作出這樣的神態，便必能邀得諒解，但這一回卻不同；錦兒側面望去，發現晶瑩的淚珠，不由得大吃一驚。

「你是怎麼啦？莫非我哪句話傷了你的心？」錦兒伸出手來推著她說：「你說，是哪一句，我給你賠罪。」

「不相干。」秋澄抹一抹眼淚，「我是自己覺得可憐。」

這就更讓錦兒困惑了，搖著頭喃喃自語地說：「把我都鬧糊塗了，不知道甚麼意思。」

「我是想到將來。」秋澄幽幽地說：「大家都待我這麼好！將來不知道怎麼報答？心有千樣結，日子過得可憐。」

錦兒大大地舒了口氣，「你嚇我一大跳！」她覺得秋澄的想法是可笑的，但不便多說；而且覺得無須多說。

「你沒法兒琢磨我的心境——，」秋澄頓了一下，「唷！不談這些了。」

「對！別想得那麼遠；不然就是自尋煩惱。」

「不早了，睡吧。」

兩人各自掖緊了被，面對面閉眼而臥；錦兒聽得鼻息細細，吹氣如蘭，想像著自己是仲四，不知道此時是何滋味。

想著想著，不由得「噗哧」一聲笑了出來，而且唾沫星子噴到了秋澄臉上，她張開眼笑著罵道：「好啊！你真會撒野。」

「對不起，對不起！」錦兒抽出枕頭下的紡綢手絹，為秋澄擦臉，笑著道歉。

「你想到甚麼了？會忍不住好笑。」

「你想聽？」

「說來聽聽也好。反正瞌睡蟲也讓你攆跑了。」

「我當然要說給你聽。不過，我說了，你可別罵我。」

一聽這話，秋澄便不作聲了；已經想到絕不是甚麼好話。

「我是想到太太的事。」

原來自己誤會了；秋澄便問：「太太甚麼事讓你好笑。」

「我是說仲四太太的事；不知道仲四爺這麼睡在你旁邊，心裡——。」

一語未終，秋澄便仰起身子來，「我就知道你又拿我消遣！」一面說，一面伸手去呵她的癢：「看我今天饒得了你。」

錦兒笑著亂躲，「你不講理！」她喘著氣說：「我不早就聲明在先了。」

「你還說嘴！你不說太太的事嗎？」

「仲四太太不也是太太嗎？」

「你還說！」秋澄剛縮回的手又伸了出去。

「好，好！我不敢了。饒我這一回。」

聽她告饒，秋澄方始罷手；各自整理了被窩，重又睡好，聽得鐘打兩下，秋澄便說：「你聽，已經丑正了；絕不能再鬧了。」

「好。不鬧了！」但錦兒剛說了這一句，卻又翻身過來說道：「我只問你一句話，老太太的那幅〈海上仙山圖〉，後來的下落呢？」

「明天再談。」

「不！你不告訴我，害我一夜睡不著。」錦兒又說：「我疑心這件事跟震二爺有關。」

秋澄不答，仰臉看著帳頂，睫毛亂眨，似乎在思索甚麼。

「我說得不錯吧！」

「你一定想知道，我就告訴你；反正早年的震二爺，你不是不知道。有一回震二爺跟老太太說，那幅顧繡，有人要借了看一看，老太太當然讓他拿了去；那知道——。」

「一去不回了？」錦兒問說。

「嗯。」

「他是怎麼說的呢？」

「他說是人家弄丟了。」

「這話騙得了老太太嗎？」

「當然騙不過。」秋澄答說：「那時震二爺正為錢上的事，跟震二奶奶打飢荒。老太太就跟我說，那個繡件一定讓震二爺抵了債了。別提了吧。一提他們夫婦吵得更凶。」

錦兒默然，息了好一會才說：「我也不知道老太太是對了，還是錯了？」

「你覺得老太太這麼辦不對？」

「我不敢這麼說。不過——，唉！」錦兒緊皺著眉自責：「我是怎麼了？好好兒，又提當年的那場災禍幹甚麼？」

這是指雍正四年底抄家的事；秋澄亦慘然不歡，但想一想也有可以自慰之處，「老太太到底是福氣人！」她說。

錦兒默然，睡意漸濃；這一夜春夢迷離，一會兒夢到金陵，一會兒又夢見曹震當了江寧知府，直到曉色朦朧才能安穩熟睡。

錦兒帶著曹雪芹所寫的那篇壽序回家，心裡非常得意；但想到前一天秋澄勸她的話，在曹震面前一改平時那種得理不讓人的神態，只平靜地告訴他，曹雪芹已經如期交卷了。

「你倒仔細看看，」她又說，「如果有不妥當的地方，我叫他改，總要改到你滿意為止。」

曹震聽得這話，頗有異樣的感覺，好久沒有聽到她如此謙恭體貼的語氣了，因而不免深深地看了她一眼。

「怎麼？」錦兒摸著自己的臉問：「是那兒不對嗎？」

「不，不！沒有甚麼不對。」曹震問道：「雪芹的潤筆，甚麼時候給他送去？」

「不忙！」錦兒又說：「其實也不是雪芹的文章值那麼多錢；咱們不過借這個名目貼補秋澄的喜事。這一層連太太也明白；給雪芹二百兩銀子讓他買畫，其餘的存在咱們這兒，等要用的時候再取。」

「對了，提到秋澄的喜事，咱們總還得盡點兒心吧？」

「是。我也想到了，不過沒有敢跟你提。」

曹震越覺詫異，不知道她何以大改常態？一時不暇細想，只連聲說道：「不敢當，不敢當！你的話太客氣了。」

「相敬如賓嘛！」

曹震想笑不敢笑，不過心裡是高興的，「是，是，相敬如賓。」他問：「你看，咱們得預備一個甚麼數目。」

「那要由你作主。」

「不，不！咱們商量著辦。」曹震略想一想又說：「或者咱們認一項也好。」

「怎麼叫認一項？」

「譬如說，喜筵歸咱們報效。」

「那也可以。不過，你得核計、核計，花費太大，有點兒心疼，那就沒意思了。」

「我不會，只怕你心疼。」

「別樣心疼，這件事不會。其實，」錦兒乘機規勸，「你如果稍為收斂一點兒，花這些錢也算不了甚麼。」

「你是說捐官的事？」曹震搖著手說：「這件事過去了；我想想我也不是當地方官的材料，算了，別自己找罪受。」

「你想得不錯。」錦兒緊接著說：「可是，我不是指捐官的事。」

「那麼，指甚麼呢？」

「算了，不談吧。」

「為甚麼？」

「我怕我說了，你不高興。」

「啊，啊，承情之至。」曹震笑道：「總有五六年沒有聽你這麼說話了。是怎麼回事，忽然一下子改了脾氣。」

「是秋澄勸我，總要事事依著你。她說我事事依著你，你自然就會聽我的勸。」

「秋澄到底賢慧。」曹震趕緊又說：「我不是說你不賢慧，你可別誤會。」

「這也沒有甚麼。」錦兒神態自若地說：「就算過去不賢慧，莫非還不准我改。」

「言重，言重！」曹震說道：「你要勸我甚麼，你儘管說。」

「暫且不提吧！好好兒說著話，別又鬧得你生悶氣。」

她越是這種盤馬彎弓的姿態，曹震越要打破沙鍋問到底；錦兒看時機已至，終於說了出來。

「我說的收斂，是指你耍錢；別賭得那麼大，行不行？」

提到這件事，曹震不免愧歉。這幾年好差使不少，但並沒有存下多少錢，都是一個「賭」字害人；因此，對於錦兒的規勸，他是願意接受的，但能不能做到，卻無把握。

當時只是答一聲：「我也覺得這是我的一個漏洞；讓我慢慢兒來。」到這天夜裡，與妻妾圍爐小飲，他自己談到了這件事；但只是嘆了一篇苦經。

「在內務府當差，沒有不賭的。因為內務府的差使，多半是伺候人，伺候人就要等，乾等多無聊，只有弄一桌賭來打發辰光。」曹震又說：「如果不賭，總得找別樣消遣，你們說，甚麼消遣好？」

「消遣的花樣還少得了？」錦兒答說：「譬如看看書甚麼的。」

曹震大笑，「太太，你枉為是包衣人家！」他說：「莫非不知道內務府甚麼都不缺，就缺書香？」

「二爺，」翠寶接口說道：「照你說，像芹二爺這樣子，在內務府當差，倒合適？」

「他豈是肯伺候人的人？」曹震又接回自己的話題：「除了賭，找甚麼消遣都不妥，喝酒，喝得酒氣衝天，怎麼走得到人面前？唱戲呢，又嫌吵；聊天兒吧，天天見面的人，那有那麼多話好說。所以只有賭最好，把人聚在一起，別走散了，上頭招呼，一傳就到；有人要接頭事情，也有準地方找。所以雍正爺曾經禁止一回賭，看看不行，又授意內務大臣開禁了。所以內務府可說是奉旨賭錢。」

「二爺，你有點兒誤會了。」錦兒很和緩地駁他，「我不是說希望你戒賭；只是勸你別賭得太大。」

「這，你又外行了。甚麼賭不是先說小玩玩，後來越賭越大。賭錢本來就是賭氣魄，膽壯氣旺就能順手；可是怎麼才能膽壯氣旺呢？有句話：『人是英雄錢是膽。』至於為了賭氣，真有拿媳婦兒作賭注的。所以除非不賭，要賭就自己都會管不住自己。」

「你別說這話，」錦兒笑道：「別嚇著了翠寶。」

「二奶奶，」翠寶問道：「怎麼會嚇著我呢？」

「我是人老珠黃不值錢；你比我年輕，長得又齊整，二爺要是輸急了，拿你去抵帳，還值幾文。所以說，別嚇著了你。」

話是帶著笑說的，但亦不免有些酸溜溜的味道。翠寶很機警，也笑著說道：「二爺輸急了，如果拿我去抵帳，只有一個緣故：為的是捨不得二奶奶。不信，二奶奶倒問問二爺。」

錦兒便真的問說：「二爺你聽見了？」

「我也不至於那麼下三濫。」曹震喝口酒，看著錦兒說道：「我跟你談點正經。說實話，我也覺得我不能再賭了，可是內務府的人，要說消遣，不是玩女人就是耍錢；除非我不在內務府，我的賭戒不掉，也小不了。所以，我在想，我還是得調個衙門，甚至出京。」

這一下，錦兒又有些擔心了，怕他捐官謀知府的念頭，死灰復燃；本想提出警告：「你別再打江寧府的主意！」這種衝口而出的話，聲音是不會好聽的；但畢竟還是縮住了口，另想比較緩和的勸告。

「能放出去當然好。不過，要看甚麼差使？」她說：「有出息，而又清閒的差使，只怕也免不了常有賭錢的機會。」

屬於內務府的差使並不少，除了織造以外，有關差、有稅差，尤其是粵海關監督幾成內務府人員的禁臠，因為這個差使與宮中有特殊的淵源；就像三織造之首的江寧織造那樣，另有幾項額外交辦，直達御前的任務，一是採辦西洋奇技淫巧的服御之物；二是偵察監視「夷務」及洋人傳教布道的情形，與中國的士大夫乃至王公大臣有何交往；三是偵察本省大吏的治績政風，非簡在帝心的寵臣不能膺任此選。

如曹震的身分，派任一個內地的稅關，還不是難事，但照例一年派代，至多連任一次，共計兩年；曹震顧慮的在此，至於說是「有出息而又清閒，免不了常有賭錢的機會」，他覺得不足為慮，「賭錢得有搭子，大家都忙，非得玩一次，而且場頭也不會太大，就輸個一場兩場也不會傷元氣。」他說：「我只怕放出去一兩年又調回京，這麼吃一趟辛苦，有點划不來。」

「這麼說，是在京裡換一個衙門？」錦兒說道：「換到工部，或者戶部，還不是一樣？」

內務府司官調部，往往只是戶、工兩部，尤其是工部，因為與工程修繕有關，調任更是常事。曹震深然其說，「戶部與工部，調換不調換，沒有甚麼分別。」他說：「我想調個缺，第一要清閒、冷僻，沒有甚麼人去的地方，自然就賭不起來了；第二，差使要長，去個一年半載又有調動，我的賭永遠戒不掉。」

聽得最後這句話，錦兒大為動心，調個差使能讓他把賭戒掉，這件事太好了。因而興致勃勃地說：「二爺，你心目中有那些地方？」

「多得很！」曹震答說：「要清閒要長，最方便的是去管陵。」

管陵的差使長到可以世襲，但這是公認為最苦最沒出息的差缺；錦兒自然不贊成。

「那樣子苦了。也犯不著如此。」

「再就是管皇莊。」曹震說道：「這個差使倒是有出息的，不過成天跟那些山窪子裡的鄉巴佬打交道，我也受不了。」

錦兒點點頭問：「還有呢？」

「還有，就是奉宸苑——。」

奉宸苑是管西山那些離宮。圓明園以外還有幾個園子，山水清幽，樓閣玲瓏，是怡情養性的好地方；錦兒覺得這個主意不錯，便慫恿他趕緊去進行。

「這得託來爺爺。」曹震極有把握地說：「不忙，等把秋澄的喜事，我跟——，喔，」他又說：「除了來爺爺，還有和親王；求一求他，事情就更容易了。」

聽他這麼說，錦兒竟當作立即要走馬上任似地問道：「那得連家一塊兒搬？」

「連家一塊兒搬？」曹震愕然：「為甚麼？」

「咦！你不說是個長差使嗎？當然要搬家。」

「唉，你錯了！差使雖長，地方可不遠；我也不能不要在京裡的親戚朋友，自然是隔個一兩個月進城一趟。把家搬了去幹甚麼？」

「那麼，你在那裡怎麼辦？總得有人伺候你。」

「喏，翠寶跟了我去。」曹震話剛出口，便是一愣，接著又說：「最好是你們輪班兒去陪我。」說著，還望了翠寶一眼，彷彿安撫似地。

錦兒看在眼裡，心都涼了；強忍著眼淚答說：「到時候再說吧！」

「你說他不會寵妾滅妻，」錦兒抹著眼淚說：「這不是寵妾滅妻是甚麼？」

「你太多心了。」秋澄勸道：「震二爺不說輪班兒嗎？又不是不要你跟了去。」

「輪班兒是後來改的口。他當時心裡只想著他的『寶貝』。話說了出來，才知道自己露了馬腳，說『輪班兒』，就好比可憐我，分點湯湯水水給我喝，我可不稀罕。」

曹震想借此機會，攜妾另住，這已是很明白的一件事，秋澄亦無法為他辯解；但覺得錦兒聽自己的勸，改變了對曹震的態度，這一點絕不錯；而且以後亦仍須如此。

於是她說：「你別傷心！我說過『柔能克剛』。現在不管怎麼樣，他總還是尊重你的。老實說，能這麼平心靜氣，跟你好好商量，是因為你變得講理；倘或你仍舊跟從前那樣不受商量，他就會在肚子裡作功夫，到事情成功了，把你留在城裡，帶了翠寶上任，你又如之奈何？」

「為甚麼該我留在城裡？」錦兒憤憤地問。

「你真糊塗，不把你留在城裡，親戚家紅白喜事，翠寶能出面去應酬嗎？」

這一說，錦兒氣消了一半，「到底我也有比她強的地方！」她昂起頭說。

第七章

這一天衙門開印——京官與外官一年的假期是一個月，封印日期照例在十二月十九、二十、廿一這三天中，早由欽天監選一個最適宜的日子報到軍機處，咨會在京各衙門及各省，到期一律封印，整整一個月後復又開印；上年封印在十二月二十，所以新年開印是在正月二十。

但內務府的情形不一樣，自封印至開印期間，仍舊很忙，因為這一個月恰好是新年，內廷行走的事務特多。不過封印以後是輪班，開印之後就都得上衙門。有的本來無事，只為看看多時不見的同事，也趕了來。曹震就是如此，他有幾天很忙，晚上得宿在內務府；但一過元宵，總有十天的清閒，這天卻特意去湊熱鬧，為的是跟新年中沒有見面而平時交情不錯的十來個同僚去打個招呼。

不想，他還是去對了，一進大堂便有蘇拉迎上來說道：「曹二爺，你快請吧！海大人問了你好幾遍了。」

「喔。」曹震便匆匆與要見的幾個同事先打個照面，說一聲：「回頭談。」匆匆趕到堂官起坐的那間花廳；自「掌印鑰」的來保起，全班內務府大臣都到了。

一一請安見了禮；來保說道：「那篇壽序，我已經先讀為快；聽說是雪芹的手筆。」

「是！」曹震在這場合不便叫「來爺爺」，只用官稱：「請來大人指點。」

「很好！我很高興，真難為他。」來保說道：「幾時叫他來見我。」
「到下個月初七那天，會給來大人來拜壽。」
「那天人多，說不上話。你叫他這幾天來。」
「是。」
「通聲，」海望接口招手：「來，來，我有點事跟你談。」
「是。」
曹震跟著海望到一間空屋，相將落座，海望雙臂往桌上一靠，湊過臉來問道：「康熙爺六次南巡，前面五次不說；第六次我剛出來當差，也沒有趕上。府上接過好幾回差，我想跟你打聽打聽。」
康熙六次南巡自二十八年開始，最後一次在康熙四十六年；曹震只有十歲，「那時我還小。」他說：「不懂甚麼，反正碰來碰去是紅頂花翎就是了。」
「那總聽家裡人談過吧？」
「那可聽得不少。」曹震答說：「不知道海大人要打聽甚麼？」
「要打聽的事很多。」海望想了一下說：「先談戲吧！都是些甚麼？」
「崑腔。」曹震毫不遲疑地答說。
「康熙爺聽得懂嗎？」
「怎麼聽不懂？」曹震答說：「像《還魂記》、《桃花扇》，康熙爺熟得很；戲子唱錯了，他會告訴侍衛，傳旨改過來。」
「戲班子呢？」
「我們家就有兩個班子；蘇州織造李家，也是我們親戚——。」
「我知道。」海望打斷他的話說：「蘇州織造的班子，也會到江寧去唱嗎？」

「會。不過不是整個班子挪過去。」曹震回憶著說：「有一回康熙爺在蘇州，李家的班子有個小旦叫梅官，唱《鐵冠圖》的〈刺虎〉，出色得很。康熙爺就說：《鐵冠圖》是曹家的戲——。」

原來曹寅編過一部傳奇，名為《表忠記》，又名《鐵冠圖》，自李自成起事至崇禎殉國、李自成破京，一共四十四齣，描寫賢相名將、名士美人，都歸於忠孝義烈，其中有一齣叫〈刺虎〉寫一個宮女費貞娥，自居為「女專諸」，手刃李自成的大將「一隻虎」；李煦家的戲班子中，當家的小旦梅官，便曾在御前獻演過費貞娥。

「康熙爺對李織造說：『我到江寧，曹家當然要演《鐵冠圖》給我看。他的班子比你強，角色整齊，砌末也講究，可惜沒有好的旦角；你叫梅官跟了去，讓曹家的班底給他配〈刺虎〉，一定更好。』」曹震又說：「還有一回，康熙爺問先叔祖：『你怎麼不演《長生殿》這本戲？』先叔祖下過功夫，只為『可憐一曲長生殿，誤盡功名到白頭』，孝莊太后大喪的時候出過事，怕犯忌不便演；直到奉了旨才敢搬出來。」

「嗯，嗯，」海望又問：「有別的戲沒有？」

「聽說在揚州演過弋陽腔跟高腔，詳細情形就不清楚了。」曹震又問：「當今皇上對詞曲很內行，莫非不喜崑腔？從沒有聽說過啊！」

「不是。」海望將聲音壓得極低：「後年南巡，完全是為了皇太后六十萬壽，陪著去逛逛。這位老太太聽不懂崑腔，說一聽『水磨腔』瞌睡就來了；所以皇上交代，要弄些甚麼皇太后愛聽的戲來伺候。通聲，你有甚麼主意沒有？」

曹震怦然心動，能攬下這個差使，又有好處又能玩，真是一個絕好的差使；因而凝神靜想了一會答說：「這得找揚州鹽商。」

「他們有辦法？」

辦法了。」

「我不敢說準有辦法。」曹震答說：「不過我可以說一句，如果揚州鹽商沒有辦法，那就誰都沒有辦法了。」

「為甚麼呢？」

「揚州有各式各樣的戲班，叫做『亂彈』。迎神賽會，各地的戲，像湖北的羅羅腔、安慶的二黃、句容的梆子都會來趕生意。不過戲箱、砌末都土得很，只能唱草台戲。」

曹震一口氣說到這裡，覺得有些口渴；海望急忙起身，親自去找蘇拉備茶為他解了渴，再聽他繼續往下談。

「不過，海大人，你別看不起草台戲！戲班子的規矩，都是中秋節『團班』，第二年五月裡報散，因為天氣一熱，聽戲的、唱戲的都受不了。可是，到端午一過，崑腔散了，草台戲不散，名為『火班』。你老想，草台戲不受歡迎能不散班嗎？」曹震喝口茶又說：「至於『土』是土在戲服破爛，砌末不成玩意，那好辦，花錢好了。自有揚州鹽商報效。海大人不必費甚麼勁，就能把差使辦得極漂亮。」

「好極！」海望大為興奮，站起來拍著曹震的肩說：「老弟，我找對人了！這趟差使要靠你，才能辦得漂亮。」接著又問：「今兒晚上有空沒有？」

「有兩個飯局，不過不要緊。甚麼事，請海大人吩咐好了。」

「那，你就別走了。回頭咱們一塊兒到來公館商量去。」

曹震答應著，先派跟班去辭謝了晚間的兩個飯局；到得未末申初，隨著海望一起到了來家，換了便衣，從從容容地開始商談。

「後年皇太后南巡萬壽，是早就定議的。」來保說道：「不過因為金川的軍務，不便提南巡的話，如今傳中堂凱旋班師，等他一回了京，接下來就是辦這件大事；昨兒皇上召見，交代了好些話，包裡歸堆一句話：又要馬兒跑，又要馬兒不吃草。」

「因為是替皇太后慶壽，不能不鋪張；又因為金川用兵，花的錢太多了，南巡的經費不能不省。」

海望為曹震解釋了「又要馬兒跑，又要馬兒不吃草」這句話以後，轉臉向來保說道：「剛才通聲出了一個主意真高！替皇太后慶壽的戲文、煙火、百樣雜耍，很可以責成揚州的鹽商伺候。」

「這個主意好！」

「通聲，你把揚州『亂彈』的情形，跟來公說一說。」

「是。」曹震已在心裡籌畫過了，此時所說的情形，比剛才跟海望所談的，更為詳盡，也更為有條理。

「揚州鹽商報效南巡盛典，是有康熙年間的成例可循的，只要上面授意，他們沒有一個不踴躍從事的，不過，報效了要落得一個『好』字。花錢才算花在刀口上。康熙年間有過好幾次例子，一種是費心費力預備好了的玩意，上頭不見得賞識；一種是從中有人作梗，預備好了的東西，根本就沒有機會拿出來，那樣子把他們的心涼透了，下一回再要他們報效，就絕不會起勁。」

「說得是！」來保深深點頭，「皇上南巡絕不止這一回；三、五年以後又會再舉，那時候辦差的如果仍舊是咱們這些人，就不能不在這一回先留下餘地。」

「所以，我覺得應該請通聲來幫忙。」海望接口說道：「我看，不如先跟和親王回一回，派通聲一個嚮導處的差使。」

和親王總辦南巡的差使，雖未見明旨，但已奉面諭；而嚮導處則照例為巡狩的先驅，早在幾個月甚至一年以前，預遣蹕路大臣，率領嚮導處並徵選八旗及內務府深明輿圖人員，勘查巡狩所經的程途，乘輿所至，何處安營、何處打尖，道路橋梁應如何整治，都由嚮導處決定，飭令地方官照辦。這是個出了名的美差，地方官敬之如神、畏之如虎，因為需索供應稍不滿意，就可輕易地為地方官出一個極大的難題，說某處要開一條路，某處要建一座橋，而此路此橋，是否為蹕路所經，地方官是不敢問的。

海望的意思是，派了曹震嚮導處的差使，便可作為先遣人員，到揚州跟鹽商去接洽一切；來保覺得不必如此辦，直接由內務府派到揚州出差，豈非更為簡捷？因而說道：「這一層咱們再琢磨。先談通聲到了揚州幹點兒甚麼？」

於是曹震不慌不忙地提出了他的辦法，第一步是說動鹽商報效；第二步是助鹽商整頓草台戲，除了理舊戲、製行頭、造砌末，訓練一班新角以外，還要新編幾齣祝壽應景的吉祥戲。至於到得南巡的御舟，一入揚州境界，不妨按照慶賀萬壽「點景」的辦法，沿路設戲台，分段承應，御舟過處，笙歌不斷。大概隋煬帝臨幸江都，亦無此繁華熱鬧。

來保與海望聽得非常出神；同時亦不約而同地想到，除了這樁差使以外，另外還有些應該預備的事，亦大可委託曹震，一併辦理。

「康熙爺六次南巡，我隨扈過兩次。」來保說道：「有件事我很看不慣；江北不比江南，運河兩岸雜七八糟的樣子，真是不堪入目。通聲，你倒想想看，有甚麼好法子，可以遮一遮眼？」

曹震一楞，想了一下問道：「來爺爺隨扈的是那兩次？」

「我想想看。」來保屈著手指數了一會，「是第三次，第五次。」

「那就怪不得來爺爺不知道了。」曹震說道：「康熙爺最後一次南巡之前，就有人想到了，遮眼的法子很妙；凡是看不過去的地方，都用磚疊一道牆，中間留空，以便通風，而且也省料。牆後面栽爬山虎、牽牛之類的東西，藤蘿蔓延，看上去一片青翠。花費不多，效用很大。後年今上南巡，當然如法炮製。」

「原來已經有了這個妙法。好極，好極！」來保又說：「通聲，你回去以後，悄悄兒預備行李，等我的通知。」

「是。」曹震忽然想起，「四家叔本來有去勘查行宮之說，不知道這個差使還派不派？」

「要派的。不過和親王府還沒有驗收，得緩一緩。」

「那麼，」曹震又問：「甚麼時候驗收？」

「也快了。傅中堂三月到京，大概就在那時候。」

「其實，」海望接口說道：「這個差使派給通聲，豈不省事？」

「謝謝海大人！不過，」曹震急忙推託：「我在揚州要幫著他們整頓草台戲，實在分不開身。」

「咱們別過問了。」來保向海望說道：「這是和親王酬謝曹老四，才挑了他這個差使，咱們似乎不便管。」

海望點點頭不作聲；曹震看看別無話說，起身告辭，卻又想起一件事來，還得問一聲。

「來爺爺，我想帶一個人去，不知道行不行？」

「誰？」

「雪芹。」

「他不是跟著你四叔去嗎？」

「是的。」曹震答說：「家叔動身還早，我想先帶雪芹到揚州辦事；隨後再讓他回到家叔身邊。」

「這是你們一家子的事，愛怎麼辦怎麼辦，不必問人。」

聽得這樣說，曹震越發放心，興匆匆地回家，將這意外機緣說了給妻妾聽，也都替他高興。

這天是翠寶當夜，錦兒一個人在燈下獨坐，想到許多事，都得跟曹震商量以後才能定主意；但蓬山咫尺，卻不能去叩翠寶的臥房，因而想到曹震跟她在枕上，一定在細談揚州之行；而自己是向隅了。

轉念及此，心裡越發酸溜溜地不舒服；一夜沒有睡好，索性不想補睡，天剛亮便已起身，等翠寶開房門出來，她已經把頭都梳好了。

「二奶奶這麼早！」

「我得到太太那裡去。」錦兒答說：「二爺說走就走，咱們這位秋姑奶奶的終身大事，可不能丟下不管，我得跟太太去要個主意。」

對秋澄的婚事，曹震倒非「丟下不管」，昨晚上跟翠寶已經談過了；但她覺得不宜由她來轉告，只悄悄地喚醒曹震，告訴他有這回事。

於是曹震起身來看錦兒，談到秋澄的事，他表示馬上要跟仲四去商量，要把文定、捐官、置產這三件事，盡快辦妥；等跟仲四談妥了細節，再跟馬夫人去談。

「你不能倒過來。」錦兒說道：「得先問問太太的意思，細節是咱們這兒談妥了，再通知男家照辦。」

「這也不錯。」曹震說道：「不過，你也不必一大早就去，把雪芹找了來談就是。」

「那不又多一重周折，不如我去了跟太太當面談；有甚麼不能定規的地方，就近問一問秋澄，豈不省事？」

曹震原來打算著想把仲四找來吃午飯，談論那三件大事；同時，他也要籌畫檢點行裝，這一來整個計畫都落空了。

「我們一起去吧！」曹震說道：「反正今兒不上衙門。」

這倒未始不可。原來錦兒是急著要去看秋澄，而且也是為她自己的事，要向秋澄問計。夫婦倆一起去了，曹震跟馬夫人、曹雪芹自然有一番長談，那就正好抽空去找秋澄。

等將曹震的意外機緣，略述梗概以後，錦兒問道：「先談你的事，還是先談我的事。」

秋澄知道她的事是甚麼，立即答說：「自然先談你的事。你說吧！」

「他們昨兒晚上，大概在一個枕頭計議了一宵，不知道是怎麼算計我？」

「唶！」秋澄大不以為然，「你別老存著——。」她縮住了口。

「你是說我存著小人之心，是不是？」錦兒說道：「我倒但願他們是君子之腹。閒話少說，你看，我要不要爭？」

「爭甚麼？」

「揚州啊！」

秋澄想了一下明白了，還是為了誰該伴著曹震、誰該看家那件事。她心中琢磨，錦兒並非氣量小的人，她一再以此為言，說不定城府甚深的翠寶，真的在暗中有甚麼算計。自己不能盡勸她當賢妻；因為曹震此去，說不定要等後年南巡以後才能回京；兩年的睽隔，感情一面淡、一面濃，將來弄成個尾大不掉的局面，豈不是害了錦兒？

於是她先問說：「你自己的意思呢？」

「我要看我們二爺怎麼說？如果他膽敢說要帶她去，我就非爭不可。」

「震二爺那會這麼傻？」秋澄說道：「我想他一定會尊重你。」

「你說他會以退為進，叫我去？」

「即令不是如此，也一定是跟你商量的語氣。」秋澄已經想好了，「你們誰也不吃虧，一人一半；如果震二爺去一年，你們每人六個月；如果半年，每人三個月，就像放稅差的『派代』那樣。」

「那麼，誰先去呢？」

「當然是你。」秋澄為她想得很周到，「這話你自己不便說，我請太太來交代震二爺。」

「好！」錦兒說道：「昨兒晚上，我氣悶了一夜，一直在想，最好馬上來跟你商量，果然是你的辦法多。事不宜遲，你現在就跟太太去咬個耳朵。」

秋澄實在不想去，因為明知道曹震跟馬夫人在談她的事，一闖了去，必有些話當面問她，而且不容閃避，那不是自陷於窘境。但如畏縮不前，必又惹錦兒取笑；再說，為了錦兒著想，亦真是事不宜遲，萬一曹震先談到這一點，說要帶翠寶去，而馬夫人又無可無不可地答應了，那一下，生米煮成熟飯，要挽回就很難了。

考慮了一會，想到了一個主意：「我去是去，你得想法子把震二爺調出來。不然，」她說：「我怎麼敢跟太太咬耳朵？」

「可是，」錦兒躊躇著說：「我無緣無故把他調出來，不明顯著無私有弊嗎？」

「你不會編個理由嗎？」

「這個理由不好編，必得很緊急，又必得避開太太私底下跟他談。」錦兒突然想到，「有了，我就說你要我轉一句話。」

「你說我甚麼？」秋澄問說：「你別信口開河。」

「你放心。是談房子的事。」錦兒又問：「雪芹呢？又到琉璃廠去了？」

「可不是。也快回來了。咱們走吧！」

於是一起到了馬夫人那裡，錦兒卻不進屋，只站在房門口喊道：「二爺，你請過來！」

曹震便起身跟著她到了走廊上，站住腳問：「幹麼？」

「你跟太太談了些甚麼？」

「不談秋澄的事嗎？」

「秋澄的事有三件，你談的是那一件？」

曹震不知道她是故意拖辰光，奇怪地問道：「那一件都得談。怎麼，有不能談的事嗎？」

「不是甚麼不能談。剛才秋澄跟我說，房子的事要看雪芹的意思；你跟雪芹談好了。」

「這也奇了，又不是雪芹置產。」

「一點都不奇。」錦兒說道：「她雖嫁了出去，自然希望常有娘家人來；如果是雪芹喜愛的地方，或者是他常去的地方，譬如琉璃廠一帶，順道經過，就會常去坐坐。」

「好吧，我知道了。房子的事，咱們這會就別跟太太提了。」

說完，夫婦倆進屋；馬夫人便問：「通聲，你這回去揚州，要待多少日子？」

「那可不一定，我想，最少也得半年。」

「這可不能沒有人照應。或是你媳婦，或是翠寶，總得帶一個人去。」

「是。」

馬夫人接下來又問：「你打算帶誰呢？」

「還沒有琢磨到這上頭。」曹震看馬夫人有干預之意，落得討好：「太太看呢？」

「應該先帶你媳婦去。住長了總有應酬，有些地方翠寶不便出面。」馬夫人接著又說：「半年以後，如果還不能回京，讓翠寶去換班，省得大家都惦著。」

「是！我先帶姪兒媳婦去。半年以後，如果公事未了，讓她回京來看太太。」

「就這麼說了！」馬夫人又問：「你打算甚麼時候去看仲四掌櫃？」

一聽這話，站在後房門口的秋澄，一閃而沒；曹震笑一笑說：「我回頭就去。」

「好！你跟他說，喜事雖不必太鋪張，可也不能太馬虎。」

「這，太太就別操心了。」錦兒接口說道：「咱們想馬虎，人家還不願意呢！」

馬夫人點點頭，然後向曹震說道：「你有事就先請吧！我得跟你媳婦，好好兒核計、核計。」

「我這會兒去看仲四。晚上我再來。」

「對！到了晚上，咱們大概也談好了。你回來吃晚飯，咱們再商量。」

等曹震一走，馬夫人將錦兒帶到臥室，真個關緊了房門密談；談的當然是秋澄的喜事與曹雪芹的行止。

「剛剛通聲跟我說，要帶芹官一起走，那口氣就像我一定會答應似地，我就不好說甚麼了。本來他要跟四老爺去南邊，是定規了的，不過，有秋澄的喜事，情形不大同了，總得把她送出門才能走。」馬夫人略停一下又說：「這話我一直擱在肚子裡沒有說，是因為四老爺的事，尚在兩可之間，就算和親王府的工程交了出去，等上頭把差使派了下來，也還有一段日子，喜事也許已經辦過了，萬不得已，還可以讓芹官晚些日子趕了去。如今像通聲告訴我的，說走就得走，這兒的喜事怎麼辦？」

馬夫人一口氣說了下來，錦兒已經在心裡轉了好幾個念頭了；等到話完，她也想定了，當即說道：「震二爺一廂情願，只顧自己；太太別理他，等辦了喜事，再放雪芹走。」

這一說，馬夫人倒又覺得過意不去，「這麼辦，好像也不大合適。」她躊躇著說：「通聲說，芹官一肚子的雜學，幫他辦這種事最好。如果晚去了，不耽誤他的公事？」

「那可是沒法子的事。」

「咱們再想想，也許能有兩全的辦法。」馬夫人另換了一個話題，「下定，當然趁通聲還沒有走，挑好日子就辦了；過門呢？你看甚麼時候？」

提到這一層，錦兒不由得就皺起了眉，「喜酒，大家都想早喝。可是，辦嫁妝不是十天半月的事。」她突然又問：「咱們是照旗下的規矩，還是照咱們漢人的規矩？」

「不管按那種規矩，嫁妝總得辦。」

「那可不大一樣。」錦兒說道：「按旗下的規矩，只要男家糊好了屋子，一切陳設，連炕蓆毡條，都得歸咱們賠送。」

「那用不著，仲老四又不是旗人。」

錦兒點點頭，接著說道：「太太這句話倒點醒了我，辦喜事總是以男家為主；咱們還是照漢人的規矩。」

「不過，也得看情形，參酌一點兒旗下的辦法。這且不談，要緊的是定日子。」

「我看，」錦兒想一想說：「只有酌乎其中，不早不晚，定在八、九月裡。」

「我也這麼想，天氣不冷不熱也正好。到時候，不論四老爺，或者通聲，總得讓他們回來一位，出面主持。」馬夫人說到這裡，怔怔地沉思，不知在想甚麼。

「雪芹——。」就在錦兒剛張嘴時，馬夫人亦同時開口，且同時頓住，錦兒自然讓馬夫人先說。

「我在琢磨，這場喜事，不知道要花多少錢？」

原來馬夫人是在想這件事。錦兒不知道她的意向，只就自己這面說話：「辦喜事，酒席是大宗，這歸震二爺包圓兒，太太就不用費心了。」

「嫁妝呢？」

錦兒不即回答，想了一會，很謹慎地說：「看男家下多少聘金，瞧著辦吧！」

「聘金我可不要。男家送多少，讓秋澄原封不動帶回去。」

「這似乎也可以不必。」

「不！」馬夫人的意思非常堅決，「非這麼辦不能看出來，咱們是真的把她當曹家的女兒。」

「太太既然要替秋澄做面子，我也贊成。」錦兒說道：「我有兩千銀子的私房，拿來替她添妝。」

馬夫人沉吟了一會說道：「你拿一千銀子好了。」

「我擱著也沒有用——。」

「不！」馬夫人打斷她的話說：「就你這一千銀子，我也不一定用。不過，我得託你一件事。」

「甚麼事？太太吩咐吧！」

「我有幾樣東西，你看看，能找個甚麼主兒變現？」

正在談著，外屋有細微人聲，錦兒的聽覺很靈，知道是曹雪芹回來了。開出門去一看，果然是他；接著秋澄接踵而至。

「收了點甚麼好東西？」錦兒問說。

「空手而回。琉璃廠的古玩字畫都漲了價兒。你知道是甚麼緣故？」

「我怎麼會知道？琉璃廠我一共只到過兩回。你們去的那些地方，我更連門都沒有跨進去過。你說，是甚麼緣故？」

「據說，西邊回來的文官武將，一下子都變得風雅了，東西不問好壞真假，只要名氣大，往往價都不還。」

「那，」錦兒問道：「他們的錢是那裡來的呢？」

「還不是從軍餉上剋扣來的。先不敢拿出來用，如今因為王師奏凱，傅中堂快到京了；皇上已下了好幾道恩詔，上上下下，一片喜氣，不必有甚麼顧忌，才紛紛附庸風雅。」曹雪芹嘆口氣，「唉！打這個仗，真是勞民傷財。」

「你少發牢騷吧！」錦兒轉臉問秋澄：「咱們的飯在那兒吃？」

秋澄知道她有話跟曹雪芹談，當即說道：「擺在夢陶軒吧，我在這兒伺候太太的飯。」

秋澄在此，杏香便可以在夢陶軒照料。錦兒在飯桌上將曹震要出差揚州的始末緣由說了一遍，然後談到曹雪芹身上。

「如今有件兩難的事，你震二哥實在要你去幫他的忙；可是為了秋澄的喜事，又不能沒有你。太太說，大家再想想，或許能想出兼籌並顧的事，亦未可知。」

聽得這一說，曹雪芹便在肚子裡用功夫，等吃完午飯，他已有了主意。
「震二哥說我一肚子的雜學，這話倒不假。不過，我這些雜學，也不必一定到揚州才用得著。」
「這話是怎麼說？」
「我是說，我就不跟了震二哥去，也能幫得上他的忙。」
「那可是太好了！」錦兒高興地說：「回頭你們哥倆，好好兒談吧。」

到了日落昏黃之時，曹震來了；酒喝得滿臉通紅，但臉上一直浮著笑容，不言可知，跟仲四談得非常投機。不過，他並沒有到馬夫人那裡去；曹家的家規嚴，像這樣子喝得醉醺醺地到長輩面前，縱使不虞呵斥，自己也會覺得忸怩不安。
「雪芹啊！」在夢陶軒，他大馬金刀地坐了下來，「這回到揚州，你可得好好兒拿點貨色來給他們瞧瞧。揚州的鹽商是俗中之雅，我給他來個雅中之俗；到節骨眼兒上，一句話就能三年五載吃不完。」
這最後兩句話，聽得曹雪芹直皺眉；錦兒也覺得話不入耳，當時推了他一把，「怎麼著？」她問：「你酒沒有喝醉吧？」
「沒有醉，沒有醉！不過喝得很痛快。」說著，他打了一個嗝。
錦兒便乘這空隙，搶先說道：「有話慢慢兒談。雪芹就不去揚州，也能幫你的忙。」
「不去？」曹震睜大眼問道：「你為甚麼不去揚州？」
「他去了揚州，家裡的喜事怎麼辦？」錦兒不自覺地又露出咄咄逼人的氣勢。
這多少像兜頭潑了一盆冷水，曹震的腦筋清醒得多了，回想從海望邀他到揚州去的那一刻開始，一往不復地只是想著此行的樂事，以及曹雪芹如何得力；對於秋澄的喜事，是不是能少得了曹雪芹這樣一個人，竟念頭都不曾轉過。說來實在有點荒唐，也應該慚愧。

看他那些種神情，曹雪芹不免歉然，「反正隨後我還得跟著四叔南下；要說把那些草台戲整理起來，也不是一天兩天的事，總有我使得上勁的時候。」他略停一下又說：「震二哥要我一起去，無非備顧問；有甚麼疑問，這會兒提出來，也是一樣。」

「沒有去看過，也不知道那些戲班子是怎麼個情形，從那裡去提疑問。」

「草台戲就是草台戲，無非簡陋俚俗，可以想像得之。」

曹震沉吟了好一會說：「你這話說得也是。你能不能擬個條陳出來，砌末、戲詞，該如何改良？還有，你能不能編個兩三齣應景的新戲出來？」

「這，我一時還不敢包攬。你不對此道也是內行嗎？咱們聊個兩三回，也許能聊出一點兒東西來，我再下筆來寫。至於應景的新戲，若說為皇太后慶壽，無非八仙過海、瑤池稱觴之類，內廷多的是這種本子，論場面壯觀，戲服華麗，角色齊整，民間萬萬不及，不必做那種吃力不討好的事。在我看，所謂應景二字，要放寬了來看，頌揚皇上的孝思、關懷國計民生，都是南巡這個題目中的應有之義，不妨用作題材。」

「是啊！不過，你也不能淨說不練，那些題材好，不錯，本子呢？你得拿本子出來。」

「震二哥，你別忙，我說這些話，心裡自然有個打算。」曹雪芹不慌不忙地說：「大凡這些應景的戲，要講究三個字：短、明、厚。」

「長短的短？」

「是的。」曹雪芹說：「臨時承應的戲，長篇大套，不但費事，而且要顧到上頭有沒有功夫來看。」

「嗯，嗯！」曹震忽然變得很興奮了，「你說這話就得竅了。明呢？要簡明，是不是？」

「一點不錯，要一看就懂。而且篇幅既短，也沒法兒細敘來龍去脈，所以非簡明不可。」

「那麼厚呢？」

行。

「這個字最難！厚是要味道厚。既短且簡，往往味道薄了；味能不薄，才算上乘。」

「聽你的話，倒頭頭是道。不過——。」曹震沒有再說下去；言外之意，是顧慮曹雪芹能說不能行。

「我有個朋友，姓楊。」曹雪芹說：「震二哥，你幾時有空，咱們去看他；他有幾個本子，照我看，短、明、厚三字，庶幾近之。」

曹震欣然同意，「明天不行，仲四還有事；後天也不行，我已經有約了。」他想了一下說：「準定大後天吧。」

「上午還是下午？」曹雪芹說：「我看下午吧，等他衙門裡散出來，邀他小坐。」

「他在那個衙門？」

「實錄館。」

正在談著，馬夫人得知曹震來了，打發丫頭來請，於是一起前往；馬夫人開門見山地問：「你們談得怎麼樣？」

「很好哇！」曹震答說：「仲老四只有一句話，一切聽咱們的。另外有兩件事，是他自己的意思；第一件是聘金，他預備送一萬銀子，兌算成金葉子送來。我當然得客氣客氣；到底怎麼樣，還得請太太的示。」

「這一層，我已經跟你媳婦談過了。他送多少是他的事，反正我原封不動讓秋澄帶回去。」

馬夫人怕曹震還要相勸收納，所以又加了一句：「這個主意已經定了，絕不會變。」

「這也是咱們曹家的面子。不過，金葉子到底帶去了沒有，外人不知道，顯不出咱們的氣派。這一層——。」曹震沉吟著說：「有了，他這一萬銀子，讓他在日昇昌立個摺子，連圖章一起送了來；將來讓秋澄照樣帶回去，那就清清楚楚，明明白白了。」

「也好！」馬夫人又問：「還有一件呢？」

「還有一件，已經讓我謝絕了，不過他倒真是一番至誠，我不能埋沒他，得跟太太回一回。他是提到咱們家在鮮魚口的那座住房——。」

原來雍正五年曹頫因虧空公款，抄家貼補時，在京城前門外鮮魚口有一所住房，亦沒官發賣。仲四不知道怎麼知道了這回事；正好那所住房的買主因為經商虧蝕，有意出售，索價只三千五百銀子。仲四覺得物歸故主，也是美事，想買下來作為聘禮之一，問曹震意下如何？

「你怎麼說呢？」

「我說：『美事倒是美事，不過你買了來作為聘禮送我們曹家，事就不美了。』他一聽這話，趕緊跟我賠不是；他的話很老實，他說：因為結這門親事，在他實在覺得太高攀，總是在想，怎麼能表一表他的心意，以至於有些想法欠檢點。」

「嗯，嗯，好！」馬夫人很注意地問：「那麼，那所房子呢？咱們自己該買下來啊。」

「是。我想跟四叔去商量，或是他買，或是我買，或是合買。買下來作為祭產。反正我已託了仲老四了，房子不會讓給別人。」曹震接著又說：「至於他另外置產供秋澄住這件事，要看雪芹的意思了。」

「怎麼要看我的意思？」曹雪芹插進來問說。

「那是秋澄的意思。」錦兒代為回答，「她說，你願意挑在那兒就那兒。以前不跟你談過嗎？」

曹雪芹自然記得，以前談的是，為了仲四照料買賣方便，不宜住內城，此因天黑閉城門，住外城的進不來，住內城的也出不去，必得到子夜開城門，方能回家，謂之「倒趕城」。

若住外城，為了秋澄歸寧方便，以靠近宣武門為宜，而又以琉璃廠附近，更為合適，因為那裡是曹雪芹常到之處，順路歇腳，聚晤的機會就多了。

他很奇怪，早就談妥了的事，秋澄何以又重提一遍。當然這也不必去查問，他只是將原來的意見，重新再說一次。

不過，在曹震卻還是初聞，「我知道了。那裡的房子好找；我託人找它兩三處等你跟秋澄去挑。」他略停一下，問到曹雪芹那個姓楊的朋友的來歷。

「此人名叫楊潮觀──。」

這楊潮觀字宏度，號笠湖，江蘇無錫生，幼年有神童之稱。鄂爾泰在雍正初當江蘇藩司時，曾有一次盛舉，召集江寧以西、江蘇巡撫所管轄的七府士子，在蘇州會課，楊潮觀只得十四歲，而所作的詩，為鄂爾泰拔置前列，一時傳為佳話。

乾隆元年丙辰恩科，楊潮觀中了舉人，但會試卻連番不利；那時開實錄館修雍正實錄，鄂爾泰充任總裁，便為楊潮觀補了一個名字。雍正實錄告成，保舉勞績，楊潮觀以知縣任用，但他志在兩榜出身，請鄂爾泰將他改為內閣中書，仍在實錄館當差，一直至今。

「楊笠湖比我大不了幾歲，我們很談得來。他喜歡詞曲，題材是借他人杯酒，澆自己塊壘，亦就是借古喻今；所寫的雜劇，亦真亦假，不論置諸案頭來讀，陳諸筵前來演，無不妙到顛毫。」

「這是你讀書人的看法。」曹震說道：「既然是演給太后看，曲文總要像白香山的詩那樣才好。」

「當然要雅俗共賞才好。」曹雪芹說：「這會兒咱們也無法細談，等大後天跟楊笠湖見了面就知道了。」

「好！」曹震沉吟了一會說：「如今是一寸光陰一寸金，咱們得一天做兩天的事，我明兒一早去看仲四，順便託人去找房子；中午咱們見個面接接頭。」

「是了。我在家聽信兒。」

第二天中午，曹雪芹剛坐在飯桌，曹震派人來請曹雪芹，到眾春園去喝酒，說在座的還有仲四。

曹雪芹欣然投箸，套上一件「臥龍袋」，出門赴約。眾春園在宣武門內象房橋，與噶禮胡同相距不遠，安步當車，很快地就到了。

這眾春園開設在明末，是一家百年老店的館子，康熙初年詔舉「博學鴻詞」，海內名士，以此為聚會之地，文采風流，照耀一時；但眼前卻只是一家極普通的飯館；規模不大，一踏進去，便能發現曹震與仲四。

「仲四哥，」曹雪芹很親熱地問訊，「年過完了，又該忙了吧？」

「託福，託福。」仲四答說：「我的買賣已經交出去了，如今是忙我自己的事。請坐，請坐。你喝甚麼酒？」

「隨便。」曹雪芹坐了下來，一看四方桌子，四副杯筷，便即問說：「還有那位？」

「板井胡同的祝老七，待會兒才會來；咱們不必等他，先吃吧！」仲四抬一抬手，將跑堂喚了來，關照「上菜」。

「祝家的市房很多，我特為請了他來，問問有甚麼合適的房子沒有？」仲四又說：「祝老七我多年的好朋友；芹二爺愛怎麼樣的格局，儘管跟他說好了。」

「我怎麼能亂出主意？」曹雪芹看著曹震笑道：「仲四哥置產，怎麼要問我？這不弄擰了嗎？」

「無所謂，反正秋澄是託了你的。」

「這還差不多。」曹雪芹又說：「不過，最後還是得等她來看中意了才算。」

「怎麼樣都可以。」仲四舉杯道聲：「請！」

三個人一起興乾了一盅花雕，曹雪芹一面執壺斟酒，一面問道：「祝家這兩年又發了大財了吧？」

原來崇文門外板井胡同祝家，自前明以來便經營米業，號稱「米祝」，殷實非凡；凡遇大征伐，轉輸前方的軍食，都歸他家承辦。這幾年金川用兵，自然又做了幾年的好買賣，所以曹雪芹有此一問。

「是啊！不過，他家額外的開銷也不輕。」是何額外開銷？主人不言，客人亦不必問，供應軍食，兵部、戶部當然要打點；此外工部、內務府都有關聯，一個照應不到，貽誤軍需，非同小可。

席間閒談，由米祝談到真正殷實富厚之家，那就只聽仲四一個人的話了。四十年保鏢生涯，走南闖北，十八行省，沒有一省他不曾到過；通都大邑，亦只是未到過成都，所見所聞，足資談助。不過，仲四為人謹慎矜持，最講究守分，過去總自覺跟曹家隔了一層，所以飲宴場合不肯高談闊論；如今將成至親，又知道曹雪芹素性好奇，最愛聽佚聞異事，這心理上的一層隔閡一打破，就變得很健談了。

「要說天下殷實的人家，莫如山西。」仲四說道：「有一家複姓尉遲，唐朝尉遲敬德的後人，他家的銀子，回爐鎔成大方磚，隨便擱在牆腳下；不怕偷，不怕搶！因為搬不動。」

「這我也聽說過。」曹雪芹說：「那些銀塊四個人都抬不動，所以有個名稱，叫做『氣死賊』。」

「尉遲家不知道怎麼發的財。還有一家姓亢，發的是橫財，撿了李自成的財寶。據說，當年攝政王多爾袞入關，李自成匆匆忙忙沿大路望西南走，由望都、正定出娘子關入山西；後面的追兵追得緊，行李太重，走不快，李自成下令『丟包』，一則騾馬大車輕了，自然就走得快了；再則追兵貪圖撿東西，當然就走得慢了——。」

「慢點，仲四哥，」曹雪芹打斷他的話問：「李自成沿路『丟包』，讓官軍撿走了；山西姓亢的又那裡去發橫財呢？」

「我的話，還沒有完。丟給官兵，都是零碎東西；等出了娘子關，經太行山，山路偪仄，非大丟特丟不可了。據說是丟在一處山窪子裡，姓亢的是得的這一份橫財。」

「是這樣！」曹雪芹說：「亢家經營票號起家，原來他的本錢是李自成的。」

「也不光是經營票號，也開當鋪。那年我走鏢路過山西平遙，聽人談了一段掌故，很有意思。」仲四喝一口酒，從從容容地說道：「大家都知道，天下的典鋪，都是徽州人開的；不拘誰出本錢，都得請徽州人來當朝奉。有一年，一個姓汪的朝奉，不識行情，到亢家附近去開了一家當鋪，第一天就有人來當一尊金羅漢，一千兩；第二天照樣又是一尊，如是者一連兩個多月，這家當鋪的『架本』只得十萬銀子，轉眼之間，就要完了。姓汪的大起恐慌，問來當的人：『你這金羅漢還有沒有？』芹二爺，你知道他怎麼回答？」

曹雪芹心想，羅漢號稱五百，自然還多得很。但聽人談祕，最忌揭穿了謎底，因而答一句：「不知道。」

「五百！」仲四揸開五指，將手一伸，「當了八十尊，還有四百二。汪朝奉這才知道，是故意來跟他為難的，再一打聽，才知道是亢家的東西。趕緊貼出紅字條去，即日歇業，請當主來取贖。不過，也沒有虧本，亢家根本不必來當的，當了只是白貼利息。」

「他家白貼利息，也就是讓汪朝奉沾點光，不白來一趟。有錢人做事，非得這麼忠厚，才能長久。」曹震看著曹雪芹說，「你總要記住這一點。」

曹雪芹沒有理他的話；他有一個極大的疑團，要問仲四：「亢家富名在外，莫非汪朝奉荒唐到如此，不打聽打聽？」

「芹二爺這話問得細。不過，我倒要請問，京裡有多少人知道『米祝』的底細？」

「嗯，嗯，亢家是深藏不露。」

「一點不錯。要知道藏龍臥虎之地，龍要藏，虎要臥，才能久。」仲四又說：「京城裡經商致富的人家，像查家、盛家，常常出事，尤其是都老爺，最愛找他們的麻煩；而何以『米祝』從不鬧新聞？

就是在這藏字上頭得的力。」

「仲四哥這話很有味道。」曹雪芹不斷點頭，但不免仍有疑問：「查家、盛家的人，常掛彈章，是因為他們好結交士大夫的緣故。祝家作這麼大的買賣，供應軍食又得跟公家打交道，他們不結交士大夫行嗎？」

「行！」

「怎麼行？」

「不結交大官，不會結交部裡的書辦嗎？」

就這時聽得一片「七爺，八爺」的聲音，曹雪芹轉眼向外，只見眾春園的掌櫃，夥計所招呼的「七爺」，約莫四十開外年紀，身穿灰布棉袍，上套一件青布臥龍袋，頭上一頂小帽，亦是青布所製，驟看服飾，真是土氣十足；但到走近了，才看出藏在手掌中的大拇指，上戴一個玻璃翠的班指，少說也值三千銀子——不言可知，這就是祝老七了。

祝老七非常本分，在仲四引見時，一定要向曹家兄弟請安，曹震連連遜謝；曹雪芹則照樣還禮。亂過一陣，坐定下來；仲四讓祝老七點菜，他要了個「炸肫」。點這個菜，表示不能久坐；因為炸肫最快不過，要不了幾句話的功夫，就能上菜。

等炸肫上桌，照例的一套寒暄剛好結束，祝老七夾了一個「去裡兒」的肫，咬了一口，放下筷子說道：「我得向兩位曹二爺告個罪，舍間有浙江來的幾位遠親，實在分不開身，不過仲四哥交代；又說要看房子，我不敢不來見一見。我有幾處市房，都開在這張單子上，隨便看。」說著，掏出一張梅紅箋，交到仲四手裡。

「好！交給我吧。」仲四抬眼看著曹震說：「他家有遠客，震二爺，我看放他回去吧！」

「是，是，請便。」

「改一天，我做個小東，請兩位曹二爺賞光。」

「好！」曹震答說：「一定要來叨擾。」

「震二爺，你請坐，我來送。」

等仲四送客回來，手裡多了一個小手巾包，順手遞給曹震，當然還有交代。

「這是一扣一萬兩銀子的存摺。震二爺，你請打開來過一過目。」

曹震便打開手巾包，一扣簇新的存摺，上寫「秋記」二字；裡頁寫明年月日，「存銀庫平壹萬兩，按月照市行息。」存摺後面有個花押圖書，一時看不清寫的甚麼字。

「我暫且收著。」曹震說道：「行聘似乎該有一個禮節，咱們再談吧。」

「是，是！我聽招呼。」仲四答說：「要我怎麼辦，就怎麼辦。」

這一段就算交代了；曹雪芹問：「這祝老七原籍是浙江？」

「浙江紹興。」

「浙江紹興？」曹雪芹興起一種無可名狀的奇異之感，不自覺地問道：「天下州縣幕友，大多是紹興人；聽說六部書辦，祖先亦大都是紹興人，這祝家先世，莫非亦是幕友，或者書辦出身？」

仲四無法回答他的疑問；曹震對他的疑問，根本不感興趣，管自己問道：「祝家的市房在那些地方？」

仲四便將那張單子取了出來；看都不看地遞給曹雪芹說：「芹二爺，請你跟秋小姐斟酌。」

曹雪芹實在是感動了，「仲四哥，」他說：「你對我的這個稱呼，於禮合不合，姑且不論，反正是不是叫遠了，你總想過吧？」

「嗯，嗯，那叫甚麼呢？」

「雪芹！」

仲四面色鄭重地想了一回說：「那我索性親近了，我管芹二爺你叫芹弟弟，行不行？」

「行！怎麼不行？」曹雪芹又說：「這一來，我對你的稱呼也要改了，我管你叫四哥。」

「我很高興你這麼叫。」仲四很親熱地喊一聲：「芹弟弟。」

「四哥，」曹雪芹說：「你早該這麼叫了。」

照祝老七所提供的住房目錄去看房子，除了曹雪芹與秋澄以外，還有馬夫人與杏香。這是馬夫人一時興起，同時也附帶辦一件馬夫人一年一度的「例行公事」，到正陽門外，「月城」西首的關帝廟去燒香。

京中不知多少關帝廟，獨數這一座最神異。清朝最崇敬關壯繆；但這一座關帝廟，在明朝就很著名，據說明成祖北征塞外時，軍前每於黃塵漠漠之中，見有一尊神道，為大軍前驅，赤紅臉，五綹鬚，手持青龍偃月刀，狀貌與關帝廟中的塑像相同；所奇的是，坐騎不是赤兔馬而是一匹白馬。及至凱旋班師，京中傳出一則異聞，說某一民家所畜的白馬，當御駕親征出師之日起，突然自馬廄奔至中庭，挺立不動，馬身不斷出汗，直至黃昏方食。日日如是，直到回蹕，方回馬廄。這段異聞傳入禁中，明成祖詔建關壯繆祠，就是正陽門外的這座關帝廟。

由於月城的面積所限，這座關帝廟的廟貌，很不起眼，塑像亦很小。這樣，便又有了兩種傳說。一種是說明世宗嫌宮內所供關帝法身太小，降旨另裝大像一尊，像成以後，命卜者為大小兩像算命，卜者進言：舊像曾受數百年香火，棄之不吉。因此，明世宗特命移置於正陽門外。

又一說是：明熹宗時，宮中塑關聖像兩尊，一大一小，命卜者推算，結果是：小者福壽綿長，香火百倍；大者不及。明熹宗不信邪，將大像留在宮中，增加祭品，享受香火；小像棄置正陽門外。不久，李闖破京，宮中的大像被燬；而小像的香火極盛，靈異特著。

這座關帝廟之靈，是靈在它的籤。京朝士大夫什九崇信；每逢鄉會試之年，去求籤問前程的不知凡幾。王漁洋就談過他自己的一個故事，說順治十五年戊戌會試以後，他到正陽門外關帝廟去求得一籤：「君今庚甲未亨通，且向江頭作釣翁；玉兔重生應發跡，萬人頭上逞英雄。」當然茫然不知所措。到第三年庚子，外放到揚州去作推官，至康熙三年甲辰，升官去職。「江頭」即指揚州。以後由戶部郎中改為翰林院侍讀，至康熙十四年乙卯升為國子監祭酒。這年閏八月，而王漁洋就生在閏八月；「玉兔重生」應驗得極妙。

再有一個就是前兩年的故事，有位狀元散館之前去求籤，籤詞叫做「靜來好把此心捫」，亦是百思不得其解。及至散館考試，試帖詩題是「松柏有心賦得心字」；這位狀元的詩做得很出色，考列高等。及至上呈御覽，皇帝看出毛病來了，韻腳應押「心」字竟而遺漏。皇帝便批了兩句：「狀元有無心之過；試官無有眼之人。」當然，高等是不能夠了。這時那狀元才知道：「靜來好把此心捫」是提醒他莫忘押心字。

這座關帝廟中的籤，有可解，有不可解；而可解不可解，全看各人的會心。馬夫人在雍正初年回京時，曾經到這裡來求過一支籤，籤上是一首五言律詩，其中有一聯是：「落花歸故土，老樹發新枝」，馬夫人認為上一句指抄家歸旗；下一句應該是家道重興的暗示。不久，由於正得勢的平郡王的照應，果然轉危為安，又是一番景象，雖不及三代江寧織造時候的顯烜繁華，但諸事平順，日子倒比在江寧過得還舒坦；因此，馬夫人每年都要來求一支籤，問問一年的休咎，籤上的話有時靈驗，有時毫無影響，但也沒有壞處。

這天到了關帝廟，先燒香，後求籤；馬夫人捧著籤筒，默禱久久，然後將籤筒搖了幾下，往上一聳，甩出一支籤來；曹雪芹從地上拾起來一看，是第三十八籤，便走到一旁去找香火道人，送了一兩銀子的香敬，換來一張籤條。

拿到手裡一看，又是一首五言律詩：「愛爾飄揚意，依人冉冉飛，高低惜芳草，浩蕩弄春暉；有夢常為客，無家尚憶歸，故園風物變，楊柳未應稀。」

「這，」曹雪芹自語著，「似乎那裡見過？」

一路思索著，走回原處；秋澄將籤條接過去唸了一遍，詫異地說：「這不是蝴蝶詩嗎？」

「唸給我聽聽。」

秋澄便一面唸，一面講解；等她唸完，曹雪芹問道：「娘問的是甚麼？」

「你甭管。我自己明白。去吧！」

馬夫人臉色很平靜，心裡卻大為不怡。原來她因為去年平郡王下世，但到過年時，卻另有秋澄的喜事；覺得這一年跟過去不同，既有變化，便有禍福，尤其是秋澄的終身，不卜如何？所以在默禱時，特別提到這一點。

使得馬夫人不怡的是，「有夢常為客，無家尚憶歸」。曹雪芹就詩解詩，說這兩句詩，是從「蝴蝶夢中家萬里」的成句中化出來的；但馬夫人別有意會，她認為「有夢常為客」是指秋澄過去的身分與境況，「夢」是夢想她自己應該是官宦人家的小姐。

他人亦並非看得她低三下四；如今更是名正言順地作了曹家的女兒，但論到頭來，小姐的身分，畢竟還是假的，這便是所謂「客」。這一句解得通，下一句就很不妙了，「無家尚憶歸」的家，當然是娘家；莫非還要遭一場抄家的大禍？

在轎子裡，馬夫人一直在轉著這個念頭；不知何時，轎子停了下來，打開轎簾一看，便是預定要來燒香的延壽寺；這條街就叫延壽寺街，在琉璃廠東北。祝家在延壽寺西，有一所住房；出正陽門而西，按照路程，是首先要看的。

燒過了香，少不得寺前寺後隨喜一番；延壽寺的香火不盛，也不像京師其他古剎，如法源寺的丁香，崇效寺的牡丹，花之寺、極樂寺的海棠，天寧寺的芍藥等等，有名花可以號召遊客，所以大家都覺得一無足觀。

但曹雪芹說了一句話，便令人另眼相看了；他說：「這是一座遼金古剎，別看它不起眼；當年宋徽宗在這裡住過兩三個月呢！」

「真的？」秋澄第一個有驚喜之感，「那麼應該有宋徽宗題壁的那首詞吧？」

「恐怕不是這裡。」

「何以見得？」

「因為說要到延壽寺來燒香，昨天我特為查了一查書，有部《燕雲錄》說：『道君以丁未五月十八日到燕山，於延壽寺駐蹕。』又說七月中，鄭后違和，欽宗還來問疾。宋徽宗題壁的那首詞，描寫的是冬天的景致；在此駐蹕是夏天。」

一面談，一面走，在山門上了轎，去看房子，太舊，也太大，沒有一個人中意；曹雪芹對禮貌周到的管房的人，開發了二兩銀子的賞封，領著大家去看第二處。

這一處為秋澄的希望所寄，在琉璃廠以西的海北寺街，祝老七提供的目錄中，在這一處之下，註了一句：「內有古藤書屋。」曹雪芹在朱竹垞的《曝書亭集》中，見過這個齋名，檢原書一看，有首「古藤書屋送人」詩，前面數句是：「我攜家具海波寺，九月未槁青藤苗。夕陽倒景射欞柳，此時孤坐不自聊。」海波寺久廢，以致後人訛讀為海北寺，一點不錯。

再翻一翻順治、康熙年間的詩集，才知道古藤書屋大有來歷，最早是金之俊的住宅，後來成為龔芝麓的京寓，中間又移轉了一手，才為朱竹垞所有。陳其年、王漁洋，還有著《桃花扇》的孔東塘，都曾在古藤書屋中，詩酒流連過。曹雪芹很興奮地跟秋澄談起這些掌故；她也非常嚮往，暗地裡作了一個決定，只要房子能過得去，就買了下來，拿古藤書屋作為曹雪芹專用的客房。

可是到了那裡，馬夫人首先就看不中，因為房子太舊；進去細看，才知道原是一所大宅，已分隔成四家住宅。古藤書屋在西面，三楹敞軒，前面一個院子，古藤緣壁，鐵幹夭矯，古色蒼蒼；旁邊一樹俗稱「觀音柳」的檉柳；一大四小五塊太湖石，錯錯落落地散置在左右，石面磨得既平且滑，曹雪芹自然而然地坐了下來。

「紫藤、檉柳都是四月裡開花，一朱一紫，穠豔非凡；立夏前後，黃昏時分，在這裡閒坐聊天，可是太好了。」

「好是好，可惜太小了。除了這裡，就只有三間廂房。」一個人去前後看過了來的杏香接口：「而且房子也不成格局。」

「這倒不要緊——。」

「這裡怎麼能住？」秋澄剛說了一句，便為馬夫人打斷，「來了客，連個坐的地方都沒有。你別聽芹官胡謅，總得規規矩矩找一座四合房才合適。」

曹雪芹與秋澄都有悵惘之感；但馬夫人與杏香的評估，都是不錯的，他們兩人亦就不必再多說了。

「回家吧！乏了，也累了。」馬夫人說：「明兒芹官一個人先來看，挑出兩三處來選一處；這麼撞來撞去，全是白費氣力。」

他人都覺得時候還早，不妨再看一兩處，但因馬夫人已意興闌珊，只好都依著她，進宣武門回家。

到了傍晚，錦兒來了；一進門便問看房的結果，聽秋澄細談以後，她想了一會說道：「那個甚麼古藤書屋，不宜於作新房，不過倒是雪芹讀書用功的好地方。你別忙，我讓你震二哥先去打聽、打聽房價；看能不能買下來給你住。」

「不，不！」曹雪芹說：「你不必費心。」

錦兒還要往下說，卻讓秋澄一個眼色攔住了，換了個話題問：「太太求了一支甚麼籤？」

秋澄剛要開口，突然聽得曹雪芹大聲說道：「啊，想起來了。」

「你這是幹麼？大驚小怪地，嚇我一跳。」錦兒白了他一眼。

曹雪芹不答，起身直奔書架，找了半天，取回來一部集子，拍一拍書函說：「在這裡了。」

這部詩集叫《扶荔堂詩集選》，有十二卷之多。作者丁澎字飛濤，順治十二年乙未進士；十四年辛酉，發生清朝的第一樁科場案，牽連極廣，順天、江南都出了毛病，南闈士子，更受荼毒，吳兆騫即由此案，全家充軍寧古塔，二十餘年以後，始由顧貞觀請納蘭性德設法贖罪入關。作「季子平安否」那首有名的〈金縷曲〉的顧貞觀，在曹家並不陌生，因為他跟曹寅很熟；曹雪芹與秋澄都曾聽曹老太太談過他。

辛酉科場大獄，出事的一共五闈，除南順天、江南以外，還有河南、山東、山西。丁澎即是河南的副主考，但罪名僅止於用墨筆改舉子的硃卷，雖然違犯程序，卻是出於愛士之心；不比正主考黃釶服官素著穢聲，因而丁澎在順治十五年流徙尚陽堡，康熙四年便已赦歸。他是明末清初的「西泠十子」之一，詩名甚盛；曹雪芹翻了一回《扶荔堂集》，果然找到了那首五律。

「你的話不錯，題目就是詠蝴蝶。」曹雪芹對秋澄說：「太太求到這支籤，彷彿不大高興。你看，是為了甚麼？」

「不知道太太問的是甚麼，無從猜詳。」

「當然是家務。」曹雪芹說：「總不會問軍國大事吧？」

秋澄不作聲，從曹雪芹手中接過詩集來吟哦著；錦兒也湊在她身邊一起看。

「這首詩，上半截倒像是說的你。」她忽然看著秋澄說。

秋澄還不曾答話，曹雪芹卻脫口說道：「有理。」

「你也覺得有道理是不是？」錦兒更有自信了。

「是啊！」曹雪芹說：「『愛爾飄揚意』，是出閣之兆。」

「那『依人冉冉飛』的人，自然是指咱們仲四姑爺了。」

這是個簇新的稱呼；曹雪芹很高興地說：「解得好。『高低惜芳草，浩蕩弄春暉』，照字面上看，是好話；嫁後光陰，一定如意。」

「但願如此。」日子一久，秋澄亦不甚害臊了；答了這一句，卻又蹙眉問道：「可是，『有夢常為客，無家尚憶歸』呢？這也是好話嗎？」

曹雪芹心裡嘀咕的就是這兩句，不過錦兒卻有新解，「這是說你想家。」她問秋澄：「你這麼多年來，想過你娘老子沒有？當然想過，也許還夢見過。這就叫『有夢常為客，無家尚憶歸』。」

「妙極！」曹雪芹猛一擊掌；剛要興奮地往下說，卻又為錦兒斥責了。

「你又來了！說話為甚麼總是大驚小怪地嚇人一跳。」

「這就叫得意忘形。」秋澄笑道：「快說吧！一定有妙解。」

「不敢言妙，不過應該講得通。」曹雪芹說：「我想，這故園應該是指咱們在江寧的老家，如今當然改了樣兒了。可是駱賓王有詩：『故園梅柳尚有餘，春來勿使芳菲歇。』從字面上看，也是好話。」

「嗯！」錦兒深深點頭，「這說得有點像了。」

但秋澄卻還有疑義，「你這麼解，當然也可以。不過，」她問：「這跟蝴蝶有甚麼關係呢？」

「當然有關。」錦兒接口：「有梅花，有楊柳，還有個不能招蜂引蝶的嗎？」

雖是強辯，卻駁不倒，秋澄又將全首詩體味了一會；不由得失笑了。

「你笑甚麼？」錦兒問說。

「真好笑，我會是一隻蝴蝶！」

「『蝴蝶，蝴蝶，飛上金花枝葉。』」

「你唸的甚麼？」錦兒問曹雪芹：「倒像是一句詞？」

「不錯。是王建的詞。」

「你多早晚來的？」馬夫人問。

「來了一會兒了。」錦兒答說：「在雪芹屋子裡琢磨太太求的那支籤呢。」

「喔，」馬夫人閒閒說道：「你們連我問的甚麼都不知道，怎麼琢磨得出來？」

「太太不是在問秋澄的終身嗎？」

此言一出，即時吸住了馬夫人的心，「你們怎麼知道？」她的語氣不同了。

「太太先說，咱們琢磨得對不對？」

「對。」

「好！那，我們就講給太太聽。」

由於一上來便猜透了馬夫人的心事；秋澄也承認她有時候曾夢見去世的父母，懷念在江南的寡嫂，便顯得那首詩中的「玄機」，格外中聽。

一直聽完最後兩句的解釋，馬夫人方始開口：「『積善之家，必有餘慶』，看來咱們以後的日子，都還不壞。」

看到一家之主的老人，有這樣的話，大家都有無可言喻的欣慰。其中秋澄的感想，更多且深；她真是沒有想到，馬夫人這一回求籤，問的竟是她的將來！只為所見不同，覺得籤語不祥，而又不便明言，以至於抑鬱寡歡。如果不是錦兒來解開了這個結，馬夫人不會化憂為喜，便是自己沒來由造了孽。轉念到此，不由得對錦兒投以感激的一瞥。

錦兒卻並無得色，倒是曹雪芹大為興奮；吃晚飯時，大聲說道：「錦兒姐，我真是服了你了；偏就是你能洞鑒表裡，把『有夢常為客，無家尚憶歸』解得那麼妥帖。我看，太太不高興，就是因為一聯之故。」

得意非凡的錦兒，正待矜持地謙虛一番，而就構思時，秋澄已舉起了酒杯。

接著，曹雪芹舉杯相敬，等他們喝過了，秋澄說道：「我也得敬杯酒謝謝你。」

「你敬的甚麼？」錦兒笑道：「就為我那句『依人冉冉飛』解得好？」

秋澄先不作聲，然後說道：「我要說不是，你一定說我矯情。我是沒有想到太太會為我求籤；如果不是你，太太為我上了心事，我還不知道，那是甚麼罪過？」

「你這麼說，我得乾一杯。你也乾吧！」

兩人都乾了酒，秋澄一面為錦兒斟酒，一面說道：「太太得了那支籤，不大高興，是誰都看得出來的；原先我在琢磨，總還得出前面去看房子，這回我要勸太太到東月城的觀音大士廟也去求一求，想個甚麼法子，弄它一支上上籤，讓太太心裡也好過一點兒。」

「你這是空想。」曹雪芹說道：「那裡根本就沒有籤，因為原來就沒有打算在那裡建一座觀音大士廟。」

「對了！都說觀音大士是女身，怎麼不叫白衣庵叫觀音廟？而且在那個車馬紛紛的月城裡頭，地方一點點大，且不說婦道人家燒香不便；觀音大士有靈，也不愛在那裡受香火。」錦兒接下來問：「你說原來就沒有打算在那裡供奉觀音大士，那就無怪其然了。可是，這座廟，又是怎麼來的呢？」

「那是明朝崇禎十五年的事——。」

崇禎十五年，洪承疇以陝西三邊總督東調，總督薊、遼軍務，統率總兵八員、馬步精銳十三萬人，駐紮山海關外，不意連番大敗，洪承疇在松山被圍六個月，食盡城破，遼東巡撫邱民仰被殺，洪承疇下落不明。

消息傳到京師，明思宗大為震悼，總以為他一定殉國了；為了激勵士氣，賜祭十六壇，另在正陽門外東月城建立專祠，塑造洪承疇的像，以與西月城的關壯繆廟匹配。及至賜祭到第九壇，來了一個非常確實的消息，洪承疇投降清朝了。

明思宗自然不能期望洪承疇能像關壯繆那樣，身在曹營，心存漢室；賜祭停止，專祠亦不成立，改祀了救苦救難的觀世音菩薩。

京師流傳的，洪承疇的故事很多，但這一段卻是聞所未聞；「我聽老太太談過，」秋澄說道：「有一年老太爺進京，在德州起旱，路過保定，聽人說起，洪承疇的孫女兒，苦得沒飯吃，老太爺特為派人送了幾十兩銀子給她。功臣下場，會這樣子慘，真想不到。」

「他不是福建人嗎？」錦兒問道：「怎麼會住在保定？」

「他是鑲黃旗漢軍，不能回福建。」曹雪芹答說：「就像咱們不能住江寧，是一樣的道理。」

「可又何至於窮得沒飯吃？他的爵爺的祿米呢？」

「他沒有封爵。」曹雪芹說：「只是三等輕車都尉一個世職而已；而且也不是世襲罔替，准襲三次，還是四次？大概早就襲完了。」

「當時待他也實在太薄了一點兒。」

「這有原因的。」曹雪芹沉吟了好一會說：「總而言之，五倫之中，第一倫跟第五倫，要全始全終很難。」

這話錦兒不大聽得懂，秋澄想一想，倒是明白了他的意思，五倫的第一倫是君臣；第五倫是朋友。洪承疇與人不能全始全終，是屬於那一倫？

這樣想著，不由得問了出來；曹雪芹覺得百年前事，談談亦自無妨，便細談了洪承疇所以失寵的由來。

原來當時西南一隅，尚未歸入清朝版圖，桂王由榔頻年轉戰，到了順治十年，終於能夠立足下來，雲南、貴州兩省，仍奉永曆正朔。

當初太宗看中洪承疇的本意，就是要利用他來對付明朝；招撫江南之後，此時又用得著他了，這年五月，特授一連串榮銜；太保兼太子太師，翰林國史院大學士，兵部尚書兼右副都御史，經略湖廣、廣東、廣西、雲南、貴州等處地方，總督軍務兼理糧餉。同時頒發一道授權的敕諭；文至巡撫，武至總兵，皆聽節制，攻守便宜行事。滿兵當留當撤，即行具奏。便宜行事的條款，在敕諭中一一列明。信任之專，可說無以復加。

但洪承疇卻始終以持重為名，不肯大舉進兵，而且一再以年老多病，請求解任。到了順治十六年正月，清軍三路會師，攻克雲南省城，桂王奔往緬甸，洪承疇到了昆明，上了一道奏疏說：「雲南險遠，請仿照元、明故事，以王公坐鎮。」朝命平西王吳三桂移鎮雲南。

原來洪承疇、吳三桂都在觀望，其時鄭成功經營台灣，舟師強大；浙東義師在張蒼水率領之下，亦日趨堅實；回過來看八旗從龍的宿將，日漸凋零，而後起的親貴及勳臣之後，習於富貴，無復先人的那股凌厲無前的鬥志。而南北的遺民志士，倒在顧炎武、錢謙益的策動之下，已經規畫出一套復明方略，決定規復江南，與清朝畫江而守，先造成偏安之局，再徐圖進窺中原。以當時彼此形勢實力而論，這不是一種不切實際的奢望；如果鄭成功與江南義師有了動靜，洪承疇跟吳三桂，毫無疑問地會舉兵響應。

久已盼望的這一天，終於來臨了。順治十六年六月底，鄭成功的海船，會同浙東義師，浩浩蕩蕩自崇明島入口，溯江上駛；輕而易舉地攻下鎮江。警報到京，朝廷震動，順治皇帝且已準備親征。

「順治皇帝那年二十二歲。」曹雪芹說：「年紀雖輕，已經飽嘗世味；七情六慾都經歷過，覺得人世間沒有甚麼可以留戀的——。」

「不說他看破紅塵，當了和尚了嗎？」錦兒問道：「有這回事沒有？」

「『房星竟未動，天降白玉棺。』」曹雪芹唸了兩句吳梅村的詩，說：「和尚沒有當成。」

他的話還沒有完，秋澄便推一推錦兒的肘彎說：「你別打岔！聽他說下去。」

「順治皇帝看破紅塵想出家，這話不假。不過他的出家是逃世，只要能讓他心裡踏實平靜，他亦不是非當和尚不可。」

在這空隙之間，錦兒又忍不住插嘴了，「不當和尚當甚麼？」她問：「當甚麼才能讓他過清靜安閒的日子？」

「要清靜安閒，只有出家。出家不一定當和尚，當天主教士也可以。大家都知道的，孝莊太后的『教父』，是天主教的長老湯若望，順治皇帝管他叫『瑪法』；滿洲話裡頭，只有『阿瑪』，沒有『瑪法』，有人說，那不是滿洲話，是西洋話『我父』的意思。那時他既參禪，又對天主教義著迷；如果湯若望的勢力，比明朝留下來的那班太監來得大，順治皇帝說不定就當了天主教士。」

「越說越玄了，也越說越遠了。」秋澄提醒他說：「你別忘了，你剛才是在說順治皇帝親征。」

「不錯。」曹雪芹說，「我為甚麼談這一段呢？為的是，要讓你們知道，順治皇帝那時候腦袋裡裝的玄理太多了，幾乎到了神經錯亂的地步；京師九門都貼出黃告示，說要親征了，盼望大家同仇敵愾，滅此朝食。那知道事與願違——。」

「雪芹，」這回是秋澄打斷了他的話：「親征了沒有呢？」

「沒有。」

「為甚麼？」

「親征非同小可，調兵遣將，囤積糧草，起碼也得半年的功夫。孝莊太后跟湯若望都知道他的毛病，凡事一過去了，就會忘得光光，從不往後打算，所以都極力勸他；想拖過那幾天，自然沒有事。先是勸不聽；最後勸動他的，竟是明朝最後一任的漕河總督，他從從容容地問道：『皇上這一回親征，打算甚麼時候班師？』順治皇帝愕然：『尚未出師，先談班師，你不太心急了一點嗎？』他說：『不過照我的估計，一年之內，必可奏凱。』」

此人認為鄭成功不取崇明島控制由江入海的通路，是一大失策；只須降旨命江南的將帥，封鎖長江，鄭成功就非急急退走不可，同時亦就顯示了廟算的高明。如果一定要御駕親征，反而會稽延克敵致果的日期。

這是甚麼道理呢？此人引明武宗平宸濠的故事說，江南的將帥一定會想到，既已御駕親征，不能無功而返，即會有擊敗鄭成功的機會，亦必姑緩其死，將這場盜魁就擒的大功勞，讓給皇帝；猶如當年雖已生擒宸濠，欲假作元凶未獲，等車駕到達江南，將宸濠從囚車中放出來，由明武宗親手活捉那樣。不但曠日持久，而且成了絕大的笑柄，有傷開國之君的神武英名。這下，順治皇帝總算將親征之議打消了。

至於，鄭成功在江寧城外，屯兵半月，士卒「釋戈而嬉」，不知身在何處？以致原守崇明島的清朝蘇松水師總兵梁化鳳，率所部三千人，得由間道援江寧，以獅子山為屏障，立三營於神策門西的鍾阜門，偵得實情後，先攻破前營，第二天五更時分，破人家門戶作通路，展開奇襲。鄭成功倉皇遁走，深恐海口被封，竟連鎮江亦放棄不守，逕自揚帆出海。

其時張蒼水奉鄭成功將令，越過江寧，逕攻蕪湖，長江兩岸父老，簞食壺漿，以迎王師，二十餘天之中，西至舒城，西南至貴池，直逼安慶，由此迤邐而東，直至寧國，皖南已有其半，克復了太平、寧國、池州、徽州四府；廣德、無為、和陽三州，總計二十四縣。及至鄭成功棄而不顧，孤軍深入的浙東義師，驟臨絕路，不能不在巢湖棄舟登陸，由於有眷屬拖累，境況極其悽慘。張蒼水單騎突圍，間關百折，跋涉兩千多里，直到冬天方回舟山，而所謂「浙東義師」，亦就名實俱亡了。

「現在回頭來要談洪承疇了。」曹雪芹說：「兵部看江寧轉危為安，東南已經沒有顧慮，便催他從速進攻緬甸。洪承疇找了一大套理由，說這年秋冬不宜進兵，明年春天亦怕不行，因為『二月青草將生，瘴即復起，其間可以用師，不過四月，慮未能窮追。』桂王的大將李定國，『若聞我師西進，必且避實就虛，合力內犯。我軍相隔已遠，不能回顧；昆明留兵，亦未遑堵禦』，如果已逐出國界以外的李定國，因而又得流竄西南，所關匪細。」

趁他停頓的當兒，錦兒問道：「照這麼說，永遠不必進攻了？」

「當然，洪承疇另有一番說詞。洪承疇以為『明年盡力春耕，漸圖生聚，我軍亦得養銳蓄威，居中制外』，『絕殘兵之勾結，斷降卒之反側；李定國等潛藏邊界，無居無食，瘴癘相侵，內變易生，機有可俟。是時芻糧輳備，苗蠻輯服，調發將卒，次第齊集，然後進兵，庶為一勞永逸，安內剿外長計。』」

「那得等到那一天？完全是搪塞嘛！」

「正是這話。」曹雪芹深深點頭，「到了十月裡，洪承疇告病，說不能幹經略大臣了。」

「准了他沒有呢？」

「當然准了。」曹雪芹說：「朝廷知道你不願意做張弘範，勉強無益。」

錦兒問秋澄：「張弘範是誰？」

這個名字，秋澄彷彿聽說過，不知其人，自然仍須曹雪芹來解答。

「他是元朝的一員大將。」曹雪芹說：「南宋最後一個皇帝，四歲即位，年號德祐，在位兩年，元軍入臨安，就是杭州，把太后跟小皇帝都俘虜了；可是宋朝不算亡。」

談到這裡，曹雪芹把酒沉吟；因為曹家久居江寧，習聞南明的故事，他是想到史可法是否可與文天祥相提並論；而如福王左右有張士傑、陸秀夫，局面又會如何？

「你怎麼不講下去？」錦兒問道：「為甚麼宋朝不算亡？」

曹雪芹定定神答說：「因為德祐還有一兄封益王；一弟封衛王。宋朝的遺臣陳宜中、陸秀夫、張世傑等人立益王於福州，改元景炎；元軍入閩，張世傑奉益王由海道到兩廣。宋朝的臣子這時分投元、抗元兩派，前一派占了上風；張世傑領兵復回福州。第二年，十一歲的益王，一病嗚呼。陸秀夫便倡議擁立衛王，這才是宋朝最後的一個皇帝，改元祥興。這年閏十一月，張弘範——。」

宋祥興元年閏十一月，張弘範擒文天祥於廣東海豐。第二年二月，大敗張世傑於廣東新會縣南，大海中的厓山，陸秀夫背負衛王蹈海而死，至此宋亡。

「張弘範父子都是元朝的勳臣，但他是直隸定興人，到底生在宋朝的土地上，就是宋朝人。因此，後來有人在厓山立了一塊碑，一共八個字：『宋張弘範滅宋於此。』這就是所謂『一字之誅，嚴於斧鉞。』」

「原來張弘範父子早就是元朝的臣子了。」錦兒說道：「他的情形跟洪承疇不一樣。」

「應該說，洪承疇的情形跟他不一樣。」秋澄說道：「如果那時候洪承疇抓住桂王，立一塊碑說：『明洪承疇滅明於此。』那才真的受不了啦！」

「可是——，」錦兒頓了一下，換了個話題問：「後來呢？桂王怎麼樣了呢？」

「那比宋朝的衛王慘得多了。」曹雪芹說：「洪承疇不願意做張弘範第二，有人願意，就是吳三桂；他有個親信叫馬珅，勸他殺桂王，以絕天下之望，然後再相機自立為帝。吳三桂聽他的話，逼緬甸交出桂王，拿弓絃勒死了。」

「這樣說起來，洪承疇還算是有良心的。」錦兒亦大為感嘆：「可惜鄭成功不爭氣！」

「雪芹，」秋澄問道：「你這些故事是從那兒來的呢？」

「這你就不必問了。」

「我看靠不住。」錦兒又用激將法了，「我看是你杜撰的。」

「有《宮門抄》在那裡；莫非上諭亦是我杜撰的？」

「上諭上莫非也說，吳三桂的親信姓馬的勸他殺桂王？這話當時一定是私下說的，外人怎麼會知道？」

曹雪芹笑道：「你們一定要知道，我就跟你們說了吧！我又不是四老爺，逛琉璃廠一定是去看字畫古董；我是常去找舊書，找抄本，久而久之，終有所獲。」

「甚麼抄本？」

「總是不能刻出來的書，才只有抄本。」秋澄說道：「當初老太爺在日，常有人送抄本來，多半是想換幾個錢，老太爺從不讓那些人空手而回。老太太說：留下來的那些抄本，老太爺一定親自過目，有的能刻，有的不能刻；不能刻的，多半燒掉，也有一些是進到宮裡的。」

「為甚麼要燒掉？」

「這還用問嗎？當然是因為有忌諱，流傳出去會出事。」

聽這一說，錦兒大為緊張，「雪芹，」她說：「你找來的是些甚麼抄本？」

「你要看？」

「對了！」錦兒答說：「我今兒睡在這裡。最近常常半夜裡醒了就睡不著，得找本閒書看著等天亮；有時看倦了，還能睡一瞌。」她將手一伸：「把抄本給我。」

「好吧！回頭檢給你。」

「都找給我，我說不定還挑一兩部帶回家看呢！」

曹雪芹答應著，吃完飯到他自己書房，點起燈來，找來三部抄本、一部刻本，叫小丫頭捧了，來到秋澄那裡。

「這部刻本《鹿樵紀聞》是吳梅村做的。」曹雪芹一一指點：「三部抄本，以這部《廣陽雜記》最好；《秋思草堂遺集》是杭州一個姓陸的才女，記她老父陸麗京雲遊始末。——」

話未說完，秋澄插嘴說道：「這部書不必看。」

「為甚麼？」錦兒愕然相問。

「你看了會一夜睡不著。」

錦兒還茫然不知其故，曹雪芹卻被提醒了，因為陸麗京被牽涉在一樁極嚴酷的文字獄中；陸麗京之女陸莘行，所記的即是她家籍沒的經過，一字一血，慘不忍讀，怕錦兒看了，棖觸舊懷，故而阻止。

「那部書也沒有甚麼好看。」曹雪芹移開《秋思草堂遺集》，指著另一部抄本說：「這部《研堂見聞雜記》很有意思。洪承疇以外，還有金聖嘆、張獻忠的故事。」

「都在這裡了？」錦兒問說：「還有一部《讀書堂西征隨筆》，是雍正年間奉了明文的禁書，你就不必看了。」

「是誰做的？」

「汪景祺。」秋澄提醒錦兒，「就是海寧查家，抄家的那一案，牽涉在裡頭的汪景祺。」

「不對，」曹雪芹說：「是年羹堯那一案；不過查家那一案也有關聯就是。」

原來杭州人汪景祺是康熙五十三年的舉人，為人放蕩不羈；雍正二年遊陝西，其時年羹堯正在紅得發紫之時，汪景祺寫了一封信，將沿途所記的一部隨筆，送請年羹堯指教，目的亦不過打打秋風而已。那知年羹堯獲罪，抄家時搜得此書，因為上面有首詩，對聖祖有欠恭敬，交刑部議罪，照大逆不道律，擬斬立決。

這首詩是在一篇題名〈詼諧之語〉的結尾，說康熙南巡至無錫，有個秀才名叫杜詔，道旁獻詩，聖祖頗為見許，特賜書於白綾上的御書一幅，捧回家打開一看，寫的是：「雲淡風輕近午天，傍花隨柳過前川；時人不識予心樂，將謂偷閒學少年。」這首詩收入蒙童所讀的《千家詩》，竟勞御筆，似乎有些不可思議；而且秀才獻詩，報以御書，亦似對筆墨太不珍惜。

汪景祺便來了一首七絕：「皇帝揮毫不值錢，獻詩杜詔賜綾箋；千家詩句從頭寫，雲淡風輕近午天。」

「大不敬」的罪名，即由此而來。雍正四年查嗣庭當江西主考，為副主考俞鴻圖所出賣，以試題有意譏刺，竟興大獄；其實是查嗣庭在雍正即位時，奉旨在南書房行走，草擬詔旨，知道了世宗的許多陰私祕密，而又在詞氣之間，流露出不樂為世宗所用的本心，因而世宗要殺他滅口。這一案亦有好些連篇累牘的上諭，往往拿汪景祺與查嗣庭相提並論。前後時間，相距甚近；而李煦充軍，又適與查嗣庭發遣寧古塔同時，因而秋澄才會誤記。

「好了，」錦兒在聽曹雪芹談完這一案以後說道：「你請吧！我們也得睡了。」

這是託詞。實在錦兒忽然有一樁心事，要跟秋澄談；這樁突如其來的心事，是由於偶然有所發現而引起來的。

「我看，咱們對雪芹抱的滿懷希望，怕要落空了。」

這話相當突兀，秋澄無以為答，只怔怔地望著她，等她往下說。

「我看他不是做官的材料。做了官不但不會帶來甚麼好處，而且還會惹禍。」

「你這話怎麼說？」秋澄問道：「你是從那裡看出來的？」

錦兒是從發覺曹雪芹不識忌諱這一點，連類推想，越想越覺得他的性情，與官場無一相合，有許多要跟秋澄談的話，如骨鯁喉，片刻都不能忍耐。

秋澄看著曹雪芹長大的，從小任性、好奇；及至曹老太太去世，接著遭逢家變，北上歸旗，漸漸成年，由於一連串的挫折，及本性孝順，不敢惹馬夫人生氣，加以馬夫人持家，與曹老太太在日，恩威並用的手段的不同，不談家法，只講情理，而又把理性看得比情分更重，上上下下不見得如何親密，卻都能各守分際，和睦相處，這樣才將曹老太太常說的，曹雪芹的牛性子，漸漸磨掉。

但好奇的本性，依舊如故，而且愈來愈重；秋澄認為曹雪芹不是不識忌諱，而是好奇心驅使，明知忌諱而不顧。

做官要識忌諱是天經地義，否則金殿射策時，不必在結尾上，贅上「罔識忌諱，干冒宸嚴」的話；因為不識輕重，犯了忌諱，猶有可解，明知忌諱而不顧，當然自速其禍，這就比錦兒的顧慮更嚴重了。

兩人細細數去，曹雪芹真不是做官的材料，第一是不耐衣冠禮數的拘束；第二是不喜奔競，甚至上官照應，派了好差使他亦未必見情；第三是凡事看得太容易，且又最重情面，易受人欺；第四就是不顧忌諱，明明知道不應該去過問的事，偏要插手，不應該說的話，偏要多嘴，以致禍從口出。

「還有一樣，」錦兒又說：「他肚子裡知道的『奇事』太多，我也替他擔心。震二爺回來說，過年的時候，聖母皇太后的一個娘家人，進慈寧宮謝恩；不由神武門而是另外走了一道門，據說是總管太監奉了懿旨領進去的。皇上知道了這件事，把總管太監狗血噴頭罵了一頓。據說皇上很討厭有人去見太后；對知道太后底細的人，常在暗中查訪，是不是說了不該說的話？震二爺識得輕重，從不談當年到熱河去接聖母皇太后的事。四老爺也是這樣。我就怕雪芹不懂忌諱。反正，一個人多知道別人的隱私祕密，絕不是好事。這一層，你還得跟他好好說一說。」

「這一層，太太就早跟他說過好幾回，想來他還不至於這麼不識輕重。不過，你說多知道別人的隱私祕密，絕不是好事，這倒讓我想起一個故事來了。」

這是個康熙朝權臣相互鉤心鬥角，傾軋排擠的故事，她曾聽曹老太太談過，但枝枝節節，不成片段；而那時的秋澄對朝廷的情形，也不甚了然，所以只是些斷續的記憶，以後看了好些曹雪芹從琉璃廠、慈仁寺那些冷書攤上覓來的筆記，印證當日得諸曹老太太的傳聞，才知道始末因果，尤其是那部《讀書堂西征隨筆》，記得更詳細，也更傳神。

不過，要她在此時原原本本講這個故事——實在是講一個人，她亦還記不周全；因而說道：「今兒晚了，明天講給你聽。睡吧！」

兩人同榻並頭而枕，錦兒睡在外面，將燈火移近榻前，躺著看曹雪芹攜來的抄本，直到三更天方始熄燈入夢。第二天上午，曹震派車來接；錦兒匆匆忙忙地上車而去，但臨行之前，卻鄭重其事地告訴秋澄，務必要將前一天她們細談曹雪芹的性情，那許多不合時宜的脾氣，說與曹雪芹痛切改過。

因此，下午無事，她便到夢陶軒來看曹雪芹，見了面先問汪景祺的那部書。

「你不是看過？」

「我想再看一看。」秋澄答說：「我要查一查高士奇在索額圖門下的那段故事。」

「你怎麼忽然想到了這個人？」曹雪芹一面說，一面開書箱，將那部「西征隨筆」取了出來。

「索額圖是康熙爺的甚麼人？」秋澄問說：「是舅舅不是？」

「你弄錯輩分了。慶太子才管他叫舅舅。他是聖祖元后的胞弟。」

「那不應該襲承恩公嗎？」

「他行二，承恩公是他長兄噶布拉承襲。」

原來聖祖元后孝誠仁皇后之父索尼，是世祖臨崩所指定的顧命四大臣之一：有女又為皇后，家世貴盛無比，索額圖一兄兩弟都有爵位，但為聖祖重用的卻是索額圖，一親政便拔擢他為大學士，與明珠同執朝政，互植私黨；設法薦引到聖祖左右，以為耳目。

明珠的長子，便是有名的大詞人納蘭性德，以翰林改為御前侍衛，頗得寵信；但卻不及索額圖所薦舉的高士奇。

高士奇字江村，杭州人，流落京師，在報國寺廊下賣字為生，僅足餬口。有一天來了一個人，在他的攤子前逗留不去，但非看字，而是看相。

「貴姓？」那人開口了，是遼東口音。

「敝姓高。」

「我看尊駕的相，主大貴。」

「那裡？」高士奇只以為他在拿他消遣，「一身潦倒，能不餓死，已是萬幸，那裡敢望富貴。」

「不然！你別妄自菲薄。」接著，那人又要他的手看；看了右手，又看左手，「你的相，在相法上應該當宰相。即無宰相之位，亦有宰相之權。」

高士奇報以苦笑，懶得再理他了。但那人卻說了一句令人意想不到的話。

「你願不願意跟我回去？」

看他不像開玩笑，高士奇方始請教姓名。此人是祖大壽的姪子，名叫祖澤深；祖大壽是吳三桂嫡親的母舅，所以他跟吳三桂亦算是中表。

吳三桂自從殺了桂王以後，勢燄薰天，平西王府可以自行選任官吏，號為「西選」；他的兒子吳應熊，尚太宗幼女，是聖祖的姑夫，封子爵，加少傅兼太子太傅。祖澤深以此奧援，當吏部主事；將高士奇帶回家後，相待甚厚，高士奇因而執贄稱弟子。

祖澤深有個朋友，名叫周大全，是索額圖的管家；「宰相家人七品官」，周大全管的事很多，亦要想用一個懂書算的人作助手，有一天跟祖澤深談起，而祖澤深恰好外放，正為高士奇的出處在躊躇，有此機會，毫不遲疑地將高士奇轉薦給周大全，賓主相處甚得。

不久，周大全出了事，受人賄賂，為索額圖發覺，盛怒之下，嚴究其事。周大全大起恐慌，找人商量，多勸他否認，即令動嚴刑，只要咬定了沒有這件事，索額圖亦無可如何。但高士奇的看法不同。

他勸周大全說：「索大人把老師當作左右手，當然是有感情的；問到這件事，老師應該痛哭流涕，自己承認負恩。人孰無過，索大人看老師如此，想起往日的情分，一定高高手，放老師過去。如果不承認，一動了刑，老師自己估量，熬得過，熬不過？熬得過，不死亦成殘廢；熬不過承認了，那裡還有命？送了命還要先吃一頓苦頭，這樣做太划不來了。」

周大全覺得他的話很有道理；等索額圖叫了他去一問，隨即如高士奇之教，在磚地上「咚咚」地磕響頭，涕泗橫流地表示做錯了事，自請處死。索額圖怒氣一消，喝一聲：「滾！」就此無事。

過了幾天，索額圖回想此事，覺得奇怪，因為在他的經驗中，這樣的事在別人必是抵賴得乾乾淨淨，何以周大全一問就會承認，其中或許別有緣故。因而又將他叫了來問。

「這是我請一位書算師爺高士奇教我的。」

「喔，」索額圖說：「你把他叫來我看看。」

喚來一問，話很投機；再看他寫的字，一筆端端正正的小楷，正好留下他來繕寫密摺。於是高士奇由「奴下奴」一變而為宰相的門客了。

如是數月，又有一重機緣。聖祖想找一個與官場毫無往來的人，置諸左右為他備顧問、作耳目；這番意思透露給索額圖後，他很想引薦高士奇而躊躇未決；恰好祖澤深進京來謀求升官，去謁見索額圖說，索額圖知道他會看相，便問他高士奇的面相如何？

「此人以相法而論，位極人臣。」

原來是大貴之相！但既貴之後如何？不能不作考慮。見此光景，周大全便進言了。

「高某人很誠實，老爺舉薦了他，一定不會辜負老爺。就像上一次教我跟老爺認罪，就可以知道他的為人不欺。」

索額圖即此意決，舉薦給聖祖以後，憑他的機警深沉，以及他那肚子裡的墨水，不多不少，恰好夠到能讓聖祖賞識稱妙的程度，因而不到一年，便權傾天下了。

高士奇算是聖祖的文學侍從之臣；聖祖曾經自道：「我初讀書的時候，只是太監教我經書，而且是沒有註解的『本經』，還教我做八股文章；自從高士奇在我左右，我才知道學問的門徑。古人的詩文，他一看就知道出於那一朝、那一代，我很佩服他這一點本事。」其實高士奇的本事是工於心計；在南書房行走時，絕早上朝，裝了一口袋的金豆，坐定下來找小太監來細問：「皇上昨晚上看了那些書？」問完了，抓一把金豆賞小太監，然後找了那些書來看過；等聖祖一問，現販現賣，自然對答如流。

因為如此，當索額圖初荐時，授職詹事府錄事，仍是一名書手；有一回內廷所供的關公神龕上要題幾個字，高士奇肚子裡只有《幼學瓊林》、《神童詩》、《千家詩》之類，想起《神童詩》的「天子重英豪，文章教爾曹」；而清朝自太宗以來，一直尊崇關壯繆，高士奇便借來一用，那知為聖祖所見，大為讚賞，因而升授內閣中書，食六品俸，並賜居西安門內；到康熙十九年授為額外翰林院侍講，充日講起居注官，開坊遷右庶子，升詹事府少詹。其時索額圖先因病解大學士任，病癒復起，改授為內大臣，兼充議政大臣，勢力漸漸不如明珠；高士奇跟索額圖亦就慢慢疏遠了。

當時朝廷兩大，非楊即墨，跟索額圖疏遠，必與明珠親近；高士奇的轉向，先是由祖澤深荐引他到內閣學士徐乾學門下，徐乾學是納蘭性德的業師，自然而然地成為明珠的黨羽，以此淵源，高士奇與明珠亦有了勾結，他在左右逢源之際，不免想到祖澤深——高士奇平生唯一所不負的人，總想對他有所報答。

報答的機會來了。那時的祖澤深在湖北當荊宜道，由於三峽水路，是上通四川的孔道，貨物吞吐，必經荊宜，所以是個肥缺；而巡撫張汧是走了明珠的門路，花了大把銀子，方始謀得此缺，為了撈回本錢，想把祖澤深攆走，另派私人接替，因而搜集了祖澤深的許多貪黜劣跡，打算一本將他參倒。

湖廣是督撫同城，在武昌的兩個大衙門，只隔一道蛇山；歷來巡撫有甚麼大舉動，不敢置同城的總督於不顧，所以張汧在拜摺以前，特為請總督徐國相吃飯，後花園有個小戲台，找了伶人來承應，戲唱兩齣，酒過三巡，看徐國相的興致很好，是進言的機會，便傳話停戲，而且伶人都要迴避。

有個小旦這天臨時得病，睡在大衣箱裡面起不來，管衣箱的便將箱蓋一闔，管自己走了。睡在戲箱裡面的小旦，將張汧與徐國相的談話聽得清清楚楚；當天便到祖澤深那裡去告密，原來祖澤深便是這個小旦的「老計」。

於是祖澤深先下手為強，他手裡也握有好些張汧貪汙的證據，派遣專差，星夜進京，投書高士奇，請高士奇與徐乾學設法解救。

兩人密密商議後，決定了雙管齊下的策略，一方面由高士奇先根據祖澤深信中所談的張汧的劣跡，面奏聖祖，一方面由徐乾學找了他的一名現任御史的門生，「聞風言事」，參劾張汧貪汙瀆職。

在祖澤深搶到了一個「原告」的半個月以後，張汧參祖澤深的奏摺，方始到京。由於有祖澤深的先入之言，本來一面倒的官司，變成撫道互控之局，對張汧頗為不利；聖祖無法遙斷，特派內閣學士色楞額到武昌查辦，臨行特加告誡，務須秉公辦理，不得敷衍了事。

色楞額到武昌一查，張、祖二人都有交代不清之處，認為都應該罷官。祖澤深得到消息，又遣急足進京通知高士奇，信中有些捕風捉影的揣測之詞，說色楞額可能受了張汧的賄。高士奇其時是寵信正專，便將可能的話，說成實有其事；聖祖震怒，硃筆諭示刑部，色楞額革職，連同家屬，一併充軍吉林烏拉打牲地方。方在歸途中的色楞額，無端大禍臨頭，驚懼莫名，一頭從馬上栽了下來，跌斷了一條腿。扶傷到了北京郊外，才知道奉旨不准入京，家屬亦被逐至城外，在等他一同充發吉林。

湖北撫道互控之案未結，高士奇建議，請派親信大臣到湖北審問。聖祖親信的大臣很多，但派出去查案，須身分相當，張汧只是巡撫，而另一方更只是道員，以派二品的侍郎、閣學往查，最為適當，而在這個層次上的「親信大臣」，只有一個徐乾學；誰知聖祖所派的竟是直隸巡撫于成龍。

高士奇大驚失色，徐乾學落空是一大意外；于成龍竟膺斯任，更是意外。原來康熙朝有兩個于成龍，一個是貴州人，字北溪，由州縣起家，官至兩江總督，是有名的清官，也是有名的好官；另一個于成龍是鑲黃旗漢軍，字振甲，以蔭生當樂亭知縣，為聖祖出巡時所識拔，清介廉能，一如以前的于成龍；聖祖特為放他當直隸巡撫，因為這也是以前的于成龍所做過的官，後先輝映，成此佳話，兼有勉勵他效法同名前賢的至意在內。

這個小于成龍一到湖北，祖澤深必無倖理。高士奇為此大傷腦筋，與徐乾學商量，勉強找到一條路子，可以一試；直隸有個道員叫胡獻徵，浙江紹興人，是于成龍最信任的屬員；胡獻徵有個族兄，是徐乾學的得意門生，必能為師門效力。

他的這個門生是已經開坊的翰林，官居詹事府右中允；奉了老師之命去看胡獻徵，開門見山地道明來意，而且表示師門重託，務必盡力。

胡獻徵大吃一驚，「大哥，」他說：「你在開玩笑了！此公那裡是可以說私話的？而且，據我所知，張、祖二人是他平日所痛惡的。大哥，你饒了我吧！」說著，不斷打躬作揖。

見此光景，徐中允甚麼話都不用說了。可是老師那裡怎麼交代呢？無可奈何，只能撒個謊，回報老師說道：「已經關照舍弟，在于中丞面前進言了。」

不多幾天，于成龍自保定進京請訓；明珠亦當面拜託，請他照應祖澤深。

于成龍默然不答，帶了胡獻徵到武昌，將張汧、祖澤深的劣跡，一一審問明白，祖澤深結交了明珠的親信，大學士余國柱；張汧亦曾派人行賄。其時余國柱已為御史郭琇參劾罷官；而刑部訊問張汧向何人行賄時，張汧斷然決然地回答：「徐乾學。」

徐乾學與高士奇招權納賄，原是事實，當時有「四方玉帛歸東海；萬國金珠貢澹人」之謠，「東海」指徐，「澹人」則是高士奇的別號。但張汧說向徐乾學行賄，這就有點離奇了。

於是高士奇向聖祖進言：「湖北撫道互控，臣跟徐乾學將祖澤深所開張汧劣跡，據實呈進。如果徐乾學曾受張汧的賄，情理上要為張汧隱飾。現在明明是張汧懷恨在心，故意亂咬。即令清者自清，濁者自濁，有聖明天子，不會蒙冤；但到案情水落石出，已經大感困擾，只恐將來大家都要做鄉愿，不敢據實奏陳。」

聖祖也覺得張汧說向徐乾學行賄，是件情理上說不通的事；而且徐乾學剛升了左都御史，如果因此案牽連，解職聽勘，許多應該整飭紀綱的案子都會停頓下來，因此特為降諭：「不必株連。」也就是對徐乾學是否被誣一事，不再追究。這一來，徐乾學內心當然不安。

原來上諭雖戒株連，刑部擱置不問，但道路流傳，張汧亦全非誣陷，穴既不空，風自何來？不能不有所辯解；特為上了一道奏疏說：「臣蒙特達之處，感激矢報，苞苴餽遺，一切禁絕。前任湖北巡撫張汧橫肆汙衊，緣臣為憲長，拒其幣問，是以銜憾誣攀。非聖明在上，是非幾至混淆。臣備位卿僚，乃為貪吏誣搆，皇上覆載之仁，不加譴責，臣復何顏出入禁廷，有玷清班？伏冀聖慈，放歸田里。」

這本來是一種試探，但聖祖居然准他解任，但不放他歸田，在京修書，仍是文學侍從之臣；因為徐乾學的門生很多，有的當翰林，有的當御史，聖祖想利用徐乾學授意他的門生建言，來整飭吏治。

當然，徐乾學與高士奇，在大家看來是不可分的，徐乾學既然有了表示，高士奇亦非明一明心跡不可，他在奏疏上說：「臣等徧摩纂輯，堆在直廬，宣諭奏對，悉經中使，非進講，或數月不睹天顏，從未干涉政事。」接下來列舉過去及目前在南書房行走的翰林，說是莫不皆然；「獨是供奉日久，嫌疑日滋，張汧無端疑怨，含沙汙衊，臣將無以自明，幸賴聖明在上，誣搆難施。但不容仍玷清班，伏乞賜歸田里。」

奏疏的措詞與徐乾學相仿；聖祖的處置，亦與徐乾學相同，解任後在京修書。下一年——康熙二十八年隨扈南巡，由於左都御史郭琇的嚴劾，休致回籍。但聖祖眷顧之恩獨厚，三十三年特召來京，仍直南書房；三十六年母老告終養；至四十二年聖祖南巡，高士奇特至淮安迎駕，扈蹕至杭州，回鑾時，復又隨從進京。

到京以後當然要去看索額圖，這是高士奇最痛苦的事。因為高士奇雖已貴盛無比，但在索家，仍舊是類似家奴的身分，見了索額圖要磕頭，回話時並無座位；家人稱他「高相公」，索額圖則直呼其名，動輒破口大罵。可是索額圖對門下亦並非全然無禮，有個浙江紹興人江潢，索額圖便很尊重，稱之為「江先生」。這江潢身材魁偉，一把大鬍子，以奇士自命；對高士奇當然亦不會有甚麼好臉嘴，因此，高士奇忍無可忍，在傾向明珠打擊索額圖之際，總想同時除掉江潢。

這些情形，索額圖亦有耳聞，這幾年高士奇與明珠常有信使往還，更是一件瞞不過人的事，蓄恨在心，已非一日。這天很熱，正在花廳裡光著脊梁喝冰茶納涼，聽說高士奇來了，便命傳見。

等滿頭大汗的高士奇，給半裸的索額圖磕完頭，只聽大喝一聲：「你這個忘恩負義的王八蛋，居然敢來見我！」

接下來便大罵特罵，高士奇只是不斷磕頭，否認與明珠勾結。這樣罵了有一下午，好不容易才得脫身，已是灰頭土臉，汗溼重衣，不成人形了。

咬牙切齒了好幾天，高士奇終於想到一條一石兩鳥的毒計。原來江潢為索額圖所策畫的長保富貴之策，便是擁護皇太子，他倡議皇太子服御俱用黃色，一切儀制與皇帝相彷彿。本來就是驕恣任性的皇太子，受此縱容，行為越發不檢；皇帝頗為不滿。

高士奇的毒計便是由明珠向皇帝進言，說索額圖謹事太子，出於江潢的獻議；太子年將三十，未能接任，漸露狂悖之形，皆是江潢、索額圖之過。

這意思是皇太子有逼皇帝退位的企圖。聖祖讀過綱鑑，對歷代帝皇的生平，頗有所知。唐太宗之於高祖；唐肅宗之於玄宗；宋孝宗之於高宗，子道都有可議。如果太子亦有此舉，豈不令天下後世騰笑，一世英名，付之東流？聖祖自然動心。

於是不久便下令拘捕索額圖，交宗人府拘禁，同時當面訓斥索額圖說：「你當大學士，以貪惡革退，後來起用，不知悔改；你家人告你如何不法，我把你留在我身邊，還想寬免你。那知道你結黨橫行，妄議國事；你所做的事，我隨便舉一件，你就應該處死。可是我心有不忍，姑且再饒你一次。」

除了索額圖以外，黨附的亦多被捕下獄；江潢則因在家中搜出索額圖給他的信，談到擁立皇太子，下刑部議罪，當然不能活命了。

不久，索額圖死在宗人府的「高牆」之中，而且還抄了家，明珠自然大為快意。但早在高士奇為索額圖所提拔時，高士奇在聖祖面前進過無數次的讒言，因此明珠報了索額圖的宿仇，心上便只記得高士奇的舊怨。此時表面上很客氣，其實一直在等機會要收拾高士奇。

高士奇當然亦有警覺，明珠在這十幾年之中，雖未柄政，但一直以內大臣的身分，為皇帝的側近之臣，門生故吏，遍布中外，潛在的勢力，頗為可觀。

高士奇覺得以對他敬而遠之為妙，年力衰邁，家業殷富，不如回老家去摩挲骨董，整治園林，安享清福。因而自陳衰病，請求放歸田里；邀准以後，朝貴排日餞行，明珠尤其殷勤，一連請了他好幾次，依依不捨地話別，但據說在食物中下了毒；是一種不會當時發作的祕方，俗稱「慢藥」。因此，回到原籍浙江平湖，不多幾天，便已下世。

秋澄從《讀書堂西征隨筆》中，找到了她要找的，高士奇在索額圖門下的故事，一共兩篇，一篇為〈張汧、祖澤深之獄〉；一篇就叫〈高文恪遺事〉——高士奇謚文恪。

「你看，這個人你知道不知道？」

秋澄所指的是〈高文恪遺事〉中的一段：「總兵曹曰瑋在京候補，先帝命索飲食之；高見索時，曹侍立簾外，思曰：『高知我見其情狀，必遷怒於我矣！』遽引疾歸。」

「你是問這個曹曰瑋？」曹雪芹說：「好像咱們的本家。」

「是的，是本家。」秋澄說道：「老太太告訴我，曹總兵先還不以為意；等到候補久無消息，不免奇怪，因為康熙爺答應他，盡快補缺，為此才交代索額圖，讓曹總兵在他家暫住，眼看總兵的缺出兩三個，輪不到他，是不是中間出了甚麼毛病？找到相熟的太監一問，才知道高士奇說了他的壞話：彼此無怨無仇，何以如此，就不能不追究原因了。」

於是曹曰瑋將當時親見索額圖如何作踐高士奇的情形，撮要說了些；那太監不等他話完便勸他，趕緊告病出京，否則將有殺身之禍，曹曰瑋考慮久之，終於聽從勸告，至於仍舊逗留在京，會不會真的為高士奇暗算，自然無法印證；照曹雪芹看，那太監是危言聳聽。

「你別不相信！」秋澄正色說道：「老太太在說，撞見人家的陰私，大凶。老太太還談了好幾個例子，叫人不能不信她的話。」

「喔！」曹雪芹的好奇心又起，興味盎然地說：「你倒講個例子我聽聽。」

「《殺子報》不就是？」

「那是戲。」

「戲也是拿真人實事來編的。」秋澄說道：「這件案子最後破在杭州，孫家還出過力呢。」

「杭州」跟「孫家」連在一起，便知是指杭州織造孫文成。這件刑案出在康熙四十年，山東有個姓方的小商人，經年奔走江湖，妻子不耐空閨寂寞，作了出牆的紅杏。她有個九歲的兒子，有一天半夜醒來，發覺有個男人在床上，便問他母親：「爹回來了？」其實是無意間發覺了他母親的陰私。九歲的孩子剛剛開始懂事，姓方的婦人怕孩子會洩漏她的祕密，威嚇著說：「不用你管！也不准你說出去！你要敢跟外頭的人多說一個字，看我不把你剁成肉醬！」

這孩子嚇壞了，第二天入塾讀書，中午不敢回家吃飯；到得放學了，依舊留在自己座位上。塾師問他，只是垂淚不言；多方哄騙，繼而怒斥，那孩子才說了實情。塾師便好言勸道：「你媽是故意嚇嚇你的，你只要不在外面胡說，怕甚麼！我送你回去。不過，你要記住，你千萬別跟你媽說，已經拿昨晚上的事告訴我了。」

他說一句，孩子應一句，塾師便親自送他回家。那知第二天孩子沒有上學；塾師當然不放心，找上門去一問，那姓方的婦人故作吃驚地說：「昨天沒有回來啊！我只以為你留他在你那裡住，正要去接他；怎麼反倒來問我？」

塾師知道出事了，當時便將那孩子告訴他的話宣揚於眾；可想而知的，只有打官司了。

縣官是個忠厚過人的孝悌君子，根本就不相信世間有親娘殺獨子這回事，當下將方氏婦人傳了來，在花廳中審問。

「塾師告你殺親生兒子，有這回事沒有？」

「青天大老爺在上，俗語說『虎毒不食子』；我只有這麼一個九歲的兒子，人又聰明，又聽話，那怕我是後娘，也不會忍心殺他。」

縣官點點頭又問：「塾師說你兒子撞破了姦情，所以你威嚇他，不准洩漏。有這話沒有？」

「冤枉啊！」方氏婦人居然有一副急淚，且哭且訴，「蒙館先生敗壞良家婦女的名節，青天大老爺，問他姦夫在那裡？問不出來，請青天大老爺替小婦人作主。」

「捉姦捉雙」，是天下十八省毫無例外的說法；塾師在這一層上，自然落了下風。而且律例無

「指姦」的明文；問官即令知道姦夫是誰，也不准使用「某某人是不是你的姦夫」這種套問的語氣。而況根本不知姦夫是誰，所以姦情這部分，只好置之不問。

「那麼，你說你的兒子到那裡去了呢？」

「這要問蒙館先生。」方氏婦人答說：「我的兒子很聰明，書讀得很好，蒙館先生喜歡他，常常留他在家過夜，這種事也不止一次了。他喜歡我的兒子，我很感激，不過，不知道出了甚麼意外，反而編出一套話來誣賴有姦情殺了兒子，這樣狠毒的心，天理不容。小婦人不知道是甚麼前世的冤孽？」說著，復又號咷大哭。

「真是冤孽！」縣官飭回方氏婦人，跟刑名師爺商量，該怎麼辦？

「東翁，」刑名師爺提出警告：「這件案子不可張揚，殺子是逆倫大案，如果不破，東翁的前程不保。一張揚開來，京裡都老爺聞風言事，一上奏摺，這一案就會變成『欽命』案子，這一來麻煩就大了，巡撫、臬司都會驚動，東翁就不必辦別的公事，只應付這件案子好了。」

「是，是！見教得高明之極。不過，老夫子，你還得想個辦法出來。」

「有辦法！」刑名師爺說道：「只著落在塾師身上，自然會有結果。」接著便教了縣官一套話。

縣官當即下火籤傳塾師到案，也是在花廳裡問；首先申誡：「你千萬別再提方氏的姦情了，敗壞良家婦女名節，這個罪名你擔不起。」

「是。」塾師心不以為然，但不能不接受。

「至於你的學生，你一定要交出來。」縣官不等他答辯，緊接著說道：「九歲的孩子很懂事了，總不會無緣無故失足掉在井裡，下落不明。沒有活的有死的，交不出人交屍首。我也不限你的期，你去明查暗訪，弄個水落石出。不過，」縣官特為加重語氣：「萬萬不可到處張揚；你自己把案子弄大了，可別怪我『追比』。」

衙役徵收錢糧，捕快緝凶破案，都有期限，大致五日為期，到期不能交差，縣官坐堂查問，打幾十板子，寬以限期，名為「追比」。照此例子來處置，塾師交不出他的學生，便將受刑，心裡自然著急；退出縣衙，去請教他的一個專門代人寫狀子、打官司、當訟師的朋友。

「縣官很高明，不過你要懂他的意思，為甚麼要你去明查暗訪？」

「是啊！」塾師答說：「我也不明白，衙門裡有的捕快，為甚麼不派出去查訪？」

「一派捕快，引人注目，省裡一知道了，就會查問，那時候紙裡包不住火，案子鬧大了，在縣官只有壞處，沒有好處。如今責成你去明查暗訪，能有結果最好；否則亦可以大事化小，小事化無。所以最要緊的一點是，你切切不可張揚開來；即便有人問你，你也要裝作事不干己的局外人。我的意思，你明白不明白？」

「你這一說，我當然明白了。可是，我該怎麼樣著手呢？」

那訟師想了一下問道：「照你看呢？你的學生到底到那裡去了？」

「我看是到陰曹地府去了。」塾師痛苦地說：「要怪我太大意。我那學生中午情願餓肚子，下午死也不肯回去；等我送他到家，他娘當然會起疑心。說起來我不殺伯仁，伯仁由我而死，我一定要把他的屍首找出來。」

「那就只有一個辦法，你多派人日夜監視方家，尤其是晚上，看有甚麼男人出入。除此以外，你不必再幹別的。」訟師又說：「事不宜遲，趕緊去部署，要祕密。三天以後，你再來看我。」

如是三天，塾師與訟師再度相晤，報告日夜監視的結果，毫無動靜。

「對方怎麼樣，有沒有來跟你要人？」

「沒有。」

「有沒有到縣衙門去查問她的兒子？」

「也沒有。」塾師答說：「要不要去查一查？」

訟師想了想說：「不必。照道理說，她一個兒子無緣無故從你那裡不見了，一定會天天到你那裡來，哭哭啼啼，大吵大鬧；現在毫無動靜，足見她心虛。我看可以動手了。」

「動手？」塾師問：「動甚麼手？」

「帶了人到她家去搜。」訟師又說：「屍首一定還來不及移走，不知道她埋在甚麼地方，你多帶人去搜。」

「搜不出來怎麼辦？」

「你不去搜怎麼辦？」訟師反問一句。

塾師將前後情形細想了一遍，認為訟師的判斷不誤，決定照計而行。當即找了好些人，有男有女，一大早悄悄到了方家，敲開門來，一擁而進，先將方氏婦人制伏，嘴裡塞進一團布，讓她不能叫喊。然後樓上樓下，默無聲息地搜查。

「搜出來了沒有呢？」曹雪芹問。

「當然搜出來了。」秋澄答說：「床下有兩個罎，那孩子已經支解了。」

「天下有如此殘忍的婦人！」曹雪芹說：「縣官破這一案的法子，倒也真巧妙。」

「不！」秋澄搖搖頭，「案子還不能算破。」

「怎麼？這還不能算破案。」曹雪芹略想一想說道：「必是姦夫未獲，不算全破。」

「不錯！那姓方的婦人真厲害，絕不承認有姦情；她只說殺子是實，只為兒子可惡，做了個噩夢，以假為真，在外面胡說八道，敗壞她的名節；及至塾師將他送了回來，問他他還說當時確是有個男人在床上，他還摸到了一雙腳。因而一怒之下，失手打死了兒子。縣官竟拿她毫無辦法。」

「嗯，嗯！我明白了，確是厲害。」曹雪芹說：「律無父母為兒子償命的明文，她只要不承認有姦情，即可不死。」

「就是這話囉！其實案情是很明白的——。」

縣官反覆推求，還找屠夫來檢驗支解的屍首，認為切痕有力，斷非出自婦人之手；這便表示，當時有人相助，而此人倘非姦夫又是誰？

因此關鍵便在查出姦夫。無奈那方氏婦人堅不吐實；同時由於幽會往來的蹤跡極密，所以竟無人能指出是那些人犯有嫌疑？這樣，就只好下死功夫了，縣官聽從刑名師爺的主張，下令清查方圓十里以內年輕男子的行蹤。

刑名師爺提出兩點判斷：第一、姦夫能夠半夜來去，住處必不甚遠；第二、照屠夫所說，切痕有力，則姦夫必非文弱書生。就這兩點線索去清查，最後有了結果，查出方家附近有個姓劉的武秀才，在方氏婦人與塾師興訟時出了遠門。這武秀才尚未婚娶，傳了他的胞兄劉大來問，說是往江浙一帶訪友去了。

「老親在堂，行必有方。」縣官以此理由窮詰劉大，竟說不出準地方；此人面相忠厚老實，看起來確是不知情，縣官便將他放了回去，但需要劉大具一張切結，絕不徇庇隱瞞，倘有他胞弟的任何消息，立即稟報到縣。

這一來案子便懸在那裡了，因為縣官絕不敢照方氏婦人的口供結案；只是呈請寬限，以期水落石出。山東的臬司，一面將案情經過申詳刑部，一面准了兩個月的限，嚴飭緝捕姦夫。

如是經過一個多月，劉大稟報，接到他胞弟的一封信，信由杭州所發，道是還將溯富春江而上，到皖南去訪友。問劉大：「你兄弟在皖南有甚麼朋友。」劉大不說不知道，只說他從來沒有聽說過他胞弟有家住皖南的朋友。

照此情形，必是仍舊匿居在杭州。但杭州是南宋古都，東南名勝之區，又為浙江省會，不但城內人煙茂密；而且西湖雙峰，六橋三竺之間，如「南朝四百八十寺」，隨處皆可隱身，試問人海茫茫，從何下手？

像這種情形，通常都是指派得力的捕快，隨帶「海捕文書」；到得文書上指定的地帶，可以請求當地縣衙門協助查緝。再有一種辦法是苦主自行緝捕，請發一面「自緝牌」，緝獲犯人以後，亦可要求地方官派人解送，不過這種情形不常見；至於雙管齊下，更少先例，但在這一殺子案中卻是破例了。

原來這個塾師因為方氏的姦夫在逃，一天不能結案，他便一天脫不得干係；同時，所緝捕的罪犯，既是一名武秀才，便算衣冠中人，結交縉紳，混跡官場，消息一定靈通，倘或得知山東有差役到杭州公差，當然會生警惕，那一來勢必鴻飛冥冥，便永無破案之日。因此他願意自費陪同所派的差役，一起去辦案，以免差役魯莽從事，打草驚蛇。

臨行之前，塾師去看他的當訟師的朋友，一則話別；二則請教一些緝捕的竅門。恰好塾師有個朋友在座，此人建議，到了杭州，最好能找到織造衙門的人幫忙，那就事半功倍了。

「喔，」塾師問道：「請問老兄，這是甚麼道理？」

「織造衙門的工匠，稱為『機戶』，其中有許多地痞無賴；他們在織造衙門除了染織以外，還有一項差使——。」

這項差使就是探聽地方上的情形。

江寧、蘇州、杭州三處織造，原就是皇帝的耳目，官員是否賢能；地方是否安靜，小而至於雨雪調順，米價高低，都須按時用密摺奏報。倘或遇到督撫互控，科場舞弊之類的大案，織造往往奉派密查密奏；皇帝往往根據他們查報的結果，作為判斷是非曲直的根據。此人還舉了個實例，如兩江總督噶禮與江蘇巡撫張伯行互控案，朝中大臣多袒護噶禮，但由於蘇州織造李煦奉旨以實情查報，張伯行方始占得上風。

塾師聽了這番指點，大為興奮；於是密謁縣官，要求以公文致織造孫文成，請予協助。織造雖由內務府司官派充，但在地方上公認為「欽差」，與督撫平禮相見；隔省的一個七品縣令，給「欽差」去公文，踰越體制，無益有害。好在這縣官也是漢軍，以同在旗籍的身分，執後輩之禮，給孫文成寫了一封私函，讓塾師帶了去。

一路上塾師很籠絡差役，彼此相當投機；差役聽塾師之勸，一切不問，只待坐享其成。到了杭州，自然亦不必到附郭的錢塘、仁和兩縣去投文，而由塾師帶著縣官的信到織造衙門去求見。

孫文成派了一個筆帖式，代為接見；塾師投了信，道明來意。那筆帖式問了他的住處，關照他說：「你請回旅店去等；一有信息，會來通知。」

原來孫文成不必有縣官的信，亦會密查；因為這一案由山東申詳刑部；刑部奏聞，將皇帝亦驚動了，已在批給孫文成奏報久旱得雨的密摺中，得到此案，道是「不妨密密打聽，如有所知，即寫奏來看。」

但批示中，當然不會細敘此案，孫文成正以案情不明，無從著手，遣派專人到山東去了解情況時，忽然有局中人來求見，自然喜出望外，本想親自接談，但因與巡撫有約，所以派人代見。等從巡撫衙門回來，接到報告，卻是語焉不詳，當即關照，約見塾師。

一夕詳談，方知這是異乎尋常的一樁逆倫案，無怪乎會驚動九重。當時關照塾師，儘管在旅舍中靜心等候，不必有何行動；同時表示，一切盤纏，可以代為負責，不必擔心旅費不敷。

織造的副手，叫做「物林達」，譯成漢文便是司庫；其下有四名庫使，但不一定都管庫，內中一個姓譚的，便專負偵查之責，孫文成直接將他找了來，交代這樁差使。譚庫使又找到織機房的一個工頭，關照他派人到茶坊酒肆，細心觀察，有沒有說山東話的陌生人；同時說明，此人是個武秀才，身體必然魁梧。有此線索，不難查訪；半個月之中查到了三個人，但跟蹤追查，卻都有清楚的來歷，看來非改變偵查方向不可了。

這一回改了向寺院道觀下手。杭州是所謂「佛地」，大小寺院，不知其數；不過只要不憚煩，查起來卻很確實，因為這個武秀才如果遁跡佛門，當然是掛單的遊方僧，尤其是尚未受戒的頭陀，在寺院中都有紀錄，一問即知。

查到東門的報國寺，有了結果；果然有個山東口音的和尚在掛單，而且形跡諸多可疑。

這個遊方僧法名行淨，可疑之處是第一、不大會唸經做佛事；其次，不大喜歡出門，住在報國寺的禪房中，常常一個人在那裡發楞，彷彿心事重重似地。但是，他有度牒，是在徐州受的戒，談到他雲遊的蹤跡，亦很清楚，由廣州經福建、江西到杭州；雖是山東人，卻並非由山東到浙江，因為路線完全不同。

要不要下手呢？孫文成遇到了一個難題；當然，織造衙門並無逮捕罪犯的職掌與權力，但可通知縣衙門辦理，為難的是萬一指控有誤，縣衙門不會替他負責。事實上，如果沒有確鑿的證據，縣衙門亦未見得會出票去拘捕行淨。

想來想去，解鈴繫鈴，還要找塾師來商量，「你總見過那個武秀才？」孫文成說：「你私下去認一認如何？」

「我們雖是同縣，我並未見過此人。」塾師突然興奮地說：「不過，我倒有個辦法，或許可以讓他顯原形。」

塾師的法子很簡單，但也很巧妙，孫文成點頭稱善；陪同塾師進見的譚庫使亦認為一定有效。於是孫文成交代譚庫使，密密部署，依計而行；不過，特為交代一句：「此人既是武秀才，手下有功夫，要防他恃強拒捕。」

這一來，使這條計就必須報國寺的知客僧合作；他得下一番功夫跟行淨去接近，然後將他誘引出禪房，在易於使他分心的熱鬧場合，才便於行事。

慢慢地混熟了，但要引他到熱鬧地方，卻不容易；這也正可反證行淨心存顧忌、不敢到人多之處。譚庫使跟塾師原來的設計是，報國寺後面有一片空場，常有遊手好閒的「油頭光棍」，在那裡摔石鎖、舉仙人擔，賣弄花拳繡腿，既是武秀才，這方面自然是行家，多半見了會技癢，卸去海青，下場練功，等他舉仙人擔時，使個詐讓他顯露原形，由於有仙人擔在手上絆住了，就不必顧忌他會恃強拒捕。如今他既不肯上鉤，說不得只好另作布置。

看看時機成熟了，知客便到禪房去找行淨說：「師弟，有家大戶人家，要來打一堂『水陸』；水陸道場的儀軌，麻煩得很，有許多東西要寫，你能不能來幫幫我的忙。」

「我不大懂。」

「懂不懂都不要緊，只要會寫字就行。你就行吧！」

行淨不疑有他，跟著知客出了禪房，經過大雄寶殿的迴廊，正要轉彎時，聽得後面有個北方口音在喊：「劉秀才！」

行淨一楞，不自覺地轉臉去看；及至回過頭來，頓時臉色大變，原來防他聽得同鄉口音，警惕特高，所以詐喊是由譚庫使開口，等他一有反應，已可證明他就是「劉秀才」；那知塾師雖不認識他，他卻因殺子案鬧成大新聞以後，塾師亦成了眾所矚目的人物，因而識得，一見自然變色。

狹路相逢，正不知如何應付時，只聽「綽朗」一響；預先約好，埋伏在殿前的錢塘縣捕快，已將一根鐵鍊套上他的脖子了。

這些情節與「亂彈」中的《殺子報》，不盡相符。但那個九歲的孩子，只為無意間撞破了生母的祕密，竟落得那樣悲慘的下場，也足資警惕了。

「以前大家都勸你上進，從正途上討個出身，上慰老太太在天之靈。不過，我們在琢磨，老太太果真有靈，只怕你做了官，她老人家反而更不放心。」

秋澄所說的「我們」，自然是指她跟錦兒；曹雪芹便即問道：「你們是怎麼談我？錦兒姐怎麼說？」

「她說你不是做官的材料。」

「這又何待她說？」

接著，秋澄將她跟錦兒一起琢磨，曹雪芹不宜於做官的「毛病」，一項一項說給他聽。曹雪芹一一點頭承認，等她講完，他說出一句話來，卻是秋澄所未曾料到的。

「生我者父母，知我者是你們兩位。」

秋澄為之啼笑皆非，「你別得意。」她正色說道：「還有件事，你可千萬記在心裡，聖母皇太后的出身，絕不能跟人吐露隻言半語，皇上越來越忌諱這件事了。」

「剛說知我者是你們兩位，那知道到底還是不知道我。我，別樣忌諱或許會犯，獨獨就不會犯這個忌諱。」

「為甚麼？」秋澄不解地問：「是甚麼道理？」

「你倒想，我跟人家去談這個，人家心裡會怎麼想？」

「我不知道。」

「那就算你好了。」曹雪芹作個假設：「譬如有個不相干的人，這麼告訴你，你會怎麼想？」

「我——，」秋澄答說：「我覺得有點兒不可思議。」

「就是這話囉！人家一定笑我，海外奇談，吹得都沒有邊兒了。那時候我能怎麼樣？莫非能拉著他去見聖母皇太后，當面求證？當然不能！既然不能，不如不說；何苦自己讓人家看輕了？」

秋澄想想曹雪芹的脾氣，確是如此，不由得深深點頭，承認他說得不錯。

「我再跟你說吧，光是不信還好；信了更糟糕！人家一定會問：你放著這麼一條硬得不能再硬的路子，為甚麼不去走？我又能怎麼說？我能說，我不是做官的材料？好！『人各有志，你不願意做官，何不幫幫朋友的忙？』死乞白賴託我去走這條路子，那一來我不就是自己跟自己過不去？」

這話說得非常透澈，秋澄算是完全放心了。

「我索性再告訴你一點兒，前幾年就有咱們族裡的一個叔叔，跟我談這件事；他在乾清宮茶膳房當差，不知道打那兒來的消息，問我想不想見聖母皇太后？說他可以找慈寧宮的太監，給我帶路。你知道我怎麼回答他？」

「你自然辭謝了他的好意。」

「不是！」曹雪芹說：「為了省事，我故意裝傻，我說：去見太后幹麼？我憑甚麼去見太后？」

「這倒也乾脆，索性推得乾乾淨淨。不過，難免得罪人。」

「可不是！從此他就不理我了。咱們族裡的這些人——。」

由此將話題轉向曹家族人——曹寅一支，久居南方，起居生活的習慣，比以前改了很多；加以海內名士，無不交結，這一來跟其他仍以包衣的身分、在宮內執充微役的族眾，境界上隔了兩三層，無形中拉遠了距離，彼此皆有「非我族類」之感。

曹寅在日，恤老憐貧，總還不忘敦睦族誼，及至曹頫帶著曹震、曹雪芹回旗，正在倒楣的時候，族人就很少理他們；以後曹頫、曹震叔姪，得平郡王的照拂，家道重興，那班族人不免又生妒心，而曹頫、曹震雖未必存心報復，但想起初回京時到處遭遇的白眼，自不免耿耿於心，加以本來氣味不投，無可與言，所以除了慶弔以外，平時幾乎斷了往來。這種情形，在曹雪芹懵然不覺，而馬夫人跟秋澄、錦兒談起來，卻常有孤立不安之感。

「太太跟我說過好幾回，咱們曹家的族人，都等著看咱們的笑話，所以太太常替震二爺擔心，唯恐他當差出錯；那時候牆倒眾人推，你看吧！」秋澄嘆口氣，沒有再說下去。

「唉！」曹雪芹聽得有些煩了，「咱們不提這些了；找點甚麼有趣的事談吧！」

秋澄心想，如今全家最感興趣的事，便是她的婚姻；當然，她自己不能提出來談，想了一下問道：「那麼古藤書屋怎麼樣？」

「有閒錢當然可以買下來。」曹雪芹說：「既然你們都同意我絕意進取，我也得為自己打算打算，看能不能著書立說？」

「著甚麼書、立甚麼說？」

曹雪芹一下子被問住了，他只是偶爾有這麼一個念頭，並沒有認真去考慮過，此刻想一想，學無專長，居然要「著書立說」，未免大言不慚；因此，便覺得秋澄這一問，帶著譏諷的意味。

「我想，」他解嘲地說：「大概是著閒書、立小說罷！」說著，自己倒先笑了。

「不管著甚麼書，若說一個人要靜下來用功，古藤書屋倒是好地方。看你錦兒姐的意思，似乎想買下來送你。」

「這一層我也想過。倒不光是為了讀書，或者寫點兒甚麼比較方便；頂好的還是宜於會客。」

原來曹雪芹也好交遊，認為友朋間劇談快飲，論文證史，是人生一大樂事；如果見解相同，莫逆於心，更是人生可遇而不可求的境界。

但他交遊的圈子卻很狹，因為除非入仕以後，自有許多同僚可以擇交之外，這多少年來交往的，大都是世交及咸安宮官學的同窗；漢人與旗人一直有隔閡，他無法深交、多交。如果有了古藤書屋，作為會客之地，呼朋引類，與漢人的交遊情形，就會大不相同。

「再想想也有難處，朋友來了，總得講待客之道，這又非帶了杏香去不可，可是太太又歸誰伺候呢？以前還能託付給你；往後辦不到了。所以，我把那條心冷了下去。」

「這也不妨。」秋澄說道：「將來如果住得近，我可以順便替你照料。」

「那可是求之不得的事。不過，你也未見得能抽得出多少功夫。」

「你也未見得要我抽出多少功夫！朋友來吃飯喝酒，到底不是天天有的事。」

「是，是。」曹雪芹又說：「如果有朋友要來吃飯喝酒，我得先問問你有沒有功夫；在你閒的時候再約他們來。」

「就是這話。」

「那好！」曹雪芹很起勁地說：「如今首要之計，是看看能不能先替你找合適的房子。把你先安頓好了，再琢磨古藤書屋。」

「那麼，」秋澄終於說了：「從明天起，你就上緊替我找房子吧！」

「也不光是房子，甚麼都得上緊了。」曹雪芹說：「早早辦了你的事，我才能跟震二哥到揚州去幫忙。」

秋澄笑一笑不作聲；然後問說：「祝老七的房子，有沒有靠近海波寺街的？」

「那得看單子才知道。」曹雪芹問：「如果沒有呢？」

「那就另找，不必非祝老七的房子不可。」秋澄停了一下又說：「這一點，我還能作主。」

「好！有你這句話就好辦了；反正四哥一定會依你。」

「四哥」是誰？秋澄剛有此疑問，旋即省悟，自然是指仲四。「四哥，四哥，」她默默地將這稱呼唸了兩遍，覺得親切異常，彷彿曹雪芹真是她的同胞手足似地。

第二天吃了早飯，曹雪芹閒步出了宣武門，到琉璃廠在來青閣閒坐；因為那裡的掌櫃老劉，對那一帶的情形非常熟悉，人也熱心，想跟他打聽打聽，有沒有甚麼合適的住房。

「甚麼叫合適？」老劉問說。

「房子不必太大，要乾淨，要嚴密，還有，要靠近海波寺街。」

「要乾淨，要嚴密，這話太籠統了。」老劉想了好一會，喊了他的一個小夥計穆二來問：「香爐營六條的王都老爺，不說要退房嗎？」

「已經退了。」

「甚麼時候的事？」

「昨天。」

「那也許還來得及。」老劉交代穆二，「你趕緊去看一看，賃出去了沒有？如果還沒有主兒，你告訴李胖子，說我馬上去看房。快去，快回。」

穆二答應一聲，掉頭就走。「怎麼？」曹雪芹問：「看樣子，那房子似乎很不壞？在甚麼地方？」

「香爐營六條。房子真不壞。」

「喔，王御史外放了，所以要退房？」

「不是。」

「那好端端地為甚麼要退房？」曹雪芹不由得懷疑，「是不是房子不乾淨？」

「不是，不是！房子吉利得很。王都老爺一直沒有兒子，從搬進去以後，一連生了兩個白胖小子。」老劉忍不住好笑，「退房是因為出了一個大笑話。香爐營住了兩位王都老爺，都是陝西人，一個年紀大一點兒，咱們就管他們叫大王、小王吧；這大王先是一個人在京住，後來——。」

後來大王娶了個小家碧玉為妾，三年之間，連生兩子。但在原籍的王太太並不知道——大王出身寒素，但頗有志氣；王太太為了幫助丈夫上進，憑一雙巧手，細活粗活都拿得起來，只要能賺錢供家用，讓丈夫得以安心讀書，吃甚麼苦都甘之如飴。

大王亦不負妻子的期望，十年前聯捷成了進士，分發禮部；只為是個窮京官，一直不敢接眷。四年前考選為御史，境況漸佳，但因納妾生子之故，更不敢接眷，家書中一直哭窮，王太太也就只好以王寶釧自命，苦守塞窯了。

不道上年冬天，大王得罪了一個同鄉；此人回到家鄉，便到王太太那裡去告密，王太太怒不可遏，娘家親戚亦頗為她不平，於是大興問罪之師，在親黨中糾集了幾個健婦，由她的一個堂兄張秀才帶領進京。找到香爐營頭條東口，只見坐北朝南一戶人家，門上貼著「王寓」的字條，一打聽，果然是「陝西人王都老爺」。張秀才從未進過京，不知道京師的胡同，同一地名可以有好幾條，既然官稱、籍貫都相符，而且是在胡同東口，便絕不錯：「是了！」他說：「這就是妹夫的金屋。」

於是王太太敲開門來，問應門的僕婦：「這裡姓王？陝西人？」

「是啊！」

「你家老爺呢？」

「上衙門去了。」

張秀才一機靈，接口問道：「是上那個衙門？」

「咦！不就是都察院嗎？」

正在應答之際，出來一個少婦，長得眉目如畫，體態輕盈，王太太仇人相見，分外眼紅，搶上前去，一把揪住手臂，左右開弓，打了兩個嘴巴，那少婦嚇得又哭又叫；僕婦護主，上前去拉住王太太，大聲喝道：「那裡來的瘋婆子，你要造反吶！」

王太太見僕婦幫著「姨太太」罵她，怒氣更如火上澆油；喝一聲：「你們給我打！打光砸爛，才解我的恨。」說著，抄起門旁的撐窗棍，使勁一掄，首先將一個五彩的磁帽筒，掃落在地上，砸得粉碎。

於是隨從的那班關西健婦，毫不容情地一起動手，乒乒乓乓打得落花流水。女主人在僕婦的扶持之下，躲到屋角，瑟瑟發抖；只聽得王太太一面打，一面罵，罵丈夫「喪盡天良」，為他吃盡常人所難能的苦，不想一旦做了官，便即變心，十年不接她到京，還則罷了，膽敢「弄個狐狸精小婆子進門，要把我活活氣死！」且還揚言，要「告御狀」。

那少婦越聽越詫異，但心裡反倒不大害怕了，就這時僕婦發現了大門口的動靜，高喊一聲：「老爺回來了！」

這一聲很權威，王太太、張秀才以及那班女打手，都停了下來，向外去看；這一看全都傻了。

「怎麼？」張秀才大為困惑，「妹夫變得年輕了？」

「本來就不是！」王太太急得不知如何是好，「一定弄錯了；快去問問清楚。」

於是張秀才急急迎了上去，抱拳問道：「尊駕是王御史？」

「是的。」

「貴處是陝西？」

「不錯。」男主人寒著臉回答。

「咦！」張秀才驀然意會，「這裡的地名是香爐營六條？」

一問到這話，男主人立即明白了；此人便是小王，與大王既是同官同鄉，又是五百年前一家的同宗，對於大王的家務，自然頗有所知；平時就很替他捏一把汗，怕他的髮妻進京問罪，如今果然成了事實。

因為有此了解，便能諒解，所以臉色亦就轉為緩和，但風波如何而起，先要問清，抬眼一看，愛妻披頭散髮，頰上且有摑痕，心知很吃了些虧，不免又憐又痛又氣，急忙走上前去，握著她的手問：

「是怎麼回事？」

「誰知道？」小王太太將手使勁一奪，指著王太太說：「你去問你的大太太？」

一聽這話，王太太趕緊上前陪笑臉，剛說得一聲「這位嫂子」，便讓小王太太把話截斷了。

「誰是你嫂子？我是你家老爺的小婆子、狐狸精。」說完，甩手就走，放聲大哭。

小王急忙追了進去，安慰妻子。那僕婦瞅著那班不速之客，只是冷笑，然後抬抬手將車伕喚了過來，悄悄地囑咐幾句，車伕掉頭就走。

張秀才跟王太太看這場禍闖得不小，心裡七上八下地不知如何是好？但有一點是很明白的，總得先把致禍之因弄清楚，才好想收場的辦法；因此張秀才彎著腰去跟這家僕婦打交道。

「請問大娘，這裡的地名到底叫甚麼？」

「香爐營頭條。」

「不是香爐營六條？」

「六條？從頭條到六條，中間還差著八條胡同呢！」

「怎麼？頭條到六條，怎麼會差八條胡同？」

原來香爐營除頭條與六條以外，自二條至五條，另有一條南北向的夾道隔開，以上下作為區分，如二條便稱為上二條，下二條。那僕婦是故意耍他，所以說成八條。

「誰知道京城裡的胡同，有那麼多講究？實不相瞞，我妹夫也姓王，也是陝西人，也是御史；這才陰錯陽差地得罪了府上的太太。千錯，萬錯，總是我打聽不確之錯；請你把你家太太請出來，我來陪不是。」

「哼！你們揍了我家太太，罵她狐狸精，還打得落花流水，陪個不是就行了？那有這麼便宜的事！我告訴你吧，住六條的王都老爺快來了；看他怎麼說吧！」

張秀才這才知道車伕出門，是去通知他妹夫；想了一下，過去叮囑王太太：「他們去請妹夫了。今天這場禍事，亦非他到場不能了。妹夫來了，你先千萬別跟他吵，讓他跟人家說好話，陪不是，把事情料理開了，回頭到家再算帳。如果你跟他一吵，把他嚇跑了，那就不知道怎麼收場了。」

「我知道。」王太太忽又咬著牙說：「你看我回去不剝了他的皮。」

其時大王已經到了，踉踉蹌蹌地面無人色，一踏到廳上，便朝上一跪；大聲報名請罪。

小王就在廳後觀望動靜，見此光景，便現身出來，「請起，請起！不必如此。」說著，伸手相扶。

「不！非宗兄寬宏大量，說一句見宥的話，我不能起來。」

「我倒無所謂，內人很受了些委屈。你先請起來，咱們商量一個辦法。」

「是！」大王這才站了起來，四面看了一下，寒著臉埋怨張秀才：「虧你還進過學，做出這種蠢事來，叫我怎麼交代？」

「是我錯，是我錯。」張秀才對小王說：「趕緊把夫人請出來；我們一起磕頭賠罪。」

「磕頭不敢當！」小王太太在屏風後面接口，「來的不是我家老爺的大太太嗎？好，今兒我把房間讓出來，要她陪我家老爺睡一晚，萬事皆休；不然，就拿把刀來殺了我。」

誰也沒有想到小王太太提出來這麼一個條件。王太太一聽，先就哭了；小王走到屏風後面去作和事佬，但只聽小王太太一迭連聲地：「不行，不行！說甚麼也不行。」

事情成了僵局，卻還是虧得王太太有補過的誠意，止住哭聲，奔到屏風後面，雙膝一跪，說一聲：「我該死！」接著便自己摔了自己兩個嘴巴。

「這一來，小王太太當然不好意思再說甚麼了。」老劉說道：「總算大事化小，小事化無。不過大王可受了罪了，王太太鬧得天翻地覆，最後是去母留子，才算了事。王太太鬧了這麼個大笑話，自己也不好意思住在香爐營，逼著大王搬家，聽說搬到東城去住了。」

正在談著，穆二回來覆命：「李胖子說，房子不賃了。房東要賣，已經有人去看過了，挺中意的，不過價碼兒還沒有談攏。」

「喔，」老劉轉臉問說：「芹二爺，你的意思怎麼樣？」

「房東肯賣最好。咱們先去看了房再說。」

於是安步當車地到了香爐營，找到看房的朱胖子去看了房子；曹雪芹頗為滿意，但畢竟要等秋澄看中了才能談房價。

「我老實說吧，置產的不是我，是我姐姐，我明天帶她來看，我想她一定也中意。」曹雪芹問說：「房價怎麼樣？」

「這個，」李胖子說：「我跟劉掌櫃談好了。」

原來李胖子以介紹典質買賣房屋為業，名為「縴手」，這一行有這一行的規矩，是老劉引薦來的主顧，他不能撇開中人，直接跟買主談交易，所以有此表示。

「胖子，」老劉說道：「芹二爺是自己人，你就老實說價好了；別戴甚麼帽子！反正『成三破二』的中人錢，少不了你的；你也別把我的一份打在裡頭。芹二爺一年到頭，照顧我不少，跑跑腿算不了甚麼。」

「好吧！既然如此，我就實話直說，房東要一千八百銀子，大概有一千五就行了。不過，」李胖子加重了語氣說：「這房子很俏，明兒一定得有回話。」

「好了，我知道了。」曹雪芹接口，「等明兒看了房子再說。」

「既然你中意了，就不必看了。喔，」秋澄立即又改口：「應該請太太去看一看。」

及至跟馬夫人一提，她用告誡的口吻對曹雪芹說：「辦事要按規矩來。房子中意不中意，應該請你仲四哥去看；雖說他有話，只要秋澄看中了就好，咱們到底還得按禮數行事。」

「是，是！」曹雪芹急忙說道：「娘提醒我了。就是房價，也得仲四哥跟人家談。」

「一點不錯。」馬夫人又說：「像這些事，來龍去脈，首尾一定要清清楚楚；我看，你得把這件事先告訴你震二哥。」

「好！我這就去。不過，房子還是得先看；我順便約好了錦兒姐，讓她陪著娘跟大姐一起去。」曹雪芹轉臉望著秋澄問：「怎麼樣，有沒有興致一起到錦兒姐那裡去坐坐？」

「也好。」

於是秋澄換了衣服，一起到了錦兒那裡；是她在檢點食盒，不用說，一定又是曹震要出差了。一問果然，「可不是！」錦兒答說：「傅中堂快到京了，皇上派了大阿哥『郊迎』；內務府要到良鄉先去預備，這趟差使派了你震二哥，得三、四天才能回來。」

「甚麼時候走？」

「回頭就要走了。」錦兒問道：「你有事找他。」

「不就是房子的事？我看了一處，在香爐營六條東口。」

「喔，」錦兒問秋澄：「你看了沒有？」

「還沒有。打算約你陪太太一起去看。你看明兒是上午，還是下午？」

「明兒怕抽不出空——。」

「不！」曹雪芹打斷她的話說：「明兒一定得去看，明兒不去，也許就讓別人捷足先登了。」

「是甚麼好房子，不能錯過機會。」

「說起來還真是個機會。其中還有一段笑話。」

曹雪芹接下來便繪聲繪影地談王御史家的那場誤會；錦兒與秋澄都笑得腰都直不起來了。

正在談著，曹震回來了；他是來取行李、食盒，預備動身到良鄉，雖然車子等在門口，但有事逗留個幾刻鐘，自亦無妨。

聽曹雪芹說了看房的經過，也聽他轉述了馬夫人的意見，曹震深深點頭，「到底是老人家穩健周到，原該請仲四哥去看一看；不過，這也只是一種禮貌，事情還是咱們來辦。」他略想一想又說：「既然這麼急，我又抽不出功夫去看；那麼，雪芹跟他去講講價，到絕不肯再讓了，就丟下定錢，等我良鄉回來再辦。」

「好！」曹雪芹答說：「我照你的話去辦。」

「還有件事，」錦兒說道：「古藤書屋的房子，我不跟你提過──。」

「不，不！」曹雪芹打斷她的話說：「不忙，不忙。」

「對！不必忙。」曹震又說：「我已經想過了，古藤書屋的房子太舊，買下來還得好好兒修一修；這件事我跟四老爺來商量。」

「對了！」秋澄很贊成這個主意，「四老爺承辦和親王府那麼大的工程，包工的木廠，一定賣他的帳，只要四老爺交代下去，包管工料都講究，費用還比別人便宜。」

「不光是這一點。我的打算是，房價我來出，修理就是四老爺的事了。」

「那，」秋澄說道：「那說不出口吧！」

「不要緊。四老爺又有好差使了，在雪芹身上花幾文，也算不了甚麼？」

一聽這話，大家都感關切，「不是去勘查行宮嗎？」錦兒問說：「那算是甚麼好差使？」

「勘查行宮的差使，也許要歸我了。四老爺是和親王幫他的忙，另外派了個差使；大概十天半個月就有旨意了。」

「說了半天，到底是甚麼差使。」

「為傅中堂蓋新屋——。」

原來傅恆自從莎羅奔請降，大金川終於如皇帝所期望的，如期結束，而且攻剿奮勇，聲威遠播，一雪張廣泗、訥親糜餉勞師、損兵折將之恥，所以迭施恩沛，捷報初奏，即降旨封為一等公，錫號「忠勇」。

及至莎羅奔匍匐軍門，叩求不殺，永誓不敢再有違犯，證實了金川平定，確非虛語，又降恩旨：「經略大學士傅恆，丹衷壯志，勇略宏猷，足以柔懷異類，迅奏膚功，即諸葛之七縱威蠻、汾陽之單騎見虜，何以加茲？實為國家嘉祥上瑞。前已晉爵封公，酬庸更無殊典，所賜四團龍補褂，著祇受服用。再照元勛額駙揚古利之例，加賜豹尾槍二桿、親軍二名，優示寵章，均不必懇辭。此外尚有黃金帶、寶石頂，俟抵京伊邇，朕遣大阿哥往迎時頒賜。」

四團龍補褂為御用的服飾；豹尾槍亦是鹵簿中才有儀仗，以此頒賜臣下，似覺過分，所以特別指明，是援尚太祖之女的額駙揚古利之例。最近又決定為傅恆修建新宅，作為賜第；修建的差使由和親王保薦，以曹頫充任。

「四老爺這兩年真是官運亨通。不過，」錦兒說道：「說實在話，他幹這些差使，也真可惜了。」

「怎麼呢？」秋澄不解地問。

「好處沒有落到多少，名聲可是已經在外面了。」

甚麼名聲呢？秋澄只要多想一想，便能意會；自然是富名。內務府的人，有了這個名聲，並非好事；因為上三旗的包衣，心胸狹，眼光短，多妒善讒，而曹頫又有些頭巾氣，與人落落寡合。當初承修和親王府，便頗令人眼紅，如今又得了這個有油水的差使，自然更容易遭妒了。

轉念到此，忽然有一種衝動，很想勸曹頫急流勇退，辭謝此差。但馬上又想到，自己不過剛剛做了曹家的女兒，出頭來管此種事，知道的說她熱心過度；不知道的會批評她得意忘形。

尤其是季姨娘一定大為不滿；曹頫亦未見得肯聽，從那方面來說，都是不智之事。

這樣一想，心便冷了；但總覺得「心所謂危，不敢不言」，且等有機會跟錦兒來談。

「我要走了。」曹震說道：「可惜雪芹有事，不然很可以跟我一起到良鄉去看看熱鬧。這一回傅中堂凱旋，特派大阿哥跟裕親王郊迎，比起當年平郡王班師的場面，不知要闊多少！」

一提到平郡王，不免令人感嘆；「這一年，」曹雪芹說：「去年三月到現在，整整一年，發生了多少意想不到的事，牽連不斷，愈出愈奇。」接著便朗聲吟道：「聞道長安似弈棋，一年世事不勝悲。」

這是杜甫〈秋興〉八首中，第四首的起句，只將「百年」改為「一年」。曹震體會不到他的心情，略顯詫異地說道：「你無緣無故，發的那門子的感慨？你趕緊去料理該料理的事，這回勘查行宮，以及到揚州預備接駕的差使都派了我，你可得好好兒跟我忙一陣了。」

到良鄉一連忙了兩天，諸事方始就緒；曹震的差使是為大阿哥及裕親王預備食宿。宿處是臨時搭起來的帳房，但一開始便遇到了難題，是大阿哥的帳房在前，還是應該置於裕親王之後？

這似乎是一個疑問，因為大阿哥早已成年，但一直未封，上諭稱「皇長子」，口頭稱大阿哥；而裕親王廣祿，在雍正四年襲爵，年紀亦比大阿哥來得大，無論從那方面來看，都應該將裕親王的帳房，置於前列。

這是一個筆帖式松綬的見解。此人性情剛愎，好自作主張；等曹震發覺，帳房已快將搭好了。

「不對，不對！拆掉重來，把大阿哥的帳房，挪到前面來。」又問：「這是誰的主意？」

最後一句問壞了，松綬挺身而出，傲慢地說道：「是我的主意？怎麼著，曹二爺錯了嗎？」

見他是微帶挑釁的神氣，曹震自然不悅，冷冷地問道：「你以為沒有錯嗎？你倒說個道理我聽聽。」

「大阿哥雖還沒有封，封了也不過是親王；裕親王是當親王當了快二十年了，論資格，不應該在大阿哥之後。」

「大阿哥雖沒有封，可是你知道吧，大阿哥將來也許會當皇上。」

「那是將來的事。曹二爺，咱們是論眼前。」

「論眼前，」曹震冷笑，「你眼睛裡不但沒有長官，而且沒有皇上。」

這話太嚴重了，「曹二爺，」松綬大聲嚷道：「咱們無冤無仇，你怎麼能這麼說？你從那裡看出我眼睛裡沒有皇上？這可得說說；不然我可得請海大人評評理。」

這下，曹震也火了，「你讀了上諭沒有？」他說：「上諭是誰在前，誰在後？你去看明白了來跟我回話。」說完，甩一甩衣袖，管自己走了。

曹震為人圓通練達，雖有「大爺脾氣」，但不輕發；一發則一定在理上站得住。松綬原是不曾看到上諭；找到了一看，不由得倒抽一口冷氣，上諭上說得明明白白，經略大學士忠勇公傅恆班師，著皇長子、裕親王郊迎。煌煌諭旨，將皇長子列在裕親王之前，有人偏要將次序顛倒過來，豈非「目無皇上」？

當然少不得也有松綬的相好，為他開導，也為他設法；道是：「你這個官司打不起！『目無皇上』是砍腦袋的罪名；這件事提都不能提。趕緊悄悄兒跟曹通聲去陪個不是；他也是很開竅的人，一定高手就過去了。」

松綬無奈，就託此人先容，說是知道錯了，要跟他擺酒陪罪。曹震很漂亮地答說：「他知道錯就行了。誰要他擺酒？」這件事就此不了自了。

那知宦海中別生波瀾。正在調換帳房時，有個與松綬同旗的江南道御史達禮哈，路過發現，順口問了一句：「幹麼搭得好好的帳房，又把它拆了？」

「弄錯了。」

一問錯在何處，始末俱知；達禮哈暗暗心喜，原來他跟松綏同旗，因為爭一間房子結了怨，久思報復，苦無善策，不想遇到這麼一個機會，豈肯輕易放過？當下冷笑數聲，回到都察院的帳房——各衙門都派出官員，隨同皇長子郊迎；照例自搭帳房居住；取出紙、筆、墨盒，決定草摺參奏。

當然，他不能以小小的一個筆帖式為搏擊的對象，要參就得參大臣；這回郊迎，內務府大臣派的是海望，便該海望倒楣，除了指責海望失察以外，另外加上許多危言，說「道路指目，相顧驚詫；咸以為欽派皇長子、裕親王郊迎，而裕親王帳房忽然置於前列，其中必有緣故。相互猜疑，謠諑繁興」之云。寫完了，正在搖頭晃腦地唸著，自鳴得意時，後面伸出一隻手來，一把奪走了他的奏稿。

達禮哈既驚且怒，回頭一看，卻又目瞪口呆，原來此人是他的胞叔，在工部當主事的善承。

達禮哈從小喪父，全靠三個叔父教養，尤其是善承，視之如子；達禮哈對他亦格外敬畏，當時垂下手來，叫一聲：「三叔！」

「你要闖禍也不是這麼闖的！你知道不知道你這個摺子一遞上去，要死多少人？」

「我是，我是——。」囁嚅著，無以為答。

「你是跟松老五過不去，那就專找他本人好了，幹麼扯上那許多人？走！」

達禮哈也不敢問是去到那裡，只跟在善承後面；到了才知道是海望的帳房，進去一看，除了海望，還有兩三個內務府的人，其中之一是曹震。

「三哥，」海望起身拉住善承的手說：「費心，費心。你先到後面歇一會，等我跟令姪談完了，陪你喝酒。」

「好！我在你後帳等。」說完，善承將達禮哈辛苦寫成的奏稿，當著海望的面，撕碎了揉成一團，放入口中咬嚼。

「達都老爺，請坐。」

「海大爺，」達禮哈苦笑道：「你老乾脆罵我一頓好了。」

「豈敢，豈敢！」海望說道：「都老爺聞風言事，誰也不敢干預；而況這是糾儀，更沒有人敢說你不對。不過，既然都是熟人，你何不先告訴我，讓我先有個補過的機會。」

「跟海大爺不相干，跟曹二哥也扯不上甚麼。不過從來沒有個監察御史參筆帖式的，所以——。」達禮哈嚥了口唾沫，說不下去了。

「所以你就參我了？」

「我是怕同事笑我，跟一個筆帖式過不去，竟要動本，豈不是宰雞用了牛刀。」達禮哈停了一下，快刀斬亂麻地說：「反正事情已經過去了，不用再提了。」

「你是說，你不參了？」海望又追一句：「是嗎？」

「是。」達禮哈想到他三叔在後面聽，便又加了一句：「海大爺請放心好了。」

「多謝，多謝。不過有一點，我還是不大放心，你跟松老五那一段兒還解不開？」

「擱著他的，放著我的；我跟他騎驢看唱本，走著瞧。」

「我不放心者在此！」海望說道：「他在內務府，歸我管；你呢，堂堂江南道御史，又不屑參一個筆帖式。這樣子，你跟他的那一段兒解不開，我就遲早有一天會遭誤傷，你說，我怎麼能放心？」

「海大爺的意思是，得要把我跟松五的那個扣兒解開，你老才能放心？」

「不錯！」海望點點頭說：「正就是這話。你意下如何呢？」

「人爭一口氣，佛爭一炷香；我倒是有心饒了他，無奈我那口氣嚥不下。」

「那麼，你說，你要怎麼樣才能消氣？」海望又說：「論起你們結的怨，也不能光怪他一個人。」

「怎麼不怪他一個人？」接著，達禮哈便爭論他跟松綬之間的是非。

原來兩家結鄰而居，住的都是公家的房子；兩家之間有一間空屋，彼此公用，達禮哈家人口多，有意占用那間空屋，但松綬不允，達禮哈只得作罷。

不道過了兩個月，松綬告訴達禮哈，本旗已將那間公屋，撥給他了。然後便毫不客氣地將那間公屋通達禮哈家的一道角門，封閉釘死。達禮哈到本旗統領衙門一打聽，果有其事；不過，也不是隨便多撥了一間屋給松綬，而是松綬家臨街的一間屋，為本旗徵用，以此作為調換。

「那間屋子只不過每個月關餉，委員來用兩三天，其餘空著的日子，仍舊歸他使用，所以他是等於多住了一間屋。」達禮哈又說：「果然他是自己要用，也還罷了，氣人的是，他家夫婦兩口帶一個孩子，根本住不了，原來公用的那間屋，始終空著；內人跟松老五的太太商量，說算是跟他賃那間屋，每個月出賃價。海大爺，你知道松老五怎麼說？」

「他怎麼說？無非不肯，是不是？」

「光是不肯還不說；他還破口大罵，說我仗勢欺人，又說：『他新近補了江南道，是都老爺了。都老爺怎麼樣？還能不講王法嗎？我松五不吃他這一套。』海大爺，你老想想，世界上有這種不通氣的人！好吧，今兒個我要讓他見識，見識，甚麼叫王法？」

「咦，咦！」海望指著他說：「你不是說不參了嗎？怎麼又來火兒了？」

「喔，」達禮哈嚥了口唾沫，「這回，衝海大爺的面子，我自然饒了他。」

「是不是？下回你要不饒他，少不得又該我們當堂官的倒楣。你說，我怎麼能放心？」海望想了一下說道：「照你所說，確是松老五不大對；我來想法子，總讓你嚥得下那口氣就是。不過，今兒帳房的事，你可絕不能再有甚麼舉動。」

原來這件事是曹震機警，當時發現達禮哈在查問為何調換帳房，由於他是監察御史，不免深具戒心，趕緊向深知達禮哈的人去打聽，聽說他的冤家便是松綬，暗暗叫一聲「大事不好」，於是一面偵察達禮哈的動靜；一面走告海望。不久得報，達禮哈一個人在帳房內寫字，不用說必是草摺參奏。幸好，海望跟善承、達禮哈叔姪是世交；及時阻止，才消弭了一場大獄。

不過，達禮哈跟松綬結的怨很深，而且聽達禮哈細談糾紛的由來，松綬的行徑確是可惡；達禮哈好不容易找到這麼一個報復的機會，不道又為人搬出他的老叔，硬將此事壓了下去，心裡當然不會舒服，眼前雖告無事，隱患依舊存在。所以等達禮哈一退出去，曹震向海望進言，非有釜底抽薪之計，不能免於後患。

「要讓達禮哈消氣，除非松綬跟他賠不是。這一點，我看松綬也不會願意。」曹震說道：「我倒有個一了百了的辦法，內務府的空房很多，撥幾間給松綬，讓他搬走了，不就沒事了？」

「對！就這麼辦。」

「至於達禮哈，他總算很開竅，應該幫他一點兒忙；想法子給他多弄一間房。」

「那得跟他們鑲藍旗去商量。」海望說道：「我不知道他們這一旗，如今是誰在管事。」

原來鑲藍旗屬於鄭親王濟爾哈朗所有，濟爾哈朗歿後，由次子濟度襲爵，改號為簡親王；再傳至神住保，為濟爾哈朗的曾孫，晚年亂倫，與胞姪女有了不可告人的關係；上年獲罪，上諭中指責他的罪名，頗為含蓄，說是「恣意妄為，致兩目成眚；又虐待兄女，奪爵。」

自康熙十七年濟度襲爵開始，七十年中簡親王的爵位，移轉過不少次，但襲來襲去，不出濟爾哈朗一系；自神住保奪爵後，皇帝對濟爾哈朗的子孫，頗為討厭；但此王爵是「鐵帽子王」，不能革除，因此改命濟爾哈朗的幼弟，費揚武的曾孫德沛襲爵。

德沛字濟齋，雍正十三年封鎮國將軍，為果親王允禮所看重，特為將他舉荐給世宗；召見時問他的志願，他說：「但願將來皇上派員祭孔時，臣亦能廁身兩廡，拜少牢之賜。」原來德沛篤信理學，希望身後能配祀文廟；從來天潢貴冑而有志向的，所期望的無非國家有事，能掛大將軍印，開疆拓土，建功立業，而居然希聖希賢，想成一代大儒，實在是椿奇事。不過，世宗對他的立志不凡，大為欣賞；不過世宗是重言行一致的真理學的人，特授德沛為兵部侍郎，要看他做了官是不是會一改常度。

未幾當今皇帝即位，亦是有心想試試他德性才具，先改古北口提督，後來外放封疆當中的苦缺甘肅巡撫，當他怡然就道時，特命調升湖廣總督；在任雖無赫赫政聲，但操守清廉，卻是彰彰在人耳目。乾隆四年改調閩浙總督；有個御史朱續晫奏劾福建巡撫王士任貪贓；皇帝懷疑朱續晫所劾不實，命德沛查辦。德沛秉公辦理，支持朱續晫，自承失察，奏請革王士任之職。以後福州將軍隆昇貪汙不法，亦為德沛嚴劾罷官。乾隆五年特頒上諭：「德沛屢任封疆，操守廉潔，一介不取，逋負日積，致蠲舊產，賜福建藩庫銀一萬兩，以為風勸。」

乾隆八年，德沛內調，由吏部侍郎升任吏部尚書；神住保奪爵，特命德沛解任承襲簡親王。宗室出任封疆，已是異數；既歷宦途，又襲藩封，更為前所未見。

簡親王既為鑲藍旗的旗王，襲爵以後，當然要兼管旗務，但濟爾哈朗一支的子孫，把持已久，德沛竟無法過問；同時他亦沒有兒子，身後爵位不知誰屬？所以有心人都在暗中打主意，希望繼承。這就形成了鑲藍旗分歧割裂的局面；像松綬的事，海望竟不知要找誰去辦交涉。

不過話雖如此，像這種換幾間屋子的小事，亦還不至於找不到人接頭；只是多費功夫而已。曹震奉了海望之命，輾轉託人，第二天忙了一上午，總還將事情辦妥當了。達禮哈多得一間屋子，自然心感；松綬雖有移家之累，但免去一場大禍，亦感欣幸。這兩個人都覺得欠了曹震的情，都想請請他，情意殷勤，推辭不得，結果曹震應了達禮哈之約。「咱們自己人，」他這樣向松綬說：「等你幾時搬定了，好好兒擾你一頓。」

除了「自己人」不妨從緩這個理由之外，曹震應達禮哈之邀的另一個原因是，可以了他久藏於心的一個心願。

原來曹震這幾年，東至灤州，北至昌平，西至易州，南至保定，近畿名勝之地逛遍了，唯一的例外是，離京僅只三四十里路的房山，未曾到過；達禮哈有一家至親，住在涿州與房山交界的半壁店，家業殷厚，可作東道主。房山離良鄉只有十幾里路，而曹震這趟差使過後，可以休息三天，時逢春日，又有極好的居停，他覺得天時、地利、人和，三般湊巧，不去逛一逛實在可惜。

這樣轉著念頭，不由得想起了一個人，「明天還有差使，後天才能動身。」他跟達禮哈說：「我想把舍弟找了來，一起去逛一逛，行不行？」

「說甚麼行不行？」達禮哈問：「就是那位大號雪芹的令弟？」

「正是。」

「好極了！令弟是八旗的才子；舍親亦頗好文墨，一定談得來。不過，今兒就得通知他。」

「是的。我來辦。」

曹震喚了跟班來，掏了二十兩銀子命他去採買良鄉的兩樣土產，酒跟栗子，送回京去，預備送人；同時將曹雪芹去接了來。

第八章

約遊房山的消息，是錦兒親自去告訴曹雪芹的，當然也帶了良鄉酒與良鄉栗子。

「太好了！」曹雪芹非常高興，特為去找出三部書來，一部《帝京景物》；一部《日下舊聞》；還有一部《房山縣志》，一面翻書，一面談房山。

「房山不就是上方山嗎？」馬夫人問。

「是。房山有大小之分；上方山則是房山最勝之處。」曹雪芹略感詫異地問：「娘倒知道這個地方？」

「我不但知道。還去逛過。那是四十多年前的事了。」馬夫人說：「上方山稱為七十二寺；還有個石經洞，裡面大大小小的碑，有豎在地上，有嵌在壁上的，刻的都是佛經。」

「風景呢？」錦兒問說：「風景怎麼樣？」

「我說不上來。反正一到了那裡，就會覺得到了另外一個世界；心裡常常在疑惑，莫非神仙住的就是這種地方？」

這一說，大家的心都熱了，「照太太說，竟是仙境。」錦兒不勝嚮往地，「咱們倒是怎麼也能去逛一逛才好。」

「難。」馬夫人說：「車子進不去，轎子也不行；那地方天生是爺兒們去逛的地方。」

「我倒奇怪，」秋澄說道：「京城附近有這麼好的地方，怎麼很少聽人談起呢？」

「就因為路不好走的緣故。」馬夫人又說：「上方山的寺庵，都是明朝老公做的功德。」

明朝管太監叫「老公」，又叫「公公」。這個稱謂不但曹雪芹，即便秋澄與錦兒亦很陌生；就是馬夫人亦很少用到這個名稱，因為除非曹老太太在世時，很少談到順治初年的情形，因此亦就很少提到「老公」了。

原來明朝末年的太監，權傾宰相；清軍入關以後，內務府取代了明朝的宦官——太監。但要論到謹小慎微的事君之道、聲色犬馬的蠱君之術，內務府的上三旗包衣，猶之乎秀才之與翰林等級差得太遠；尤其是在「皇父攝政王」多爾袞跋扈到幾乎難制時，由前明的太監獻計，以一味羈縻、蠱惑、挑撥的手段，使得多爾袞自取滅亡以後；順治皇帝幾乎完全為太監所控制，接納以吳承恩為首的太監集團的建議，設立「十三衙門」，等於恢復了前明四司六局的宦官制度；「上三旗包衣」一敗塗地，幾乎要被攆出宮廷。

但想不到來了意外的機緣，順治皇帝打算在五台山出家之前，忽然染患天花，數日之間，便已駕崩；「上三旗包衣」由於孝莊太后的教父，德國教士湯若望對於太監集團蠱惑順治皇帝的高度不滿，支持「上三旗包衣」奪權，方得撤銷「十三衙門」，恢復內務府；江寧、蘇州兩處織造，在前明原由太監充任，此時改派了「上三旗包衣」，曹雪芹的曾祖父曹璽充任江寧織造，便在此時。

「那些老公——。」

「娘，」曹雪芹打斷馬夫人的話說：「你就叫太監好了。」

「我小的時候；甚至嫁到你們家以後，還是叫『公公』；康熙爺駕前的梁九，大家都叫他『梁九公』。」馬夫人停了一下說：「康熙年間，太監還是很威風，不過比起明朝的大太監叫司甚麼監的——。」

曹雪芹接口說道：「『司禮監』。」

「不錯，司禮監，尤其是管上諭的大太監，叫『秉筆』，權柄更大。這些太監沒有一個不想修來世的。你們知道不知道，為甚麼？」

「為的是來世化為男身。」秋澄聽曹老太太談過，所以脫口便答。

錦兒卻還一時會不過意來，詫異地問：「本來就是男身嘛！」

「不！」馬夫人說：「據說明朝有個規矩，所有的奏章都是皇上批；只有太監淨身入宮的呈子，是由皇后批，你們知道這是為甚麼？」

這一問，首先是曹雪芹大感興趣，「娘，你剛才怎麼說？」他問：「皇后還批奏章？」

「是啊。」

「這不是千古奇聞？」

「你別打岔。」錦兒大聲阻攔，「你聽太太說下去。」

「我也是聽說，事隔多年，只怕記不太清楚。」馬夫人想了一下說：「明朝的太監，先前是福建人居多，後來保定南面、直隸最苦的地方，像肅寧那一帶的窮孩子，也都願意受那一刀之苦，願意入宮了。那一刀之苦，講究很多；動刀子的只有幾家，都是世傳的行業。」

「太太，你老人家別扯遠了。」錦兒心急，「只談『一刀之苦』好了；別管動刀子的是誰。」

「那一刀之苦，弄得不好，就是白挨了。」

「怎麼叫白挨了？」

「傻瓜！」秋澄推了錦兒一把，「一刀下去送了命，豈不是白白吃苦？」

「送了命，沒有人問。」

「喏！」馬夫人說：「麻煩就在這裡。福建天高皇帝遠，孩子淨身送了命，沒有父母出頭，死是白死；如果父母親人就在近處，自然可以打官司告狀，為此，定了一個規矩，凡是窮家孩子願意淨身入宮的，得要父母寫一通文書，說是將孩子嫁入宮內，生死由命，絕無異言。把男孩子當成女孩子，又是出嫁，當然得由皇后來批這一通文書了。」

「啊，原來太監是自居於女身，所以要修來世，化成男身。」錦兒恍然大悟，「修行當然要靠菩薩保佑？」

「一點不錯，太監最信佛，有錢有勢的，都想建一場大功德；那就無過於蓋廟修寺了。西山有名的寺廟，像碧雲寺，為甚麼是太監蓋的，道理就在這裡。」

「嗯，嗯。」曹雪芹忽有領悟，「怪不得上方山交通不便，另外有道理的。」

「甚麼道理？」錦兒問說。

「如果交通方便，皇帝巡幸，看中了那裡的風景，蓋上一座離宮，太監就不方便了。」

「說得倒也是。」錦兒不勝嚮往地看著秋澄說：「看來上方山的風景真是不錯；幾時咱們也去逛一逛。」

「算了吧，我可沒有那麼大興致。」秋澄又說：「世間凡事見面不如聞名，談得有趣，到了一看，不過如此，倒不如不見，心裡留著一段極好的景致為妙。」

「那就再聽太太談吧！」

「上方山地方很大，我只到過雲居寺，如今只記得從山門到後殿，一共七層，越走越高；寺前寺後有兩座塔，叫做南塔、北塔，去的時候是秋天，各式各樣叫不出名兒來的花很多，春天就更不得了。」

「如今不就是春天嗎？」錦兒對曹雪芹說：「你可千萬弄點兒奇花異根給我；能連根移了來最好。」

「那裡倒是讀書養靜的好地方。」馬夫人又說：「和尚告訴遊客：上方山好在『三無』，一沒有狼虎；二沒有強盜；三沒有墳墓。」

「那真是人間仙境！」曹雪芹興奮地說：「能在上方山找一座廟住，也是一段清福。」

「我看你住不到三天，就想下山了。」一直未曾開口的杏香插進來說：「你那好熱鬧的性情，怎麼能受得了終年不見熟人的日子？」

「雖說交通不便，那裡就終年不見熟人了？你亦未免過甚其詞。」

「不！」馬夫人說：「杏香沒有說錯，沒有墳墓，就因為子孫嫌上墳不便。」

「啊，我明白了。」錦兒笑道：「大概連遊客都很少，和尚又窮，沒有甚麼可偷的，所以沒有強盜。」

秋澄「噗哧」一聲笑了出來，「你真會胡扯。」她問：「那麼為甚麼沒有狼虎呢？」

「大概是——。」

「大概是，」秋澄接口說道：「和尚又乾又瘦，肉不好吃，是不是？」

「不對！必是曾經出過有道高僧，狼虎不敢逞凶，都避開了。」

彼此戲謔著一直談到起更，馬夫人這天的興致格外好，說有點餓了，想吃消夜；到得歸寢時，已是二更天了。

錦兒仍舊與秋澄同榻，睡夢中聽得街上隱隱人聲，一驚而醒，推著秋澄說道：「你聽聽，是甚麼聲音？」

秋澄側耳靜聽了一會，「大概是那兒『走水』。」她說：「遠得很呢？」

一聽這話，錦兒便有些不大放心，因為幾天以前她家附近，曾經失火；因而披衣起來，在後院中望她家的方向細看，夜色沉沉，毫無異樣，方又上床。

但街上嘈雜之聲不斷，忍不住又推醒了秋澄說：「遠雖遠，火勢大概不小；不會到宮裡吧？」

「等我起來看看。」

大內是在東北方向，遙望天色，卻不能確定，因為雲彩彷彿有些橙黃色；於是悄悄轉到前房，喚醒一個小丫頭，叫她到門上去問一問，看是甚麼回事？

不一會丫頭回報：「門上說：大概是鼓樓那兒『走水』。說遠得很呢？放心睡吧！」

「好！」秋澄又悄悄到馬夫人窗下探望了一下，見無動靜，便不驚動，回房與錦兒復又上床。

剛剛入夢，突然驚出一身冷汗，身子往上一挺，坐了起來；勢子太猛，以至於將朦朦朧朧的錦兒也驚醒了。

「鼓樓走水，不會是新修的和親王府出事吧？」

這正是大家所憂慮的；情形雖還不明，但聽得馬夫人的話，都是心裡一跳，臉色亦不大自然了。

曹雪芹比較機警，忽然想起一個地方，鼓樓以南有一橋一閘，閘名澄清，橋名萬寧；萬寧橋又名後門橋，橋北東向有座藥王廟，還是唐朝貞觀年間所創建；元朝至正六年，曾經大修過，香火極盛。

這樣整整經過兩百六十年，到了明末天啟六年，端午的第二天，發生了一件怪事，據說這天午前巳刻，在地安門的太監，聽得空中樂聲大作，先是金革齊鳴，接著細吹細打，如是一而再，再而三，無不嘖嘖稱奇。有一群好事的太監，循聲尋跡，終於找到了樂聲終止於後門橋北的藥王廟。

藥王廟平時是關閉的，只為有此異狀，太監們便找到廟祝來開門；大門甫啟，一團火球，翻翻滾滾，冉冉上升，往西南而去。大家目瞪口呆，仰臉注視，直到火球消失；正在驚疑是怎麼一回事時，皇城西南，一聲震天動地的巨響，煙塵直衝霄漢。

這就是明朝末年，有名的王恭廠之災。王恭廠在石駙馬大街以南，位處內城西南，那裡有一座火藥庫；天啟六年五月初六近午時分，火藥庫爆炸，平地陷成兩個長約三十步，寬約四十步，深二丈許的大坑，房屋倒塌一萬一千間，壓死了五百多人。

因為有此為人言之鑿鑿的靈異，才知道藥王廟為火神駐駕之地，所以事定以後，詔命藥王廟改祀火德之神，廟名亦改題為「火德真君廟」，前幾年才重修過。

曹雪芹想到了這個故事，便用來安慰馬夫人，「絕不會是新蓋的和親王府出事。」他說：「和府緊挨著火德真君廟，和府一失火，火德真君廟也保不住了，那不是自己跟自己過不去嗎？」

「是啊！」錦兒到火德真君廟燒過香，便附和著說：「京城裡火神廟最多，平郡王府近處不有一座——。」

曹雪芹緊接著說：「琉璃坊也有一座。」

「就數後門橋的那一座最靈。太太別煩心；找人去打聽一下就知道了。」

於是派出人去打聽，都說是在地安門以北，但不知確實地點；據北面過來的人說，火勢似乎頗為熾烈，因為在阜成門大街，便能望見火光。

「看起來是燒成一大片了。」馬夫人說：「只怕火德真君成了泥菩薩，自身難保。」

錦兒「噗哧」一聲笑了出來，「太太的涵養真好。」她說：「這時候還有心思說笑話！」

「不然怎麼辦？就這麼坐著發愁？」

話還未完，小丫頭探頭望了一下，又縮了回去，秋澄便高聲說道：「進來！幹麼鬼鬼祟祟的？」

「是，是何大叔叫我來看看，看震二爺在不在？」

一聽這話，曹雪芹立即起身，一面走，一面說：「大概有甚麼確實消息了。」

一出去便望見何謹傴僂著腰，左手持燈籠，右手扶著垂花門在等；看見曹雪芹，將燈籠舉高了為他照路。

「怎麼？」曹雪芹發現何謹面有憂色，一顆心不由得往下一沉。
「聽說新修的和親王府燒掉了。」
何謹的聲音嘶啞而低，但在曹雪芹聽來，卻如當頭一個焦雷，震得說不出話來。
「現在還不知道是怎麼起的火。」
這下提醒了曹雪芹，「對了，」他問：「別家起的火，延燒到和親王府，四老爺怎麼樣，有甚麼處分？」
「那要看他當時去救了沒有？如果得了消息趕了去，拚命指揮人救火，多少保全一點兒下來，那就不但沒有處分，說不定還有獎呢！」
「如果，如果是和親王府起的火呢？」
「那一來，四老爺便是火首。」
「會有甚麼處分？」
「不知道。」何謹答說：「反正不會輕。」
聽得這話，曹雪芹剛寬鬆了的心，復又繃緊了；沉吟了一會說：「我想去看看。」
「過不去。大興、宛平兩縣的差役攔著閒人，不准往北，免得救火礙事。」
「那麼，我到四老爺那裡去看看。」
「這時候一定不在家。去了，」何謹停了一下，「你就看季姨娘哭吧！」
想想不錯，「那麼你叫人到四老爺那裡去打聽，打聽。」曹雪芹又說：「要打聽確實。」
「好。」何謹緩緩回身，「我馬上叫人去。」
曹雪芹猶自站在原處，考慮停當了，方始進屋；向他母親說道：「娘，和親王府燒掉了。不過，是別家起火，遭了池魚之殃。四叔不會有甚麼處分。說不定還有獎呢！」

「怎麼不罰倒還有獎呢?」

這是每個人心中的疑問,及至曹雪芹照何謹的話作了解釋以後,頓時都覺胸懷一寬,輕鬆無比。

「可惜燒光了!」錦兒不勝惋惜地,「有一回我跟四老爺說,幾時帶我們去逛一逛新修的和親王府?他說:你別忙。如今人家本主兒還沒有住過一天;皇太后也還沒有巡幸過,你們倒先去逛了,這不大妥當。等驗收了,和親王奉太后去逛過了,我跟和親王說一說,索性到裡頭去住兩天。那知道,還沒有見過就再也見不到了。」

「你不是品題過嗎?」秋澄看著曹雪芹說:「倒跟我們講一講,權當臥遊。」

「娘不是該睡了嗎?」

「這時候還睡甚麼?而且也睡不著。」

「娘有精神聽,我就講。」曹雪芹回憶著說:「那裡最好的一處景致,是橋上建樓,一共五間,打開窗子,西山就在眼前。」

「『橋上建樓』?」馬夫人皺起眉思索,「倒像在那裡見過?」

「蘇州?」

「對了!」馬夫人欣然說道:「在蘇州拙政園,那座樓彷彿就叫——。」

「見山樓。」

「是這個名字。」馬夫人又落入回憶中了,「這座園子,本主姓陳,好像是當時一個姓吳的大名士,叫甚麼名字來著?」

這回是秋澄作了提示,因為她也聽曹太太談過拙政園的掌故,「是吳梅村不是?」她用疑問的語氣說。

「是吳梅村。吳梅村有個女婿姓陳,很有才氣,可惜瞎了一隻眼;他的親家是當時的宰相,後來不知為甚麼充了軍。好像是——。」

錦兒性急，便即說道：「太太別管人家是犯了甚麼罪名充軍，只談吳梅村的拙政園好了。」

「拙政園不是吳梅村的，是他的那個姓陳的親家的園子。」

「充軍當然先抄家，」錦兒問說：「那園子歸別人了。」

「對。園子賣了給一個姓王的，他是吳三桂的女婿。後來吳三桂造反，這園子當然也沒官了。」

「照這麼說，這拙政園不利主人，成了凶宅了。」錦兒問說：「有人敢買嗎？」

「籍沒入官，就是官產，後來做了道台衙門。至於以後怎麼又歸私人，可不清楚了。拙政園的山茶花最有名，而且是連理花；是我生平見過最好看的花。」馬夫人忽然失笑，「你看談和親王的園子，一扯扯到拙政園了。芹官你再往下說吧！」

「是。」曹雪芹說：「那座樓，我題名叫『恩波樓』。因為引西山玉泉水入園，本來就要奉旨的；和府的閘口加大，引水特多，更得奉特旨才行，所以我題名『恩波』。」

「有額必有聯。」錦兒問說：「對聯是甚麼？」

「對聯可費了事，四老爺指定要集『禊帖』的字。」

「慢點！」錦兒插嘴，「甚麼叫『禊帖』？」

「就是〈蘭亭序〉，蘭亭不是修禊嗎？」雪芹想一想說：「我一共做了三副，第一副是八言，其中有『幽』、『閒』字，四老爺說不妥重來。」

「還是八言？」

「不！改集七言，這一副還是不好，到第三副：『會文人若在天坐；懷古情隨流水生。』四老爺才算點頭。」

接下來，曹雪芹又談其他諸勝；馬夫人卻有些倦意了。談和親王府的名勝，原是為馬夫人遣悶，既然已有倦意，便不必再往下談了。

「太太還是息一會吧。」秋澄看著鐘說：「這會兒才寅初，天亮還有會兒呢！」

「我也不必上床了，在軟榻上靠一靠吧！」

於是秋澄與杏香伺候馬夫人休息；曹雪芹與錦兒先退出來，相偕到了夢陶軒，尚未坐定，錦兒便開口問了。

「真的，不是和親王府起的火？」

「我是安慰太太的，現在還不知道呢！」曹雪芹憂心忡忡地說：「萬一四叔成了『火首』，這可是件不得了的事。」

他的話猶未完，錦兒臉上已經變色，目瞪口呆地問：「怎麼樣不得了呢？」

「火首就是禍首。」曹雪芹發現錦兒受的驚嚇不小，改了含含糊糊的口吻答說：「這我可說不上來，反正總是一場麻煩，得要多託託人。」

他是想將此事的嚴重後果沖淡，暗示多託人情能了的麻煩，總不至於太大；但「火首就是禍首」這句話，已深印在她腦中，怎麼樣也沖不淡了。

「我，」錦兒說道：「我想回去看看。」

「你回去有甚麼兩樣？」曹雪芹詫異，「又不是震二哥的事；而且，他只怕要趕到火場去了。」

「怎麼？你不是說，不是他的事嗎？那為甚麼又要趕到火場？」

「他是內務府的司官，急公之急，自然應該趕了去看看。」曹雪芹又說：「譬如宮裡失火，王公大臣都要趕了去，這道理是差不多的。」

一聽這話，錦兒才比較放心，不過她仍舊想回去，理由有二：第一是，曹震也許回家了，可以打聽打聽詳細情形；其次，如果曹震沒有回家，家裡沒有人，她也不能放心。

「翠寶姐莫非不會看家？」曹雪芹說：「震二哥如果去了火場，這時候一定還沒有回家。天快亮了；等天一亮，我陪你一塊兒走，也得去看看四叔。」

錦兒聽他的勸，強自按捺著那顆七上八下的心，靜等天明。這時杏香回來了，曹雪芹便向她使個眼色，不必將曹頫可能是火首的話，告訴杏香，因為多一個人發愁，一點好處都沒有。

「餓了吧？」杏香的神情很輕鬆，看著錦兒問：「想吃點甚麼？」

「我不餓。」錦兒問道：「秋姑睡了沒有？」

「我回來的時候還沒有，這會兒——」

「你別說了。」曹雪芹攔住杏香的話，復又對錦兒說道：「她馬上就會來。你想，她能撂在這兒，管自己睡嗎？」

果然，外面已有秋澄的聲音，杏香迎出去將她接了進來，進門還有微笑著，及至由曹雪芹看到錦兒，笑容頓時消失得無影無蹤。

「怎麼回事？」

「沒有甚麼。」錦兒搖搖頭。

「還沒有甚麼？」秋澄手指著說：「你跟雪芹都是一臉的心事。」

「真的。」杏香也發覺了，「剛才我竟沒有看出來了。」

既然如此，也就不必瞞了。錦兒便將她跟曹雪芹的憂慮，毫無所隱地說了出來。

秋澄當然比她來得沉著，但亦久久無語。

「急也沒有用。」終於是杏香打破了沉默，「到天亮一打聽，完全不是那回事，那時候回想這會兒大家你看我，我看你發愁，自己都會覺得好笑。」

錦兒接口就說：「我寧願那時候自己覺得好笑。」

「這件事，」秋澄說道：「咱們倒不妨談談，如果火是由和親王府起的，四老爺要擔多大的責任？」

「這要查《會典》了。」

於是杏香從書房裡取來一部雍正年間重修，卷帙浩繁的《大清會典》，曹雪芹翻了半天，終於找到可以比附的一處，是在「工部」的職掌之內。

「你們聽，工部職掌有一條：『定保固之限，不及限則議賠。』和親王府尚未驗收就燒掉了，當然適用『不及限』這一條。」

聽說只是「議賠」，錦兒又比較寬心了；但仍舊追問了一句：「光是議賠，沒有別的處分？」

「打了不罰，罰了不打，『議賠』之外，即令有處分，也有限的。」

「嗯，嗯。」錦兒又問：「那麼議賠是怎麼議法呢？」

於是曹雪芹又看會典，一面看，一面唸：「『凡賠，有獨賠、有分賠、有代賠，核其數以為差。』」唸到這裡停住了，但雙眼卻仍聚精會神地在看《會典》。

「獨賠可不得了。」秋澄悄悄地向錦兒說：「聽說修和親王府，除了公款以外，和親王自己都貼了好幾萬銀子。」

「和親王那來那麼多錢貼？」

「他怎麼沒有錢？雍正爺當雍親王時候的家財，皇上都給了和親王了。」

「喔，那就怪不得了。」

「你們別著急。」曹雪芹抬眼說道：「就賠也有個賠法，不見得就『不得了』。」

他已將《會典》研究過了。像曹頫這種情形，果然和親王府失火的責任，該他擔負，但也未必就該他賠；因為《會典》只說「工程限內倒塌」，意思是有偷工減料的情事在內，如今是失火，適不適用這項規定，猶未可知。

「就算適用，只要不是四老爺親手闖的禍，也不至於就獨賠。我唸分賠的規定給你們聽。」

「分賠」的情形：「或上司為屬員分賠；或前後任分賠；或經手之家人吏役分賠；或題估之督撫等造報籠統，工部未即查出，至銷算時始行奏駁者，並工部堂司官一併均勻攤賠。」

「總之，」曹雪芹說：「不問甚麼人，只要有責任就得分賠，如今工程尚未驗收，木廠派了人在那裡看守，如果是看守的人不小心闖了禍，承包的木廠當然要賠大部分。」

「真是『天塌下來有長人頂』！」錦兒說道：「照我想，經手人分賠，怎麼分法，當然是看經手人得的好處有多少，好處多的，賠得也多，那才叫公平。我聽震二爺說，四老爺書腐騰騰，平時掛在嘴上的三個字，叫甚麼『恥言利』。看起來他沒有得多少好處，賠項也不會多。不過，他自己不知道，書獃子一遇出事，總愛把責任往自己身上攬，顯得他多講氣節道義似地；其實是拿尿盆子往自己頭上扣，傻到極處了。」

「一點不錯。」秋澄笑道：「真是切中四老爺的病根。」

錦兒喝了口茶，接下來又說：「雪芹，你回頭見了四老爺，務必把《會典》上定下來的規矩，跟他說得明明白白，讓他知道，應該有人替他分賠，別把責任都攬在自己頭上。」

當她侃侃而談時，大家無不動容。但以後的感想就不同了，曹雪芹看她宛如下世多年的「震二嫂」第二；秋澄則大為寬慰，覺得她遇事看得透，而且有決斷，等將來自己嫁到仲家後，即令有種種關係，無法顧及「娘家」，但有錦兒在，足可放心。

至於杏香，她對曹家的包衣身分，究竟是怎麼回事，還不十分明白，對官場的情形，更為隔膜，所以對錦兒除了佩服她的語言犀利，神態自若以外，杏香只抱著冷眼旁觀的心情，看曹雪芹有何反應。

因為如此，都沒有答話，但胸中心事卻不少。一片沉默之中，有人開口了，「《會典》看完了沒有。」曹雪芹說：「看完了，咱們再琢磨好不好？」

再往下細看《會典》，曹雪芹便不似先前那樣樂觀了，有「參處」的規定，也有「代賠」的條款，果真曹頫成了火首，並非賠錢就能了事；而且有長官代部屬分賠的例，亦有兄弟子姪代賠的明文，只怕還要累及親屬。他不敢將這些規定說出來，只挑了「年限」這一條來說：「年限有長有短，短的一兩個月，長的可以長到十年以上。總而言之，並不要緊。」

話剛說完，丫頭來報，門上來請示：「仲四掌櫃來了。是擋駕，還是請進來？」

聽得這話，無不相顧驚詫；曹雪芹不暇思索地說：「當然請進來！請在大廳上坐，我馬上出來。」

「他怎麼來了？」錦兒說道：「只怕四老爺闖禍了。」

「也許是來打聽消息的。」

「對了！」錦兒說道：「他是你乾爹；你陪著雪芹一起出去，聽他怎麼說，趕緊進來告訴我們。」

「好！」杏香對曹雪芹說：「你先去；我叫人沏了茶隨後來。」

於是曹雪芹上套一件「臥龍袋」，匆匆出廳；廳上只點了一枝蠟燭，燭台恰當風口，燭燄晃蕩，搖曳出仲四長長的身影；曹雪芹人未到，聲先到：「你怎麼這時候來了？」

「我從北城來。」仲四打量著曹雪芹問：「你大概也知道了吧？」

「你是說鼓樓失火？」曹雪芹答說：「我們是半夜裡驚醒的，叫人去打聽，只知道和親王府燒掉了，不知道是那裡起的火。」

「火是和親王府起的——。」

剛說了這一句，只聽得一聲「乾爹」，把他的話打斷了。

「和親王府起的火。」曹雪芹作個手勢，示意杏香打別岔，聽仲四說下去。

「我在北城有個飯局，喝得晚了，出不了城；到了開城的時候，正要回家，說鼓樓走火，趕過去一看，和親王府的火勢，已經不可收拾了。」

「怎麼起的火呢？」曹雪芹問。

「現在還不知道。」仲四又說：「我想應該趕緊通知四老爺；到他府上一問，才知道四老爺已經得了信息趕了去了。我又翻回鼓樓，路上讓宛平縣的人攔住，不叫過去；好在我路熟，抄小胡同繞出去，只見鼓樓已燒成一大片了！我是頭一回看見那麼大的火。」

「四老爺呢？」杏香終於忍不住插嘴。

「找不到四老爺，不過聽人在說：有位官兒到火場，要往火中跳。大概就是四老爺了。」

「跳了沒有呢？乾爹。」

「當然會有人拉住。」仲四又說：「此刻震二爺也趕了去了。」

「你怎麼知道？」

「我到他那裡去過了。」

聽得這一說，杏香顧不得招呼，轉身就走，回夢陶軒向錦兒去報信；曹雪芹心亂如麻，楞在那裡不知道說甚麼好。

「打震二爺那裡出來，我想到，應該來看看你；本以為你還不知道有這麼回事，還在睡覺，並不指望能見著你。」仲四又說：「你也別著急，事情已經出來了；咱們先沉住氣，等把經過情形弄清楚了，再作道理。我先回去睡一睏，天亮了再來。」

「是，是！我也不留你了。」曹雪芹說：「咱們回頭在震二哥家見吧。」

「好，好。我一定會去。」

等仲四辭去，曹雪芹回到夢陶軒，只見秋澄與錦兒彷彿變了一個人似地，容顏慘淡，目光遲滯；見了曹雪芹，緩緩地抬眼看著他，兩兩無語。

曹雪芹想安慰她倆，卻想不出適當的話；只想到一件事要問：「要不要告訴太太？」

「要告訴。」秋澄答說。

「我看不必。」錦兒意見相反。

「太太已經知道了。」杏香插嘴，「太太知道我乾爹來了。」

「那就趁早告訴太太吧！」

「可別提四老爺往火裡跳的事。」錦兒嘆口氣說：「看樣子，這場禍不小。《會典》上的話，全不管用。」

「不會不管用的。」曹雪芹說：「去吧，回明了太太，我得趕到四叔那裡去。」

火勢到中午才能控制；曹雪芹曾想去看一看，但老遠就被攔住了，只好回到錦兒那裡，枯守曹震回來。

曹震回來，已是上燈時分，滿身灰塵，面目黧黑，卻有縱橫交錯的一道一道白印子；那是汗水流了又乾，乾了又流而留下的痕跡，一進門便頹然倒在椅子上，雙目緊閉，累得連話都說不動了。

全家人連曹雪芹都圍在他身邊，錦兒叫丫頭趕緊去打了一大盆熱水，由翠寶動手，為他擦臉，一連用了四條新手巾，才能拭淨。然後，錦兒去倒了一大杯紅葡萄酒，溫柔地向丈夫說：「先喝一杯紅酒，緩過氣來再說。」

「給我。」曹震將手一伸；眼仍閉著。

錦兒將酒杯交到他手裡，他勉力睜開眼來看了一下，然後仍舊閉著眼，慢慢啜飲著，直到把一杯酒喝完，臉色才顯得有生氣了。

「唉！」曹震睜開眼來，嘆口氣軟弱地說：「閉門家中坐，禍從天上來。」

大家面面相覷，都不敢輕易開口；最後是錦兒問了句：「聽說四老爺要往火裡跳；有這話沒有？」

「你們聽誰說的？」

「仲四爺。」翠寶答說：「四更天你剛走不久，他就來了。」

「喔，他來過了？他來幹甚麼？」

於是曹雪芹將仲四來訪的經過，約略說了一遍；看曹震的精神好得多了，便即問說：「到底是怎麼起的火呢？」

「說法不一——。」

「先吃飯吧！」錦兒打斷他的話說：「先喝碗粥，等緩過精神來，慢慢兒談。」

「這會兒倒有點餓了；四更天到現在，水米不曾沾牙。」

說著，曹震坐了下來，將一碟肉脯，撥了半碟在粥碗裡，攪和了一下，試一試不算太燙，便唏哩呼嚕，一口氣吃了大半碗才停下來。

「把我的藥酒拿來。」曹震摩著腹說：「一份對兩份。」

一份藥酒對上兩份上好的白乾，曹震喝著藥酒，忽然掉下兩滴眼淚；曹雪芹與錦兒無不大吃一驚，停箸凝視。

「我是替四叔傷心。多少年來，辛辛苦苦積下來的一點勞績，讓這一把火都燒光了。」說著曹震用手背抹去眼淚，復又舉杯。

「到底是怎麼起的火？」錦兒從腋下抽出手絹，遞了給曹震，「如今不是傷心的事，太太說得好，是福不是禍，是禍躲不過，咱們先得看看四老爺擔多大的處分；咱們會受甚麼牽累？趁早想辦法。」

「誰知道四老爺擔多大的處分？四條人命，不光是賠工料款就能了事的。」

「怎麼？」曹雪芹問：「燒死了四個人？」

「是房子塌下來壓死的。其中還有一個孕婦，一屍兩命。」曹震說道：「這把火很怪，有人說是縱火。」

「誰來縱火？」

「大家都疑心是個姓于的——。」

「喔，是他！」曹雪芹不自覺地插了一句嘴。

「你知道這個人？」

「是工頭黃三的副手，碎嘴子；人似乎很老實。」

「知人知面不知心。」曹震說道：「都疑心是因為黃三把這個姓于的攆走了，懷恨在心，下的毒手。」

「傳言如此，並無確據。」曹雪芹說：「不過黃三只怕難脫干係。」

「黃三跟他的兩名首先發現失火的工人，已經讓大興縣押起來。四叔——。」

曹頫自然是在究問之列。不過職官跟庶民不同，照例自己寫一通案情始末的節略，送交該管衙門，名為「親供」。曹頫的「親供」，可以送順天府，亦可送都察院，甚至步軍統領衙門；但曹頫卻是向內務府衙門遞送的。

「此刻呢？」錦兒問說：「四老爺回家去了？」

「我送他回去的。」

「我看看他去。」曹雪芹起身說道：「娘原關照了的。」

「也好！」錦兒問說：「你去了再回來。」

曹雪芹遲疑了一下說道：「只怕震二哥累了一天，該睡了。」

「沒有那麼早。你去轉一轉就回來，我還有事跟你商量。」

於是曹雪芹匆匆驅車而去；但很快地復又回轉，因為曹頫一回家就上床了。

「見著了誰？」錦兒問說：「季姨娘？」

「不，鄒姨娘。」曹雪芹答說：「淚眼汪汪，只是嘆氣；我只好安慰她說：這是『公罪』，不過失察而已，沒有甚麼大不了的。據說，四叔自己跟兩位姨娘亦是這麼說，大不了丟官而已。可是鄒姨娘告訴說，有個本家去慰問，帶去一個消息可不大好。」

「甚麼消息？」

「說有位都老爺打算動本參奏。」

「喔，」曹震很注意地問：「那是誰？」

「鄒姨娘也鬧不清楚，只知道也是巡城御史。」曹雪芹自語似地說：「莫非是『臭都老爺』？可是不會啊！『臭都老爺』人品雖然不堪，四叔待他不錯；他對四叔也不錯，往日無冤，近日無仇，何苦落井下石？」

這個消息不是「不大好」，而是大不好！曹震心裡在想，不管是那個御史，如果在「縱火」二字上做文章，立即便是一場大禍。

「咱們到書房裡去談。」

「是。」曹雪芹問道：「你不是說還有事跟我商量？」

曹震不作聲，直到書房中坐了下來，方始答說：「本來想跟你談談去揚州的事，今天不談也不要緊，如今可真是要跟你商量了。剛才鄒姨娘告訴你的消息，四叔知道不知道？」

「只怕不知道；他早就睡了。」

「我想他大概也還不知道；不然，他能睡得著嗎？」

「怎麼？」曹雪芹失驚地問：「有那麼嚴重，讓四叔睡都睡不著？」

「縱火是多大的罪名。你光看《會典》，就不去看《大清律》？」

「我那裡沒有《大清律》。」

「喏，」曹震手一指，「那裡。」

書架上一部乾隆五年所修的《大清律例》，共四十七卷之多，曹雪芹在第三十四卷〈刑律雜犯〉一門中，查到失火、放火罪，失火只有笞罪，雖「延燒宗廟及宮闕者絞」，但「罪坐失火之人」，與曹頫無關。

縱火在《律例》中稱為「放火」，罪名確是很重：「挾仇放火，因而殺人及焚壓人死者，首犯斬立決；為從商謀下手燃火者，絞監候；若致死一家三命以上，首犯斬決梟示、從犯絞立決。」但《律例》解釋：「須於放火處捕獲，有顯跡證驗明白者，乃坐。」既然連是否縱火，尚待查驗，那麼這一條大清律，就跟曹頫更沒有關係了。

在曹雪芹唸了法條，並提出他的見解以後，曹震大為搖頭，「你根本就沒有搔著癢處。」他說：「我且問你，說曹某人縱火，他為甚麼要縱？」

曹雪芹很自然地想到宮中失火的情形。大內是一座蘊藏豐富的寶山，各宮各殿的陳設，那怕一隻毫不起眼的花瓶，或許就是有來歷的骨董，偷出來便能賣得善價。太監偷得差不多，看看快要敗露了，便放起一把火來，燒個精光。追究責任，不過「失慎」二字，明知是由於竊盜縱火，可是誰也不敢這麼說，因為宿衛的親貴大臣，是絕不肯承認宮內有竊盜之事的，為了澄清責任，必然請旨勒令提出確鑿證據；提不出證據，便是造謠惑眾，意圖不軌，輕則革職，重則抄斬，誰敢來多這個事？

但如說曹頫縱火，卻不妨編一段假設的緣由，以「風聞」二字開頭，說他承修和親王府，勾結包商，偷工減料，如今因驗收在即，恐怕弊端敗露，故而縱火，以圖掩飾。「相應請旨，簡派大員，徹底根究」云云。言官原許聞風言事，即令所參不實，亦不致會有處分。可是，那一來曹頫就慘不可言了！偷工減料雖無確據，但同樣地，華屋化為灰燼，亦無法證明他並未偷工減料。而「瞞上不瞞下」的，凡屬工部及內務府承辦的大工，起碼有三成回扣的事實，在根究的經過中，難免牽扯出來；貪贓的刑罰，《會典》及《律例》中，均有明文規定，以贓款多寡定罪名大小，拿這一案來說，曹頫不坐貪贓罪則已，一坐此罪，必然斬決、抄家追贓，禍連宗親。

轉念到此，曹雪芹失聲說道：「如果真的編出一套為甚麼要放火的理由，來陷害四叔，那可是一場大禍。」

「對！你也明白了。」曹震緊接著說：「四叔遭了大禍，你我的日子也不好過。事不宜遲，得趕緊想法子：『臭都老爺』你熟不熟？」

「我怎麼會跟他熟，不過，我知道德老大跟他很熟。」

「是工部筆帖式德振嗎？」

「是。」

「那就趕緊找他！」曹震說道：「他替四叔管工款出納，四叔被參，他也脫不得干係。德振你熟不熟？」

「還好。」

「他住在甚麼地方？」

「東城府學胡同。」

「你坐我的車去，找到他以後，請他趕緊到『臭都老爺』那兒去打聽，到底怎麼回事？」

「好！」曹雪芹又說：「這件事實在透著怪，據我所知，德老大跟他的交情也挺厚的，上回和親王要弄些《燈草和尚》之類的書送人，託四叔辦；四叔就是託了德老大從他那裡要來的。照道理說，參四叔會把德老大扯進去，那麼，『臭都老爺』亦該想到投鼠忌器這句話；而況四叔待他不錯！」

「這一段兒，咱們先不管它。反正找他沒錯！就不是他，他總也打聽得出來，是那一個巡城御史。」

於是，曹雪芹坐了曹震的車，直奔東城府學胡同德振家。和親王府起火時，他亦曾到場，只是當時人潮洶湧，一片混亂；烈燄騰空，火舌飛捲，咫尺之間，倏爾相失，何況地區遼闊，更難尋覓，所以明知曹頫一定會趕來，卻始終未能會合。這樣到了近午時分，方始回家，睡了一大覺起身，正打算著吃了飯先到曹頫那裡去打聽打聽消息，不道曹雪芹來訪，急忙親自迎了出來。

「芹二爺，你來得正好。先請坐一坐，等我換了衣服，咱們一塊兒上令叔那兒去。」德振接著又問：「有甚麼消息？」

「正是得了個消息，要跟德大哥來商量。」曹雪芹問：「聽說『臭都老爺』要動本參家叔；有這話沒有？」

「你是說崔之琳？」德振訝異地：「他要參令叔？」

「是這麼猜測。不過，就不是他，一定也能從他那裡打聽到確實信息。德大哥，你坐我的車，一起去找姓崔的，咱們在車上再細談。」

「不！不！亂闖沒有用，你先跟我說一說消息的來龍去脈，弄清楚了再找他也不晚。」

「也好！」曹雪芹將從鄒姨娘那裡聽來的消息，以及他與曹震琢磨出來的結果，跟德振細說了一遍。

德振心裡七上八下，驚疑不定，緊閉著嘴，用心思索；一面想，一面說：「按道理論，是不會的，令叔待他不壞。不過，他有件事託令叔，後來沒有下文，但也不至於就結怨；即便結了怨，也不至於狠毒到這樣子，要置人於死地——。」

「德大哥，」曹雪芹打斷他的話問：「崔之琳甚麼事託家叔。」

「是這樣的，他想活動調山東道御史；大概內務府的堂郎中安五爺有路子，他要我轉託令叔約安五爺吃飯，令叔也答應了，說等過了元宵，在他府上約安五爺，約他一塊兒吃飯。我也是這麼告訴他的。事後，我就沒有去問這回事；到正月底見著令叔，我想起來問他；令叔說是安五爺很忙，一直找不出功夫。我說：人家前程有關，無論如何得要辦一辦，也有個交代。令叔答我一句：『如今也不必再約，山東道御史補了人了。』要說崔之琳對令叔有甚麼不滿，大概就是這一點。」

「這，這就算耽誤了他的前程，也不是甚麼深仇大恨。」曹雪芹說道：「德大哥，咱們走吧！」

「事情不宜這麼辦。」德振很深沉地說：「如果是別的巡城御史，自然可以託他去打聽；倘或真的是他，你說：他是承認呢還是不承認？」

「承認怎麼樣，不承認又怎麼樣？」

「不承認，託他去打聽也沒有用，因為絕不會有結果；一口承認了，咱們的話就很難說，莫非當面求情？此人要用到這種手段，也不是空口說白話能求得下情來的。」

德振緊接著說：「這件事，一定要有個緩衝的餘地；當面鑼，對面鼓，局面弄僵了，很不容易化解。」

「德大哥的意思是，另外託人？」

「對！另外託人，先去打聽清楚了，再作道理。」德振凝神想了一會說：「這樣吧，芹二爺，咱們分頭辦事，你回去先跟令兄把這些情形談一談，看找一個崔之琳的甚麼熟人去打個交道；我呢，這回兒，到磚塔胡同去一趟，也許會有結果。」

「磚塔胡同。」曹雪芹好奇地問：「去看誰？」

「看──。」德振突然靈機一動，「你跟令兄說，想法子找巡西城的方都老爺，不論是打聽消息，跟崔之琳情商也好，一定管用。」

「喔，德大哥，你能不能說個緣故。」曹雪芹特別表明：「果有其事，是件不得了的事；如今步驟錯不得一點，前因後果要了解得很透澈，才不會出錯。」

「話不錯。」德振深深點頭，「不過，這會兒無法細談。我說個大概吧，磚塔胡同三寶家的掌班大金鈴，她的杈桿兒就是崔之琳。」

曹雪芹駭然，不信地問：「是真的嗎？」

「如假包換！先我也不大相信，後來崔之琳請我到那裡去喝酒，我親眼目睹，才知不假。」

「這樣的事！真是『臭都老爺』。」曹雪芹緊接著又說：「是這樣的人品，甚麼事都幹得出來的。我看他參家叔的事不假；不過及早料理，也還來得及。」

意在言外，如果動之以利，崔之琳當然可以改變初衷；德振深以為然，想了一下說：「勞你駕，順路送我一程吧！」

「好！請。」

兩人上了車，先到磚塔胡同，但德振並未先訪大金鈴，而是到天喜班去看看彩鳳。

平日此時，天喜班正是上客的時候，打茶圍的走馬看花，一幫進，一幫出，熱鬧得很，這天卻是冷冷清清，姑娘們圍坐著嗑瓜子、剝花生消閒；彩鳳亦在其內，一見德振，趕緊迎了上來，領到她的房間。

「怎麼？」德振坐下來問：「今兒沒有甚麼客？」

「還不是那場火！」彩鳳答說：「有的昨兒晚上一宵沒有睡，忙著救火搬東西；有的遭了災；有的興致不好。你倒居然有空來？」

「我是要找『臭都老爺』談點事。」德振問道：「他現在跟大金鈴怎麼樣？」

「還不是天天上她那兒起膩。」

「今天不知道在不在？」

「不知道。大概不在。」

「你怎麼知道？」

「我是猜想。北城是他的地段，起了這麼大一場火，地面上有多少事得料理，那兒會有空？」

德振覺得她腦筋清楚，事理明白，倒是個辦正事可供差遣的人。同時，也由她的話觸發了一個疑問，誠如彩鳳所說，北城遭此一場大火，職責攸關的崔之琳，有多少地面上的善後事宜要料理，那裡會有功夫草擬搏擊曹頫的奏章？

看起來，劾奏之事，或者只是有此一說，尚無行動；及今弭患於無形，正是時候。轉念到此，彩鳳有了用處。

「你過來！」他將她拉到一邊，低聲說道：「彩鳳，我託你一點事；你能不能到大金鈴那裡，替我打聽一下，從昨兒晚上到此刻，『臬都老爺』到大金鈴那裡去過沒有；幹了些甚麼？打聽得越細緻越好。」

「喔，」彩鳳躊躇著說：「我跟她不熟，遇見了點點頭便算招呼，從來不往來的；突然之間跑到她那兒跟她套近乎，不惹她起疑心嗎？」

「這話倒也是——。」

「有了。」德振的話尚未完，她就搶著說道：「後院的玉蓮，跟她在天津就認識，一直走得很近；今兒沒有甚麼客人，正好讓她去串個門子。玉蓮能言善道，一定會詳詳細細打聽了來。」

「可是，託她打聽的事，是不能跟人說的。」德振問道：「她嘴緊不緊？」

「嘴是不緊，不過人很明白，知道分寸。只要先關照她，她肚子裡也藏得住事。可是，」彩鳳特意表明：「她跟我交情雖不錯，肯聽我的話；就怕知人知面不知心，說不定我看走了眼，誤了你的大事。德大爺，你瞧著辦吧。」

因為她的話說得坦率透澈，德振反覺可以信任；當下問道：「她替我辦了這件事，我該怎麼謝她？是不是送她幾兩銀子？」

「衝我的交情，她不會肯要。」彩鳳說道：「德大爺有心照應她，不如替她拴一兩位好客人。」

「她人長得怎麼樣？」

「你沒有見過？」彩鳳說道：「那回你請那座王府的管家，堂差中就有她；我還記得你說她挺妖的。」

「喔，想起來了，瓜子臉、水蛇腰，一雙眼愛斜著瞟人的那一個？」

「對了！就是她。」

「那好！包在我身上，給她舉薦一個手面闊、脾氣好的客人；不過年紀大了一點兒。」

「大一點兒怕甚麼！」說著，彩鳳便站起身來，一搖三擺地扭著腰走了。

約莫戌末亥初，玉蓮回來了。德振因為她是替他去辦事，不能如平時對班子裡的姑娘那樣看待，含著笑起身給她道勞。

「辛苦，辛苦。請坐！」

「唷！德大爺幹麼這麼客氣？」玉蓮斜瞟了他一眼，坐下來向彩鳳說：「先給我一杯水喝。」

「剛沏的，還沒有喝過。」德振將自己的一碗茶，往前推了推。

「多謝！」玉蓮摸一摸茶碗，端起來喝了好幾口，方又說道：「沒有打聽出來甚麼。」

「不要緊。」德振說道：「你把你見到的、聽到的，慢慢兒說給我聽。」

「我到了大金鈴那兒，她那裡也跟這裡一樣，沒有甚麼客人。我問崔都老爺怎麼沒有來？她說剛走；又說他今兒格外忙。當然是為了北城那一場火的緣故。我就因話搭話，問崔都老爺的情形。據說——。」

據說，崔之琳一夜未睡，中午到大金鈴那裡歇午覺；睡前特地交代，工部的秦四爺來了，馬上把他叫起來。睡下不到半個時辰，秦四爺果然來了。

「請慢一點，」德振打斷她的話問：「那秦四爺，也是她家的熟客？」

「不是。我問她：秦四爺是甚麼人？她說，崔都老爺請客，他來過一兩回，聽說是工部雲甚麼司的書辦。」

「『雲甚麼司』？」德振聽不懂；皺著眉思索了好一會，終於領悟，「喔，大概是『虞衡司』。」

「虞衡司管甚麼？」彩鳳插嘴問說。

「回頭跟你說。」德振問玉蓮：「那秦四爺來了以後呢？」

「大金鈴把崔都老爺叫了起來，兩個人喝著酒小聲說話，鬼鬼祟祟地，談的似乎不是甚麼能見人的話。」

「喔，」德振疑雲大起，「不知道談的甚麼？」

「我也問了大金鈴了，她說：事不關己，她也沒有留意。又問我打聽這些幹甚麼？我看再談要露馬腳了，沒有敢問下去。」

德振不免怏怏不足，「總聽到一點兒甚麼吧？」他心不死地問。

「據大金鈴說，似乎是談內務府一個姓趙的事。」

就這一句話，令德振精神大振；不用說，不是大金鈴將平聲的「曹」字聽成上聲的「趙」，便是玉蓮傳述有誤。

「好極！好極！」他笑逐顏開地說；但立即又轉為謹慎的神色：「玉蓮，今天的事，請你千萬擱在肚子裡。」

「我不是擱在肚子裡，我把它扔在腦後邊兒。跟我稀不相干的事，我才不管。」

「那更好。」德振轉臉又說：「彩鳳，明天晚上我在這兒請客。我有個朋友，最喜歡玉蓮這樣的人。」

「喜歡她甚麼？」彩鳳問說，臉上帶著詭祕的笑容，見得這話是故意這麼問的。

德振猜到她要開玉蓮的玩笑，便答一句：「你看呢？玉蓮是那些地方能讓花錢的大爺們喜歡的。」

彩鳳不答，只使勁用鼻子嗅了兩下。

「幹麼？」玉蓮不解地問。

「一股子騷味！」彩鳳笑道：「花錢的大爺，愛的就是這個。」

「我就知道你要使壞。」玉蓮笑著捶了彩鳳一拳；兩個人扭在一起，又笑又罵地鬧著。

德振視而不見，只是想自己的事，自忖與崔之琳有相當交情，不妨單刀直入，問一問他的意思；倘能弭患於無形，豈不大妙？

主意一定，便向彩鳳說道：「拿紙片來。」

「紙片」便是局票，是要請客的表示，班子裡一聽這話，從裡到外，無不奉承；但請完客，指望姑娘滅燭留髡時，不道他人先有住夜之約，不能不怏怏然地點起燈籠，打道回府，所以班子裡有兩句口號，叫做「得意一聲拿紙片；傷心三字點燈籠。」彩鳳見他如此吩咐，詫異地問：「這會兒要請客？」

「只請一個人。」

等彩鳳將上置文房四寶的木盤取了來，德振拈一張局票，翻過來寫了兩行字，「飛請崔都老爺，即過天喜班一敘。」署名以後，又添四字：「不見不散。」而且還加了圈。

等彩鳳叫人將信送出以後，原以為有一會好等；不道很快地崔之琳就來了，于思滿面，形容憔悴，但臉上卻隱隱有一種異樣亢奮的神色，令人不解。

「德大哥，本想謝謝不來了，實在累得要命，只為有『不見不散』的字樣，不敢不趕了來。有話就請吩咐吧。」

「不忙，不忙！先喝酒，咱們慢慢兒聊。」

「酒就不必了，留著明兒喝吧。」說著，崔之琳將德振一拉，走到遠處，低聲說道：「曹四爺要倒楣，你知道不知道？」

「是啊？聽說你為和親王府失火的事，要參他？」

「你錯了，不是我。」

「那麼，是誰要參他呢？」

「這一層，我現在不能說。」崔之琳答道：「反正一兩天，你就知道了。」

見此光景，德振不知道如何再往下說；想了一下，只有將事情扯到自己頭上，「崔都老爺，你知道的，我替曹四爺管工款，有人要參他，會不會帶累到我，我不能不關心。咱們不是一天的交情，你不能坐視不問吧？」

「不但跟你，我跟曹四爺也不能說沒有交情。無奈——」德振重重地嘆口氣說：「總怪曹四爺平時眼太高，不大瞧得起人，無故結下了怨，不出事則已，一出事少不得就有人大做文章。」

「他得罪了誰？」德振試探著說：「是不是工部的人？」

「不錯。」

「你能不能跟我說一說，怨家宜解不宜結。崔都老爺，你知道的，曹四爺也不是不開竅的人。」

崔之琳沉吟不答；好久，才以斷然決然的聲音說：「對不起，德大哥，我不能管這件事，一管，我先就脫不了嫌疑。」

語意曖昧，很難推測他真正的目的何在？德振心想，不論如何，反正人是找對了；事機也掌握在緊要關頭上，萬萬不能放鬆。

因此，德振決定用一個「纏」字訣來攻入崔之琳的「心城」，他先一把攥住他的手臂，深怕一不小心讓他滑掉似地；然後大聲說道：「彩鳳，彩鳳，彩鳳！」

彩鳳正在外屋等待，因為主人要留飲；客人卻又似堅決辭謝，到底要不要預備酒食，無法定奪。此時一聽招呼，應聲而進，問是何事？

「你先開燈，讓崔都老爺過足了癮好喝酒。」

「不，不！」崔之琳一面去拉德振攥住他膀子的那隻手，一面連聲說道：「不必，不必！我回去還有事。」

「巡城已經巡過了，還有甚麼事？崔都老爺，我跟你實說了吧，這件事關乎我的身家性命，今天非求你的情，說出個起落來不可。」

彩鳳聽得這話，心想有事相求，得要格外巴結才好，便即上前，幫著德振留客。

「崔都老爺，」她也扶著他的手臂說：「你先請躺下來，我這兒比不上大金鈴那兒舒服，不過心是誠的；有位廣東客人留下一匣好煙，真正的『人頭士』，加吉林老山參湯熬的，請你嘗嘗。」

崔之琳原是多少有些做作，看德振是懷著破釜沉舟的心情，而彩鳳又如此殷勤，便裝出無可奈何的神情，說一聲：「好吧！反正落到你們手裡，也由不得我了。」

「言重，言重！」德振這才鬆了手：「咱們先躺著。」

等擺好煙盤，點燃煙燈；彩鳳親自取來一個鼓形的明角煙盒，揭開蓋子，送到崔之琳鼻子下面，「崔都老爺，你聞聞看。」她問：「怎麼樣？」

「好！」崔之琳問：「你會打煙吧？」他緊接著又說：「我問得不客氣，你可也不必勉強；不會打，我自己來，這麼好的煙，燒壞了可惜。」

「我先試一試，燒得不好，請崔都老爺自己動手。」

「好，好！」

於是彩鳳燒了一筒煙，崔都老爺跟德振略為謙讓一讓，分兩口抽完，拿起滾燙的小茶壺，嘴對嘴喝了一口，然後仰臉閉眼，在品那筒煙的餘味。

趁這當兒，德振向彩鳳努一努嘴，使個眼色；彩鳳會意，等崔都老爺一睜開眼，便即說道：「你老自己來吧！我去預備吃的東西。」說著，將煙籤子遞了過去。

「真是好煙！」崔之琳問：「你自己怎麼不抽？」

「我不知道她有這盒煙。」

聽這一說，崔之琳頗有驚喜之色，「她倒捨得拿出來請我！」他燒著煙說：「真正受之有愧。」

「都老爺嘛！又是巡城。誰敢不巴結？」

「喲，喲！我的德大哥，你別罵人了。」

說話不留神，煙膏滴入煙燈，燒了起來；德振動作快「噗」地一口吹熄，接著說道：「我來替你燒吧！」

「不，不！不敢當。」

「好吧！那你就先過癮，別說話了。」

崔之琳點一點頭，不再作聲；熟練地打著煙過癮，抽完四筒，燒一口敬德振，閒閒地談入正題。

「曹四爺在內務府、在工部得罪的人不少。你聽說了沒有？」

「也聽說了。」德振答道：「不過，曹四爺人很和平，無心中得罪了人，到底不是甚麼深仇大恨。」

「話是不錯。可是無心得罪了人，在他自己不覺得；身受者可就受不了啦。」崔之琳又說：「曹四爺是個書獃子，不能共事。」

這話自然有絃外之音，德振便即問道：「你是說他不免有點迂？」

「不是迂。是不識輕重緩急；也不懂利害是非，如果過於相信他，一定會壞事。」

「喔，」德振問道：「崔都老爺，你倒不妨舉個例看。」

崔之琳不即作答，又抽了一筒煙，方始開口，「譬如拿我那件事來說吧，他不但沒有替我約安五爺，而且把我的打算，到處跟人去說；結果有人占了先著。」他緊接著說：「早知如此，倒不如不託他。」

原來為此結怨！德振大為不安，「這件事我也有責任——。」

「不，不！」崔之琳急忙辯白，「跟你不相干！我是託你轉一句話，你把我的話，當時就切切實實轉到了，這我知道，我絕不怪你。」

「話雖如此，到底也是我辦事不力。崔都老爺，咱們想個甚麼彌補的法子行不行？」

「事情過去了，也不必再談。」崔之琳說：「如今是要怎麼想法子安撫人家？」

要安撫的人，照崔之琳的話，自然是指工部的秦書辦；但德振認為就是崔之琳本人。以他所聞所見的片段情況，拼湊起來，大致已可了解真相；秦書辦大概跟曹頫結的怨不小，而崔之琳對曹頫亦有誤會，這兩個平時可能談過曹頫，都很不滿，如今找到了報復的機會，秦書辦慫恿崔之琳上摺嚴劾，當然，他會供給許多材料，譬如分帳的回扣等等。

不過，看樣子，崔、秦二人的目的小同而大異，秦書辦重在修怨，而崔之琳的為人，只要有錢，甚麼都好辦。而且有些御史向來是「文章有價」，有錢固可「買參」；同樣地，有錢買了他那篇參劾的奏稿，自然亦就無事了。

因此，德振心裡在想，這件事必得分開來辦。秦書辦既在工部，曹頫叔姪一定可以找到路子化解怨恨；此刻只對付崔之琳好了。

宗旨是想停當了，但如此進行，卻仍費斟酌，因為話絕不能說得太率直。最好旁敲側擊，逼他自己鬆一句口，最好能說個數目，便好討價還價了。

「崔都老爺，我有句話，不知道該說不該說。照理來說，有曹四爺、有我的交情在，這件事你應該是調人的地位，不應該站在秦書辦那面，治一經、損一經；彼此都是朋友嘛！曹四爺無意間壞了你的事，是他荒唐，但不能說他出賣朋友。你說，是不是呢？」

崔之琳靜靜地聽完，開口答說：「德大哥，你的話一點不錯。不過，你誤會了，我並沒有治一經、損一經；而且正是如你所說的，我是在做調人，說如何安撫人家，不正就是幫曹四爺想辦法，如何大事化小，小事化無嗎？」

德振大出意料，將他的話細想了一會問道：「崔都老爺，你是說，你不會上摺子參曹四爺？」

「我幹麼參他？不過，話說回來，我不參，難免也有人參；御史聞風言事，甚麼都能管，自己該管的更應該管，到那時候是我地面上的事，德大哥，你說我能不上摺子嗎？」

一直到這時候，德振才發覺過去把崔之琳看錯了，只以為他那種近乎下三濫的行徑，有錢便不難對付；如今才知道是極厲害的腳色，明明已經預備參曹頫了，卻反而來問你，能不參嗎？任憑一再琢磨，他的話中滴水不漏，無懈可擊。看來，除了聽他的話以外，別無善策。

於是他說：「崔都老爺，反正憑咱們的交情，你不能不管；你就說罷，怎麼才能大事化小，小事化無？」

「這就是我所說的，如何安撫人家？安撫要看準人家痛癢的地方，好好下手，不然，別費氣力，一點用處都沒有。」

「是！你老請說吧，怎麼個安撫法。」

「我先得探探人家的口氣。明兒給你回話。」

德振不知道他是真話，還是有意拖延？照眼前的情形看，此人之言，不能輕信，當即說道：「時不我待。倘或不趕緊想辦法，萬一另外有都老爺動了手，你老不能不跟著辦，那一來，事情就鬧大了去了。」

「這話，」崔之琳點點頭說，「倒也是實話，等我來想一想。」

於是崔之琳，一面燒煙；一面想心事。其時他的癮已過足，所以煙燒得很慢；燒好一筒，拿煙槍掉過來敬德振。

「你請。」

「不！」崔之琳說：「我夠了。」

「那，」一直伺候在遠處的彩鳳，聽得這話，便即說道：「崔都老爺請喝酒吧！」

「不忙！」崔之琳說：「勞你駕，看我的人在那裡，叫他進來。」

「啊！」彩鳳答說：「德大爺交代，把管家打發回去了。崔都老爺有事，我這兒有跑腿的人。」

這是德振有意留住崔之琳，所以開發了賞錢把他的跟班打發回家。崔之琳想了一下，要了紙筆，又要了個信封，匆匆寫好一封短柬，封好了寫上地名，交代天喜班的夥計，趕緊按信面所開地址送了去，並等回信。

「我約工部的秦書辦馬上來，我來問他。」

「是在這裡？」

「不！這裡說話不便，還是在三寶家。」崔之琳說：「我馬上得走。」

「不忙！先喝酒。」德振說道：「秦書辦總也得好一會才能來。」

「酒回頭來喝。我得先回家一趟，交代幾件公事。」崔之琳說：「跟他談了，回頭跟你來談，只怕今晚上就不用上床了。」

「那也好。我專候大駕。」德振又加了一句：「崔都老爺，你可不能放生哦？」

「笑話，我崔之琳從沒有幹過這種事。」

秦書辦至三更時分才到。臉色顯得緊張而困惑；一見了面便問：「崔都老爺，你跟內務府的人在天喜班談甚麼？」

崔之琳一楞，想了一下才明白，同時不免失悔，百密一疏，不該讓天喜班的夥計去送信——秦書辦必是從送信人口中得知他與德振在一起；事已如此，亦就不必再使甚麼花招了。

「內務府的筆帖式德振，你知道這個人不？」

「怎麼不知道？他在內務府雖只是一個筆帖式，但也是來大人面前的紅人。」

「你知道就好。我照你的主意跟他一說，他大起恐慌；看樣子，起碼可以弄一兩萬銀子。我找你來，是要跟你商量，我的話該怎麼說？」

「這，」秦書辦問道：「何用半夜裡把我找了來？」

「因為人家怕夜長夢多，逼著非要見個真章不可。」

一聽這話，秦書辦倒抽一口冷氣。事情很明白了，他要參曹頫，必然也牽涉到德振，那是關乎身家性命的禍事，德振當然希望馬上就談妥當；而崔之琳又迫不及待地派天喜班的夥計，半夜裡送信來找他，足見得他是其中的關鍵人物。從而可知，崔之琳不論編了一套如何敲詐勒索的說詞，他都脫不得干係。

「老秦，你看我的話該怎麼說？」崔之琳問著，「能不能借令親的名字一用？」

「舍親？」秦書辦問，「你是指何都老爺？」

「是啊。」

「喔，」秦書辦問說：「是怎麼個借法呢？」

「我原來就說過了，曹頫的事，我不參，別人也會參；如今我想說，何都老爺要參他，不過我可以託人把這件事壓下來；接下來開個價。如果那面答應了，咱們四六開，我拿四份；你拿六份，何都老爺那裡，歸你料理。」崔之琳接著又說：「何都老爺既是你的老表兄，不能不幫你這個忙；而況，我聽說他境況也不好，能分個幾吊銀子用，也是一件好事。你看，我這個主意如何？」

「等我想想。」

秦書辦心裡很亂，自恨輕率。原來他跟曹頫結過怨，卻非深仇大恨；由於崔之琳平時跟他稱兄道弟，不拿他當一個書辦看，因而轉念，不妨提醒他，乘此機會，可以在曹頫身上弄幾千兩銀子花。誰知崔之琳作事太不漂亮，這樣去辦，等於「告密」，且又想利用他的表親福建道御史何鵬遠的名義，這一鬧開來，會成軒然大波，牽累不輕。

事不可行，但如率直拒絕，變成出爾反爾，只好往何鵬遠身上推；因而答說：「崔都老爺，我得先問一問舍親再說。」

「何必問他？這不過借他的名字一用，又不是真的要上摺子；事成以後，送銀子上門，再跟他提一提緣由。你想，於他絲毫無損，何樂不為？」

「萬一，」秦書辦結結巴巴地說：「萬一他要去問人家呢？」

「你說的『他』是誰？」

「那一面。」

「喔，你是說曹四爺、德老大？」崔之琳大為搖頭，「那怎麼會？像這樣的事，對方只望趕緊壓了下去，就像根本沒有這回事一樣，此所以連夜要等我的回話。你想，他會去問人家，自己把事情鬧大來？絕不會！」

秦書辦沒有說話了；崔之琳卻又一個勁地催，要他鬆一句口，鬧得心煩意亂，迷迷糊糊地漏出一句話來：「崔都老爺你瞧著辦吧。」

「好！我辦成了，絕不欺你；照剛才我說過的，咱們四六開。你明天等我的信好了。」

兩人一起出了三寶家，一個回家；一個去看德振。消夜的酒食早已預備好了，彩鳳殷勤接待，等主客坐定，敬過一杯酒，說一句：「崔都老爺慢慢兒喝；要甚麼儘管吩咐，千萬別客氣。」然後離座退了出去。

這該到了談正事的時候了，崔之琳卻只顧自己飲酒食肉，老不開口。德振忍不住問道：「怎麼？秦書辦怎麼說？」

「別理他！那小子簡直渾球。」

「怎麼呢？」

「別提了！提起來叫人生氣；他仗著他的表親也能參人，開出口來，簡直不知道天有多高、地有多厚。算了，德大哥，我效勞不周，你多包涵吧！」

德振不知道他是欲擒故縱的手法，著急地說：「崔都老爺，鼓不打不響，話不說不明；到底怎麼回事，你總得先跟我說一說啊！」

崔之琳低頭想了一下；突然揚起臉來：「好吧，長話短說，他的老表是福建道御史，打算上個摺子，參曹四爺承修和親王府賜第，情弊甚多；現在因為交屋在即，恐怕偷工減料的毛病都顯了出來，因而指使工匠縱火。果如傳說，駭人聽聞，奏請特簡大員徹查，務期水落石出。」

這就不是長話短說了；德振急急問道：「能不能託秦書辦壓下來呢？」

「行！不過最好另外想法子。」崔之琳說：「犯不著塞狗洞。」

「塞狗洞」原在意料之中，所以德振開門見山地問：「他想要多少？」

「這個！」崔之琳　開五指，將手一伸。

「五千？」

「五千就不叫塞狗洞了。」

「怎麼？」德振駭然，「他要五萬。」

「這就是渾球之所以為渾球。別提了，提起來我就有氣，來，來，」崔之琳舉一舉杯：「喝酒，喝酒。」

一個故意撇開，一個暗中思量，主客二人彷彿在喝悶酒；彩鳳不聞聲息，進屋來看動靜，「別老喝酒了。」他看著德振說，「蒸得有燙麵餃，快好了。」

「好！」崔之琳說：「倒是有點餓了；請你端來吧，吃完了，我得趕緊回去睡覺。」

這便有著催問的意味在內。好在德振也把主意打好了，所以等彩鳳一退出去，便即低聲說道：「崔都老爺，我不必瞞你，內務府跟工部的工程，沒有一項沒有好處，不過說曹四爺偷工減料，真正冤哉枉也。崔都老爺，工地上你來過不止一次，親眼得見；請你說句公道話，那兒偷了工，那兒減了料？」

「就是啊！姓秦的小子昧著良心說話，我生氣就是為此。」

「崔都老爺，你可是真夠朋友，那就幫忙幫到底了。」德振略停一下說道：「曹四爺這十來年境遇不壞，不過，你知道的，他的性情平和，不大會摟錢；又好古玩字畫，表面好看，骨子裡是空的。如今倒楣的事臨頭，也只好大家幫著他對付。我替他作個主，送這個數。」說著，伸出兩指示意。

「其實這個數都多了。可還不知道說得下來，說不下來？」

「崔都老爺，咱們都是中間人，我有擔待，你也該有擔待。銀子包在我身上，要現錢，還是要日昇昌的票子，隨便你。」

「與我不相干，我得問人家。」

「是，是！」德振急忙自我糾正：「我說錯了，要問人家。你老甚麼時候給我回信？」

「總得明天中午。」

「好！明兒上午我請曹四爺把數目張羅好了，中午仍舊在這兒恭候大駕。」

「可以。」

「不過，」德振突然來了個轉語：「崔都老爺，咱們都是為朋友辦事，得把話說清楚，這個數，包裡歸堆都在裡頭了。」

「那當然。我又不會另外要謝禮。」

「你老的謝禮，曹四爺一定另外會送。我的意思是，福建道擺平了，明兒別又出來一個廣東道。」

崔之琳心想，如果保證不會，無異自供這件事都是他在從中撮弄；倘如不提保證，德振一定會有顧慮，白花花的兩萬銀子，到手飛掉，未免心痛。

想了一會答道：「我只能這麼說，姓秦的跟他的老表，我一定能壓住；絕不許他們另出花樣。此外，我就管不著了。」

德振所要的，也就這麼一句話，當時表示滿意。等彩鳳端來了燙麵餃，崔之琳吃得一飽，興辭而去。

其時已近四更，德振不能再睡；和衣靠在炕上打了個盹，等天色微明，隨即趕到曹頫家去叩門。曹頫剛剛起身，由於心事重重，睡而不安，所以臉色非常難看，彷彿要生大病似地。見了德振，只是長吁短嘆，說不出話來。

見此光景，德振有話亦覺難於出口；但畢竟硬起頭皮，開門見山地說道：「四爺，倒楣的事還剛開頭，你老得趕緊預備一筆款子；有人要參四爺，幸而讓我知道了，也壓下來了。」

「喔，我也聽說了。」曹頫皺著眉問：「是崔之琳嗎？」

「跟他有關。不過，另外還有人在鼓搗。」德振問道：「工部虞衡司有個書辦，姓秦，四爺總知道囉？」

「你是說秦四？」

「對了，秦四。」德振又問：「他跟四爺結過怨？」

「結怨？」曹頫眨著眼思索了好一會才說：「那也不叫結怨，有一年工部派他到我這裡來問公事；他把話說錯了，我略為說了他幾句。如說結怨，那也是睚眦之怨。」

「偏偏就是睚眦之怨必報，而且報得很厲害，他有個表親是福建道御史，打算上摺參四爺，那罪名是欲加之罪，不過很凶。」

「當然，參人沒有不凶的；不凶就用不著參了。」曹頫問道：「福建道御史有三位，你指的是誰？」

「姓何。」

「姓何，那不是何鵬遠嗎？」

曹頫神色轉為困惑，「此人是方正君子，何至於隨便加人以欲加之罪？」

聽得這一說，德振明白了，「那就一定是崔之琳勾結了秦書辦。」他說：「看起來是崔之琳主謀。」

「這且不必說它。」曹頫問道：「他們想要多少？」

德振已知上當，那數目便說不出口了；想了一下說：「當然不能給他們那麼多。」

「多是多少？」

「兩萬銀子。」

「這——，」曹頫搖搖頭，「難了。」

「現在情形不同了。如果只是崔之琳跟秦書辦，總還比較容易對付。我看得把震二爺請來商量。」

「咱們一起到他那裡去吧！」

原來曹頫不願在家談這件事。因為季姨娘不識大體，也不懂得體諒曹頫的心境；已經煩得恨不能一死以求解脫，而她還絮聒不已，怨這個、罵那個；又說當初勸過曹頫如何如何，早聽她的勸，何至於落得這麼一個結果？曹頫先只沉下臉來不理她；而猶不知趣，終於惹得七竅生煙的曹頫，將新買的一座唐三彩「昭陵六駿」之一的陶俑，往季姨娘腦袋上砸了過去；她的頭打破了，他的二百兩銀子也化為烏有了。

「倘或震二爺上衙門了呢？我看——。」

「那就到雪芹那裡，」曹頫打斷他的話說，「再派人去找通聲。」

「對了！昨兒晚上，就是芹二爺到我那裡來談了，我才去找崔之琳的。芹二爺對這件事很清楚，不如先到他那裡，再找震二爺來商量。」

「也好！你請坐一坐，我去換衣服。」

換了衣服，曹頫坐德振的車一起去看曹雪芹；他剛起身不久，得報迎了出來，一看德振倦眼惺忪，滿臉油光，是一宵未睡，臉都未洗的模樣，便即說道：「這麼早！四叔跟德大哥大概都還沒有吃東西。」接著，便吩咐捧茶來的丫頭：「你進去說，四老爺來了，還有一位客，趕緊預備早飯。」

「吃也吃不下。雪芹，」曹頫說道：「你趕緊派人把你震二哥請來。」

「不用。昨兒晚上我跟他約好的，他來接我，一起去看四叔。大概也快來了。」

「好！」曹頫說道：「我先看看你母親去。」

曹雪芹知道，馬夫人雖已起身，此時尚在漱洗，不能見客，便據實而答；接著又說：「四叔跟德大哥，請到裡面去坐吧！」

到得夢陶軒，剛剛坐定，只見秋澄姍姍而至，一眼望見有德振在，不由得在廊下站住了腳。

「不要緊！」曹雪芹望見了，掀簾說道：「德大哥也是熟人，你就請進來吧！」

秋澄點點頭，進門先給曹頫請安；起身看到站著的德振，便使個眼色，示意曹雪芹引見。

「內務府的德大哥，是四叔很得力的幫手。」曹雪芹轉臉向德振說：「這是家姐秋澄。」

德振以前雖未見過秋澄，卻聽說過她的事，當時恭恭敬敬地叫一聲：「秋小姐！」

「不敢當。德大哥請坐。」她大大方方地招呼過了，轉臉說道：「太太知道四老爺來了，讓我來說：年災月晦，總是有的，四老爺也不必著急。六親同運，有甚麼為難的地方，大家一塊兒來對付。」

「我不著急，急也無用。回頭見了面再談吧！」

「是。」秋澄轉臉又問曹雪芹：「早飯開在那兒？」

「就這兒好了。」

早餐很豐富，但客人的胃納不佳，淺嘗即止，不過沒有離開餐桌，只默默地坐著喝茶，等候曹震。

等了有好一會功夫，曹震才到，發現曹頫與德振在座，頗感意外；「我本來早要來了，」他說：「工部秦四來看我——。」

「秦四！」德振失聲驚呼，「是虞衡司的秦書辦嗎？」

「對了！」曹震問說，「你們昨兒晚上在一起？」

「不！我跟他沒有見面，他跟崔之琳在一起。」

「他正就是為崔之琳的事來看我。說的話雜亂無章，我都不大鬧得清楚。」曹震問道：「雪芹跟我說，昨晚上你去看崔之琳，是怎麼個情形，你先說吧！」

「好。」

於是德振將到了天喜班以後，跟崔之琳如何打的交道，又細說了一遍；秦書辦「雜亂無章」的話，在曹震便都可解了。

「原來秦四是特為來跟我表明心跡的，他說他並無意訛詐，他的親戚何都老爺，也絕不能做那種事。現在看起來，完全是崔之琳一個人在搗鬼。」

「人心可怕！」曹頫不斷搖頭，「我跟他並無深仇大怨，而且也很敷衍他，他何忍如此待我？」

「四叔，」曹雪芹忍不住說道：「你先別談這些了，咱們得琢磨琢磨，怎麼息事寧人？」

曹頫便不作聲，只看著德振討主意，德振覺得事情還沒有完全了解，想了一下問道：「震二爺，秦四跟你很熟？」

「嗯，可以說是熟人。」

「他跟崔之琳也是熟人，他不願意蹚渾水，為甚麼自己不跟人家說，特為來跟你表明心跡？是不是何都老爺要他來跟你說明真相；還是有別的緣故？」

「他為甚麼自己不跟崔之琳說，我不知道；何都老爺似乎還不知道這回事，他之特為來跟我聲明，是怕事情一抖出來，鬧大了他吃不了，兜著走。」

「喔，既然這麼說，咱們只對付崔之琳一個人好了。」

「對！」曹頫說道：「崔之琳幹這種窮極無聊的事，必是出於無奈；你再去跟他談一談，多少送他幾文。通聲，你覺得怎麼樣？」

「是的，不過有個談法。咱們先聽聽德大哥的意思。」

「事情有點兒鬧僵了。我要一說破實情，他臉上一定掛不住；那就很難再往下談了。」

大家都同意他的看法，也都想不出善策；曹頫一眼看到站在門口的秋澄，便即說道：「秋澄，你都聽見了吧？」

「是。」

「你一向有見識，你倒說這件事該怎麼辦？」

「四老爺太抬舉我了。」她遜謝不遑，「我那能有甚麼好主意？」

「姑妄言之！」

「你如果有主意，就說吧！」曹雪芹說：「反正姑妄言之，姑妄聽之。」

於是秋澄答道：「那我就胡說了。那位崔都老爺的人品似乎不高，不過人人要臉，樹樹要皮，說破了，讓他臉上掛不住，那個仇恨可就大了。」

「嗯，嗯！」曹頫深深點頭，「『怨毒之於人甚矣哉』，正就是指這一頭人。我也覺得絕不宜說破。」

「是。」秋澄又說：「如今有兩個辦法，一個是說破一半；一個是全不說破——。」

「慢點！」曹震打斷她的話問：「怎麼叫說破一半？」

「說破一半是，跟崔都老爺說，秦書辦那裡，我們託人跟他去疏通；多承他幫忙，送他多少銀子作為謝禮。崔都老爺心裡自然有數，這就是說破一半。」

「撇開姓秦的那一段兒，只談送崔之琳多少，這倒也是個辦法。」德振說道：「我贊成這麼做。」

「德大哥，你先聽完舍妹的意見。」曹震轉臉問秋澄：「全不說破是只當秦四沒有來看過我？」

「不錯。」

「那就得照他的意思囉！他要多少給多少，是不是？」

「當然有討價還價的。不過還價只能動之以情；不能說他的那個摺子，不值兩萬銀子。」

「那是一定之理。秋澄，」曹震問說：「如果你拿主意，你用那個辦法？」

「全不說破。」

「這，」曹頫面有難色，「就說好話還價，只怕也得一萬五千銀子。」

「錢是另外一回事，咱們先得琢磨定了，到底該怎麼辦？」曹震徵詢另一個人的意見：「雪芹，你看呢？」

「我贊成全不說破，而且要快，要乾淨。陶朱公救子的故事，可為前車之鑒。」

這是個甚麼故事？曹震與德振不明白，還得曹雪芹略作解釋。

「陶朱公有三個兒子，老大很把家，老二是大而化之的一路人物。有一個老三在京城裡犯了命案，陶朱公派老二攜帶鉅款，進京營救；老大說他居長，這樣的大事應該由他去辦。陶朱公的太太，亦覺得老大謹慎可靠，比老二強。陶朱公跟他太太說：派老二去，或許能救；派老大去，老三的一條命，就算送掉了。後來果不其然——。」

「為甚麼？」德振迫不及待地問。

「因為老二手頭鬆，人家要多少，就給多少；老大算盤精，捨不得花大錢。這種事，只要受賄的人一害怕，馬上就翻。崔之琳要防著人家倒打一靶，所以要快、要乾脆，讓他不覺得錢燙手才好。」

這番話除了秋澄有同感以外，另外三個人各有想法，曹震是愁著湊不出兩萬銀子；曹震認為他的話有可取之處，但不至於連還價的餘地都沒有；德振則覺得他所說的，根本不是辦法，如果照他的話做，又何須商量？

沉默了一會，曹震向曹雪芹說道：「到你書房裡去坐吧。」

到了夢陶軒，仍舊沒有談出一個結果，而就在此時，錦兒來了，帶來一個信息：內務府大臣來保，派人去找曹頫；鄒姨娘只以為他在曹震那裡，來人撲了個空，回內務府去了。

「等內務府的人一走，我心裡在想，」她看著曹震說：「你不是約了雪芹去看四叔？四叔不在家，你們白跑一趟，也許回來了。誰知道四叔在這兒！內務府的人說：來爺爺找四叔找得很急。」

「喔，那我得趕緊去一趟。你們在這裡商量；去過了仍舊回這兒。」說著，曹頫匆匆忙忙地走了。

「怎麼辦？」德振問說：「崔之琳還等著我回話呢？」

曹震沉吟了一會說：「像崔之琳那樣的都老爺也還有一兩個。我怕這件事一開了頭，以後還有麻煩。」

「那可是沒辦法的事。只有先對付了眼前再說。」

「好吧！德大哥，請你見機行事吧！跟他好好磨一磨。」

「我一定盡力。不過，總得給我一個數目。」

「我看一萬銀子是少不了的。而且一萬現銀，也不是一兩天湊得起來的，只好先給個兩三千。」

「這恐怕不行。」曹雪芹說：「這種事，莫非還付個定錢甚麼的？我看要就是一次過付，咱們三家盡力來湊好了。」

「芹二爺這話，倒是很實在。」德振凝神想了一下說：「反正事情一定要了，錢就不能不花；我跟崔之琳去磨，你們哥倆就去預備銀子吧。」

等德振一走，曹雪芹派人將秋澄去請了來，與曹震夫婦一起商議，看能湊多少銀了出來？

「如果光是一萬銀子，我想總湊得出來。」秋澄想了一會說：「看四老爺能拿多少？不夠的，咱們兩家分攤。震二爺你看呢？」

曹震躊躇著說：「分攤多少是一回事；眼前能調度多少現款，又是一回事。」

這意思很明白，曹震目前手頭緊，拿不出多少現銀；但錦兒愛面子，認為缺少現款，可以另行設法，此刻不應該有所遲疑，因而接口說道：「幾千銀子總還難不倒人，就是這麼辦好了。」

一直到中午，曹頫從內務府回來，臉上是一種落寞而茫然的神色；這一下使得大家都不敢開口先問了。

「事情不大妙！」曹頫的聲音倒還沉著，「你們看。」

他從口袋裡掏出一張紙來，曹雪芹伸手接過來，轉遞給曹震：「你先看。」

夢陶軒書房中，只有他們三個人；曹震便說：「你就唸吧！」

曹雪芹便拿手又縮回來，將那張摺著的紙展開來一看，頭一行四個字：「上諭述要」，共是三條，第一條說，和親王府失慎，被災甚重，為體恤起見，和親王上年因辦理孝賢皇后喪事，諸多不妥，尚有其他過失，應行罰俸之處，著吏部查案具奏，概行恩免；並另賞銀一萬兩，以便重建。

第二條是說，據奏此次鼓樓附近失火，焚燒民屋甚多，災情慘重，著發內帑十萬兩，交順天府府尹督率大興、宛平兩縣，賑濟災民，務期公平實在。並著都察院嚴行查察，倘有侵漁冒賑情事，指名具參。

最後一條就對曹頫很不利了，說此次災情，為京師五十年來所未有；據奏火由和親王府而起，則和親王府承修官員及商人，難辭火首之咎。究竟如何起火，著步軍統領衙門會同都察院、工部、內務府、順天府徹查具奏。

聽曹雪芹連唸帶講說完，曹震的心情跟曹頫一樣沉重，「來爺爺怎麼說？」他問，「還有四叔遞的親供呢？」

「他說我還算運氣，如果是去年，我這時候怕已經在刑部『火房』了！如今因為金川大捷，王師奏凱，成全了今上即位以來第一件大武功，所以只是按一般規矩辦事，並無格外從嚴的指示。不過這場火實在太大了，將來徹查責任，只能大事化小，不能小事化無。至於我的親供，他說有不妥當的地方，要拿回來重改；他還要留在那裡好好看一看，讓我明兒上午再去。」

曹頫一口氣說到這裡，已經有些氣喘了，曹雪芹便將自己那杯沏了未喝的釅茶，捧了過去說：「四叔，先在軟榻上躺一躺再說。」

其時秋澄正好趕到，便上前來扶曹頫休息；他說：「不忙，我有句話，趁我想到，先說出來；這場火燒得我精神恍惚了，不說會忘。」

「四叔就直截了當地說吧！」曹震接口：「不必再說別的，養養神，別累出病來，那才是雪上加霜。」

「我是說，讓雪芹明天陪我一起去，要改親供，馬上可以動手。」

「是。」曹雪芹答應著又問：「來爺爺還說了甚麼？」

「他說，現在最怕節外生枝，要我多留意，倘有甚麼閒言閒語，趁早安撫。我本來想——。」說到這裡，因為喝一口茶嗆了嗓子，咳得面紅筋暴，曹雪芹與秋澄為他拍背揉胸，好半天都平伏不下來。

曹震因為他一句要緊話說不出來，大為焦急，好不容易等他咳停了，急急問道：「四叔沒有把崔之琳告訴來爺爺吧？」

「我本想說的；想想還是不說的好。」

「那才是。」曹震略略放心；然後眼望秋澄，彷彿在徵詢她的意思，要不要談錢的事？

秋澄明白，亦以眼色相答，暫可不必；她問：「四老爺餓了吧？這會兒就開飯好不好？今兒吃餅，米飯也有。」

「有粥沒有？」

「有小米粥。」

「好！我喝小米粥。還有——。」曹頫突然頓住。

「四老爺還有甚麼交代？」

「我想，在你們這兒住幾天。」曹頫痛苦地說：「季姨娘煩得我快發瘋了。」

「是，是，四老爺儘管在這兒住。」秋澄看著曹雪芹說：「我看把你的書房收拾出來？」

「看四叔的意思。」

「那兒都好。」曹頫又加了一句：「你還得想個法子，別教季姨娘來看我。」

「這可是個難題。」秋澄有些答應不下。

「我來！」曹震攘臂而起，「只要四叔不怪我，我不怕得罪季姨娘。」

「我怎麼會怪你。」

「總有法子。」秋澄想到了一個人，安慰曹頫說：「四老爺儘管安心住了下來，跟震二爺、雪芹商量對付公事；季姨娘我們來對付，要讓她不來打攪四老爺，可也不至於跟季姨娘傷了和氣。」

「那再好都沒有。」曹頫又說：「我就知道你有辦法。」

這一來，曹頫的心頭一寬，精神也好得多了，居然胃口轉佳，飽餐一頓，將兩夜一天以來所欠的飲食找補足了。

「四叔，」曹震站起身來說：「我陪你到上房去打個照面。」

「不錯，不錯。早應該去了。」

於是叔姪倆到了馬夫人院子裡。相見時彼此心情都很沉重，但都擺出很沉著的神色，因為如此，曹頫就不能不以從容的語氣，談一談和親王府起火與救火的經過——這是他第一次透露真相，禍因是一座名為「兩忘軒」的台閣，一面臨水，一面接著沿假山迤邐而上的長廊，本來鋪的是水磨方磚，和親王來看了以後，認為磚地濕氣重；而且「兩忘軒」不光是夏天的水榭，也應該是冬天的暖閣，可作為延賓賞雪之用，應該改裝為地板，禍即因此而起。

「雖只不過改裝地板，工程卻不少。用的木料很多。鋪到一半，和親王的一位清客，又出了一個主意，說地板下面得鋪一層石灰，吸收潮氣，地板才不容易壞。這個主意不賴，可是說晚了，工頭就有點兒不大願意；不願意也不行啊！撬開地板鋪石灰，木材刨花堆了一屋子。連日趕工，少不得吃犒勞；那天白天，工頭請工人吃羊肉西葫蘆的餃子，包得太多了，吃不了；工頭就說：『索性趕夜作，一口氣弄完了，我請消夜。』於是——。」

於是工頭沽酒買滷菜，吃不完餃子，自然亦在清理之列。

有人就說：「扁食回蒸了不好吃，不如開個油鍋炸著吃。」結果是不小心打翻了油鍋，爐中火焰直冒；潑翻在地的菜子油，成了一條火龍，那些木料又是經石灰收燥的，真個乾柴烈火，一發不可收拾，由「兩忘軒」延燒到長廊，偏偏風勢又大，火苗四竄，新油漆的房屋，只要火苗到處，無一得免。

這一真相，連曹震都還是初聞其詳；聽到一半，心便沉到底了！不折不扣的禍首，再怎麼說也逃不了責任。

其餘的人亦都是這樣在想，可是馬夫人卻不能不安慰曹頫，「四老爺也不能管工人吃消夜的事。」她說：「頂多失察，不會有大了不得的罪過。」

「可是——，」曹頫吃力地說：「賠修是一定的了。」

「四老爺也不必過於煩惱。六親同運，要說賠修，咱們盡力想法子湊就是。如今最要緊的是，急脈緩受，自己先不能亂了腳步。」馬夫人問道：「秋澄呢？」

「替四叔在收拾屋子——。」

「喔，」曹頫不待曹雪芹話畢，便搶著說道：「我想在二嫂這裡打攪幾天。」

「是的。我已經聽秋澄告訴我了。我就是要問她，屋子收拾好了沒有？」

「收拾好了。」恰好回來的秋澄，在窗外應聲。

「那，就請先歇個午覺吧！」

「對了！」曹震接口，「四叔先歇午覺，睡足了，咱們還有事商量。」

「好，走吧。」

於是由秋澄帶路，一直來到曹雪芹的書房，裡面一小間原有床鋪，此時已新換了極整潔的衾枕紗帳；條案上有茶具酒瓶、一個什錦果盒；床前一張半桌上面還擺著三套書，一部《劍南詩集》；一部朱竹垞、陳其年合刻的《朱陳村詞》；一部高士奇的《隨輦集》。

「屋子小一點。四老爺將就著住吧！」

「好極了。」曹頫非常滿意，「小東讓他在我床面前打地鋪好了。」小東是他新用的小廝。

「我本來讓他住下房，四老爺交代，就叫他睡到這裡來好了。」說著，秋澄親自出去交代。

「通聲，」曹頫在床沿上坐了下來，指著椅子說：「你坐下來談。」

「是。」曹震開門見山地說：「德老大跟崔之琳接頭去了。我看，這件事沒有一萬銀子擱不下來；四叔能拿多少，不敷的，我跟雪芹來湊。」

「你是說現銀？」

「是的。」

曹頫想了一下說：「有筆款子，是託鄒姨娘的一個親戚，存在一家當鋪裡，本金四千兩，利息就不知道多少了；得要問鄒姨娘。」

「能不能抽得回來呢？」

「能。」曹頫又說：「不過，至少也得三、五天的功夫。」

「三、五天大概還不要緊。」曹震問道：「我叫人把鄒姨娘去接了來，請四叔當面告訴她，盡快把這筆款子抽回來預備著。」

「行！」

「那，四叔請歇個午覺吧！大概一覺醒過來，鄒姨娘已經來了。」

這件事要跟秋澄商量；她原就想到了一個跟季姨娘去打交道的人，便是錦兒，正好讓她順便把鄒姨娘接了來。

「我的意思，最好你們倆一起去一趟，一個對一個，分頭辦事。你跟鄒姨娘把這些情形說一說，提款要帶印鑑存摺甚麼，就讓她帶了來，豈不省事。」

「好！這樣辦很妥當。」

「那就去吧，我先送你到我那兒；接了你嫂子，原車就去了。」

於是秋澄上車，曹震策騎，一起到家；錦兒從上房迎了出來，一開口先問曹頫：「四老爺怎麼樣？不要緊吧？」

「眼前是不要緊。」秋澄答說：「麻煩在後頭。」

且行且語，相偕入內，在上房的堂屋裡，連翠寶在一起，商量幾件事，第一件是勸說季姨娘要安靜，別去打攪曹頫，「季姨娘所忌憚的，只有一個你。」秋澄向錦兒說：「這非請你出馬不可。」

「那容易，我來說她。」

「可也別太厭她。」秋澄又說：「她也是為四老爺擔驚駭怕，而且她心裡也一定不好過；你別讓她太委屈，不然鄒姨娘又沒有安靜日子過了。」

「你真是賢德人；仲老四不知道前世敲破了幾個木魚——。」

「這會兒還有心思開玩笑！」秋澄硬攔斷她的話，「咱們談第二件，請震二爺說吧。」

曹震點點頭，向錦兒抬一抬手說：「你請過來！」說著，一掀門簾，進了臥室。

錦兒便即跟了進去，看曹震臉色凝重，她的心也往下一沉，手撫著胸，只是怔怔地望著他。

「禍闖得不小！」曹震壓低了聲音說：「四老爺恐怕還有牢獄之災。」

一聽這話，錦兒雙腿一軟，身子往一旁倒了去，趕緊扶住梳妝台，但已將一面水銀玻璃鏡碰倒，砰然大響，驚動了堂屋裡的人，急急都奔了進來。

「怎麼啦！」秋澄驚惶地問。

翠寶眼尖，急走兩步，扶起鏡子；半卸緞面棉裡的鏡套，只見鏡面上已出現了一條裂痕，卻不敢說破，「還好，還好！」她說，「文風不動。」接著將鏡套罩好。

錦兒也不肯道出真相，「滑了一下子。」她說，「不要緊。」

既然沒事，自然仍舊讓他們夫婦密談；秋澄看了翠寶一眼，回身向外，但為曹震留住了。

「你們別走！索性敞開來談吧！」等大家坐定了，曹震看著秋澄說：「四老爺談起火的原因，你是聽到的；禍首是坐實了，上諭上指明了要徹查這一點，成了欽命案子，論法一定從嚴，四老爺的處分，只怕不是賠修所能完事的。」

「會革職？」秋澄問說。

「只怕還不止。」

「那莫非還——，」秋澄也是心驚肉跳，「來大人不是說他還算運氣，不至於坐牢了嗎？」

「那是人家看了他的『親供』說的話；『親供』上當然要掩飾，如果真相水落石出，那情形又不同了。」

「這可真是『閉門家中坐，禍從天上來』。得趁早在刑部走路子。」

「刑部還早，現在是步軍統領衙門這一關要緊，得看四老爺的造化了。前幾天有消息，禮部海尚書要兼步軍統領；如果是他，到底是內務府的堂官，比較好辦。」曹震緊接著又說：「現在且不談這個；光是眼前就得花一萬銀子；將來賠修，更不知道還要多少？真正是太太說的，『六親同運』，四老爺闖了禍，咱們兩家連帶著倒楣。」

「那也是沒法子的事。」錦兒問道：「這一萬銀子花在甚麼地方？」

「塞狗洞！」曹震將崔之琳的情形略略談了些以後又說：「四老爺有四千銀子，其餘的咱們兩家湊；我可不知道那裡去張羅這三千銀子。」

「這個，」秋澄接口，「我們來想辦法；震二爺暫時就不必管了。」

「好吧！」曹震向錦兒說：「你跟秋澄去商量。」

「咱們走吧！」秋澄也向錦兒說：「你去勸季姨娘；我去找鄒姨娘。」

「找她幹甚麼？」

「等上了車，我告訴你。」

在車上，錦兒不但弄清楚了前因後果，而且也商量好了步驟。事態很嚴重，不宜用迂迴曲折的辦法；也不必再有甚麼忌諱，應該要說的話，不妨老老實實跟季姨娘說個明白。

「四老爺遭禍，我們兩家不能也跟別的人一樣，籠起袖子看熱鬧。不過，大家都夠煩了，你可不能再使小性子，無緣無故鬧脾氣。季姨娘，」錦兒用冷靜而堅決的語氣說：「我老實跟你說了吧，我們只能幫四老爺免禍，可沒有功夫來管他的家務；你要是想四老爺平安無事，你就得聽話！」

「聽，聽，誰說不聽了。而況，你的話我那一回沒有聽過，如今更不用說了。」

「就怕你表面聽，暗底下不聽；跟鄒姨娘打飢荒，鬧得大家不痛快；四老爺更煩。」錦兒又說：「家和萬事興，而況是這種時候！如果你仍舊斤斤較量，丁是丁、卯是卯的，那就是你存心要把這個家拆散了。」

「唷，唷！」季姨娘作出那種惶恐不勝的神色，「我也不能那麼不顧大體。」

「對了！」商量好了一個做紅臉、一個做白臉的秋澄說：「我原說季姨娘是明白事理的，你偏不信；是不是，你聽，季姨娘的話，說得多好。」

「我幹麼偏不信？一筆寫不出兩個曹字，季姨娘能明白事理，四老爺就能免禍，那是多好的事！」錦兒看著季姨娘正色說道：「四老爺看字畫、玩骨董是內行，一遇到眼前這場禍，六神無主！曹家這多年來的情形，季姨娘不是不知道；除了我們兩家，還有誰幫四老爺的忙！說句老實話，就是自己人在等著看四老爺的笑話。季姨娘，你們母子倆再不爭氣，別說四老爺傷心，我們幫四老爺的，只怕也會寒心，到時候說不得只好撒手不管！」

「別介，別介！」季姨娘亂搖著手說：「錦兒奶奶、秋小姐，還有芹二爺，平時待我們全家的情形，我不能不知道。如今出了事，棠官窩囊無用，替不得他老子的手；我跟鄒姨娘是沒腳蟹，不靠你們兩家能靠誰？這層道理，我更不能不明白。你請放心好了。」

「對了！」鄒姨娘接口加了一句：「反正這會兒，錦兒奶奶跟秋小姐怎麼說，我們怎麼聽就是了。」

「是這樣嗎？」錦兒斜睇著季姨娘追問。

「是這樣！」季姨娘斬釘截鐵地回答。

「好吧！那我就不客氣要分派了，你們兩位一主內，一主外，季姨娘看家；鄒姨娘陪我們一起去辦事。」

「好！」季姨娘說：「我看家。」

「看家可就不能出門。」錦兒說道：「連四老爺都不必去看。」

「我們老爺在那兒啊？」季姨娘問。

「在她家。」錦兒指著秋澄說：「四老爺自己也交代了，讓他靜一靜，你們兩位都不必去看他。不過鄒姨娘主外，有些事要問四老爺才知道，不能不去看他。季姨娘，你就不必去了。」

「是。」季姨娘很勉強地答應。

於是錦兒向秋澄使個眼色，暗示可以照約定行事了。

約定是由錦兒絆住季姨娘；以便秋澄找個藉口，將鄒姨娘調到一邊去密談。此時話已說得很透澈，也很明白，秋澄覺得無須再耍甚麼手腕，所以率直說道：「鄒姨娘，我到你那裡去坐一會。」

「好！」鄒姨娘隨即起身：「請吧！」

到了屋子裡，只見她雙淚交流；不知是受了甚麼委屈，還是為曹頫擔心？秋澄只好安慰她說：

「你別難過。年災月晦，總是有的。」

「我難過不是為別的。季姨娘不明事理，連棠官也是一腦子的糊塗心思。」鄒姨娘抹抹眼淚說：「讓老爺知道了，會氣出病來。」

「怎麼啦？」

「昨兒，棠官打圓明園回來，看他老子不在家，神氣馬上不同了，罵這個，罵那個，夾槍帶棍，由丫頭罵起，最後罵到我頭上。」

鄒姨娘停了一下說：「這也不必細說了，反正秋小姐，你想也可以想得出來。」

「是說你存了私房？」

「還有比這難聽的話。」說著，鄒姨娘倒又流眼淚了，「我今年五十四了，虧他忍心造那種謠言。」

秋澄以前也聽說過，季姨娘常說鄒姨娘待曹頫的一個叫福生的跟班，與眾不同；含沙射影，絃外有音，誰也不理她的話，如今大概是棠官也跟他母親一樣在胡說八道。她素來不喜管這種閒事，這時更不想多問；等鄒姨娘收了眼淚，她單刀直入地談到正題。

「四老爺這場無妄之災，只怕要大大地破財；眼前就得花一萬銀子，而且還得快。四老爺說，有一筆款子，是鄒姨娘的親戚代放的，原曾說過，到南邊去要用；人家應該早預備好了，這會兒先要抽回來救急。」她接著乾淨俐落地說：「鄒姨娘你帶上存摺跟圖章，跟我們一塊兒見四老爺去吧！」

鄒姨娘頓時一楞，臉上那種神氣，難描難畫。秋澄便知事情不妙；她是最肯體諒人的，料想鄒姨娘必有為難之處，且聽她如何說法，再作道理。

「這筆款子，只怕一時抽不回來。」鄒姨娘結結巴巴地說：「老爺說到南邊要用，我也告訴人家了；當時約好了的，要抽這筆錢，半年之前，就得通知人家，至於準日子，至少也要一個月。」

她的話不甚清晰，秋澄把它理了一遍問道：「這意思是要分兩回通知，第一回在半年之前，說要抽回了；第二回是約準日子，一個月之前。換句話說，今天通知人家，要下個月的今天才拿得到錢？」

「是，是！」鄒姨娘又說：「還不光是這樣；照道理說，今天通知人家，下個月的今天拿錢，這不錯；不過，人家也許有難處，一個月未必湊得齊。」

「那是對方跟咱們來情商？」

「是的。」

「令親把這筆款子放給誰了？這麼囉唆！」

鄒姨娘那難描難畫的神色又出現了，一會兒低頭沉思；一會兒避開秋澄的視線，望著窗外。這樣徬徨了好一會，突然握緊了拳，發狠似地說：「我跟秋小姐實說了吧，也不是我的甚麼親戚，就是福生拿出去放的。」

秋澄駭然，但她馬上警覺，鄒姨娘肯這麼說，便意味著她會說實話；如果自己的態度顯得太嚴重，可能就會嚇得不敢說實話，因而立即將臉上的肌肉放鬆，語氣當然也是平靜的。

「想來總有個不得已在內。鄒姨娘，你慢慢兒告訴我。」

受了她這種反應的鼓勵，鄒姨娘顯得有種異樣亢奮，「這是我心裡的一塊病，想不到今天能跟秋小姐訴一訴！」她拉著秋澄的手說：「你請過來，等我原原本本告訴你。」

於是，兩人並坐床沿，一個低聲傾訴；一個細心傾聽。據鄒姨娘說，福生能幹而忠心，他有個舊主人姓吳，在兵部當主事；金川之役，八旗出征的很多，旗營不比綠營，那些士兵都沾染了「旗下大爺」好享受的習氣，遠征西陲，深入不毛，還忘不了「老三點兒——吃一點、喝一點、樂一點」，所以吳主事糾合了幾個同事，找到承辦軍需的商人，大家合夥辦雜貨到前線去販賣，是對本對利的生意，但先要墊一筆本錢。福生知道了這件事，勸曹頫下本錢；曹頫不曾答應。

「福生就跟我來說，老爺的花費大，不想法子生利，銀子白擱在那裡也可惜。又說，原有人願意借錢給吳主事，只為了他再三情懇，回絕了別人，願意借這裡的錢；結果落空，怎麼對得起人家？又說，他完全是為了老爺著想；吳主事是有身分，細心謹慎的人，如果不是看準了，他也不會下手，好好兒做他的官了，何必費心費力來做生意？」

「那麼，你怎麼說呢？」

「福生人很忠心，亦很能幹；不過吳主事是不是靠得住？可就不知道了，當時我就跟福生說了我心裡的話；福生說：靠不靠得住，姨娘自己看了就知道了。秋小姐，你說我該不該去看一看？」

「你去看了吳主事？」

「不，我去看了吳太太。是位世家小姐，知書識字，人很客氣；談到做買賣這件事，她說她從不問外事，得要問她老爺。於是……。」

於是鄒姨娘與吳主事隔簾相語，吳主事表示確有其事；又說最好請你家老爺來談，這種種跡象都看得出來，吳家是內外有別，安分守禮的人家。不過鄒姨娘又何敢跟曹頫去談這件事？因為曹頫亦是不許內眷過問外事的。

「秋小姐，你想，明擺著是靠得住的人；又難得有這種靠得住的買賣，我當時就想，你四叔的花費，光是琉璃廠一年三節來結帳，那一回不是一兩萬銀子？他人又慷慨，有人來告幫，從不作興打回票的。所以這幾年差使雖不錯，可沒有落下錢；要是鬧個一年半載，馬上就得顯底。如今有這麼一個機會，錯過了可惜，跟福生商量下來，只有編一套說詞，方能把事情辦通。秋小姐，我為來為去為大家好，結果弄成了啞巴吃黃連，說不出的苦；怪來怪去，怪我自己太熱心了！」說著倒又要哭了。

「別哭，別哭！」秋澄急忙勸慰，「鄒姨娘，你的委屈我明白。不過，我不明白的是，為甚麼收回本錢要好幾個月的功夫？」

「這有個道理在內。」

這道理是回收太慢，因為辦貨得要現款；運到前方需兩三個月的功夫，而銷售則幾乎全是賒帳，在戶部應關的餉銀中，設法扣回，其中有個股東，便是戶部的司官，坐扣欠款之事，即由他負責。

「秋小姐，你倒想，這麼來回一折騰，怕不要幾個月的功夫？如今仗打完了，帳也結出來了，福生告訴我，四千銀子本錢，盈餘能分到兩千三四，過去一年九個月，每個月一分利，就是四十兩，已使過人家四百四十兩銀子的利錢了；合起來雖說不是對本對利，可也不算少了。」

弄清楚了緣由，秋澄覺得鄒姨娘對這件事，並沒有辦錯。但旁人不會體諒她的苦心，只說她把帳放倒了；尤其是她沒有說真話，而又有福生夾在其中，更顯得無私有弊，情涉曖昧。這話在季姨娘口中，更不知道會說得如何不堪？

轉念到此，秋澄俠義之心大起；「鄒姨娘，」她慨然說道：「只要你說的是實話，我來想辦法。我想法子替你把這筆款子墊上，就說是從你親戚那兒抽回來的好了。不然季姨娘可不知道會說出甚麼好聽的來？」

話猶未終，只見鄒姨娘身子一矮，跪倒在地，「秋小姐，」她淚流滿面地說：「你可是積了德了！」

「請起來，請起來！」秋澄也下跪相扶；相將起立，她仍舊執著鄒姨娘的手說：「我實在也是為了四叔。他已經夠煩了，不能再讓他生氣。」

「大家都是這麼想，就是——。」鄒姨娘把要批評季姨娘母子的話，硬噎了下去，定定神又說：「秋小姐替我們墊這筆錢，當然也要算利息——。」

「那是小事。不過，甚麼時候能抽回這筆款子，可得有一個日子。」秋澄又說：「鄒姨娘知道的，我可以想法子調度，錢可不是我的；我得跟太太回明了，不然不好交代。」

「是，是！」鄒姨娘想了一下說：「我叫福生跟吳主事去說，照約定，得要一個月才能抽回。不過，也許用不了一個月，聽說戶部的錢，快要下來了；可也許得晚幾天。」

「早幾天，晚幾天都無所謂。」秋澄問道：「你說戶部的錢，是甚麼錢？」

「是，是甚麼『西征報銷』，要准了，才能發款。」

秋澄又起疑惑。這跟她所知道的情形不大相同；凡有大征伐，因為軍需孔亟，總是先發款，後辦報銷，戶、兵兩部的書辦視此為一大利藪，因為挑剔報銷，那一項支出，駁斥不准，就得將已領的款子賠出來。若說先辦報銷後領款，便意味著錢已經用出去了，這得有人來墊；是誰墊的？莫非領兵出征的將帥，打仗以外，還得墊軍需用款？這從來沒有聽說過的事。

「喔，我想明白了。」鄒姨娘忽然說道：「這回得勝回朝，不論官兵都關兩個月的恩餉；兵部規定，要把報銷辦妥當了，才關恩餉。我說戶部的錢快下來了，就是指這個。」

「這還差不多。」秋澄點點頭，心中疑慮一空。

在車上並肩細語，錦兒才知道鄒姨娘有這樣一段委屈。不過，她雖佩服秋澄處事顧大體，有魄力；但亦不免有隱憂。因為前因後果，到底只是憑鄒姨娘一個人所說；福生很能幹，是大家都見到了的，但是不是如鄒姨娘所說的忠誠可靠，不無疑問；倘或知道秋澄已代墊了這筆款子，認為有機可乘，欺負鄒姨娘有苦難言，硬說已經把吳主事那裡的款子，抽回來交給鄒姨娘了，這件事就很難分辨了。

「不怕！」秋澄說道：「鄒姨娘那兒有存摺。」

「你見了沒有？」

「沒有。」

「這就是辦事不老到了。到底是未出閨門的小姐，不識人心險巇。」錦兒又說：「我看這件事不是這麼個辦法。」

聽這一說，秋澄也有些不大放心，隨即問說：「那麼，你看應該怎麼辦呢？」

「等我想一想。」

其時車子已經進了胡同，到家下車，進了上房；曹震睡了一大覺，剛剛起身，喝著茶在想心事，望見她倆的影子，迎出來說道：「秋澄，上你們那兒去吧！德老大應該有回信了。」然後又問錦兒：「事情辦妥了。」

「辦妥了一件半。」

「怎麼叫辦妥一件半。」

「上屋子裡說去。」

到得堂屋坐定，錦兒解釋何謂「辦妥一件半？」一件是壓住了季姨娘，不會去攪擾曹頫；半件是提款的事。

「一萬銀子可以湊足，可不是從人家那裡抽回來的。」錦兒問說：「兵部有個吳主事，你認識不認識？」

「吳是大姓。兵部的吳主事很多，名字叫甚麼，在那一司？」

「你聽她說了沒有？」錦兒轉臉問秋澄；這個「她」，自然是指鄒姨娘。

「沒有。」

「沒有？」錦兒想了一下說：「不要緊。找鄒姨娘來問了就知道了。」

「怎麼？」曹震問說：「是怎麼回事？」

「你說吧！」錦兒顧視秋澄：「說細一點兒，我剛才都沒有聽得太清楚。」

於是，秋澄將與鄒姨娘交談的經過，從曹霖的無禮說起，一直談到鄒姨娘下跪，以及「西征報銷」。然後是錦兒說了她的疑慮；緊接著提出重新處置的辦法。

「這件事，只要福生沒有甚麼虛假，吳主事也是靠得住人，就沒有不可以對四老爺說的。如今就怕本來倒是一件好事，自己覺得說不出口，就會讓人覺得這是個可以挾制的機會；紙裡包不住火，那時鬧出來的風波更大。我想，倒不如咱們接手來辦這件事。」

「你別多事。」曹震隨即警告，「你要接手，我看棘手！你大包大攬地接了下來，弄砸了，裡外不是人。」

「甚麼你要接手，我看棘手？你說的甚麼？」錦兒面現慍色，「你怎麼知道我接不下來？」

「你把震二爺的話聽錯了，震二爺看這件事棘手，是荊棘的棘。」

「這倒是我錯怪了。」錦兒又說：「不過這件事亦非大包大攬不可。」

接著，錦兒說了她的辦法，要曹震出面來主持這件事；他想了一下答應了。

「也不必找鄒姨娘，找福生來問就知道了，不過，那也是明天的事；這會兒我得去聽聽老大的回音。」

「那就走吧！」秋澄說道：「上我們那兒吃晚飯去。」

翠寶立即表示異議，「你們都走了，我做了一大碗炸醬；熬了一鍋菉豆小米粥怎麼辦？」她說，「倒不如吃了飯走。」

正在商量未定之際，只聽有丫頭在喊：「芹二爺來了。」

「好了！」錦兒向翠寶說道：「我們留下來吃你的炸醬麵、小米粥；你還得去弄兩個酒菜。」說著，她首先迎了出去。

「震二哥呢？」

「不在屋子裡！」錦兒答說：「他急著要去聽德振的回音。怎麼樣，有消息沒有？」

「有。」曹雪芹一面走，一面說：「消息很沉悶。」

他不說「不妙」，而說「沉悶」，意思是尚無確實消息；德振是夕陽將下之際，匆匆去見曹頫，說尚未找到崔之琳；不在磚塔胡同，更不在家，他下了決心，非找到他不可。

「怎麼回事？」曹震皺著眉說：「看樣子是有意躲德老大不是？」

「德老大也是這麼說。不過，他是躲不過的，晚上他要出來巡城；德老大預備在路上去截他。」

曹震手摸著青毿毿的鬍樁子，臉色也是青的；秋澄便問：「你怎麼丟了四老爺，一個人來了。」

「喔，四叔出去了；是和親王派了人來找。」曹雪芹又說：「約好了，回頭他跟德老大，都到這裡來會面。」

「不好！」曹震突然大喊一聲，把大家都嚇一跳。

「怎麼啦？」錦兒問說：「甚麼事不好？」

「你們看著好了！德老大一定找不著臭都老爺。」

「你怎麼知道？」

「我是推測，靈不靈你們回頭看著好了。」曹震又說：「找到了還好；找不著，事情要糟！我看臭都老爺不知道躲在甚麼地方，弄他的奏摺去了。」

照此說來，更非將崔之琳找到不可，因而盼望德振的消息更切；但雖都各懷濃重的心事，表面卻反沉靜了，秋澄姐弟與錦兒坐在一起，輕聲談論著鄒姨娘放帳的事，曹雪芹提出一個新的看法，主張將整個經過情形告訴曹頫，先為鄒姨娘的苦衷，作個剖白。

「這也是一個辦法。回頭等四老爺來了，咱們看情形說話。」錦兒看著秋澄說：「四老爺很肯聽你的話，回頭你先開口，我們幫腔。」

「好！」秋澄點點頭；還要往下說時，翠寶出現了。

「都弄好了。是先開飯呢？還是等一等四老爺？」

「等一等吧！」秋澄說道：「反正也還不餓。」

「真的。」錦兒接口，「這兩天竟不知道甚麼是餓？唉！」她嘆口氣，「人在福中不知福；一定要出了事，才體會得到『無事為福』這句話，真正是閱歷之談。」

「既入宦海，就必得有經歷風波的打算；除非——。」

「好了，你別說了！」秋澄打斷他的話，「又是那套不願作官的論調！」

曹雪芹笑一笑不作聲，站起身來，往外走去；錦兒便問：「你要幹甚麼？」

「我去找翠寶姐。」他說：「枯坐無聊，我找翠寶姐要酒。」

「我有！」一直在喝茶沉思的曹震說，「前幾天有人送了我四瓶『口利沙』，還沒有動過。」

他在說話時，錦兒已有行動，去取來一個米黃色的磁瓶；兩隻水晶酒杯，又叫丫頭裝了一碟子椒鹽杏仁，供他們兄弟下酒。

曹雪芹剛把瓶塞子打開，門口來報：「仲四爺來了！」

一聽這話，秋澄顯得有些緊張；曹震便用徵詢的語氣說道：「得請進來坐吧？」

「當然！」錦兒脫口回答。

於是，曹雪芹親自往外去迎接；等他陪著仲四回來時，錦兒與秋澄都已迴避，桌上多了一個酒杯，也多了一盤清醬煮栗子。

「從那兒來？」曹震問說。

「城外。」仲四問道：「消息怎麼樣？」

「坐下來慢慢談。」說著，曹震斟了一杯酒，往前移一移，自己先在下首坐了下來。

仲四與曹雪芹東西對坐，喝著酒等曹震開口；他卻不知道該從那裡說起？想了一下問道：「你聽外面怎麼說？」

「外面說，這把火有點邪門兒。一下子燒了起來，燒得這麼厲害；而且同時有好幾個火頭，救都無從救起，似乎——。」

「似乎是縱火不是？」

「嗯！」仲四面色凝重地點點頭。

「唉！」曹震嘆口氣，「四老爺也不知道交了一步甚麼霉運？」

「到底是怎麼回事呢？」

「咱們至親，我跟你實說了吧，縱火是絕沒有的事；燒得這麼厲害，四老爺脫不得干係。」

接著，曹震細談了起火始末。

仲四很仔細地傾聽著，憂慮之情，現於詞色，「如今該怎麼來了這件事呢？」他問。

「要了很難，事情本身已夠麻煩了，格外還有人搗亂。」

「是臭都老爺？」

「是啊！」曹震問說：「你是怎麼知道的？」

「我聽人說了。」仲四又說：「臭都老爺臭名在外，甚麼錢都要；我看這得拿銀子封他的嘴。」

「正是。不用你封，他自己先就湊上來了。獅子大開口——。」

「他要多少？」仲四插嘴問說。

「沒有一萬銀子打不倒！託人找他去談價碼兒了。可是，如今情形不妙！只怕有錢都用不上。」

「何以呢？」

「事情也許鬧僵了。」曹震訥訥然地，「內情很複雜，總而言之，臭都老爺又想要錢，又怕出事；如果他為了替自己留地步，也許會搶先下手。他要錢好辦；就怕他不敢要。」

仲四不大聽得懂他的話；只好把他本來要說的話說了出來。

「天大的官司，地大的銀子；四老爺的事，就是咱們大家的事。震二爺，要現銀，兩三萬我還拿得出來。」

「多謝，多謝！」曹震心頭一寬，「咱們至親，我也不必虛客氣。這件事，只怕要很費你一番心。」

「是。我總盡心，有幾分力量使幾分。」

在內室靜聽的錦兒，悄悄拉了秋澄一把，附耳說道：「你聽！他把你的面子做足了。」

秋澄也覺得很得意；但也不免感傷，但這時候無暇撫今追昔，去發感慨；只是搖搖手，示意禁聲，復又側耳細聽。

錦兒卻忍不住了，一掀簾逕自踏了出去。仲四趕緊站了起來，喊一聲：「震二嫂！」

「請坐，請坐！大概還沒有吃飯；餓不餓？如果不餓，就等四老爺來了再開飯。」

「不餓，不餓。」

「我看先開吧！」曹震說道：「和親王很喜歡跟四叔喝酒聊天；也許就留他在那兒吃飯了。」

「這個時候，」錦兒是存疑的態度，「還有喝酒聊天的閒情逸致嗎？」

「即便四叔沒有，和親王可說不定；他是甚麼都不在乎的。」接著，曹震說了以前談過的那個故事——和親王忽發異想，作為他已薨於位，命王府官員首長的「長史」治喪，一點都不許馬虎，裡外縞素，白茫茫一片；一日兩次上祭，內眷喪服舉哀，他自己一個坐在「靈堂」後面喝酒「看戲」。

這個故事在仲四還是初聞，不由得嘖嘖稱奇，「這可真是會玩兒了。不過，」他問，「他這樣的身分，跟自己開這樣的玩笑，似乎不成體統，皇上倒不說話？」

「皇上能說甚麼？莫非真的治他的罪？」

仲四想一想明白了，當今皇帝的御座，原該是和親王的；和親王自以為皇位都失去了，還有甚麼好忌諱的？皇帝則難免內疚於心，當然亦就另眼相看，諸事寬容了。

就在這沉默的片刻中，自鳴鐘響了，一共七下，「交進戌時了。」錦兒說道：「只怕真的是讓和親王留下了，開飯吧！」

剛把飯桌擺好，曹頫來了，大家都起身相迎，也都注意到他的神色，已比較顯得安詳，不由得都稍稍放了心。

「都以為和親王留著四叔喝酒呢！」錦兒說道：「請上坐吧！大家都餓了。」

於是主客四人各據大方桌的一面，曹頫先舉杯向仲四致謝關懷，然後且飲且談，講他奉召去見和親王的情形。

「和親王本人倒還坦然；不過聖母皇太后對這一回的意外很在意。」曹頫語氣舒徐地說：「和親王告訴我，傅中堂頭一回去見她，就大談和府的花園，說要好好兒去逛一逛。所以聽說遭了災，一直在說可惜。」

「皇上很孝順；太后為此不高興，皇上對這件事，自然越發在意了。」曹震問道：「皇上是怎麼個表示呢？」

「他沒有說。」

「四叔也沒有問？」

「問也是白問。徒亂人意，不如不問。」

仲四大為詫異。他對曹頫的本性，所知不多，只聽說他老實懦弱，想不到一處事是這種近乎掩耳盜鈴的態度！

「和親王問了起火的經過沒有？」曹震又說：「當然要問吧？」

「當然。」

「那麼，四叔呢；怎麼說？」

「我據實而言；和親王還引咎自責，說他也很後悔，不該大事更張。」

「既然如此，」曹雪芹緊接著他的話問：「和親王能不能替四叔把責任攬過去呢？」

「怎麼攬法？」

曹雪芹無以為答；曹震卻有話，「雪芹沒有說對，責任他是攬不過去的；不過他既然引咎自責，就表示他很諒解；既然諒解，就得替四叔想法子，大事化小，小事化無。在這方面，他有沒有一句切實話呢？」

「沒有。他說事情既然出來了，就不必怕。又問我能不能重修。」

「怎麼？」曹震極注意地問：「和親王有重修的意思？」

「他有沒有重修的意思，我不知道，反正我是絕無意再幹這個差使了，所以我回覆他說：『不能重修。』」

「嗐！」曹震不由得失聲：「四叔這句話大錯特錯。」

「怎麼？」曹頫愕然，「我怎麼錯了？」

「首先，四叔的想法，就有點兒一廂情願，能不能重修是一回事：是不是仍舊派四叔監修，又是一回事。怎麼混為一談呢？」

曹頫想了一下，老實答說：「是有點兒不大對。」

「不止一點兒！」曹震真個忍不住了，「如果四叔跟和親王說能夠重修，而且願意盡力效勞，不是將功贖罪的一個好機會？將來就賠修，數目也有限。現在這麼一說，可是糟到極點了。」

聽他這話，曹頫也有些著慌，「不見得糟到極點吧？」他問。

「怎麼不是糟到極點！說不能重修，就表示損失極重，豈非自己坑了自己。這一來，內務府幾位大臣，想幫四叔的忙，也使不上勁了。」

「震二爺的話不錯。」仲四也說：「如果四老爺把重修的差使攬了下來，工費自然少報，責任就顯得輕了。」

「工費怎麼能少報？」曹頫又說：「工費絕少不了。」

「工費多少跟多報少報是兩回事。」曹震接著他的話說，「這回闖的這場禍，牽連的人很多，為了免禍、減禍，大家都得想辦法，頭一個黃三；他私下賠錢總比押起來追賠強得多。」

照曹震的盤算，內務府會同工部承辦的大工程，向來的例規是「三成到工」，其餘七成，上下傢分；但如賠修，上上下下都要幫忙，縱不能全免，至多拿兩成出來打點，加上工費三成，算起來只要原工程費用的一半便足，這番出入，所關不細。

「修和親王府，一共花了多少？」曹震問說。

「將近三十萬。不過，其中造了拆，拆了造，頗有浪費。」曹頫想了一下說，「大概二十三四萬就夠了。」

「好，就算二十四萬好了。」曹震屈著手指數：「五成就只要十二萬；黃三的三成是七萬二，刨掉兩萬二，實支五萬，另加兩成是四萬八。一共十萬銀子不到，和親王既然自己引咎，總要拿幾萬銀子出來；彼此分賠，就算四叔是大份好了，也不過攤到三、四萬銀子。這個數目總還能湊得出來。」

「是啊！」仲四立即附和，「照這麼算，咱們公事公辦，根本也就不必去塞臭都老爺這個狗洞了。」

一聽這些話，曹頫又喜又悔，愣在那裡半晌說不出話來；於是一直不說話的曹雪芹開口了。「看來四叔的想法是錯了。如今看看，能有甚麼法子挽回？」

「事不宜遲，四叔趕緊再去見和親王，把『不能重修』的話收回。」

「好！」曹頫很爽快地答應，「我去說；不過總不能今天晚上就去吧？」

「今天晚上當然不行了；明兒一大早就去。」曹震想了一下說：「就說回來以後，仔細核計了一下，並非不能重修；如今只求和親王賞幾萬銀子，願意變賣產業，照原圖重新蓋了起來。這樣子，和親王對皇上有個交代，四叔戴罪圖功，等重新蓋好了，再請和親王成全，上個摺子，開復原官，亦是意料中事。」

「就這麼辦！」曹頫精神一振，「咱們今天晚上就找黃三來商量。」

於是曹頫起身，親自寫了召黃三來議的信，正要派人送去；德振來了。

添了杯筷，延請入座；德振看有仲四在座，語言顧忌，曹震便即說道：「德大哥，你有話儘管說；仲四爺是至親。」

「是，是！」聽這一說，德振方始說道：「崔之琳聯絡上了，說今天晚上有事，約了明天上午見面。」

「他是不是躲起來去弄他的奏摺去了？」曹震問說。

「大概是。」

「不要緊。」曹震很輕鬆地說：「明兒個重新跟他談，送他一兩千銀子香香手；如果他不願意，就隨他好了。」

德振很詫異，不知道曹震何以忽然有這種不在乎的態度？曹雪芹善於察言觀色，便即說道：「德大哥，事情有了轉機——。」

於是曹震將擬議重修和親王府的來龍去脈，扼要敘述了一遍。德振亦大為興奮，隨即說道：「今晚上先不必找黃三，他的情形我知道，他闖了這麼大一個禍，只要他賠兩三萬銀子重修，那是求之不得。只要咱們商量定規了，告訴他就是。」

「也好！」曹頫說道：「你應該也很餓了，先吃一點、喝一點，咱們從長計議。」

這番商談，就不是那種左右為難，束手無策，三句話嘆口氣的苦悶情形了，除了曹頫以外，其餘四個人都有許多話說，彼此補充發明，將處理的步驟，連細節都商量好了，決定分三方面著手，最要緊的當然是曹頫去見和親王；崔之琳那方面還是要設法壓下來，仍舊歸德振去接頭；另外由曹震去見海望，步軍統領不管是不是放的他，奉上諭徹查這件事，都要請他幫忙疏通。至於仲四，自告奮勇，他僅第二天一上午的功夫，籌足兩萬銀子備用，因為除了塞崔之琳那個「狗洞」之外，其他管得到這一案的衙門，也許還有需要打點之處。

曹頫愁懷一解，胃口大開，「這炸醬麵很不壞。」他說，「我還可以來一點兒。」

「糟了！」錦兒從裡屋閃出來笑道：「先是炸了一大碗醬，怕吃不完；誰知道高朋滿座，不夠吃。不過，不要緊，炸醬也很快，四叔再喝著酒等一會兒吧！」

「不必，不必！原是可有可無，沒有就不要了。」

「方便，方便。」錦兒向桌面上望了一下說：「仲四爺還沒有吃麵呢！」

說完，她掉頭就走，親自到廚房裡去調度；由於仲四與德振的不速而至，連他們跟來的人，憑空多了五個人吃飯，所以秋澄也幫著翠寶在料理，加上原來的廚娘及燒火丫頭，小小的廚房，顯得有些擁擠，錦兒便站在門口說話。

「還得炸醬。四老爺要添；姑老爺還沒有到嘴呢！」

「那怎麼辦？」翠寶說道：「肉沒有了。」

「不行！」錦兒大聲說道，「得想法子，四老爺倒還在其次，讓姑老爺挨餓，可說不過去。」

左一個「姑老爺」右一個「姑老爺」，不免惹得秋澄面有慍色，「好了，好了！」她說，「廚房裡已經夠煩了，你別站在那兒瞎嚷嚷。」

錦兒笑笑不理她，不過聲音倒是小了，「我看拿蝦米炸醬吧！」她跟翠寶商量。

「蝦米炸醬不好吃，再說，麵碼兒也不夠。」翠寶問說：「門房裡的都夠了；上房是不是只缺四老爺跟仲四爺兩碗麵？」

「大概是。」

「那就下兩碗雞湯麵好了。」

「不能光是雞湯，總得有點澆頭吧？」

「那好辦。」翠寶關照：「秋姑，勞駕，看有甚麼現成的材料？」

秋澄便指點廚娘，切上幾片火腿，添上兩朵香菇，再剝一棵菜心燙熟了，都鋪在麵上，紅綠黑白，色彩奪目，一端出去，仲四不由得嚥了口唾沫。

「好漂亮的麵！」他說，「我都捨不得下筷子了。」

錦兒接口說道：「是我們秋小姐下的。」

一聽這話，仲四越發像臉上飛了金似地，將那碗麵吃得湯汁不剩；曹震與曹雪芹對看了一眼，交換了一個會心的微笑。

「今兒總算吃飽了。」曹頫站起來說：「該走了，明兒還得起早呢。」

於是相約下一天中午，仍在這裡會食，看各人所辦之事進度如何。因為如此，錦兒將秋澄留了下來，第二天好幫著招呼。

這一夜曹震睡在「西屋」——翠寶的臥室；秋澄與錦兒同榻，兩人卸了妝，也都倦了，但皆無睡意，喝著茶閒談。

「咱們姑老爺可真夠意思——。」

「又來了！」秋澄打斷她的話說，「仲四就仲四好了，幹麼用那種稱謂？」

「本來是姑老爺嘛！」錦兒嘆口氣，「好事多磨。」

何謂「好事多磨」？秋澄畢竟忍不住問了出來：「你說誰？」

「自然是說你。但願四老爺這場禍，早早過去；咱們仍舊按部就班辦喜事。」

這句話觸中了秋澄的心事。仲四的見義勇為，慷慨熱心，她自然很欣慰，但此外還有感激與不安；不安的是，將來心裡對仲四一直會有一種虧欠的感覺，日子就不會過得稱心如意。

「這回的風波過去了，我得勸勸四老爺，找個清閒的差使幹。」錦兒說道：「他不能管人，也不能管錢；真正叫『百無一用是書生』。」

「我也是這麼在想。不過他的人緣還不壞，大家都願意幫他忙。」

「你真是忠厚！」錦兒感嘆著說：「只看見好的一面，沒有看見壞的一面；四老爺那種見了不對勁的人，連說句敷衍的話都不肯的脾氣，不知道得罪了多少人。不說別的，只說他本房的兄弟好了，出事以後，竟沒有一個人去看他的。還有，季姨娘母子，也夠四老爺頭痛的了。」

秋澄不作聲，漸漸地一臉憂煩，鎖緊雙眉，不知在想甚麼。

「怎麼啦？」錦兒握著她的手，關切地問。

「我在替鄒姨娘發愁，那筆款子如果出了差錯，你看吧，季姨娘會鬧得天翻地覆。」

「怎麼？」錦兒困惑地問，「你不是願意替她墊這筆款子嗎？莫非你看出來甚麼不妥？」

「我是聽鄒姨娘說的。她當然不會撒謊，可是福生就不知道怎麼樣了？」秋澄又說，「今天在廚房裡聽劉媽說，福生愛賭；愛賭的人，操守靠不住的居多。」

「這一說，就可疑了。」錦兒想了一下說：「明兒上午，咱們倆沒有甚麼事；不妨把福生找來，問個明白。」

說定了相偕歸寢；第二天起得遲，曹震已經出門了。翠寶來跟錦兒商量，中午如何接待客人？是包餃子呢？還是烙餅？

「包餃子太費事；烙餅好了。」

「乾脆餅也不必自己烙。」秋澄插嘴說道：「你們胡同口兒上的盒子菜很可口，買一個盒子菜，另外叫他送幾斤餅來，不全都有了。」

「對！這樣子更省事。如今也不是大吃大喝的時候。」錦兒又說：「你再看看甚麼人在，讓他把福生去找來。」

「好！」翠寶答應著，往外走去。

「慢一點！」錦兒追出去關照：「你告訴他們，找福生別讓季姨娘知道。」

翠寶想了一下問：「鄒姨娘呢？」

「鄒姨娘不要緊。」錦兒緊接著又說：「如果福生不在，就把鄒姨娘請了來。」

翠寶答應著走了。曹頫住處不遠，很快地有了回音，福生恰好手頭有放不開的事，辦完就來。那知一直到中午不見蹤影，曹頫、曹震叔姪，卻已先後回家。曹頫撲了個空，曹震帶來兩個消息，一好一壞，好的是步軍統領果然放了海望，曹震特地趕到他家去道喜，正逢海望要上衙門，立談數語，自然要提到曹頫的案子。

「喔，」曹頫迫不及待地問：「他怎麼說？」

「他為人本來深沉，只說，知道這一案了，還不知道細節。不過，他表示都是『老交情』，能幫忙一定幫忙。」

「喔。」曹頫點點頭，在想這句話背後的意思。

心直口快的錦兒卻忍不住插嘴了：「他是說，不能幫忙，就不幫了？」

「不是不幫，是幫不上。所以，和親王那一關很要緊，只要他同意咱們的辦法，既然王府要重修了，追究過去的責任，就得擱在後面；凡事只要拖上一段日子，自然就會化解於無形。」

「不過，」曹震嘆口氣說：「重修，就算和親王同意，只怕也難了。」

「何以呢？」

「黃三被抓了！」

這個消息太壞！曹頫大吃一驚，「甚麼時候？」他問：「誰抓的？」

「自然是步軍統領衙門；今兒一早的事。」

「那你沒有跟海公提？」

「我是見了海公以後才知道這回事。」曹震又說：「海公還沒有接事，大概不是他下的條子。」

「這——，」曹頫吸著氣說，「得要趕緊打聽。」

「我不熟。」曹震向錦兒說道：「飯好了就開，一面吃，一面等德老大，得要好好商量。」

「雪芹呢？」曹頫問道：「怎麼沒有來？」

「要找他嗎？」秋澄問說。

「要找。」曹震接口，「這時候辦事的人越多越好。」

於是錦兒與秋澄，一面料理開飯，一面打發人去找曹雪芹。等把「盒子菜」與烙餅端了上來，德振也到了，臉色很不好看，不言可知，所謀不諧。

「這個忘八旦！」德振破口大罵，「簡直十惡不赦。你們知道他怎麼跟我說？他說：『這種事，好比刀頭上舐血的買賣，本來就是要銀貨兩訖，當時就有個起落的。事過境遷，我得顧我自己，先站穩了腳步再說。很對不起，摺子已經遞上去了。』」

「完了！」曹震頹然倒在椅子上。

曹頫卻還在追問：「他的摺子上怎麼說？」

「那還用說嗎？」曹震說道：「他說他要站穩他的腳步，巡城御史管地面上的事，出了亂子，他當然往別人頭上推。」

德振不作聲，微微頷首，表示同意。

「你倒沒有問他？」曹頫還不死心；同時他為人忠厚，還不肯相信崔之琳會壞到無端陷人以重罪，所以還在追問。

「四老爺，你別問了，提起來氣死人。」

「說說無妨。」

德振停了一下說：「好，我告訴四老爺。此人之無恥，可說到了家了；我自然要問他，你能不能抄個摺底我看。他說：『摺底也要賣錢的。』」

聽這一說，無不詫異；站在門邊的錦兒又忍不住了，「德大哥，」她說：「你倒沒有問他，要賣多少錢？」

「我沒有。」臉色鐵青的德振說道：「我從身上掏了一把錢，使勁扔在地上，『給你這個茅廁裡撈起來的臭都老爺。』說完了，我掉頭就走。」

「倒痛快！」錦兒笑著說。

「痛快倒是痛快，寃家可也結定了。」曹震畢竟比較冷靜，「快吃飯吧！吃了飯，德老大，你得去打聽黃三的事。」

「黃三？」

「黃三讓步軍統領衙門抓走了。」曹頫說道：「你最好能跟他見一面，把願意賠錢重修的話告訴他。」

「對！」曹震精神復振，「這一層很要緊，他最好在口供上能這麼說，事情或許還有挽回的希望。」

德振點點頭，一面吃餅，一面想心事；由於心不在焉，夾一塊肘子夾了好幾次沒有夾起，一張餅倒已吃完了。

「我得先找黃三的夥計。」德振說道：「在步軍統領衙門的番子看，黃三是塊大肥肉，這一口咬下去不會小；不知道黃三那裡，把錢送夠了沒有？」

「先咬這一大口吧！德大哥。」錦兒遞給他一個包了盒子菜的餅捲，「小米粥要不要再添一碗？」

「勞駕，勞駕，有這張餅就夠了。」德振說：「我真是讓崔之琳氣飽了。」

「你也別氣，明知道這種人就是那副德性，跟他生氣犯不著。」錦兒又說：「別人也不能光聽他一個人胡說八道。」

「你別打岔！」曹震說道：「現在搞得槍法大亂，咱們得先理一理，甚麼事該先辦？甚麼事可以緩一緩？分出個先後次序來，才不會亂上加亂。」

打聽黃三的案子，自然是首要之事；其次是崔之琳的那個奏摺，御史上摺言事，名為「封奏」，直達御前，方始開啟。依照宮中辦事的規制，他的奏摺直送「內奏事處」，用黃匣送到養心殿，皇帝已經看過，有所指示了。這得到軍機處去打聽消息。

「這得找方受疇。」曹頫說道：「就不知道是不是他的班？」

「不是他的班也不要緊，可以請他轉打聽。不過，」曹震躊躇著說：「我跟你似乎都不便出面。方受疇是方觀承的姪子，現任軍機章京；由於平郡王府的關係，不但曹家的人跟他很熟，錦兒亦知其人，當即說道：「讓雪芹去好了。」

曹頫、曹震皆以為然；正好曹雪芹奉召而至，曹震便問：「吃了飯沒有？」

「吃了來的。」

「好！事情又生變化，此刻有件要緊事等你去辦。讓你錦兒姐告訴你吧。」

於是錦兒將曹雪芹邀入內室，連秋澄在一起，聽她細說黃三被捕以及崔之琳上摺兩大變化。然後關照他說：「你得趕緊去看方受疇，打聽崔之琳這個摺子，上頭是怎麼批的？」

「喔，」曹雪芹取出懷表來看，正交未時，「他應該散值回家了。我趕緊去吧！他住在雍和宮後面，遠得很呢！」

「你是坐車，還是騎馬來的？」

「騎馬。」

「好，你去吧。」

「可千萬小心！」秋澄叮嚀，「咱們可再也禁不起意外了。」

「我知道。」

因為如此，曹雪芹輕搖馬鞭，緩緩行去，路過鼓樓只見一片瓦礫之中，零零落落矗立著好多處燒得烏黑的屋架子，和親王府更是傷心慘目，水池子中漂浮著無數焦木殘枝，曹雪芹回想隨曹頫來擬題各處對聯匾額的情景，不由得在心頭浮起恍同隔世的滄桑之感。

「芹二爺，」隨行的小廝在後面喊道：「方家應該往東。」

「喔！」曹雪芹停停神，帶轉馬頭，進了胡同西口；不遠就到了方家，門前有一輛車，車上懸一盞燈籠，上有「方」字，知道方受疇在家。

「芹二爺！」方家的門房上前來招呼，「好一陣子沒有來了。」

「你家老爺在家。」

「剛回來。」

曹雪芹下了馬，將韁繩丟給小廝，隨方家的門房進了大廳；片刻之間，只見方受疇迎了出來：

「我正想過來奉看。」他說：「裡面坐。」

這就見得他必有關於曹頫的消息，「方世兄，」他問：「今兒是你的班？」

「是，我有令叔消息。」

「喔，我亦正為這件事來奉看。聽說東城御史崔之琳上摺嚴劾家叔，有這話不？」

「有。」方受疇說：「我抄了一個摺底在這裡。」

說著，他從懷中取出一張紙來，交到曹雪芹手裡，只一看案由：「為和親王新府被災，風聞係屬縱火，仰祈指派大員徹底根究，以肅官常事」，便覺心驚肉跳。匆匆看完，內容一如德振所言，而措詞嚴峻淩厲，駭人聽聞，如果皇帝信以為真，曹頫立即便有牢獄之災。

「皇上是怎麼批的？」

「交步軍統領衙門，併案徹查。」

曹雪芹驚喜交集，何以如此從輕發落？「崔之琳這個摺子，不就等於不發生作用嗎？」他問。

「那是靠劉總憲一句話。」

都察院的長官左都御史，通稱「總憲」。劉總憲指劉統勳；這天一早皇帝因他事召見，想起崔之琳的奏摺，順便問了句：「崔之琳這個人怎麼樣？」劉統勳的回奏是：「風評不佳。」

問他：「擾民還是貪贓？」答說：「兩者皆有。」又問：「何以不置之於法？」奏對：「苦無實據。」

皇帝對曹頫頗有所知，本就不大相信崔之琳的話，聽得劉統勳如此回奏，更覺得所言不盡屬實。但言官例許「聞風言事」，所以交步軍統領併作一案。

「不說併案辦理，或者併案查辦，而說併案徹查；步軍統領衙門應該會找崔之琳去問話。」

方受疇又說：「步軍統領新放了內務府海大人，聽說府上跟他素有淵源，似宜及早為計。」

「是，是！」曹雪芹抱拳說道：「多承關照，感謝不盡，容家叔徐圖後報。」

「言重，言重！」方受疇說，「不過我聽幾位大軍機談到令叔的案子，說皇上對和親王府付之一炬，倒還不怎麼在意，唯獨鼓樓一片瓦礫，情殊可憫。因此，皇上交代，一定要把火首查明白。看樣子查明白了會有嚴譴。這一層，令叔心裡要有打算。」

這真是「一則以喜，一則以懼」。曹雪芹當然不能明說，曹頫就是禍首，心頭卻是像壓著一塊鉛地那樣沉重。

向方受疇鄭重致謝以後，曹雪芹仍舊策馬回曹震家；只見錦兒與秋澄的臉色，都不大好看，彷彿心事重重的模樣，這一來，曹雪芹說話就格外謹慎了。

「見著了沒有？」秋澄毫無表情地問。

「見著了。」曹雪芹決定報喜不報憂：「四叔命中有貴人，崔之琳枉作小人。」接著他將皇帝召見劉統勳，以及批示的經過，大致說了一遍。

「崔之琳枉作小人，四叔命中也還得多幾個貴人才管用。」錦兒說道，「如今又有一件差使要派你，你去看一看你姐夫。」

「仲四哥？」曹雪芹問：「甚麼事？」

「福生到現在沒有來；第二次人去找，說早就出去了。看樣子只怕是逃走了。」

「為甚麼？他為甚麼要逃？」

原來曹雪芹並不知道，福生好賭，以及錦兒與秋澄上午曾派人去找他的這些情形。說了就來，至今不來，其故安在？

「我們在猜想，吳主事那裡的款子，福生已經收到了；不是一場賭輸光，就是還了舊欠，看看無法交帳，只有一溜了之。」

「可是存摺圖章還在鄒姨娘手裡。」

「那不相干，隨便使個花招就能把錢先領了回來；人家難道會不信任他？」

「這一說，他連吳主事那裡都無法交代，自然非溜不可。」曹雪芹問：「你們讓我去看仲四哥，是不是託他找福生？」

「不錯。」錦兒答說：「他們鏢局子的眼皮子寬，『車船店腳牙』，無一不熟；有那些賭場，也都知道。要找福生，只有託他。」

「好！我就去。」曹雪芹又問：「鄒姨娘呢？她怎麼說？」

「她怕還不知道這回事。現在也還不能告訴她；但願能將福生找回來。你就快去吧！」

「四叔他們呢？」

「四叔看和親王去了；回頭還要到內務府去看來爺爺——。」

「啊！」曹雪芹想起前一天曹頫曾說過，這天上午要帶他到內務府去看來保，改寫「親供」，這上面提到起火的原因，是很重要的一個關鍵，文字上必須好好斟酌，因而說道：「回頭我也得趕到內務府。」說完，匆匆而去。

於是曹雪芹匆匆趕到仲四鏢局中，扼要現明來意，仲四滿口應承，即時派人去查訪。然後問起這天上午，諸人分頭辦事的情形？曹雪芹就其所知相告，仲四表示，他已經籌好了兩萬銀子，請曹雪芹轉告曹震，要用隨時都有。

「眼前大概不必用，不過要用，恐怕不是小數目。」

「到時候再說吧！」仲四說：「四老爺是個要緊人，無論如何要把他保住，我倒想到一條路子，」他湊近了曹雪芹說，「太后那裡能不能想法子說上一句話？」

仲四不知道宮裡的情形，曹雪芹不便而且也沒有功夫跟他細談，只答一句：「還不必用到這條路子。」便即辭出，逕自轉往內務府。

他很少來內務府，又是閒散白身，所以一時竟不得其門而入，正在徬徨時，只見一輛藍呢後檔車，轆轆而來，定睛一看，不由得一喜；他認得跨轅的正是來保的跟班來壽。

果然，他在門口站了不多一會，就看到來壽出來向他招手；等他走近了，來壽問道：「芹二爺找誰？」

「不就是老爺子嗎？」

「請進來！」等曹雪芹進了門，他低聲問道：「是不是得了消息趕來的？」

曹雪芹不解所謂，「甚麼消息？」他問。

「怎麼，你還不知道？」

一聽這話，曹雪芹便有些著慌，「甚麼事？」他說，「我一點不知道。」

「曹四老爺扣起來了！」

曹雪芹大驚失色，結結巴巴地問說：「扣在那兒啊？」

「刑部火房。」

「糟了！」曹雪芹頓足說道：「這一定是奉旨拿交刑部。」

「不錯。」來壽說道：「請進來吧。不過怕有一會兒等；今兒回事的人很多。」

引入堂官治事之處，在外面屋子裡等候久久不聞召喚，曹雪芹心亂如麻，坐立不安，來壽倒是很殷勤，有空就來陪他；同時不斷帶來曹頫的消息，據說他先去看和親王，竟被擋駕。接著來看來保，不曾看到，是由新任步軍統領海望接見；不多一會就由內務府的人，護送到刑部收押。

「那，」曹雪芹問：「家叔家裡還不知道這回事？」

「不，」來壽答說：「已經告訴車夫，回去報信了。」

曹雪芹略為放了些心，曹震此時大概已經知道了；想來此刻是在刑部火房照料。

「芹二爺！」來壽出現在門口，「老爺請。」

曹雪芹進門請安，口中叫一聲：「來爺爺。」

來保沒有出聲，只擺一擺手，示意起身，望著曹雪芹彷彿不知道說甚麼好。

終於開口了，「你先看這一個！」來保遞過來一張紙。

接過來一看，頭一句是「和親王面奏」，便知是上諭的抄件，曹雪芹聚精會神地往下看：「其新府起禍之因，係工匠深夜油炸食物，油鍋傾覆，而房屋新經油漆，地板復經下鋪之石灰收燥，以致一經延燒，火勢不可收拾。查和親王新府，前經內務府大臣來保薦舉工部員外郎曹頫督工承修，曹頫原任江寧織造，因承辦上用綢緞，諸多瑕疵；並有虧空公款情事，查抄歸旗。」

正看到這裡，只聽來保在說：「知道了，回頭會派。」

曹雪芹不知道他說的甚麼，管自己再往下看：「嗣據平敏郡王面奏皇考，謂曹頫人雖庸懦，但尚知上進，乞量賜錄用，皇考念伊家世僕，伊父曹寅，受聖祖仁皇帝特達之知，管理蘇州、江寧兩處織造三十餘年之久；曹寅身故，復先命其兩子曹顒、曹頫承襲，因推聖祖仁皇帝眷顧之意，棄瑕錄用，派任差使。及朕嗣位，又以平敏郡王屢次保薦，加恩賜復內務府主事原職，並多次派任優差，此非朕特有取於曹頫，因其當差尚稱謹慎，本性亦屬忠厚，必知感恩圖報，愈益黽勉，可保其不致僨事。倘或不謹，則一無可取矣！此次和親王新府之災，延燒民居數十家之多，實為百年未有之鉅變，朕聞奏為之淚下，除特發內帑賑濟外，豈可不嚴懲禍首，以平民憤？曹頫辜恩溺職，厥疚殊重，著即拿交刑部，應得何罪，著三法司定擬奏聞。至其家財，並著步軍統領會同刑部、內務府先行查封，俟審明有無貪瀆情事，再行請旨。」

「來爺爺——。」

「你不必多說！」來保魯莽地打斷他的話說：「你看清楚了沒有？」

「看清楚了。」

「內務府的人，我今天就要派。」

夫。」

「是——。」

來保再一次打斷他的話，「你回去吧！」說完，向來壽揮一揮手，示意將曹雪芹帶走。

曹雪芹無奈，只得請安辭出；到得院子裡，來壽回頭看沒有人，輕輕說了一句：「還有半天功夫。」

還有半天功夫？這句甚麼話？曹雪芹楞了一下，驀地裡會意，執著他的手道謝，「改天我來找你。」他說，「這半天很要緊，我懂。」

一出內務府，顧不得秋澄的告誡，策馬飛奔；一直到了曹震家，滾鞍下馬，直奔上房，但見錦兒與秋澄都在抹眼淚，便知她們已得了消息了。

「震二哥呢？」

「你還不知道？」錦兒問了又答：「趕到刑部去了。」

「我知道了，剛看了來爺爺。」曹雪芹將錦兒拉到一邊說道：「又要抄家了！」

一聽這話，錦兒立即以手扶額；站在她旁邊的秋澄，急忙托住她的身子。錦兒自己一面扶住桌子，一面急急問道：「抄誰的家？」

「那還用說嗎，自然是四老爺家。」秋澄代為回答。

「只有半天的功夫。」曹雪芹低聲說道：「由步軍統領、刑部、內務府三個衙門派人，來爺爺還沒有派，是特為給留了半天的功夫。可以拿點兒甚麼出來。」

「這是說，今天派人，明兒一早才會去抄？」秋澄比較沉著，「如果是這樣子，那還有半天一夜的功夫。」

曹雪芹被提醒了，既然如此，當然謀定後動，便即坐了下來說：「先給我一碗茶。」

喝著茶，喘息了一會，曹雪芹細說始末，將上諭亦大致不差地背了一遍。錦兒與秋澄聽說皇帝為之淚下，自然動容；同時亦更為曹頫擔心。

「照這樣看，是和親王不肯迴護四老爺。」錦兒說，「不是說，和親王跟他很不錯嗎？」

「那是另一回事。」曹雪芹說道：「就好也不能欺罔。這都怪四叔自己太老實，跟和親王說了實話，人家自然據實奏聞。這能怨和親王嗎？」

「雪芹，」秋澄說道：「最後那段上諭，你倒給我講一講，是甚麼意思？」

曹雪芹細想了一下，才發覺自己因為太緊張的緣故而誤會了；「查封」不是查抄，所謂「審明有無貪瀆情事，再行請旨」，那就是說，倘或貪瀆有據，查封就會變成查抄；否則仍有發還的可能。

「你看你！」錦兒埋怨他說：「如今草木皆兵，連你都沉不住氣，那在季姨娘她們，就不知道會慌成甚麼樣子了！」

「閒話少說。」秋澄揮揮手，攔住了她，「我看此刻最要緊的是，到四老爺的書房裡，把他來往的書信文件，好好兒的檢查一遍。有那不能見人的東西，趁早燬了它。」

何謂不能見人的東西？曹雪芹稍想一想，恍然大悟；「言之有理，」他說，「這才是一點都馬虎不得的事。」

「是甚麼？」錦兒還不明白。

「不是說要看是不是貪瀆嗎？」曹雪芹說：「那就得把人家寫給四叔的信，談到如何弄好處；或者有甚麼訂明回扣的契約，都檢出來燒掉，免得抄出來成了貪瀆的證據。」

「到底是你心細。」錦兒想了一下說，「我本來就在想，若說能拿點兒甚麼出來，也得要有地方寄頓才行。這是犯法的事，誰肯？」她略停一停又說：「教我就不幹。犯法不說，季姨娘那種不明事理的人，還以為人家是趁火打劫，萬一她說這麼一句，跳在黃河裡洗不清，可真是冤沉海底了。」

「是的！」秋澄也說，「這一層，關係很大。四老爺現在再不能走錯一步了。咱們跟兩位姨娘把利害關係說明白，她們要拿東西出去寄頓，那是她們自己的事，反正咱們不能受託。」

「好！咱們就這麼說定了。」曹雪芹問道：「甚麼時候到四叔家？」

「我看得等震二爺回來，一起去。」秋澄又說：「有些文件，非他不識其中奧妙。」

「不過，先得去把季姨娘穩住。」曹雪芹說，「棠村也不知道回來了沒有？」

「那只有你去，」錦兒對秋澄說：「只有你能開導季姨娘；而且棠村也服你。」

「不，我得回去看看，太太只怕也得了消息，不知道急成甚麼樣子了。」

「我替你去。」錦兒說道：「我還有些話要跟太太說。」

「我呢？」曹雪芹問，「我幹甚麼？」

「你看家。等你震二哥回來，你們好好商量商量。」

「喔，」秋澄突然想起，「福生的事怎麼說？」她問。

「對了，」曹雪芹說：「我在這裡枯等也不是回事，索性我再到仲四哥那裡去打聽打聽。」

「也好。」秋澄想一想說：「打聽完了，你就回家；我也是。回頭連震二爺一起，都在咱們家聚會。」

商量既定，叫人在胡同口上雇了兩輛車，出門各走；曹雪芹策騎到了仲四那裡，已有了福生的下落。

「果不其然！」仲四說道：「他是賭輸了。吳家也在找他，跟他要原來的存摺。」

「人呢？」

「躲在西河沿一家小店裡，不敢露面；我派人看住他了，只看你們昆仲怎麼處置？」

「如今還顧不到他。」曹雪芹嘆口氣說：「家叔出事了！」

「怎麼？」

「奉旨拿交刑部。」

仲四一楞，黯然低語：「我就怕他走到這一步。」他停了一下又說，「雪芹，如今是要人跑腿的時候，我看先把福生找回來再說。你看怎麼樣？」

「一點不錯。」曹雪芹連連點頭，「他是家叔執帖的跟班，有許多事還只有他才清楚。得馬上把他找回來。」

於是仲四立即派人去辦此事。然後打聽曹頫被捕的詳細情形，嗟嘆不絕。

正在談著，仲四派出去的人來回話，福生已經找回來了。

「在那兒？」仲四問。

「在門口。」

「你帶他到我院子裡。」

仲四單住一個院落，只得三間平房，但天井很大，平時在此習靜避囂，曹雪芹還是頭一回來。

「雪芹，」仲四說道：「我為甚麼要把福生帶到這裡來，你知道不知道我的用意？」

「是為了便於問他？」

「這當然也是，不過，主要的是我怕你會罵他。現在正是要人賣力的時候，你最好跟他說幾句既往不咎的話。」

曹雪芹心想，福生是沒有能逃出仲四的手心；或許會對他記恨。仲四說這話別有深心。當即點點頭說：「我明白。你把他找回來，實在是為他好。」

話剛完，垂花門前已出現了人影，正是福生，一見曹雪芹便跪了下來，自己打了自己兩個嘴巴，「福生該死，福生該死！」他重重地自責。

「你起來！」曹雪芹說：「你好糊塗，倘或不是仲四爺把你找回來，落到公差手裡，有你的苦頭吃。還不給仲四爺道謝？」

「是。」福生掉過頭來，向仲四也磕了頭。

「請起來，請起來。」仲四說道：「管家，有件事如果你知道了，你自己也會回來；你知道不知道四老爺這會兒在甚麼地方？」

一聽這話，福生臉上變色，「莫非……。」顯然地，他已經猜到了。

「四老爺在刑部火房。」曹雪芹說，「這樣，你馬上趕到那裡去。見了四老爺，甚麼話都不必說；你就在那裡伺候好了。」

「是，我馬上去。」福生又說：「提牢廳的黃老爺我認識。」

「那更好了，快去吧。」曹雪芹揮一揮手。

「是。」福生遲疑了一下說道：「仲四爺，我能不能跟你老說句話？」

仲四料想他有不便讓曹雪芹聽見的話要說，點點頭道聲：「行！」走到一邊。

「仲四爺。」福生彎著腰說：「吳主事那兒的款子，我只用了兩千，還有錢可以拿回來。不過得要有原來的摺子。」

「喔，」仲四問道：「你的意思是，讓鄒姨娘把摺子給你；你把餘款去領回來？」

「是，吳主事的貨款還沒有收齊，不過如今等錢用。我可以請他先湊出來。倘或不用，存在他那兒，仍舊有息。但有一件，我收了人家兩千銀子，得有個交代，能不能請仲四爺你跟芹二爺說一說，把摺子交給我，讓人家註上一筆，了一個手續？」

「這也並無不可。只是你一誤不可再誤。」

「你老請放心！若是那樣子，我還是個人嗎？」

「好，我替你辦。你趕緊到刑部去吧！」

「是。謝謝仲四爺。」福生又替曹雪芹也請了安，匆匆而去。

「雪芹，」仲四說道：「你是上震二爺那兒，還是在這兒喝酒？」

「那兒有喝酒的功夫？」曹雪芹答說，「我得回家。」

「好，」仲四看一看天色，「我們一塊兒走，我想到刑部去看看，打聽打聽消息。」

於是一起出了鏢局，騎馬進城，在路上，仲四將福生的要求，告訴了曹雪芹。等進了宣武門，一個到刑部街；一個回噶禮胡同，到家逕自往馬夫人那裡，剛剛進門，便聽得曹震的聲音；曹雪芹悄悄入內，也不跟人招呼，免得打斷他的話。

曹震正談到曹霖：「棠村正好回家，送了四叔的鋪蓋什物來。爺兒倆一遞一聲地嘆氣；到後來四叔問說：福生怎麼不來？棠村冷笑一聲：福生？爹太相信福生了。我看咱們家得鬧大笑話！」曹震還未往下說，馬夫人已大為詫異地開口問了。

「他這話甚麼意思？」

「四叔也是這麼問。你們知道棠村怎麼樣？嘿嘿冷笑。我一看情形不妙，說不得只好攔他。我說：四叔正煩的時候，你就少嚕囌吧。四叔還盡是追問福生；看來這又是一大麻煩。」曹震很吃力地說：「要是真的把鄒姨娘扯了出來，這件事就不知道怎麼收場了。」

「不要緊！」曹雪芹接口說道：「福生這會兒趕到刑部去了。」

「怎麼，」錦兒驚喜地問：「福生找回來了？」

「這全靠仲四哥。不但找回了人；還找回了錢，福生只用了兩千銀子。」

接下來，曹雪芹將經過情形，大致說了一遍；無不感到欣慰。

「剛才提到鄒姨娘，」馬夫人問：「那是怎麼回事？」

這話自然只有錦兒來回答，「提起來真是可氣。」她說，「上回談福生的事，我跟秋澄沒有把這段兒告訴太太，就為的不想惹太太生氣；如今四老爺出了事，他家的家務，太太想不管也不行，那就必須跟太太說一說了。季姨娘一向糊塗，她說的話，也沒有誰去聽她，猶在其次，棠村可是太可惡了！太太可真得好好兒訓他一頓。」

「他怎麼啦？」

「他聽了他娘的話，疑心鄒姨娘跟福生不乾不淨。鄒姨娘一提起來就哭。」

「原來這就是所謂鬧大笑話！」馬夫人也很生氣，想了一會說：「好在福生回來了，有話說得清楚。你們把棠官找來，我跟他說！」

事情很巧，也就是剛剛話完，秋澄回來了；同來的正是曹霖。

「二伯娘，你看我爹——」說得這一句，曹霖便哽咽著，不能成聲了。

「你別難過！出了事大家想辦法。如今最要緊是一家和睦。」馬夫人乘機開導，「不有句話嗎，同船合命。起了風浪，一條船上的人，還在生意見，不肯稍微受點兒委屈；到頭來船翻了，大家活不成。」

「是。」曹霖答道：「秋姐姐也是這麼跟我娘說。」

「不光是你娘。」馬夫人說，「如今你爹不在家，一切要靠你。凡是一家之主，沒有一個不圖安靜的！你要勸勸你娘，凡事忍耐；你自己說話更要小心，病從口入，禍從口出，千萬別說沒影兒的話。」最後一句，意何所指？大家都明白，曹雪芹又特為畫龍點睛地加了一句：「福生這會兒到刑部去了。」

「喔，」曹霖驚異地問：「他一直不見人影，到那兒去了？」

曹雪芹索性多替福生說兩句好話，「他替四叔找路子去了。他認識提牢廳的一個黃老爺。四叔有裡頭的人照應，一切都方便得多。」

「好了！」馬夫人向秋澄問道：「該開飯了吧？」

「已經好了。」是杏香在外屋答話。

「咱們一塊兒吃吧！」錦兒說道：「還有好些事商量呢？」

「不！我跟你陪太太。」說著，秋澄使了個眼色。

錦兒會意，有些話要避開曹霖才好談，於是與馬夫人同桌分器而食，秋澄看著錦兒問道：「明兒要查封的話，告訴太太了沒有？」

「告訴我了。」馬夫人接口，「你拿的主意很好，咱們可不能替四老爺藏起甚麼來，那是惹火燒身，彼此都不好的事。季姨娘怎麼說？」

「我沒有敢把這話告訴她——。」

「你聽！」錦兒打斷她的話，「外面正在談這件事。」

外面堂屋裡，曹震上坐，左右是曹雪芹與曹霖，首先是曹震發問：「說來爺爺把上諭都拿給你看了？」

「是的。」

「你錦兒姐沒有把話說清楚。是不是說明兒一早要去查抄？」

一聽這話，曹霖大驚失色，急忙問說：「怎麼？要抄家？」

「也不算抄家，是查封。」曹雪芹將上諭中的要點，以及來保的處置說了一遍。「秋澄的見解不錯。」

曹霖不知其事，自然也不知道秋澄的見解便即問道：「秋姐姐怎麼說？」

「不是說，要審明了有無貪瀆情事，再作處置？所以得趁來爺爺給的這一夜功夫，把四叔的信件、合同甚麼的，好好兒清理一下，中間有談到回扣、送禮的，都得銷毀；沒有證據，光憑黃三他們的口供，不能作數。」

「還有件事，棠村，你跟季姨娘說明白；我們可不能受寄財物。」

「那——，」曹霖滿臉沒奈地，「只好讓公家查封了。」

「好在只是查封，還有希望發還。」曹震安慰他說：「如今頂要緊的是救四叔。來爺爺會幫忙，不用說；刑部跟步軍統領衙門都得去打招呼，你最好明天去看海大人跟來爺爺，替他們磕頭，請他們成全。」

「好，我去。」

「刑部的司官，也得找條路子。」曹雪芹問：「四叔的案子，不知道歸那一司管？」

「工部的案子歸四川司。不過，」曹震答說：「這是欽命案子，歸秋審處辦。」

刑部秋審處主要是管決囚，特派資深幹練的司官八員，充任「總辦」；權柄極大，號稱「八大聖人」，意思是他們的話，就如聖人之言，不但不會錯，而且不能改，秋審處具稿題奏，堂官唯有畫行而已。

「秋審處我倒有個熟人。」曹雪芹說：「明天我去打聽一下。」

「恐怕要花錢吧？」曹霖問說。

「八大聖人不敢要錢。」曹震答道：「秋審處的書辦，就難說了。」

「不知道要預備多少？」曹霖哭喪著臉說：「老爺子有些甚麼東西，我全不知道；現銀是交給鄒姨娘管的，據說現在還剩下兩三千銀子，提牢廳已經送了一千了。」

「這些，你別擔心！」曹震有點煩了，「明兒我跟四叔去商量，自然有個結果。四叔只有你一個兒子，如今你得挺起肩膀，把門戶頂起來，你辦不到的事，我跟雪芹都知道，幫你來挺。你辦得到的事，就不必愁眉苦臉，弄得大家心煩。」

由於曹震聲音很大，是一種訓斥的語氣，驚動了裡屋的馬夫人，對錦兒與秋澄說道：「你們看看去！棠官是怎麼回事？」

因此，錦兒與秋澄相偕掀簾而出，恰好曹震話完；只聽曹霖問道：「我不知道那些是我辦得到的事。」

「你辦得到的事，就是管住你娘；別在這個節骨眼上，無事生非。」

這話說得過於率直；錦兒急忙說道：「棠弟弟，你別誤會你震二哥的意思。大家都是為四叔；事情很麻煩，所以大家的心境都不好，說話不免有火氣，你別介意。」

「我知道。」

「你知道就好。」錦兒又說：「知母莫若子，季姨娘的脾性，沒有比你再清楚；她也最聽你的話。你震二哥的意思是，這會兒為了四叔，大家得把心齊了起來，千萬別為不相干的事生意見。家和萬事興，我想你總明白這個道理。」

「我明白。」曹霖停了一下說：「不就為了鄒姨娘信任福生嗎？我讓我娘，一個字不提就是了。」是帶著點負氣的味道，連秋澄亦感不悅，「鄒姨娘信任福生沒有錯。」她說：「福生是能辦事的人；這會兒更顯得他要緊，四叔的事，大半在他肚子裡，咱們請教他的地方多著呢！」

用到「請教」二字，語氣鄭重；曹霖不作聲了。

「少喝點兒酒吧。」錦兒對曹震說，「吃完了飯，早早去理四叔的書房。」

「說得是。」曹雪芹接口，「咱們就儘這一壺酒吧。」

須臾飯罷，曹震照例要喝普洱茶消食；趁熬茶的功夫，曹雪芹悄悄對秋澄說，要她也一起去，為的是將福生找回來的經過，好告訴鄒姨娘，同時把吳主事所出的存摺要了來，以便由福生去辦註記的手續。

「有季姨娘在，我也不能撇開她跟鄒姨娘私下去談。」秋澄想了一下說：「索性把你錦兒姐也邀了去。」

事實上也有此必要，因為查封之事一說破，季姨娘定驚惶失措，必得有人安慰開導。於是陳明馬夫人，等曹震喝夠了茶，略略商量了一下，一行五眾，帶著丫頭、小廝，坐車的坐車，騎馬的騎馬，浩浩蕩蕩地出發。這一下，曹頫家可熱鬧了，大廳、上房、門房，都是燈火通明；季姨娘與鄒姨娘指揮下人，張羅茶水，忙了好一陣才定下來，曹震照商量好的步驟，開始發號施令。

「棠村，你把兩位姨娘去請出來。」

「我看，」曹雪芹說：「不如咱們到裡面去，說話也方便些。」

曹震同意了。兄弟三人到了上房堂屋裡，把季、鄒二姨娘請了出來；曹震發第二道命令：「秋澄，你把明兒一早的事說一說。」

秋澄點點頭，坐到季姨娘身邊，又招招手將鄒姨娘與錦兒邀坐在一起，方始徐徐開口。

「季姨娘，有件事你先沉住氣，明兒一早，有人來查封——。」她緊按著臉已變色的季姨娘的手說：「季姨娘，你聽清楚，不是抄家，是查封；將來還會啟封。只要咱們和衷共濟，把四叔的官司洗刷出來，不會有大了不得的罪過。」

話雖如此，季姨娘已是雙眼亂眨，彷彿有千言萬語，一起要湧出來似地；鄒姨娘自然比較沉著，雖然也是臉色發白，但卻還能清清楚楚地發問。

「不知道封點兒甚麼？」

這就要曹震來回答了，「值錢的東西，大概都要封。」他說：「第一，當然是現銀；其次是不動產；當然還有四叔的字畫骨董，其他細軟。」

「喔，」鄒姨娘又問：「是全家大小的私財都要封呢？還是只封我們老爺名下的東西。」

「這就很難說了。」曹震想了一下說：「我想兩位姨娘自己的東西，應該不至於查封吧。」

「震二爺是說，我們的首飾衣服，不至於被封？」

就這時，季姨娘嗷然一聲，哭了出來，涕泗滂沱，拍手頓足，且哭且訴；說曹頫不理正事，酒醉糊塗，不記得第一回抄家吃的苦頭，以至於第二回又抄家。又說曹頫做官，他人發財；一旦出了事，別人逍遙自在，他一個人在監獄中受苦。倘或有甚麼三長兩短，誰來照管他們母子。

她這種類似得了痰症的大哭大鬧，已多年沒有犯過了；曹家的人都曾見過這種場面，知道她是越扶越醉的脾氣，絕不能勸，勸了更厲害。但在她家只待了三、四年，且頗得季姨娘重用的一個女僕朱媽，卻不知就裡，驚惶不安地絞了一把手巾進來，打算勸慰。不道一進門讓曹霖喝住了。

「你要幹甚麼？出去！」

季姨娘看大家都不理她，正苦於無法收場，好不容易有個朱媽可作哭訴的對象，誰知為曹霖惡聲轟了出去；不由得心頭火發，一巴掌打在曹霖臉上，止住哭聲，戟指罵道：「你這個死沒良心的忤逆東西！上上下下都在旁邊看笑話、看熱鬧，只有一個朱媽可憐我，你憑甚麼這樣子對她，莫非你吃錯了藥？」

曹霖那裡肯服他的娘？雖不敢還手，卻是捂著臉暴跳如雷地吼道：「不錯，不錯！我吃錯藥，所以犯痰症，鬧笑話讓人看熱鬧——。」

「你還敢跟我頂嘴！」

季姨娘又要打兒子，讓錦兒橫身攔住；秋澄便大聲說道：「棠村，不准跟你娘這樣子說話。」

「走吧！」曹雪芹拉著曹霖往外走，「咱們上書房，辦正事去。」

他們兩人一走，氣得臉色發白的曹震，跟著也就站起身來，臨走時對錦兒、秋澄說道：「你們開導開導季姨娘；她這樣子鬧法，非將四叔一條老命送掉，不能算完。」

等他一走，錦兒說道：「季姨娘，你鬧得棠弟弟都寒心了。」鬧了一陣，落得個一無是處；孤立之感，使得原就忌憚錦兒的季姨娘大為氣餒，結結巴巴地好半天也沒有能說出一句整話來，就索性不作聲。

「棠弟弟到現在都沒有娶親。他跟雪芹不同，雪芹是自己不想娶；棠弟弟可是早就盼望成家了，提了幾次親，臨了兒都是一場空，為甚麼？季姨娘，我跟你實說了吧，人家小姐聽說有你這麼一個婆婆都怕了！」

一說這話，季姨娘不免又感委屈；「我也不是狼、不是虎，那裡就真的吃人了？」她抽出手絹兒抹眼淚，「我也不知道，是甚麼時候出了這麼一個惡名在外。」

「為甚麼人家沒有這麼一個惡名，獨獨是你有？」錦兒冷笑說道：「季姨娘，我實在不明白，為甚麼好好的事，到了你身上就會弄得一團糟？人家鄒姨娘——。」抬眼一看，不見鄒姨娘的影子，她就沒有再說下去了。

原來鄒姨娘是讓秋澄乘機拉到她屋子裡，談了將福生找回來的經過。鄒姨娘心感不已，拉著秋澄的手說：「秋小姐，你將來後福無窮；不但是我都虧秋小姐你照應，我看將來大家都要仰仗你跟仲四爺呢！」

秋澄不理她這話，只問：「摺子是不是這會兒交給我？」

「當然，當然。」鄒姨娘即時開了箱子，將存摺與圖章都交了給她。

等一接過來，秋澄覺得手中沉重，肩頭亦有不勝負荷之感；因為她想到不受寄頓，是她首先提出來的主張，此時卻似乎出爾反爾，成了言行不符的小人，而且這樣私相授受，說不定季姨娘母子會有她在趁火打劫的懷疑。

沉吟了一會，她將存摺與圖章交了回去，但這在鄒姨娘亦是燙手之物，所以遲疑未接，只問：

「秋小姐，怎麼了？」

「我想這個存摺，該當著季姨娘交給我才是。」秋澄又說：「鄒姨娘，你放心好了，福生挪用的兩千銀子，我也想法子來彌補，季姨娘跟棠村不會知道。你先把東西接過去；回頭你順著我的語氣說好了。」

這一下，鄒姨娘心中的一塊石頭，才算落地，「我明白。」她點點頭將存摺與圖章接了過來，仍舊鎖入箱子。

「咱們上季姨娘那裡去吧！」秋澄要走復又停住：「鄒姨娘，福生好賭，以後別再讓他經手銀錢了。」

「是的，是的，我不能吃了虧，還不學乖。」

到了季姨娘那裡，卻不見人，問丫頭才知道她是在廚房裡，預備消夜；錦兒是在曹頫的書房裡。於是鄒姨娘與秋澄，也是一個到廚房，一個到書房裡。

書房裡是曹雪芹、曹霖動手，信札文件堆了一桌子；曹震安坐著與錦兒低聲在交談。一見秋澄來了，錦兒招招手讓她在她身旁坐下。

「怎麼說？」

「沒有甚麼。」秋澄使個眼色，示意有曹霖在，不必多問。

「我們剛才在談，福生何以至今沒有回來？大概是在刑部陪四叔。」

「大概是。」秋澄問道：「理出來甚麼東西沒有？」

「有兩封信很不妥當。」曹震答說，「已經抽出來了。」

「理得差不多了吧？」

思。」

「差不多了。」曹震手一指：「就是那一堆了。你幫著去看看。」

秋澄徐徐起身，走向中間的那張大圓桌；「你看，」曹雪芹撿起一張綵色箋紙，「這四首詩很有意思。」

一看是曹頫的筆跡，秋澄便問：「四叔的詩？」

「不是。」曹雪芹說：「你先看後面就知道了。」

秋澄便先看最後一段，是曹頫的筆跡：「雍正十一年初春，郡王派充玉牒館總裁，挈余入館協修，宿禁中凡兩月有奇。館中宮監名玉順者，年八十有四；每夕命酒對酌，娓娓言宮闈軼聞，如白頭宮女話天寶也。玉順九歲淨身，猶及見世廟；其師在承乾宮司宮門啟閉，承乾宮者端敬皇后所居，后出身於水繪園，託名為內大臣鄂碩之女，以鄂碩姓董鄂氏也。宮中尚沿明時稱謂曰『董娘娘』；世廟御製〈端敬皇后行狀〉，亦逕稱之為『董氏』，弗曰董鄂氏也。異日於敝笥中得李文勤公〈擬宮詞〉四首，迷離惝怳，持以示玉順；謂余曰：『此即順治時事也。』細繹之，四首各有所指；錄詩並箋之如右，祕存自玩。」下面記著日期：「順治十一年四月朔。」

「郡王」指平郡王，「世廟」指世祖，便是順治皇帝，只不知「李文勤公」是誰？

「他叫李霨，號坦園，官拜大學士；詩做得不錯的。」曹雪芹說：「你拿到一邊，慢慢去看。」

於是秋澄捧著詩箋，在燈下細看，一共四首七律，第一首是：「惆悵樓東薄命吟，昭陽日影夢中沉，當熊辭輦恩難恃，落葉哀蟬憶反深；自昔丹青能易貌，何人詞賦可回心？春風著意嗚鶗鴂，紅雨飄零感不禁。」

下面是曹頫的箋釋：「此為世祖廢后博爾濟吉特氏詠也。然亦有繼后與端敬在內，即三、四兩句所指，擬繼后為班婕妤，而端敬為漢武之李夫人。敬按玉牒：世祖廢后博爾濟吉特氏，科爾沁卓禮克圖親王吳克善女，孝莊文皇后姪也。后麗而慧，睿親王多爾袞攝政，為世祖聘焉。順治八年八月，冊為皇后。上好簡樸，后則嗜奢侈，又妒，積與上忤。」

以下便記廢后的經過，先命明朝降臣大學士馮銓查前代廢皇后的故事，馮銓等人，上疏諫奏；順治面責諸臣沽名釣譽；當天奏明孝莊太后，將皇后降封為「靜妃」，改居側宮，由此而廢。曹頫寫道：「此猶漢武廢陳皇后；『何人詞賦可回心』者，謂不得如司馬相如其人者，作〈長門賦〉也。惟『自昔丹青能易貌』，用王嬙、毛延壽故事，不知何指，度必有事實在內，而為玉順所不知，故不能詳。」

再看第二首：「新縑故劍易生疑，濁水清塵兩不期，為問絳紗初繫日，何如金屋退閒時？照顏不夜珠無色，樹背忘憂草有知，縱道君恩深似海，波瀾洄洑使人悲。」

曹頫說：「此為孝惠章皇后而詠也。」以下據他在玉牒中所見，記述孝惠章皇后的來歷。孝惠即是順治的繼后，亦出於蒙古科爾沁旗博爾濟吉特氏一族，順治十一年聘之為妃；繼而立為皇后。但這段婚姻，純粹是為了籠絡科爾沁旗，以支持清朝尚未大定的天下；順治皇帝根本就不喜歡這位皇后。

正看得入神時，只聽錦兒在說：「你在看甚麼？該走了。」

秋澄抬眼看時，曹雪芹跟曹霖已經將桌上的文件清理完畢；曹震手裡卻持著一個大封袋，料想是應該銷毀的東西。

「怎麼樣？」曹雪芹看著秋澄問。

「很有意思，回頭得好好兒看一看。」

「你也是！」錦兒笑道：「湊上一個雪芹，在這時候還有閒情逸致看這些不相干的東西。」

「誰說不相干？關係大得很呢！這些東西如果抄了去，說不定就是一場文字獄。」

一聽這話，曹震先就大吃一驚，「是甚麼見不得人的東西？」他說：「那麼厲害！」

「談順治宮裡的祕辛。」秋澄又說：「光是四叔把玉牒當中的材料，寫了下來，就是件大犯忌諱的事。」

曹震楞住了；好一會，突然說道：「萬幸，萬幸！我都沒有想到，虧得你及時發覺。」

曹霖不知他們說的是甚麼，但「大犯忌諱」這句是懂的，不由得也緊張了。

「棠村，」曹震問說：「四叔平時不是記日記嗎？在那兒？」

「那得問鄒姨娘。」

「這裡也有。」曹雪芹接口；回身指著一個書箱說，「我剛才打開書箱看了一下，那裡頭就有四叔的日記。」

「多不多？」

「多。」曹雪芹說：「日記怎麼會不多？一年一本，總也有三、四十本了。」

「那可沒法兒細看。怎麼辦？」曹震躊躇了一下說：「棠村，你找個隱密地方，把那隻書箱收好。好在查封不是查抄，別擱在顯眼的地方就行了。」

「鄒姨娘那裡也有。」曹霖問說：「是不是要過來，收在一起？」

「那必是這一兩年的，我得看一看，有甚麼違礙的地方沒有。」

於是一起回到上房，在堂屋裡吃消夜；秋澄惦念著那四首〈擬宮詞〉，匆匆忙忙地喝了一碗粥，便移坐到亮處，取出詩箋細看；曹頫在敘明順治繼后——孝惠皇后的生平以後，先下一句總評：「四首之中，以此為第一，蓋無一字無來歷；無一字無著落也。」

接下來逐句箋釋，說「新縑」指端敬皇后，亦就是來自水繪園的冒辟疆姬人董小宛；「故劍」自然是降封為靜妃的廢后。既有已廢之后；復有方寵之妃，兩皆致疑於繼后，處境非常為難。第二句先指明出典：「曹子建與王仲宣等同作『七哀』詩，他人皆言死別；子建獨寫生離，起句云：『明月照高樓，流光正徘徊；上有愁思婦，悲嘆有餘哀』；又有句云：『君若清路塵，妾若濁水泥』，此即『清塵濁水』之出處。『兩不期』者，兩不相期之謂。」

儘管曹頫箋釋得很詳細，但對秋澄來說，稍為嫌深了些；正在攢眉苦思，肩上為人拍了一下，她一驚抬眼，是錦兒在她面前。

「該走了。」

秋澄求知心切，拉著曹雪芹問詩箋真意。

「這是說，世祖跟繼后根本無感情之可言，所以既不能期望世祖為清水塵；亦不必責備繼后不能如廢后那樣殉帝。」

「怎麼？」秋澄訝異地，「廢后是殉葬了？」

「不是殉葬。」曹雪芹說，「廢后殉帝而位號未復，這件事在當時曾引起軒然大波；結果又賠上一條命，封為貞妃的，真正董鄂氏家的女兒，被迫殉葬，等於為廢后償命。吳梅村有一首詩：『昭陽甲帳影嬋娟，慚愧恩深未敢前；催道漢皇天上好，從容恐殺李延年。』就是寫的這回事。」

「咱們別扯遠了。」秋澄指著詩箋說：「你仍舊講這首詩。」

「晉朝選妃，選中的以絳紗繫臂；金屋用漢武陳皇后的典故來說，自然是指中宮。『為問絳紗初繫日，何如金屋退閒時』，意思是問繼后，當初入選跟此日做個掛名皇后，兩者的滋味如何？」曹雪芹接下來解釋第二聯：「夜明珠要入夜方明，不夜自然無色；這是說繼后始終不能邀君王一盼。『樹背忘憂草有知』，說她思母，也就是思鄉，這是必然之理。」

「走了，走了！」錦兒再一次在喊。

這回真的要走了，燈籠高舉，照見該走的與送客的都站著在等待。

「你是回家，還是住在我那裡？」錦兒問秋澄。

「我回家。」秋澄答說：「怕太太惦著。」

這只是原因之一；原因之二是她為那四首〈擬宮詞〉著迷了，回家以後，還要跟曹雪芹討教。

「那麼我坐你的車。」錦兒說道：「先送我回家。」

等上了車，錦兒問她跟鄒姨娘交談的情形，秋澄方始想起，只為跟曹雪芹談時，誤了正事。

「糟了！」她懊喪地說：「這件事沒有辦妥。」

「怎麼？」錦兒問說：「她把摺子交給你沒有？」

「她要給我；我覺得私相授受不大好，打算讓她當著季姨娘的面交給我。」秋澄談了經過情形以後又說：「跟曹雪芹一談，談得忘記掉了。」

「怪不得，鄒姨娘老是在看你，你沒有理她。我還奇怪，以為你是故意的呢！」錦兒又說：「不過不要緊，鄒姨娘腦筋很清楚，一定私下把那個摺子留下來了，明先再跟她去取好了。」

話雖如此，秋澄到底不大放心；深怕第二天來查封時，把那個摺子也封在裡面，事情就很麻煩了。

到家已經快三更天了，一起到了夢陶軒，孤燈獨守的杏香，親自來應門；迎入室內說道：「我預備了消夜在等你們。」

「吃了消夜回來的。」

秋澄不忍辜負，接口說道：「再吃一頓也不妨。」

「好！你們先喝茶。」說完，杏香轉身去預備消夜。

「剛才沒有講完。」詩箋是在曹雪芹身上，他掏了出來，遞給秋澄，「你先看一看四叔的箋注。」

注得很詳細；箋釋得亦很清楚。〈御製端敬皇后行狀〉說得非常明白，在董小宛封為貴妃後，繼后因事太后不謹，世祖又想廢立。董小宛為繼后求情，長跪不起，甚至表示，如果聖意不回，繼后被廢，她只有死而已。於是世祖降旨，「停其箋奏」——皇后言事於皇帝用「箋奏」；所以世祖的此一措施，便是停止皇后行使職權，同時指定以董小宛「攝行六宮事」；換句話說，即是由董小宛代理皇后。所謂「金屋退閒時」，便是「停其箋奏」的那段日子。

繼后末廢，自然是「君恩深似海」；但君恩乃由董小宛代為乞求而來，其中頗有文章，所以說「波瀾洄洑使人悲」。

「果然！」秋澄欣然點頭，「無一字無來歷；無一字無著落。」

再要看第三首詩，為杏香打斷了；在堂屋裡吃消夜時，秋澄少不得要將這晚上的經過情形，告訴杏香。曹雪芹很倦了，吃了半碗粥，擦了一把臉說：「我可要睡了。你們聊吧！」說完，轉身就走。

「慢一點。」秋澄攔住他說：「剛才我只顧得那四首詩；明兒一早的事，你們是怎麼談的？」

「讓鄒姨娘把不動產的契據理出來，都擱在一口箱子裡；打算著來查封的人，只在箱子上貼一張封條，大家都省事。」曹雪芹又說，「至於現銀跟古玩、字畫，看季姨娘的意思，想拿一部分出來。震二哥跟錦兒姐都不便說甚麼，我當然更不必表示意見。」

「四叔的日記呢？」

「最近的幾本，震二哥跟鄒姨娘要了來，帶回去看了。」

「嗯。」秋澄不放心地說：「明兒三個衙門的人來了，棠村一個人不知道對付得下來不？」

「不要緊！震二哥一早就會去照應。」

「你呢？」秋澄問說：「你不去？」

「我打接應。」曹雪芹答說：「只要一招呼，我馬上就趕了去。」

「我看，你就辛苦一趟吧。替我跟鄒姨娘把吳主事的存摺要了來。」

「好！」曹雪芹看著杏香說：「你明兒一早叫我。」

看杏香亦是星眼微餳，倦態可掬的模樣，秋澄便即說道：「你也睡吧！到時候我會派人來叫門。」

「怎麼你不睡？」

「我一時還不睡；到五更天，我會關照坐夜的來通知。」說罷，秋澄站起身來，自己打個燈籠，悄悄回屋；推開角門，驚醒了坐夜的老媽子，隨即吩咐她，天一亮便到夢陶軒：「告訴那裡的人，叫醒芹二爺。千萬別誤事！」

原來她是為那四首詩著了迷，精神異樣亢奮，知道想睡也不能入夢；此時把「差使」交代妥當了，更可專心一志來探索將近百年前的宮闈祕辛。

她挑亮了燈，倒了一杯紅葡萄酒，坐下來啜飲了一口，鋪開詩箋，看第三首是：「皓齒爭妍滿六宮，專房分席幾人同？蝶隨香袂時時改，柳引羊車處處通；歡極那知蓮漏促，寵移不待玉尊空。當筵一奏秋風曲，始信君王是化工。」

對這首詩，曹頫的箋注不多；或許因為涉及帝德，不宜亦不忍細論之故，只說：「此言後宮之盛也。然以晉惠帝相擬，過矣！第二聯謂世廟不永年。」秋澄細玩詩意，不獨用「羊車」的典故，將世祖比擬為好色的晉惠帝，而且也寫出了世祖心性浮動，一味縱欲，並無專寵。

然則何以獨獨對董小宛用情至深，就更值得細究其故了。

於是接下來看曹頫所說：「專為端敬而詠」的第四首：「洛浦明珠鄭國蘭，千秋長擬奉君歡，同遊正墮雲間翼，獨舞俄羞鏡裡鸞；七寶台高終怯步，六銖衣薄詎勝寒？鉛筆不是承恩具，斟酌蛾眉畫愈難。」

這首詩的箋注，比第二首更詳細；曹頫首先指出第一句的兩個典故，「洛浦明珠」指〈洛神賦〉中所說的「斯水之神，名曰宓妃」，而實指曹丕的甄后，〈洛神賦〉原名就叫〈感甄賦〉。何以董小宛會與甄后相提並論，曹頫的箋注中，透露了一個祕密。

「端敬原為睿親王多爾袞所得，迨睿親王身後獲嚴譴，廢為庶人，端敬入宮；未幾為孝莊太后拔之於『辛者庫』中，為慈寧宮女侍之冠，世祖幼弟襄親王博果爾眷之甚，彷彿明憲宗之於萬貴妃；妃固明憲宗之保母也。一日，端敬侍孝莊禮佛，為世廟所見，殆如漢元帝之初見昭君，驚為天人，言於太后，擬封之為妃；而襄親王爭之烈，帝怒，撻之。王為太宗最幼之子，母為貴妃，當崇德朝，位在孝莊之上，故王素驕縱；既被責，哭不休，時尚未有尊號，因封之為襄親王，藉為慰藉。自龍興以來，皇子無武功而封王者，蓋未之有也。」

同時，對襄親王博果爾的婚姻允另作了安排，配以定南王孔有德之女，且為孝莊太后義女的孔四貞。看看一切都似乎妥當了，方始下詔，定於順治十三年七月初七，冊封董小宛為賢妃，並行赦典。那知道就在熱熱鬧鬧預備喜事之前的幾天，博果爾尋了短見。

親王薨於位，應該停止慶典，輟朝；只以博果爾死得輕於鴻毛，而且大殺風景，為了懲罰他，冊妃之典照行，只賜宴妃家一節取消。亦不輟朝，且無恩卹；「襄親王謚昭，乃康熙朝追謚，明載玉牒。」曹頫又說：「時吳梅村方徵辟在京，親見親聞，〈七夕即事〉五絕四首，即詠其事。第四首云『花萼高樓迴，岐王共輦遊，淮南丹未熟，緱嶺樹先秋；詔罷驪山宴，恩深漢渚愁。傷心長枕被，無意候牽牛。』情事尤為明顯，起結用花萼樓故事，以明皇、岐王擬世廟及襄親王；三四謂不當仙去而仙去，王年方十六也；『漢渚』兼賅漢皋解珮，陳思感甄兩典，尤為詩眼。末句『無意』二字，則自裁之確證矣。」

接下來，曹頫注釋「鄭國蘭」，亦就是「夢蘭」的典故，鄭文公賤妾燕姞，夢蘭而生子，便是後來的鄭穆公。董小宛初封賢妃，同年年底晉封為皇貴妃；第二年十月生子，尚未命名，旋即夭折，追封為榮親王。但當生子之時，董小宛自是躊躇滿志，故云「千秋長擬奉君歡」。

「三四言端敬因緣時會，所以擅寵之由來。」曹頫這樣箋釋：「古詩『夢君如鴛鴦，比翼雲間翔』，同遊雲間而一翼墮，明指廢后。不曰折翼、失翼者，以廢后固在，不過自雲間貶落而已。『獨舞』者山雞舞鏡；『鏡裡鸞』指繼后。端敬謙敬敏慧，嫻書史，精女紅，有鍼神之目；繼后相形自慚，故著一羞字。正與俄相呼應，知端敬之得寵，在元后既廢；繼后甫立之時。」

第二聯「七寶台高終怯步，六銖衣薄詎勝寒」；曹頫將它歸納為一句話：「固辭正位，孤立自危。」主要的論據，出自〈御製端敬皇后行狀〉；他引了這樣一段：「十四年冬於南苑，皇太后聖體違和，后朝夕侍奉，廢寢食。朕為皇太后禱祀於上帝壇，旋宮者再；今后曾無一語奉詢，亦曾未遣使問候，是以朕以今后有違孝道，諭令群臣議之，然未令后知也。後后聞之，長跽頓首固請曰：『陛下之責皇后是也。然妾度皇后，斯何時，有不焦勞憂念者耶？特一時未及思，故失詢問耳。陛下若遽廢皇后，妾必不敢生。陛下幸體察皇后心，俾妾仍視息人間，即萬無廢皇后也。』」然後提出他自己的意見：「端敬既以皇貴妃攝六宮事，則繼后果廢，必以端敬正位，此理所必然，勢所必至者也。端敬自顧何人，敢於母儀天下而無所愧怍乎？是可知為繼后請命，至以死自誓，亦為一己所計，不勝非分之福而固辭也。」

其實董小宛不必正位中宮，已有「高處不勝寒」之感，以她的出身而居然成為皇貴妃，為親貴婦所嫉視，是可想而知的事，結句即為「六銖衣薄詎勝寒」的注腳；曹頫仍引〈御製行狀〉來箋釋何以「鉛華不是承恩具」。

〈御製行狀〉中有一段：「后於丁酉冬生榮親王，未幾王薨，朕慮后愴悼，后絕無戚容，恬然對曰：『妾產是子時，懼不育致夭折，以憂陛下。今幸陛下自重，弗過哀，妾敢為此一塊肉，勞陛下念耶？』因更勉慰朕，不復悼惜。當后生王時，免身甚艱，朕因念夫婦之誼，即同老友，何必接夕，乃稱好合？且朕夙耽清靜，每喜獨處小室，自茲遂異床席。即后意豈必己生者為天子，始慊心乎？是以亦絕不縈念。」於此可以推斷，世祖必已有了許諾，將立董小宛所生之子為東宮；然則她所失去的不僅是獨子，而且亦是未來的天子。

看到這裡，秋澄將詩箋覆起，凝神推想董小宛的心境，清朝的家法，母以子貴，如果她的兒子得立為太子，將來繼承皇位，她便是太后，一直處於極優越的地位，即令宮中妃嬪、宮外命婦，妒嫉輕視，亦無奈其何。及至獨子夭折，希望落空；而且既已「異床」，不復再能生子，更無後望。一旦失寵，就必有許多落井下石的人，所謂「鉛華不是承恩具」，正有色衰愛弛之懼，而「斟酌蛾眉畫愈難」，曲曲寫出董小宛憂讒畏譏的愁苦心情，確是好詩。

翻轉詩箋，看曹頫的注釋，與秋澄的見解，大致相同；最後還有一段曹頫的結論：「敬按〈御製端敬皇后行狀〉，引后之言，有『恐華國為陛下以一微賤女』云云。端敬果出於鄂碩家，則董鄂氏為八旗貴族，家門鼎盛，不得自謂『微賤』。端敬來自水繪園，萬無可疑。至入宮真相，仍當於梅村詩中求之，其『題冒辟疆名姬董白小像』七絕八首，前有四六小引云：『阮佃夫刊章置獄；高無賴爭地稱兵。』謂阮大鋮、高傑；斯二人者，冒辟疆固曾受其荼毒者也，然與端敬無涉，詩中所謂『鈿合金釵渾拋卻，高家兵馬在揚州』，言端敬被劫持，蓋別有所指。陳其年水繪園雜詩：『客從遠方來，長城罷征戰。君子有還期，賤妾無嬌面。』遠方客來於長城罷戰之後，衡以時日，當指順治六年秋冬，征大同叛將姜瓖之役凱旋以後，則此客為何人所遣，不言可知。梅村又有〈古意〉六首，詠廢后及端敬，其第六首云：『珍珠十斛買琵琶，金谷堂深護絳紗。掌上珊瑚憐不得，卻教移作上陽花。』絕世名葩，自金谷園移入上林苑，其來歷固甚分明也。」看是看完了，卻還頗有值得深思之處。偶然抬頭一望，只見曙色已透窗紗，前面屋子裡已有響動，料想是馬夫人已經起身，決定先去探望了，再回來睡覺。

果然，繞出後院，但見馬夫人正在前院澆花；「你今兒倒真早！」是馬夫人先招呼，「頭都梳好了。」

「我還沒有睡呢！」

「喔，」馬夫人定睛看了一下，「怪不得臉上有油光！為甚麼一夜不睡；昨兒晚上甚麼時候回來的？」

「回來很晚了。」秋澄答說：「看了四老爺抄下來的幾首詩，迷迷糊糊地天就亮了。」

「喔，」馬夫人問：「四老爺那裡怎麼樣？」

秋澄先不答話；看丫頭端了茶來，便將廊上的茶几藤椅移到院子裡，陪著馬夫人一面品茗，一面細談昨夜見了季姨娘的情形。

馬夫人仔細傾聽著，嗟嘆不絕；談話未終，曹雪芹來了，衣冠整齊，是準備出門的模樣。

等他問了早安，還要跟秋澄講話時；由於馬夫人知道他是要到曹頫家去，便催促著說：「你趕緊去吧！事完了就回來。」

「是。我馬上就走。」曹雪芹轉臉問秋澄：「你睡了沒有？」

「還沒有。」

「怎麼？」曹雪芹問道：「讓那四首宮詞迷住了？」

「可不是。」

「有何心得？」

「你先走吧！」秋澄答說：「回來了再談。」

「好！你也趕緊睡吧。」說完，曹雪芹匆匆轉身而去。

於是，秋澄重拾話題，一直講完；馬夫人本有些話要問，但還是忍住了，「去睡吧！」她說，「有話回頭再說。」

秋澄也真是倦得眼都快睜不開了，回到自己屋子裡，解衣上床，頭一著枕，便即入夢；一覺睡到中午才醒。

起床正在梳洗，杏香來了；「我來看過兩遍。」她問：「這一覺睡得很舒服吧？」

「嗯，睡得很好。」秋澄問說：「雪芹回來了沒有？」

「沒有。不過打發桐生回來，說要吃了飯才回來。」

「怎麼？」秋澄問道：「是陪查封的官兒們吃飯？」

「大概是吧！」

「那好！」秋澄欣慰地笑道：「揖讓升堂，杯酒言歡，查封的情形，大概不嚴重。」

「桐生也說，去的人很客氣。一直在老爺的書房裡聊天。」

「一直在四老爺的書房裡？」秋澄有些不放心了，「光是聊天，沒有查看甚麼？」

「查看甚麼？」杏香不解地問。

「怕他們查看四老爺的日記。」秋澄是怕曹頫將隨平郡王入玉牒館，改寫當今皇帝的生母，以及曾至熱河迎接聖母老太太的情形，毫不隱晦地寫入日記；這些情形，跟杏香不是一時說得清楚，所以只這樣解釋：「四老爺當過好些機密差使，都是不能告訴人的；更不能留下筆跡，如果他不小心記上一筆，查到了很麻煩。」

杏香對此無可置喙，幫秋澄梳好了頭，相偕到了馬夫人屋子裡；接著便開午飯了，兩人陪著馬夫人，同桌異器而食，吃到一半，曹雪芹回來了。

「怎麼？」秋澄問道：「不是說陪查封的官兒，一塊兒吃飯嗎？」

「原來是這麼打算。人家不願，不能勉強。」

「這麼說，你也還沒有吃？」

「沒有。」曹雪芹看一看桌上說：「我不想吃米飯，給我烙兩張餅。」

杏香答應著走了；曹雪芹自己去倒了一杯汾酒，坐下來談這天上午查封的情形；誠如桐生所說，三個衙門派來的人都很客氣，曹霖拿出來甚麼，或者指點甚麼，就封甚麼，毫不苛求，更無刁難。

「封了三個銀櫃；四口大櫥，是四叔的骨董；畫箱當然也封了。契據是裝在一口小皮箱裡面，略為看一看而已。」

「我託你的事呢？」秋澄問說。

「當然一到就辦。」曹雪芹從夾袍口袋中，取出鄒姨娘那裡取來的存摺跟印鑑，交了給秋澄。

「桐生說，你們在四叔書房裡聊了好久。聊的甚麼？」

「談崔之琳的笑話。」曹雪芹說：「黃三的口供，說他平時查夜，常到和親王府去歇腿，喝酒吃消夜，跡近騷擾。劉總憲知道了很不高興，把他叫了去訓了一頓，說他有玷官常。看樣子他巡城的差使怕要撤了。」

「劉總憲是誰？」馬夫人問說。

「名叫劉統勳，山東諸城人。」曹雪芹將左都御史劉統勳生平，略略談了些以後又說：「他是皇上最信任的，為人清剛正直；四叔幸虧遇到他，不然崔之琳那個摺子能打四叔打得翻不了身。」

「今如也好不了多少。」馬夫人說：「今兒我想了一上午，只怕最後得要請出一尊菩薩來，才有救。」

這尊「菩薩」是誰？秋澄首先想到；等他轉眼望曹雪芹時，他也想到了，兩人交換了一個眼色，都沒有作聲。

剛剛烙好了餅送來的杏香，只聽到下半句，信口問說：「太太要到那裡去燒香？」

這誤會的一問，倒提醒了馬夫人；「正該到那裡去燒一炷香，求一支籤；四老爺這回的事，真教人不能放心。還有，——。」她沒有再說下去。

馬夫人還有甚麼心事，大家都無從猜測。既然她不願明言，開口動問，只惹她心煩，所以秋澄只問：「太太打算到那裡去燒香？」

「我看還是前門關帝廟。」馬夫人說：「明兒吃一天齋，後天一早去。」

秋澄點點頭，轉臉問曹雪芹：「你去不去？」

「去。」

「那好！」秋澄看著杏香說：「明兒大家都吃齋。」

「好。」曹雪芹喝乾了酒吃餅；飯後，馬夫人要歇午覺，秋澄便隨著曹雪芹到夢陶軒去喝茶閒談。

「太太，怎麼會想到了那一尊菩薩？」秋澄問說：「你看四叔的事，會不會非走這條路子不可？」

「這根本是條不能走的路子，弄巧成拙，反而不妙。」

「也不見得是條不能走的路子；只要不是直接求見，迂迴繞道，能有一言半語，提到往事，皇上一定會念舊情。」

在一旁插花而雙耳注意著他們談話的杏香，本就聽不明白；又聽提到「皇上」，可真忍不住要發問了。

「你們說的『菩薩』是指誰啊？」

「皇太后。」

「喔，是指聖母老太太。」杏香說道：「不是說，皇上很討厭有人直接去求她甚麼事嗎？」

「所以說要迂迴繞道。」秋澄停了一下又說：「只要這尊菩薩，知道有四叔下在刑部火房裡這回事，找機會跟皇上提一聲，表示關切就行了。」

曹雪芹喝著茶，靜靜思索；忽然說道：「你這話倒讓我想起一個故事，明朝的開國功臣宋濂——。」

剛說到這裡，有個丫頭掀簾進來說道：「芹二爺，福生來了。」

「喔，」曹雪芹想了一下問秋澄：「叫他進來，你跟他說，如何？」

「咱們一起跟他說好了。」

於是將福生喚了進來，只見他面有愧色；低著頭說：「鄒姨娘讓我來見芹二爺，說有話交代。」

「是的。」曹雪芹說：「你昨兒跟仲四爺談的事，他跟我說了；這也沒有甚麼不可。存摺已經取回來了，這會兒就可以交給你。」

「是。」福生問道：「餘下的款子怎麼辦？是存在他那裡，還是要他想法子撥出來？」

「你看呢？」

「我看不如提了回來。」福生說道：「四老爺這場官司，花的錢不會少。」

「對了，」曹雪芹顧不得談錢的事，「四老爺在裡頭怎麼樣？」

「眼前沒有事。」福生答說：「我替他託了提牢廳的黃主事，他說：『照應幾天，當然是應該的。』意思是長了不行。」

「怎麼不行？」

「芹二爺知道的，靠山吃山，靠水吃水，總得送幾文。這種情形，四老爺也明白。」

「喔，」曹雪芹想了一下問：「四老爺怎麼說？」

「四老爺說，該送多少，要我請震二爺斟酌。」

「如果一定要送，遲送不如早送。你看要送多少？」

「我不敢說。」

「為甚麼？」曹雪芹微感詫異。

「黃主事是我的來頭，我說了數目，彷彿我跟人家串通了似地。」福生略有窘色地，「我這會兒有了『前科』，自己知道，該避避嫌疑。」

他們是在走廊上談話，秋澄原在堂屋中旁觀，此時看他神情愧悔，言語亦很有分寸，便閃出來問道：「福生，你到底在外面還欠了賭帳沒有？」

「喔，」福生先給她打扦請了安，方始起身答說：「我不敢騙秋小姐，還有一百多銀子的尾數。」

「你以後還賭不賭？」

「秋小姐看。」

說著，福生伸出左手，小指上裹著布條，血跡殷然，「怎麼？」她問：「是不是自己剁了指頭？」

福生默然，將頭低了下去；曹雪芹頗為感動，「你倒真有志氣！」他說，「為了戒賭剁指頭，我見過兩個人，一個真的戒了，一個不過賠上一截指頭而已。」

「我是真的戒。」

「好！但願你心口如一。」秋澄接口說道：「我再給你兩百銀子還賭帳。」

「多謝秋小姐！」福生又請了個安，「還了這筆帳，我就甚麼地方都敢去了；替四老爺辦事也方便。」

「四老爺要你辦甚麼事？」曹雪芹問。

「都是些雜務。譬如誰借了四老爺的畫看，或者宋板書去校勘，也沒有借據，不過我知道。」福生答道，「昨兒就為這些事，跑了半夜。」

「都要回來了？」

「沒有。四老爺交代，只跟他們要張借條好了。」

曹雪芹會意，這是變相的寄頓，因而又問：「都補了借條？」

「差不多都補了。有一兩家要把原件交給我；我得跟人解釋：絕不是來要東西，儘管留著看。不過四老爺一時不得自由，要這麼一張條子；或者有人會問，好有個交代。」

「喔，」秋澄問說：「四老爺知道不知道有查封這回事？」

「他先不知道。只跟我說：恐怕難免會落到查抄這一步，不能不預先打算、打算。」

「四老爺還有甚麼打算？」

「沒有，他只叫我帶一句話出來，家庭千萬要和睦，季姨娘別跟鄒姨娘為難。」福生停了一下說：「秋小姐，季姨娘的性情，沒有比你再清楚的，我怎麼敢帶這句話？我說請四老爺寫封信，我帶回去。當時沒有筆墨，我跟人去借了一副，四老爺說心有點亂，等晚上靜下心來寫，要我今天去拿。」

「你打算甚麼時候去？」曹雪芹問。

「打芹二爺這裡出去，我就要去了。」

「你看，」曹雪芹跟秋澄商議，「我讓福生陪著我，也去看一看四叔，好不好？」

秋澄不作聲，沉吟了一回交代福生：「你先到門房裡歇一會，回頭我把那二百兩銀子給了你。」

「是。」福生哈著腰退後兩步，方始轉身而去。

把他調遣走了，為的是好從容商議。秋澄認為暫時不必去看曹頫，因為眼前的情勢還混沌不明，話很難說。而且有些情形，據實而言，譬如季姨娘母子牴牾，曹頫聽了，只會心煩。可是不談這些，又談甚麼？

「總而言之，甚麼話能說，甚麼話不能說，等局面稍為澄清一下，跟震二哥商量了，再去看四叔，比較妥當。」

「那麼，」曹雪芹問：「寫封信讓福生帶去，行不行呢？」

「我也是這麼想，應該寫封信安慰、安慰他。」秋澄四周看了一下又說：「杏香跟我說，她已經預備了材料，要做兩樣菜，給四叔送去，這會兒大概到廚房裡去了。」

「再應該檢兩部書給他送去。」

「對！你就寫信檢書去吧。我到廚房裡看看去。」

於是一個到書房，一個到廚房，老遠就聞見煮火腿的香味；進廚房一看，杏香正親自動手在炒五香肉脯。

「是給四老爺做菜。」杏香一面動杓子，一面問道：「福生走了沒有？」

「還沒有。你弄的菜如果好了，讓他帶去。」

「火腿跟肉脯，都是花功夫的菜，一時好不了。」

「還要多少時候？」

「炒肉脯用小火，要快，把火弄大一點兒，不過肉稍微老一點，不至於不能吃；火腿可就沒法子了。」

「火腿不爛也不要緊，在裡頭再叫人多蒸一會兒好了。」秋澄取出掛在衣襟上的一個小琺瑯珠表，打開表蓋看了一下說：「未正剛過；有三刻鐘的功夫，你能預備好了吧？」

「差不多。」

於是秋澄先回自己屋子，開櫃子取了五十兩一個的四個官寶，拿塊青布包袱包好，叫丫頭捧著到了夢陶軒，直接到書房來看曹雪芹。

「寫完了沒有？」

「快了。」曹雪芹檢起寫好的兩張，「你先看。」

這封信既以慰藉為主，自然要讓曹頫沒有後顧之憂，因此除了勸他寬心以外，特別著重兩點，第一是休戚相關，曹震跟他會多方設法營救；其次是會照看季鄒二姨娘，請他不必惦念。

查封的事當然也談了。

看到這裡，秋澄想起一件事，「雪芹，」她說：「你看，要不要問一問四叔，他的日記裡面，有沒有犯忌諱的話，如果有，是在甚麼時候？好找出來細看。」

「這，」曹雪芹沉吟了一會說：「形諸筆墨不大好，叫福生當面問他好了。」

「好！」秋澄深表同意，「這辦法比較妥當。」

其時曹雪芹已將信寫完；等秋澄看完，他把要帶給曹頫的書也檢出來了。

「找了兩部詩集。」曹雪芹說：「一部《輞川》，一部《東坡》。」

「蘇東坡的詩好，正合四叔這時候看；但願他的官司，也像『烏台詩案』似地，是一場虛驚。」

「可別像王摩詰那樣，吃了罣誤官司。」曹雪芹笑道：「四叔平時做詩，動輒稱盛唐，愛做王、孟那一路的詩，照我看，亦不過虛有其表，真合了貌合神離那句話；他的詩，照我看，不過一塊明礬而已。」

「你這叫甚麼話？」

「明礬看起來像冰糖，等擱在嘴裡，不但不甜，而且澀口。」

「你真缺！」秋澄笑道：「你自己的詩呢？」

「我是『一句三年得』。至少不會像四叔那樣，搖筆即來。」

「『知音如不賞，歸臥故山邱。』做詩本來是陶情養性之事，像你這樣學『島寒郊瘦』那樣子苦吟，也未免太認真了。」秋澄一面找書帕包書；一面說道：「四叔解那四首宮詞，倒很有意味；不過最後一首的箋註，我還不大明白。」

「回頭我來看看。」曹雪芹將信封了口問：「可以交給福生了吧？」

「不知道杏香的菜收好了沒有。」

「好了！」是杏香在外面答話。

於是將福生喚了進來，由秋澄交代：「一封信，兩部書；食盒裡是兩樣菜，火腿恐怕還不大爛。」

「我明白。」福生答說：「那裡有爐子，我再多蒸一會兒好了。」

「對了，是你在那兒伺候，就不必多交代。」秋澄指著銀包說：「這是給你的兩百銀子。」

「謝秋小姐的賞。」福生請安道謝以後站了起來，躊躇著說：「我先把四老爺的東西送了去，銀子回頭來領。」

一個食盒、一大包書，再拿四個大元寶，雙手就不夠用了；秋澄便說：「這樣，你把銀子寄存在門房裡，回頭就不用再進來了。」

「是！」

「你不必說這銀子是給你的；有人問起，你隨便編個理由好了。」

「是！」福生答應著，預備要走。

「慢一點！」秋澄攔住他說：「上午你在家？」

「是的。我一早回去的。」

「那麼，查封的事，你都知道了？」

「我知道。我會跟四老爺回。」

「你順便問一問四老爺。」秋澄沉吟了一下說：「你問四老爺，他派到玉牒館——。」

「甚麼館？」福生插嘴問說。

「別提玉牒館了。」曹雪芹插嘴說道：「弄不清楚，反而不好。」他又關照福生，「你只問四老爺，雍正十一年隨王爺去辦的事好了。」

「對！你問四老爺，雍正十一年隨王爺去辦的事；以及乾隆元年，到熱河去辦的事，他在日記上記了沒有？」

福生很謹慎地將交代的話，複述了一遍，弄清楚了以後才說：「是！我明白了。」

「還有，」曹雪芹作了補充：「你請四老爺好好兒想一想，如果當時沒有記，以後在別的地方，談起或者想起這些事，有沒有記載。問明白了，就來回話。」

「是。」福生答說：「我回頭本就要來的。」

等福生一走，杏香勸秋澄午睡片刻，說她到天亮方始上床，一定倦了。秋澄因為睡到近午方始起身，說倒是曹雪芹睡眠不足，應該找補一覺。

「我從來沒有這個習慣，睡不著，輾轉反側，更不舒服。不過，得找件忘倦的事做；對了，」曹雪芹突然想起，「你不是說〈擬宮詞〉的最後一首，還有不明白的地方？何不取來琢磨琢磨？」

等秋澄欣然將詩箋取了來，卻不見曹雪芹的影子；問起來才知道是因為仲四的鏢客，從浙江走鏢回京，帶來了上好的杭州龍井，仲四送了曹雪芹兩斤，尚未開封；剛剛想起，特地到地窖中去取已存了三年的一甕雪水，預備烹茶。

「四老爺在刑部天牢受苦，他居然還有這番閒情逸致！」說著，杏香搖搖頭，頗有不以為然的神氣。

秋澄一聽這話，不免內慚；曹頫在獄中受苦，她跟曹雪芹卻在談他箋釋的詩，豈不也是跡近麻木不仁的閒情逸致？

正想開口道她的感想時，驀地裡想到，杏香一定沒有想到這上頭；自己一說，杏香必然不安，然則自以不說破為妙。

當然，杏香此時沒有想到，並不表示她在看到他們談話時，不會觸類聯想及此。那時她會作何感想？

秋澄又換一種情況來設想，譬如杏香與她不和，那就可以想像得到的是，當面她不敢有何不滿的表示，而在背後會大肆批評。同時那些為逞口舌之快，以意為之的攻訐，聽起來會很有理，因為她有一個被公認的弱點，出身不高，因此說她「婢學夫人」，得意忘形，固然易於動聽；責備她本不姓曹，所以對曹家遭遇危難，漠不關心，居然有心思來作此不急之務，甚至為之廢寢忘食，更是事實俱在，無可逃避的過失。

然則，既有預見，如何自處？最聰明的辦法，便是不幹這件事，合乎「止謗莫如自修」的道理。可是那一來曹雪芹又會覺得掃興。

轉念到此，忘其所以地自語：「啊！我懂了！」

突如其來地這一聲，而且聲音很大，讓杏香嚇一跳：「秋姑！」她問：「甚麼你懂了？」

「喔，」秋澄定定神，自覺失態，歉意地笑道：「我也是閒情逸致，在琢磨四老爺解的一句詩：『斟酌蛾眉畫愈難。』」

杏香怎麼會想得到她的心事？笑笑說道：「我不懂，我也不想懂。」

秋澄未及答話，只見曹雪芹提著一個陶製的水罐，興匆匆地回來了；一進門便嚷：「爐子生好了沒有？快！拿銚子來。」

杏香答應著，從他手裡接過水罐；關照丫頭打水來讓她洗了手，然後與秋澄一起進入書房，坐下來將手一伸，自然是跟秋澄要詩箋。

「四叔說得不錯，四首之中以第二、第四兩首最好。第四首的結句，更是深得入木三分。」

「喔，」曹雪芹說：「我還沒有細看呢。」

接過詩箋，從頭細看；這得好一會功夫，秋澄便轉身出了書房，來看水開了沒有。

夢陶軒的書齋與正屋之間，有一道迴廊相通，在少為人到的一角，原設有風爐，為深夜煮食及烹茶之需；秋澄到了那裡一看，一個小丫頭正拿蒲扇使勁在搧火，卻不見杏香的蹤影，便隨口問了一句：「姨奶奶呢？」

「剛剛都還在這兒。」小丫頭答說：「只怕是回屋裡去了。」秋澄便不再問。聽得水聲初沸，再看一看爐火，正當旺盛，便即說道：「你別煽了！水自己會開。」

小丫頭樂得躲懶，放下蒲扇說道：「秋小姐，我替你去倒杯水喝。」

「不了。」秋澄答說：「我進去了。看見姨奶奶，就說我在芹二爺書房裡頭。」話完，掉身就走。

這一路去，路並不長；但秋澄的思路卻遠而且幽。因為如此，亟思找個僻靜的地方，容她靜下心來好好地想一想過去。

迴廊上那裡有可以靜坐之處？秋澄走了兩遍，只有仍回夢陶軒。此時曹雪芹已將那四首〈擬宮詞〉及曹頫所作的箋釋，仔細地看完了，默坐沉思之際，看到秋澄，思路打斷，抬頭說道：「確是第四首最好，你賞識不虛。」

「咱們別談這個。還是得琢磨琢磨四叔的吉凶。」

「禍福相倚！你提到四叔的吉凶，我看是不吉不凶，亦吉亦凶，只看自己的心境。」

「你說得好玄。」

「現在情勢混沌一團，根本不知是吉是凶，所以我只好耍個滑頭了；不過千句併一句，說四叔的事，凶多吉少，只怕還沒有人會反過來。」

「凶是怎麼個凶法？凶多又多到那種地步？」

曹雪芹細想了一下說：「凶，當然是有罪，輕則革職賠修；重則抄家充軍，反正不會要腦袋。」

「你倒說得輕鬆，再來一回抄家，加上充軍，已經就跟要腦袋差不多了。」秋澄說道：「六親同運，可真得好好兒想個辦法。」

曹雪芹沉吟不語；就這時，小丫頭提了一銚子開水來，便親自動手，滌器沏茶，倒了一杯給秋澄，兩人相對品茗。

「怎麼樣？」他問。

「香氣還不壞。不過『雨前』太嫩，簡直沒有甚麼茶味；也只有你這種高人雅士才能品嘗。要我，還不如燜一壺雙薰，喝著還痛快些。」

曹雪芹笑笑不作聲，等喝完一杯，倒第二杯時，方始開口。

「太太說的，請出那尊『菩薩』來，是最後的一條路子；照你的辦法，迂迴進行，得先要找一個人。」曹雪芹說：「這個人我也認識，可是沒法兒找她。」

「誰？」

「傅太太。」

「傅中堂的太太？」秋澄問說。

「不錯。」

秋澄想一想說：「其實，她要肯幫忙，也就不必驚動菩薩了。」

「你是說，傅太太能在皇上面前說一句就行了？」

「可不是？」

「路子好像越來越廣了。」曹雪芹點點頭說：「咱們好好兒琢磨琢磨。」

首先要思索的是，誰能跟傅恆夫人說得上話？「太福晉呢？」秋澄問道：「不知道跟傅太太有往來沒有？」

「往來是一定有的，就不知道是不是熟得能託她去說情。」曹雪芹又說：「她跟皇上的那一段，可是個極大的忌諱。」

「當然，不能說請她代為求皇上開恩；只能請她在皇太后面前致意。她要是肯幫忙，自然就會直接跟皇上提。」

「嗯，嗯。」曹雪芹又說：「我倒想起了一件事來了，太太應該去一趟；就不談傅太太，四叔鬧了這麼大一個亂子，也應該去告訴太福晉。」

「太太已經提到這一點了。想等四叔的事弄清楚了，再去告訴她；既然你這麼說，我請太太明兒個就去一趟。」秋澄又說：「不過這件事應該怎麼談，最好咱們先想停當了，再跟太太去回。」

「第一，當然要將出事的經過情形說一說；其次探探太福晉的口氣，這又分兩個步驟，太福晉跟四叔不太對勁，而且從郡王去世以後，她的脾氣變得很乖僻了，願意不願意管這件閒事，很難說。」

「這也不能說是閒事。到底一筆寫不出兩曹字，休戚相關，能管一定會管。」

「雪芹，」秋澄想起一個因福生而打斷的話題，「你先前說，想起明朝開國功臣宋濂的故事，是怎麼回事？」

「喔，」曹雪芹先問：「洪武十三年，左丞相胡惟庸造反的故事，你知道不知道？」

「知道一點兒。不是株連開來，明太祖殺了好些人嗎？」

「不錯。宋濂的一個孫子宋慎，亦牽連在內；抄家以外，明太祖把已經告老回鄉的宋濂亦用囚車送到京裡，打算殺掉他。宋濂教太子讀過書，馬皇后跟他亦很熟，打算救他；但明太祖盛怒之下，說不進話去。有一天馬皇后侍膳，自己吃齋；明太祖問她為甚麼吃齋？馬皇后說：我為宋先生祈福。明太祖默然。」

「這是明太祖也想到了以前西席的情分？」秋澄問說。

「是的。到這時才是進言的時機；馬皇后說：民間請一位老師，尚且不忘尊敬；宋先生教過太子、諸王，豈能忍心殺他？而況宋先生遠在家鄉，那裡會知道朝中的情形？」

「明太祖聽進去了？」

「聽進去了。不過也沒有完全赦免，發到四川茂州安置，死在路上。」曹雪芹接著又問：「你懂這個故事的意思嗎？」

「你是說，四叔的事，只要太后跟皇上提一提當年到熱河去接她的事，皇上就會想起四叔的勞績，從輕發落。」

「對。我就是這個意思。」

「其實也不必太后親自跟皇上說；能有一個人跟皇上提一提，也會見效。」秋澄又說：「如今傳中堂正紅的時候，只要他肯說話，力量也很大。」

「是啊！路子很多，不過走那一條，得要好好斟酌。等見了震二哥再說。」

第九章

事情很巧，正當秋澄跟馬夫人商量停當，第二天一早到平郡王府去看太福晉時，傳來一個消息，平敏郡王福彭的長子慶明，奉旨承襲爵位。

「這得打聽一下，」馬夫人說：「是不是開賀；那一天？」

旗人父母之喪，亦只持百日喪服；平敏郡王福彭下世，百日早過；慶明襲爵，應該可以開賀。但太福晉不太喜歡這個長孫；她原來的意思，是想由大排行第六的慶恆襲爵，如今不願有所舉動，亦未可知，所以需要打聽。

「是。」秋澄答說：「我馬上派人去問。」

「不過，不論是不是開賀，咱們是至親，賀禮應該先送。」馬夫人說：「明兒就得帶去。」

這在秋澄就有些茫然了，定神想了一下說：「過去的那位王爺，雍正四年襲爵，送了些甚麼，竟不太記得清了；彷彿有一塊紅寶石。」

「那是寶石頂子，還有翡翠翎管。」馬夫人說，「如今咱們送不起這麼貴重的禮了；看看有甚麼現成的東西，對付著辦吧。」

於是開箱子細檢，翻到最下面有個錫盒子，秋澄想到了，「這是老太爺的一掛奇南香朝珠。」她說：「我聽老太太說過，有人欠了老太爺三千銀子，拿這個抵帳的。」她忽然又有些捨不得，「是不是太貴重了？」

「如今有求於人，送貴重的好。」馬夫人說：「就說是四老爺送的好了。」

「四老爺也不能單送一樣。」秋澄建議：「一共湊成四樣，說我們兩家合送的好了。」

「也好。」

於是又找了一個金表、一只白玉扳指、一塊漢玉剛印，包紮妥當，外用一塊錦袱裹著，放在一邊。

「還得要寫一張禮單吧？」

「要的。」

這是曹雪芹的差使，找了一份梅紅箋的全帖；禮單有一定的格式，前寫「謹具」，中列品目，最後是「申賀」。但如何具銜，卻費斟酌了。

「就寫『門下』好了。」馬夫人說。

曹雪芹認為「門下」二字不妥；但別無更好的字眼，只好照寫。

「我看，雪芹明天也得去道賀。」秋澄說道：「按規矩，今天就得去；才顯得親熱。」

「說的是。」馬夫人點點頭，「芹官，你就這會兒去一趟吧！」

「都快吃晚飯了。」曹雪芹有些不大願意，「明兒一早去，行不行呢？」

「又不遠。」馬夫人說，「不一定要見，只要意思到了就行了。」

母命難違，曹雪芹便換了衣服，帶上名帖，坐車到了平郡王府，只見裡外燈火通明，車馬絡繹不絕，平郡王府好久沒有這麼熱鬧了。

見此光景，曹雪芹認為不必打攪，不妨在門房留下賀禮、名帖，到第二天陪著母親再來。正這樣盤算著，有個老護衛趕上來招呼：「芹二爺，一向好。」

這個老護衛年紀七十多了，曹雪芹只記得大家都叫他「景三爺」，便從眾稱呼：「景三爺，你越老越健旺了；腰桿筆直，真不容易。」

「人逢喜事精神爽嘛！」景三摸著雪白的鬍子說：「芹二爺，你先請坐一坐，我叫人替你去回；不過，王爺正忙著，恐怕得等一會兒。要不，見六爺？」

「不，不！王爺那兒不必打攪；六爺幫著陪客，恐怕也很忙。反正，明兒我還要陪我家老太太來給太福晉請安道喜。」曹雪芹從桐生手裡接過包袱跟名帖，一起交了過去，「勞駕替我送進去，順便說一聲兒。」

「是，是！你坐一坐，喝碗茶，歇歇腿。」

「也好。」

景三在平郡王府當差已歷三世，如今慶明襲爵，便是四代的老人了；王府門房是進大門以後的兩排平房，專有一間屋子歸景三當值休息之用。他將曹雪芹延請入內，張羅茶水，又要叫小廝去買點心，十分殷勤，曹雪芹老大地過意不去，堅持不許，景三方始作罷。

「芹二爺來袋煙吧？」他將裝好了一鍋關東老葉子的旱煙袋遞了過來。

「你自個兒請。我不會。」

於是景三點燃了煙，深吸兩口，吐著煙霧問道：「四舅老爺怎麼出了事了呢？要緊不要緊？」

「很難說。」曹雪芹不願談這件事，扭轉話題，跟景三打聽：「太福晉看長孫襲爵，應該很高興吧？」

「不錯，應該很高興。」景三又說：「反正誰襲爵，都是她的孫子。」

這便是意在言外了，「那一天開賀？」曹雪芹有意這樣發問。

「恐怕要看皇上的恩典了。如果小王派了差使，而且還得是好差使，才會開賀。」景三臉色轉為憂鬱，「不過，要派差使也難，身子骨兒不好，有恩典反倒是受罪了。」

這大概就是太福晉希望能由慶恆襲爵的主要原因。曹雪芹心想，再談下去，便要牽涉到平郡王府的家務了，他不願深談，便只好保持沉默。

「四舅老爺的事，託人了沒有？」

曹雪芹心中一動，信口問說：「景三爺，照你看，應該託誰？」

「如今皇上面前的大紅人是傅中堂，這條路子怎麼不走一走？」

「是啊！走是想走，得先找路子。」

「路子？」景三爺微顯詫異地，「不現成地有一條在那裡？」

七分興奮，三分困惑的曹雪芹，急急問說：「景三爺，你說的現成路子在那兒？」

「令表叔昌大爺，不就是嗎？」

景三所說的「昌大爺」，名叫昌齡；他的父親傅鼐，字閣峰，姓富察氏，隸屬鑲白旗，雍正二年由侍衛擢任漢軍鑲黃旗副都統，未幾調為盛京戶部侍郎，因為與「舅舅」隆科多結交甚密，為世宗鎖拿到京，從寬免死，發遣黑龍江。但傅鼐很有才幹，雍正九年七月，召赴北路軍營效力，參贊大將軍馬爾賽的軍務。馬爾賽懦怯無用，不聽傅鼐建議的進兵方略，以致失機伏誅，傅鼐則升了官，乾隆元年授為刑部尚書，兼理兵部；可惜傅鼐操守不佳，幾次犯了貪汙案，以致第二次充軍，死於戍所。

傅鼐是曹家的女婿，與曹寅是郎舅，但曹家是大族，宗親關係，頗為疏遠。他有三個兒子，長子昌齡是雍正元年的翰林，人頗風雅；雍正五年曹家抄家後，曹寅藏書中的精品，不知以何因緣，歸於昌齡。他與曹頫算起來是姑表兄弟，但平時很少來往；因此，在曹頫出事後，大家都想不起來有這門親戚可資奧援。

即使此刻景三提到，曹雪芹心中仍舊存著疑問，昌齡肯不肯幫忙，是一回事；而以他翰林的身分，這個忙幫得上幫不上，又是一回事。

於是，曹雪芹想了一下說道：「多謝景三爺指點，不過，請恕我直言，我那位表叔，在傅中堂面前說得上話嗎？」

「怎麼說不上？傅中堂是他叔叔，雖然遠了一點兒，到底是同族。」

「啊！」曹雪芹被提醒了，傅恆也是富察氏；傅恆、傅鼐之傅，就是由富察氏之富而來的。

「而且，他是翰林。」景三又說：「傅中堂是另眼相看的。」

「是，是！」曹雪芹滿心歡喜地，「多謝，多謝！等家叔的事了以後，得好好兒請一請景三爺。」說罷，欣然告辭。

到家先去見馬夫人，很高興地將得自景三的指點，稟告母親。馬夫人當然知道昌齡其人，說曹寅在日，對這個外甥頗為欣賞，說是親戚中的佳子弟，曾經說過，他的藏書如子孫不能讀，將移贈外甥；但如何真個到了昌齡手裡，她卻不甚了了，只有問曹頫才能明瞭。

「震二哥呢？」曹雪芹問說：「不知道跟這位昌表叔熟不熟？」

「我看不見得熟。」馬夫人說：「根本是兩路人物。」

「依我說，」秋澄接口向曹雪芹說道：「倒不如你去見他，也許氣味相投，還能談得來。」

「我記得還是剛回京的時候，見過他一面。」曹雪芹躊躇著說：「這麼多年不通音問，突然投刺請見，是不是太冒昧了一點兒？」

「先吃飯吧？」杏香說道：「回頭再商量吧！福生不是說，震二爺也許會來，聽聽他的意思。」

「喔，福生來過了！」曹雪芹問：「他怎麼說？」

「話很多。」秋澄答說：「等你吃飯的時候，慢慢兒告訴你。」

於是就在馬夫人的堂屋中開飯；秋澄是已吃了的，但倒了一杯玫瑰露，陪著曹雪芹對酌，細說福生帶來的消息。

「四叔今天過了一堂，也算是『三堂會審』。步軍統領衙門派的人，很有點兒官派，四叔大概受了點兒委屈，回到刑部火房，臉色很難看。」

「在人簷下過，怎敢不低頭！」曹雪芹感嘆著說：「如今才知道布衣能傲王侯之可貴。」

「你可說這話！」秋澄說道：「四叔帶出一個口信來，專門給你的。」

「專門給我的？」曹雪芹將酒杯放了下來：「怎麼說？」

「四叔說：務必叫雪芹在正途上巴結功名；內務府差使，不是讀書人幹的。」

「聽這口氣，四叔真的受了委屈了。」曹雪芹又問：「還說了些甚麼？」

「還說請太太管教兩位姨娘；要震二爺跟你照應棠村。」

「是這麼說的嗎？」曹雪芹訝異地說。

「我想，福生不至於撒謊吧？」

「你是說四叔的話，像是在託孤？」

曹雪芹搖搖頭，皺著眉說：「大是不祥！」

「不僅託孤，簡直是遺囑。」

「那，」秋澄憂心忡忡地，「他不會一時想不開，尋了短見吧？」

「這倒不會。」曹雪芹答說：「有人日夜看守，不容他尋短見；而且，那一來害提牢廳的人受處分，四叔心地厚道，一定會想到的。」

「對了！你說四叔心地厚道，也不應該是遭橫禍的人。」

「福生還說了些甚麼？」

「再就是咱們要他問四叔的話。還好，四叔說他從未在日記上記過這些事。」

正談著，曹震來了。雪芹匆匆吃完了飯，在馬夫人屋子裡聽他談這天曹頫過堂的情形。

原來這天只是由步軍統領衙門，遵照頭一道上諭，會同都察院、工部、內務府、順天府徹查起火原因。其實，起火原因在第二道上諭中，已經說得很明白，「據和親王回奏」的情形，出於曹頫自己向和親王所陳述，這天過堂，不過是傳曹頫作一番查證；曹頫很坦白地敘了實在情形，五個衙門，會銜覆奏，這一案便可結束。不道步軍統領海望所派，名叫文烈的右翼總兵，節外生枝，嚴詞責問曹頫，何以在親供中陳述的情形，與跟和親王所說的話不同？

「四叔倒是答得很得體，說起那是據工匠所說，後來自己仔細訪查，方知不是這麼回事，所以面報和親王，並未規避責任。問清楚了本就沒事。不想裕三爺幫四叔的忙，說了一句話，說壞了！」

曹震口中的「裕三爺」，是指內務府的堂郎中裕明，他說了句：「起火原因查明白了就行了；親供上的話何必再提？」

文烈向來對內務府有成見，一聽裕明的話，大為不悅；自恃是正藍旗副都統兼步軍統領衙門右翼總兵，二品大員，官位遠高於裕明，頓時沉下臉來問道：「這話可是你說的！步軍統領衙門主稿覆奏，要不要把你的話敘進去？」

這頂大帽子壓下來，裕明如何承受得住？只好陪笑說好話；文烈便借題發揮，將曹頫狠狠地訓斥了一頓。

「怪不得！」馬夫人說：「四老爺自然覺得委屈了。」

「委屈一點兒不算甚麼！三法司會審，才是一大難關。」

刑部、都察院、大理寺合稱「三法司」。據曹震說，這天下午他帶了曹霖去見來保、海望及刑部尚書汪由敦。曹霖叩頭，曹震陳情，汪由敦表示，皇帝對這一案頗為重視，他跟阿克敦談過，能夠開脫，儘量擬輕。但大理寺那方面，已經有話，主張從嚴；都察院則劉統勳向主持平，該當何罪，便是何罪，所以光是刑部擬輕，或恐不能如願。

「像這樣的案子，本就要有力量的人才幫得上忙。」馬夫人突然問道：「王府襲爵的事，你知道了沒有？」

「聽說了。」曹震答說：「我還沒有來得及去道喜。」

「我已經讓芹官把禮送去了；明兒跟太福晉去道喜。四老爺這件事，只怕還是要靠親戚；今天下午我們談出來一條路子，有兩種走法，要等你來斟酌。」

這一條路子便是託傅恆。兩種走法，一種是走內線，請平郡王府太福晉去託傅恆夫人；再一種便是景三所指點的，託昌齡去向傅恆面求。

「兩種走法，怕都走不通。」曹震搖搖頭說：「太福晉不大肯管閒事；那位昌大爺，眼睛長在額角上，我看，不必去自討沒趣。」

「是不是？」馬夫人看著秋澄說。

這是指她所說的，曹震與昌齡「根本是兩路人物」那句話；如今是料中了。秋澄便即說道：「震二哥，不會讓你去討沒趣；你只說，如果昌大爺肯跟傅中堂去說，傅中堂聽不聽？」

「會聽。」

「那就即令是自討沒趣，也得去碰一碰了。」說著，她看了曹雪芹一眼。

「誰去跟他說？」曹震問道：「是雪芹？」

「是。」秋澄答說。

曹震沉吟了一會，點點頭說：「可以試一試。不過，」他問曹雪芹：「你知道不知道他的脾氣？」

「不知道。」

「好！我告訴你。此公自命清高，又是書獃子；你不能先說求情的話，準碰釘子。要等他來問你，你再開口。」

「這，」曹雪芹搔著頭說：「怎麼能讓他來問我呢？」

「談對勁了，他就會來問你。不過，他肯不肯見你，還成疑問。等我來想個辦法。」曹震沉吟了好一會說：「你先找一找老太爺留下來的書，或者到四叔那兒去找；最好能有宋版書，不然元版、明版也行。」

「找好了又怎麼樣呢？」

「還得找一樣東西。」曹震看著秋澄說：「我記得老太太在日，有一回找出來好些人家給老太爺的信，叫我拿出去裝裱，一共是四大冊，不知道還在不在？」

「在。」秋澄答說：「這是『寶貝』，怎麼會不在？」

「好！」曹震復又指點曹雪芹說：「你捧了這四大本尺牘，去找昌大爺，請他題跋。另外那部書，算是潤筆，也算是見面禮。」

「是的，我明白了。」曹雪芹停了一下說：「還有件事，黃主事那兒要打點；福生跟你說了沒有？」

「沒有。」曹震問道：「他怎麼說？」

「黃主事說，照應幾天，當然是應該的；意思長了不行。人家靠山吃山，靠水吃水，就是他不要，下面的人不能不開銷。」

「這當然是少不了的。要多少呢？」

「我問福生，他不肯說。他說：黃主事是他的來頭；他說了數目，倒像是彼此勾通了似地。」

曹震沉吟了好一會說：「一吊銀子，大概差不多了。」說著，又有躊躇之意。

見此光景，秋澄便說：「吳主事那個摺子裡還有餘款，讓福生去提了回來，就交到你那裡好了。」

「不！錢的事，歸你管。為四叔的事，咱們得專門立一本帳。」曹震說道：「有季姨娘在裡頭，帳一定要有專人管，不然咱們賠錢賠精神，臨了兒弄到不好，還落一場是非。」

「這——。」秋澄不敢答應，看著馬夫人說：「我怕擔不下這麼大的責任。」

「你請放心！請你管帳，不是把千斤重擔擱在你身上；要花錢，總還是大家一起來想辦法，不過總得有個人歸總，錢才不會亂花。」

「通聲這話不錯。」馬夫人交代：「你就專門立一本帳吧！」

有了這句話，秋澄才敢答應。接著，曹震告辭；曹雪芹回夢陶軒去找書。

曹寅留下來的書，大部分歸了昌齡；小部分在曹頫那裡。曹雪芹打開藏善本書的書箱，細細檢點，刻本沒有甚麼精槧，倒是有幾部鈔本，非常精緻；正在考慮選那一部送昌齡時，秋澄來了；後面跟著小丫頭，捧著很大的一個蜀錦包袱，猜想便是那四大冊尺牘。

打開一看，那四大冊題名「楝亭留鴻」的名人手札，確是「寶貝」，來信的人，不是顯宦，便是名士，約略翻一翻，有王士禎、宋犖、朱彝尊、孔尚任、顧貞觀、查慎行、何焯等人；還有傅鼐的一封，稱呼是「子清姐丈大人」，這就更有請昌齡題跋的理由了。

「我想不如先寫封信給那位昌表叔。這麼多名人手跡，他一定也想先睹為快。」曹雪芹說，「如果貿貿然造訪，他來個擋駕，事情不就僵了嗎？」

「說得是。」秋澄深深點頭，「你就寫信吧！我可要早點睡了。」

等秋澄一走，曹雪芹又將那四冊《楝亭留鴻》展玩了好一會，靜一靜心，端楷作書；昌齡的別號叫「敷槎」，是他的姓氏「富察」的諧音，信上的稱呼，便用「敷槎表叔大人」。寫完已經深夜，擱筆歸寢；第二天上午起身，方始開了信封，問明地址，派桐生將一部抄本《琬琰集》，連信一同送去。

昌齡住在北城雍和宮附近，路途不近，桐生直到中午才回來，「昌大爺看了信，把我叫進去細問；問芹二爺的情形，挺親熱的。」他說：「給回信的時候又說：今天翰林院有差使，大概申刻可以回府，請芹二爺稍微晚去一會兒，就在他那兒便飯。」

這跟曹震所說，昌齡「眼睛長在額角上」，完全不同；曹雪芹心想，母親的話不錯，他們是兩路人物，氣味不投。拆開信來一看，果如預料，是對《楝亭留鴻》，大感興趣，「亟欲拜觀」；此外又對所贈的抄本，殷殷致謝，看來不像是個有架子的人。

於是他興匆匆地懷著信去見馬夫人，馬夫人自然也很高興，「看來是你四叔命中有『貴人』。」她又囑咐：「你中午就別喝酒了，一則喝得臉紅紅地，去見長輩，是失禮的事；再則留著量陪那位昌表叔，我聽說他是海量。」

曹雪芹是坐了車去的。一下車就看到門前大槐樹下停著一輛卸了轅的藍呢後檔車，便知昌齡已經從翰林院回來了。

等桐生上前投帖，門房一見他就說：「我家老爺剛回來，已交代了，表姪少爺一來，就請到書房裡坐。請進，請進。」

於是曹雪芹自己捧著錦袱，隨著門房來到一座濃蔭匝地的院落；朝南一座五開間的花廳，便是昌齡的書房，進門正中懸著一方白紙楠木框的匾額，大書「謙益堂」三字；署款：「皐十七子允禮書」。四面是高及天花板的書架，錦軸牙籤，裝潢很講究。北窗一張極大的黃楊木書桌，墨硯、朱硯旁邊，擺著一座紅木斜面的閱書架；另外有一大疊米黃色連史紙；顯然的，這就是昌齡鈔書、校書之處。

書房正中是一花梨木鑲螺甸的大圓桌，門房說一聲：「表姪少爺請坐！我到上房去回。」隨即由東北角門入內；接著走出來一名十六、七歲，著藍布長袍的丫頭，手端朱漆托盤，盤中一碗茶、一具銀水煙袋。

「表姪少爺請用茶。」那丫頭又要裝水煙，為曹雪芹辭謝了。

喝了幾口茶，看看一無動靜，曹雪芹便起身走到書架前面，隨手抽出一本書來看，是明板的《長慶集》；翻開第一頁，便看到一方極熟的圖章：「楝亭曹氏藏書」；另有一方朱文長印，細看印文是：「長白敷槎氏堇齋昌齡圖書印」十二字，才知道還有個「堇齋」的別號。

「失迎，失迎。」

曹雪芹聽得背後的聲音，急忙將手中的書，歸還原處；轉過身來，只見昌齡年將五十，一張長圓臉，留著兩撇八字鬍，神采奕奕地含笑凝視。

「表叔！」曹雪芹叫得這一聲，撈起長袍下襬，打扦請安。

「請起來，請起來。」昌齡親手扶起，「你小時候的模樣，我全記不得了。今年貴庚？」

「三十五。」

昌齡想了一下問：「是肖羊吧？」

「是。」曹雪芹答說：「我是康熙五十四年乙未。」

「不錯，我比你大十七歲。」

「原來表叔已經過了五十，實在看不出來。」

「年逾五十，一事無成——。」

「老爺，」伺候書房的丫頭在一旁插嘴，「倒是請客人坐啊！」

「啊，不錯，不錯。我倒失禮了，請坐，請坐。」

於是昌齡親自引路，到南窗下，請曹雪芹在炕床上首坐。曹雪芹連稱「不敢」；堅持之下，仍舊按尊卑之禮，客人坐了下首。

「我十五歲那年，初見令尊；第二年冬天，令尊復又進京，不幸下世。聽先公說：仁廟知道了以後，嗟咨不絕，連說可惜！親口跟先公說：『內務府的子弟，像曹某人那樣幹練學好，有為有守的，真是不多。』」

仁廟是指聖祖仁皇帝。曹雪芹平時聽旗人提到聖祖，都稱之為「康熙爺」；昌齡到底是翰林，吐屬雅馴，曹雪芹不由得生了警惕，應對之際，遣詞用字，切忌俗氣。

「天語褒揚，足光泉壤。」曹雪芹說：「只是小子墮地即為無父之人，終天之恨，曷其有極？」

「是的，你是遺腹子。」昌齡因而提到馬夫人，「令堂我亦拜見過；身子還健旺吧？」

「託福，託福。」曹雪芹被提醒了，旗人重禮，當即起身說道：「我應該請見表嬸請安。」

「謝謝，謝謝。她身子亦不大好，免了吧！」

「禮當如此。」

「俗禮非為我輩而設。」昌齡急轉直下地說：「《楝亭留鴻》帶來了？」

「是。」曹雪芹起身，從中間圓桌上取來錦袱，解開了將四大冊尺牘，置在炕几上。

「小菊！拿我的眼鏡來。」

小菊便是那青衣侍兒的名字，取來一個長荷包；裡面是一副金絲眼鏡，昌齡戴好了，掀開冊子，聚精會神地細細觀玩。

「雪芹，」昌齡抬起頭來，指著一封信上的名字問：「你知道這個『用晦』是誰？」

曹雪芹探頭看了一下，想不起來這個名字，老實答說：「我是第一次知有此名。」

「就是呂留良。」昌齡答說：「此人本名光輪，改名留良，字莊生，號晚村；用晦是他的別號。」

曹雪芹大駭。雍正六、七年間，曾靜遺徒投書岳鍾琪，勸他乘時反叛，為明復仇；岳鍾琪密摺上聞，掀起大獄，牽涉到曾靜之師呂留良，已死的呂留良從墳墓中被挖出來，剉骨揚灰；子孫遣戍，婦女入官。這樣「大逆不道」的人，與曹寅竟有交往；他的書札，豈宜保留？曹雪芹覺得曹震當時在裝裱時，竟未檢點抽出，是一種不可原諒的疏忽。

不過稍微多想一想，便發覺自己是錯怪曹震了。曹老太太歿於抄家歸旗以前，也就是雍正五年以前，其時曾靜案尚未發生，又何從預知呂留良身後，蒙此重罪？

昌齡卻全然想不到此，「呂留良實在不是端人。」他問：「你知道不知道此人的生平？」

「我是從讀了先帝御製的《大義覺迷錄》以後，才略知其人。」曹雪芹答說：「彷彿還得前人的記載，說他是黃梨洲的弟子；好學深思，藏書甚富。」

「我說他非端人，正就是他跟他的老師，為購山陰祁氏遺書反目，有實證可據。我給你看一篇文章。」

昌齡起身從書架上檢出浙東大儒全祖望的《鮚琦亭集》，指點內中的一篇〈祁氏遺書記〉，叮囑曹雪芹細看。

祁氏指浙江紹興的祁承㸁、祁彪佳父子，他家三世藏書，齋名「澹生堂」。祁家因反清復明獲罪，藏書散出，好古之士，爭相購求，結果為呂留良所得。據全祖望記，其時為學者尊稱為「梨洲先生」的「東林孤兒」黃宗羲，正在浙江石門講學，呂留良及他的長子葆中，都北面稱弟子。當呂留良說動同縣的富翁吳之振，出資三千兩，合購澹生堂遺書時，黃宗羲亦以束修所入，分購一部分。購書的專使，由呂留良所派；由紹興船運澹生堂藏書回石門途中，此人受呂留良的指使，私下匿藏了好幾部精槧，而這幾種書，正是黃宗羲指明要買的。

其事外洩，黃宗羲大怒，聲明「破門」，將呂留良逐出門牆。呂留良亦就一反師承——黃宗羲的浙東學派，由王陽明、劉蕺山一脈相承；而陽明之學淵源於陸九淵，與朱子一派，大有異同。至此，呂留良尊朱薄陸，大攻陽明，為學者所不齒。

呂留良不但負師，而且負友，全祖望記：「然用晦所藉以購書之金，又不出自己，而出之同里吳君孟舉；及購至，取其精者，以其餘歸之孟舉。於是，孟舉亦與之絕交。是用晦一舉而既廢師弟之經，又傷朋友之好，適成其為市道之薄，亦何有於講學也。」吳孟舉就是吳之振。

看完以後，曹雪芹自然很卑薄呂留良；靈機一動，隨即說道：「其人既如此不端，他的書札廁之於王漁洋、朱竹垞諸公之列，似乎玷辱了。表叔，我看把他的這一通取消了吧？」

「說得是！」昌齡將尺牘移到曹雪芹面前。

這是他不便動手，要曹雪芹自己處置之意。那封信一共四頁；曹雪芹毫不遲疑地揭了下來。順便看一看目錄，再無其他牽涉到叛逆案中的人物，方始放心。

「老爺，」小菊來請示：「飯開在那裡？」

「就開在小花廳好了。」

小花廳在謙益堂東，三楹精舍，花木扶疏，是昌齡款客之處。肴饌不多，但極精緻。仍是主人上首，客人下首，對坐而飲。

「聽說你很能喝。」昌齡說道：「今天可別藏量。」

「表叔海量是有名的，我自然勉力奉陪。」曹雪芹舉起康熙五彩窯的大酒鍾說：「先奉一觴為壽。」說著，仰臉一飲而盡。

「謝謝！」昌齡喝了半杯：「令叔亦很能喝；所惜者，每每酒後誤事。」

談到曹頫了。

曹雪芹心想，曹震的說法似乎不太對；昌齡是可與言肺腑的人。而且，他並不知道自己的來意，說等他來發問再據實陳情，是件很渺茫的事，得要主動發言才是。

這樣想著，等小菊來斟滿了酒以後，他只是垂著眉，既不飲，亦不語；這樣的表情，自然會引起昌齡的注意。

「怎麼，雪芹！」他問：「你有心事？」

「想起家叔身繫囹圄，自然會覺得飲食無味。」

昌齡不便再勸酒了。沉默了一會說道：「令叔的事，我約略聽說，不知其詳。到底是怎麼回事？」

「自然是有司者不得辭其咎。總而言之，運氣太壞。」

接著，曹雪芹便細談和親王府火災始末；昌齡傾聽著，不時提出疑問，顯得他是用心在聽。這是個好徵兆，曹雪芹覺得有希望了。

講完以後，自然而然地又恢復為舉杯相邀的情況，昌齡喝了一大口酒，夾了一塊風雞，放入口中，慢慢咀嚼著，似乎是在思量甚麼？

「此獄如何得解？」昌齡終於開口了，「既有嚴諭，似乎很難挽回。」

「是。」曹雪芹說：「家兄跟我細細想過，想來想去，只有一位貴人，力足迴天。」

「誰？」

「傅中堂。」

「喔，你是說家叔？」

「是！」曹雪芹起座出席，筵前長跪：「表叔，請你救家叔。」

昌齡急忙起身，將曹雪芹扶了起來，「從長計議，從長計議。」他一迭連聲地說。

「總要請表叔念在先祖的分上，勉為其難。」曹雪芹站起來以後，復又請了個安，方始歸座。

「雪芹，咱們話說在前面，」昌齡略一沉吟，忽然問說：「家叔在皇上面前的情形，你知道不知道？」

「表叔，」曹雪芹答說，「你請想，我從何得知？」

「高立齋的事你聽說過沒有？」

高立齋單名恆，大學士高斌之子，高貴妃之兄；曹雪芹知其人卻不知昌齡所指的是甚麼事？搖搖頭答說：「沒有。」

「高立齋當長蘆鹽政出了事，皇上要殺他，家叔替他求情，說請推高貴妃之恩，貸其一死。你知道皇上怎麼說？」

原來是這件事！曹雪芹聽說過；但當然仍舊這樣回答：「不知道。」

「皇上跟家叔這麼說：『貴妃的兄弟犯了法，可以推恩免死；那麼，皇后兄弟呢？』家叔當然戰慄無人色。」昌齡緊接著又說：「我說這話不是推辭，是要讓你知道，家叔即便肯幫忙，也要看機會進言；就進言，亦未必見聽。天威不測，要看令叔的造化。」

「是，是！」曹雪芹連聲答應，「如果說傅中堂的力量都使不上，那是家叔命該如此了。不過，不論怎麼樣，家叔還是感激傅中堂跟表叔的。」

「能幫得上忙，不過一句話的事，談不上感激。」昌齡又問：「令叔的事，想辦到甚麼程度呢？」

這句話將曹雪芹問住了，因為他沒有想到事情是如此順利，尚未思及於此。想了一下，只好答說：「自然是越輕越好。」

「不錯。要想無罪，只怕是奢望；只能做到那裡算那裡。」昌齡又說：「你先去打聽打聽，三法司會定個罪名；然後再看，家叔要如何進言才有用。」

「是。」曹雪芹恭恭敬敬地答應著。

此行的目的，至此可說已經初步達成。昌齡不再提及此事，曹雪芹亦就不便多說，相陪飲酒談藝，頗為投機。

就在酒闌將散之際，門上遞進一封信來，昌齡拆開來看過，從容說道：「如今倒是有個機會。」接著便將信遞了給曹雪芹看。

信是一張八行彩箋，上面寫的是：「問亭奉召陛見，刻已到京，明日申刻在舍置杯盤話舊，乞早臨為禱。」上款是「敷槎年大人」；下款只署一個「敦」字。

原來浙江巡撫方觀承已奉召到京述職，這倒是一個喜訊，但「敦」是何人？曹雪芹想了一下問：「是汪尚書的信？」

「不錯。」

「原來他跟表叔同年？」

「不但他，劉延清亦是。」昌齡答說，「令叔的事，明天我跟汪師茗先提一提，如果劉延清也在座，那就更好了。」

汪由敦的別號叫師茗；劉延清便是劉統勳，他們都是雍正二年同榜的翰林。曹頫的官司交三法司審問；如果刑部尚書與左都御史由於昌齡的關說，從輕發落，大理寺卿必不致堅持己見，獨主從重。曹雪芹想不到有此意外機緣，覺得太高興了。

不過，汪由敦因為維護他的老師張廷玉的緣故，目前是「革職留任」的刑部尚書，遇事格外謹慎。而且聽說汪由敦入值軍機，刑部是滿尚書阿克敦當家；不知此人肯不肯幫忙？

心裡這樣在想，卻不便問；將信交還後說：「家叔真是命中有貴人，求到表叔，這條路確確實實走對了。」

「盡人事而後聽天命。」昌齡說道：「請你後天再來一趟：該如何著手，到時候再談。」

「是！」曹雪芹又說：「求題『留鴻』，還要請表叔早早命筆。」

「這可急不得。我得留著慢慢兒看。」

「是！」曹雪芹心中一動，看樣子他對《楝亭留鴻》頗有愛不忍釋之意，或者可以考慮送他，作為營救曹頫的酬謝。

告辭回家，曹雪芹直奔上房，曹震夫婦正陪著馬夫人在閒談；曹震本來早就要走了，就為的是聽說曹雪芹到昌齡那裡去了，特意留下來等消息。

「怎麼？」錦兒笑道：「春風滿面，一定談得很順利。」

「不止順利，簡直是意外。」曹雪芹一面脫馬褂，一面答說：「我自己都想不到有此結果。」

「坐下來，慢慢兒談。」杏香捧了茶過來，為他卸去馬褂；輕聲問道：「吃飽了沒有？」

「飽了。」曹雪芹說：「真是一連串想不到的事；方問亭也到京了。」

「這好！」曹震問說：「他是甚麼時候到京的。」

「你別打岔！」錦兒攔住他的話說：「先聽雪芹談昌表叔的情形。」

於是曹雪芹細談了相晤的經過。自馬夫人以次，無不大感欣慰；反倒是曹雪芹自己，還有憂慮。憂慮的便是刑部是由阿克敦當家；不知其人的意向如何？「這不用擔心。」曹震答說：「此公和平得很。」

接著，曹震講了一個阿克敦父子的故事。阿克敦的獨子名叫阿桂，字廣庭，乾隆三年舉人；最初以蔭生授職為大理寺寺丞，遷升戶部員外時，被選充為軍機章京，熟諳韜略，才幹傑出，用兵金川時，為兵部尚書班第奏調到前方，參贊軍事。

及至訥親，張廣泗以師老無功而獲罪。岳鍾琪參劾阿桂與廣泗相結，蒙蔽訥親，因而被逮下獄，皇帝因為阿克敦年老而治事勤勉，又無次子；而阿桂之罪與貽誤軍務不同，特旨寬宥；而且簡放為江西按察使。

按察使掌理一省刑名，阿克敦問他的兒子：「朝廷用你為刑部，你如何執法？」

阿桂答說：「執法必當其罪，毋枉毋縱，罪一分用一分法；罪十分用十分法。」

阿克敦大怒，他的家教極嚴，要傳家法板責罰獨子。阿桂惶恐萬分，跪下來求教訓；阿克敦說：

「如你所言，天下沒有完人了！罪十分用五、六分法，已不能堪，豈可以用十分法。而且一分罪還算個罪嗎？你連『微罪不舉』這句話都不懂，去掌理一省的刑名，江西老百姓不知道有多少人要吃你的苦頭！」

這個故事為大家帶來了更多的寬慰；從曹頫出事以來，這時是最輕鬆的一刻。曹震因為第二天下午，經由福生的安排，要跟提牢廳的黃主事見面；同時還有內務府的一件緊急公文需要處理，急著要回家，但錦兒卻不想回去，留了下來，仍舊在馬夫人屋子裡聊天。

「娘，」曹雪芹問：「老太爺的那四本尺牘，昌表叔似乎想留下來。如果他真的捨不得還，怎麼辦？」

「那要看你！」馬夫人說：「先人留下來的東西，看子孫能不能愛惜？」

「我怎麼能不愛惜？不過現在是有求於人，恐怕不能不割愛。」

「莫非他跟你開口了。」

「口雖未開，神色之間看得出來。」曹雪芹又說：「我在想，與其讓他久假不歸，不如乾脆奉送；事後送，又不如事前送。」

「你的意思是，現在送了，好讓他替你四叔多費點氣力。」

「是。」曹雪芹說：「不過要先跟娘說過，答應了我才能辦。」

馬夫人不作聲，只從頭上拔下一支金挖耳掏耳朵。遇到拿不定主意的時候，她常有這樣動作；秋澄便對曹雪芹說：「這件事慢慢兒再談。快睡了，你別讓太太操心。」

「沒有甚麼！」馬夫人看著愛子說，「我是在想，你四叔帶話出來，讓你在正途上巴結一個出身。這話不是隨便說說的；他從前承襲織造，現在也仍舊是靠你爺爺的老交情，混得很像樣子，不想出了這麼一個亂子，他心裡覺得對不起爺爺。棠官的前程是看得見的；他把希望都寄託在你身上，還不光是為了曹家能夠重振家聲，也有替他補過的意思在內。這一層，你要明白！」

曹雪芹倒沒有想到這一層；如今聽母親一說，才知道曹頫的話，不是長輩期望子弟的泛泛之詞，而是別有付託。意會到此，肩頭沉重，心頭警惕，只是深深點頭，表示接受教誨。

「如說正途，當然要兩榜出身；能像你昌表叔那樣點了翰林，老太太如果還在，就不知道會樂成甚麼樣子了。」

搬動曹老太太來激勵，曹雪芹不由得發了狠，「娘！」他說：「我一定巴結上一名翰林。」

「話別說得太滿，按部就班來。」馬夫人又說：「科場中『一命二運三風水，四積陰功五讀書』；話雖如此，若是個不通的翰林，我也不希罕。」

「我自己還不希罕呢！」曹雪芹接口說道：「說到頭來，還是要多讀書。」

「不光是讀書，還要練字。」錦兒提醒他說：「大卷子寫得不出色，也別指望能點翰林。」

曹雪芹咧開嘴笑著說：「錦兒姐真是越來越能幹了！連點翰林要大卷子寫得好都懂。」

錦兒臉一紅，「你別笑我！還不是你自己常說，不提著考籃上科場便罷；要提，一定得上保和殿，那時候能不能點翰林，就得看大卷子了。我們才知道你把大卷子寫好，是件大事。」

她委委屈屈地，眼圈都紅了，「雪芹，你知道不知道，連你震二哥在裡頭，都有這麼一個看法，眼前是輸了，能不能翻本出贏錢，全看你爭不爭氣？你說我們能不關心你嗎？」

如此神情，如此言語，真是震撼了曹雪芹！他再也沒有想到自己會在一夕之間——和親王府被災的那夜之後，會自然而然地成為舉家希望之所寄。老母「按部就班」的說法，只是愛之以姑息，故作寬詞；錦兒的話，才真是鞭策。

轉念到此，曹雪芹覺得必須對自己作一個估量，若是駑馬，鞭策無用；倘能駿奔，而鞭策猶不能奮起，自己都對不起自己。他不承認自己是下駟之材，那便只有接受鞭策了。

當他這樣心潮起伏之時，秋澄已在慰撫錦兒；不過聲音極低，「你別著急！」她說：「咱們軟哄硬逼，慢慢兒來！雪芹光有發憤的心，如果雜務太多，靜不下心來，到臨了還是一場空。咱們等明兒閒了，好好兒籌畫出一個能讓他有心發憤，而又樂於發憤的辦法出來。那時候不必咱們拿鴨子上架，他自然會乖乖兒的用功。」

「何必等到明天？」錦兒立即答說：「回頭就可以好好兒商量。」

「對了！」秋澄趁機說道：「太太要睡了。咱們上夢陶軒談去。」

於是除了杏香留下來，照料馬夫人歸寢以外，其餘的人都轉移到夢陶軒的書房，繼續未了的話題。只是秋澄與錦兒談話的態度不同，錦兒比較質直，有甚麼說甚麼，每從正面著眼；秋澄卻以深知曹雪芹的性情，請將不如激將，而激將又不如旁敲側擊，讓曹雪芹自己去領悟箇中道理，提出該如何用功的辦法為妙。

因此，當錦兒提出一天甚麼時候寫大卷子；甚麼時候讀書作文時，秋澄不等曹雪芹回答，便插嘴說道：「你不是要起文社，何不就邀人起了起來。」

「我要起的文社，是作詩作古文，可不是作八股文。」

「有沒有學作八股文的文社呢？」

「也有。」

「既然也有作八股文的文社，你當然也可以照樣起一個。」錦兒又說：「而且鄉會試，不也要做詩嗎？」

「那是試帖詩。」

「試帖詩就不是詩？」

「怎麼不是詩？」曹雪芹不以錦兒那種咄咄逼人的試帖詩為忤，管自己說道：「試帖詩也有做得風流蘊藉，很出色的。」

「喔，」秋澄搶著說道：「你得念一兩首我聽聽。」

「像如今已在江寧小倉山隱居的袁簡齋，乾隆二年殿試，試帖詩的題目出在杜詩，『賦得因風想玉珂，得珂字。』他有一聯是：『聲疑來禁院，人似隔天河。』刻畫想字，入木三分。讀卷大臣都說，詩是很好，可惜涉於不莊——。」

「甚麼？」錦兒沒有聽清楚，打斷他的話問。

「這兩句詩寫到深宮去了，自然是有欠莊重。」

「那，」錦兒又問：「姓袁的給刷下來了？」

「沒有。」曹雪芹答說：「其中有個讀卷大臣就是現任兩江總督尹繼善，他說：『只要詩好就行；皇上如果責備下來，我一個人擔當。』都虧得他，袁簡齋才點了翰林。」

「這倒是科舉佳話。」秋澄笑道：「但願你將來也能遇著這樣的讀卷大臣。」

「說得太遠了。」曹雪芹根本不以為自己會有參加殿試的一天。

「那也不見得。」錦兒不以為然，「今年己巳，明年庚午鄉試；你在北闈中了，接下來辛未春闈聯捷。後年這時候，就是簇新的一名翰林。」

「錦兒姐，」曹雪芹笑道：「你好像在說夢話。」

「你說我說夢話；我還夢想你中狀元呢！」

「好了！」秋澄用排解的語氣說：「你們倆，一個別期望太高；一個也別妄自菲薄。雪芹，你起文社的事怎麼樣？」

曹雪芹想了一下說：「我倒知道有一個文社，一個月六社，逢三、逢八，專作八股，我入那個社就是。」

「好！」秋澄問說：「社期是輪流作東？」

「不錯。」

「有多少人？」

「約莫二十來個。」

「就算二十四個好了，」秋澄計算著說：「一月六社，四六二十四；四個月才輪到一回，備三四桌飯，也不算費事。我跟杏香來辦。」

錦兒接著她的話說：「只怕要我跟杏香來辦。」

她的話剛完，只聽杏香在外接口發問：「甚麼事要錦兒奶奶跟我來辦。」

於是錦兒將曹雪芹入文社的事，說了一遍；杏香也覺得她的話費解，「何以秋姑不能跟我來辦？」她問：「得勞動你呢？」

「你也糊塗！」錦兒答說：「那時候人家是姑奶奶了。莫非娘家兄弟的這種小事，還要她來操心？」

「啊，啊！」杏香拍一拍自己的額角，「我真的糊塗了。」

「你才不糊塗！」秋澄白了她一眼：「明知故問，拿我開胃。」

「這可是天大的冤枉——。」

「好了，好了！」曹雪芹攔住杏香，「閒話少說，入社的規矩，先要邀一社。等四叔的事了以後，我就發帖子請客。」

「四叔的事，只怕一時不能了。」錦兒說道：「他吃罣誤官司，礙不著你用功；趁明兒個，你就預備起來。」

「你也是得著風，就是雨。」秋澄說道：「總要等四叔的事，稍微定一定。不然，人家不知道是起文社用功，只說叔叔有牢獄之災，胞姪在家大請客。這話傳開去不好聽。」

聽這番理由，錦兒不能不心服，「心思是你細。」她說：「不過也別隔得太久。」

「我想不會太久。」秋澄將話題轉到曹頫身上，「四叔這趟也不算罣誤官司；不過命中真像有貴人似地，昌表叔之外，又來了方老爺，這也是個有力量而肯幫忙的人。」

「方老爺」指方觀承；他這趟來述職，自然是來談後年皇帝南巡的事。這一來又引起了曹雪芹許多的感慨與悵惘。他雖生在江南，但十三歲便北上歸旗，等他能夠領略杏花春雨江南的旖旎風光時，卻只有形諸夢寐；每每念著「南朝四百八十寺，多少樓台煙雨中」那兩句唐詩，便有不勝低徊之感；因此，對於曹頫與曹震由南巡而來的兩個差使，勘察行宮與到揚州籌備娛樂太后的戲劇節目，抱著極大的興趣，如今看來，曹頫的江南之行，固然可以斷定已成為泡影；曹震的差使，亦未見得能夠派到。轉念到此，不由得嘆了口氣。

「好端端地嘆甚麼氣？」錦兒詫異地問。

「江南煙水，徒勞夢想。」曹雪芹說：「我本來打算著，今年喜事重重，也是樂事重重；不想四叔出了這麼一個紕漏，一切都無從談起了。」

「怎麼叫一切都無從談起？」錦兒是責備的語氣：「你也太禁不起打擊了。」

「不是禁不起打擊，是沉不住氣。」秋澄說得比較緩和，「禍福相倚，你不必老往壞處去想。譬如說因為四叔的事，激出你發憤的決心來，不就是因禍得福？」

「秋澄這話，倒讓我想到一句成語：自求多福。江南這麼樣讓你夢裡都在想，你何不就跟自己發個狠，非到江南去一趟不可，少則半年，多則三載。」

由於錦兒把逗留江南的日子，都明明白白地指出來了，這就顯得必有所指；不是指尋常遊覽而言，因而曹雪芹大感興趣，追問著說：「錦兒姐，你說我該如何跟自己發狠；為甚麼少則半年，多則三載？」

「那還不容易明白，你如果派了江南鄉試的主考，來去不是半年功夫？倘或放了學政，一任就是三年。」錦兒又說：「那時候，我也要陪著太太到鎮江金山寺、西湖三天竺去燒一回香。」

然則如何跟自己發狠，不言可知，要在科場中巴結。兩榜出身，派任京官，有應考差的資格；放江南學政，則不但必須是翰林，而且起碼要當到「大九卿」，才會列入名單，奏請欽派。曹雪芹此時還不敢存此奢望。

「有志者，事竟成。」秋澄轉臉向錦兒說道：「人貴立志，難也就難在這裡；讓雪芹自己慢慢兒琢磨。咱們睡去，明兒也得去看太福晉呢！」

於是喚丫頭點燈；曹雪芹與杏香將她們姑嫂倆送到垂花門，錦兒回身問道：「你明天去不去王府？」

「我去過了，明兒不必再去。」曹雪芹叮囑，「小王襲爵，是不是開賀；那一天？務必打聽清楚。」

「你不去也好。」錦兒說道：「我的意思，也覺得你最好看家，免得臨時有事，接不上頭。」

客去閉門，曹雪芹卻不回臥室，在書房裡思前想後，越想越多。也不知過了多少時候，只見簾櫳微響；杏香推門進來，她已經卸了妝，鬆鬆的梳一根辮子；身上是一件月白軟緞的小夾襖，穿一條玄色紬紗的散腳褲，體態豐腴，別有一股撩人的風情。

這不免逗起曹雪芹的綺懷；他所坐的那張椅子很寬大，便將身子縮在一邊，要杏香擠著他一起坐下，將右手從她脅下圈了過去，攬住她的溫軟的腰，立即便聞到她身上有股玫瑰花的香味，不由得猛嗅了一陣。

「去年乾爹給了我幾塊洋胰子，各種香味都有，一直捨不得用。今天晚上很熱，我抹了一個身，

了。」

「既然如此，你幹麼一個勁兒的聞？違心之論！」杏香又加了一句：「你近來這種論調越來越多

「太濃了一點兒。」曹雪芹答說：「要似有若無，難以捉摸才好。」

拆封用了一塊。」杏香問道：「香味怎麼樣？」

這話大出意料，曹雪芹不能服氣，「不錯，剛才的話，多少是唱高調。可是，」他很認真地：

「你倒指出來，還有甚麼違心之論？」

「譬如，」杏香停了一下，「你從昌大爺那兒回來，神氣之間很羨慕他當翰林；可是你跟秋姑她們談的時候，彷彿根本瞧不起翰林似地。」

「並沒有啊！」曹雪芹體會了一下自己的心境，「也許，我是自覺並沒有把握，所以語氣之間流露出不在乎的神情，免得她們期望太深。」

「這樣說，還是言不由衷。好了，」杏香自己收科：「咱們別抬槓了！說點正經的。」

「你說！」

杏香斂眉不語，然後站起身來，倒了一杯茶慢慢啜飲著。

「怎麼？」曹雪芹拉著她仍舊並坐著，溫柔地問：「你有心事？」

「我是在擔心，四老爺的官司，會耽誤秋姑的喜事。」

「那是兩碼事。」曹雪芹說：「四老爺走了一步霉運，莫非大家都跟著他倒楣？」

「可不是！」杏香毫不遲疑地接口，「太太不常說：六親同運？」

「照你這麼說，四老爺倒楣，我也就等著走霉運好，甚麼鄉試、會試，全不用理會了。」

杏香語塞，也有些惱了，「我不跟你說了。我說不過你。」說完，便要站起身來。

「別這樣！」曹雪芹一把拉住她笑道：「你說不過我，也不必生氣；算我錯了就是了。」

「自然是你錯了！像秋姑的喜事，因為四老爺的官司，起碼不會像想像之中那麼熱鬧；這不就是六親同運，一榮皆榮，一枯皆枯嗎？」

曹雪芹默然不語，只是探手伸入杏香的夾襖中，懶散卻又貪婪地享受她的肉體的溫馨。

「我有點替你擔心。」杏香說道：「你是閒雲野鶴的性情，以後天天練字，一個月做六篇文章，只怕你受不慣拘束，老脾氣發作，大家都會笑你。」

「不會！」曹雪芹矍然而起，右手握拳，重重地在左掌中一擊，「你不是說『一榮皆榮』？我拚著吃一兩年苦，掙一副誥封給你。」

「謝謝！」杏香答說：「我沒有那個福氣。」

「怎麼？」曹雪芹詫異了，「你不相信我會成進士？」

「我怎麼不相信？我也跟錦兒奶奶、秋姑一樣，相信你會點翰林。不過，這副誥封輪不到我。」

曹雪芹明白了，誥封無贈側室之例；「你放心！」他說：「我早就想到了，你也該照錦兒姐的例子；太太明年六十整壽，到那天來辦你這件事。」

杏香自然深感安慰，不過他的話又觸及她的一件心事；「上個月錦兒奶奶、秋姑還在談太太明年的生日。」她說：「不但是整壽該大大地熱鬧一番，而且撫孤守節，你多少歲，就是守了多少年的節，想請四老爺出面，請朝廷旌表，如今四老爺出了事，你看該怎麼辦？」

一聽「你多少歲，就是守了多少年的節」這句話，曹雪芹頓覺心頭如灌了一盞熱醋，連鼻子都酸了；三十餘年含辛茹苦，如果連請朝廷旌表這件事都不能如願，那就太愧對慈母了。

轉念到此，如芒刺在背，坐了下來，定定神想了一下：「你把《會典》拿來；只要禮部那幾卷。」

《大清會典》屬於禮部這一部分，有十餘卷之多；曹雪芹翻到「凡孝義忠義者，察實以題而旌焉」這一條以下的注釋，細細看去，找到了節婦旌表的規定：「守節之婦，不論妻妾，自三十歲以前守節，至五十歲；或年未五十身故，其守節已及六年，果係孝義兼全，阨窮堪憫者，俱准旌表。其循分守節合年例者，給予『清標彤管』四字匾額，於節孝祠另建一碑，鐫刻姓氏，不設位，不給坊銀。」

看到此處，曹雪芹失聲喊道：「糟糕！」

「怎麼？」杏香問道：「太太不合例？」

曹雪芹沒有作聲，聚精會神地看了一會，方始舒口氣說：「還好，還好！」

「怎麼回事？」杏香有些不耐煩了，「你一個人在鼓搗甚麼？」

「你看，」曹雪芹指著《會典》說：「建牌坊旌表，除了守節要夠年限以外，還要合乎『孝義兼全，阨窮堪憫』。八個字其實只是四個字，孝義阨窮；太太只占了兩個字。」

杏香想了想說：「守節是義，奉養翁姑是孝；那時有老太太在，孝義二字，自然當之無愧。阨窮就似乎談不上了。」

「一點不錯。」

「那麼，莫非太太的苦就白吃了？」

「也不然。照規矩給一塊『清標彤管』的匾；百年以後在節孝祠的石碑上，刻上姓氏，不設位，不給坊銀。這未免太薄了，而且生前不能舉動。不過，」曹雪芹提高了聲音說：「下面還有一句話：『婦人因子受封，准予旌表；因夫受封守節者，不旌表。』」

「這就是撫孤之報。」杏香說道：「如今就看你怎麼樣報答太太了。」

「沒有法子！只要勉力以赴。」

杏香看得出來，曹雪芹到此時才真正下了決心，要在正途上求個出身，使得馬大人能因受封而建立一座孝義牌坊，撫孤守節之報，不僅僅止於身後的「清標彤管」。

這自然令人欣慰興奮之事；但也不無感慨，「你要早知道《會典》上是這麼寫的，只怕早就發憤了！」她說：「枉費了大好光陰。」

「如今也還不晚。」曹雪芹說：「從明天起就得立起一份功課表來。」

這天的馬夫人很高興，因為杏香將昨夜曹雪芹立志顯親揚名的由來，細細告訴了秋澄，而秋澄又即時講了給她聽的緣故。

高興的是愛子的孝心，卻不是因為他立志「上進」。馬夫人一直畏懼宦海風波，因此，對於曹雪芹不願做官，她從無一句責備的話，尤其是這回曹頫的入獄，更為她內心帶來極大的矛盾。

「兩榜出身，做官有三條路子，一是點翰林；二是到部裡當司官；三是當知縣。」馬夫人指著曹雪芹說：「你們看他是當縣官的材料嗎？」

錦兒與秋澄都笑了。「其實也沒有甚麼，請兩位好的幕友就是。」曹雪芹說：「不過，我自己絕不會去當風塵俗吏。」

「那也由不得你。」錦兒說道：「朝廷所派，你也不能不去啊！」

「這有兩個辦法。」曹雪芹說：「一個是辭官，不等吏部掣籤分省就告『終養』。過去有沒有這個例子，我不知道；可是皇上以仁孝治天下，我是獨子，又是遺腹子，娘又過了六十歲，我想不會不准。」

「既然如此，你又何必去趕考？在家裡侍奉娘親好了。」

「這不同的。有了功名，榮宗耀祖，好替娘請誥封啊！」

「慢一點！」秋澄插進來說：「你如果不做官，就沒有品級，怎麼替太太請誥封。」

曹雪芹覺得這話有理，想了一下說：「這也有兩個辦法，一個是先幹兩三個月再辭官——。」

「你別開玩笑了！」秋澄打斷他的話說：「你當做官是擲『陞官圖』，隨你高興，愛幹不幹？而況縣官是父母官，更不能兒戲。如果我是皇上，我會說：你也別辭官了，乾脆我革了你的職，豈不省事？」

「這一點我倒沒有想到。」曹雪芹不好意思地笑了，「那就只有用另一個辦法，當京官。」

「派了你當縣官，你怎麼能當京官？」錦兒問說：「這也可以自己呈請的嗎？」

「可以。不過先得花一筆錢，譬如說，先捐個內閣中書，等殿試以後，如果是『榜下即用』的縣官，請吏部轉奏，歸本班改敘，就可以不必出京了。」

「這倒是個好辦法。」

「不見得。」馬夫人搖搖頭，「你們對內務府的情形都不懂。」她看著錦兒說：「你回去問問通聲就知道了，芹官如果做了京官，自有人出來替他活動，不是派工部，就是派戶部，反正是跟內務府有關聯的缺，到時候就來勾引你通同作弊，倘或磨不過情面，勾結上了，那就不知道那一天跟四老爺一樣。」

「這一層，娘請放心；我讀了這麼多年的書，不能連這一點把握都沒有。」

「可是，那一來你就會得罪人；說不定就有人暗算你，結果比勾結在一起更壞。」

「照這麼說，除非點翰林。」錦兒皺著眉說：「否則甚麼官都不能做。」

「點了翰林還不能應『考差』。」曹雪芹說：「不然放了主考也會出事。」

「那怎麼會？只要你自己不賣關節，怕甚麼？」

「怕跟去的人會搗鬼。這是常有的事。」曹雪芹問：「你知道不知道，唐伯虎是江南的解元，怎麼會懷才不遇，閒廢終身？」

「莫非他這個解元是關節上來的？」

「不是。他們受了會試主考程敏政的累；程敏政又是受了他跟入闈中的聽差的累。」接著，曹雪芹講了唐伯虎與程敏政的故事。

唐伯虎是前明孝宗弘治十一年，江南鄉試的解元；第二年春天偕江陰富人徐經入京會試。這一科的大主考，一個是禮部尚書兼文淵閣大學士李東陽；一個是自幼有神童之稱，十歲時便由英宗特旨，准入翰林院讀書，此時官拜翰林院掌院兼禮部右侍郎、專典內閣誥冊的程敏政。

闈中的策問，題目是程敏政所出，有一道策問的出處，極其冷僻；出闈以後，彼此相詢，發覺通場只有兩個人知道，一個是唐伯虎，另一個便是徐經。唐伯虎有「江南第一才子」之名，知道出處，不足為奇；徐經雖富有貝之財，卻少無貝之才，這件事就很可疑了。

於是有個給事中華昶，受了程敏政的政敵指使，上奏參劾程敏政，說他出賣關節。

孝宗的處置很明快，直接降旨入闈，所有的試卷由李東陽一個人看；程敏政不得閱卷。

在此之前，程敏政已經看了一部分卷子，唐伯虎與徐經二人，本來都已取中；但經李東陽覆閱後，都遭黜落。這是李東陽深信程敏政必不致出賣試題或關節，打算大事化小，小事化無的一種手法。

可是，覆奏雖為程敏政開脫，而流言未息；言官紛紛上奏，主張嚴辦。程敏政早年曾充經筵講官，孝宗對他只稱「先生」而不名，是不折不扣的帝師；但孝宗並不以私廢公，仍舊尊重清議，將程敏政、唐寅、徐經一起下獄。

審問的結果，非常奇特，華昶以言事不實，降調為南太僕寺主簿。既然如此，程敏政應該無事才是，卻又不然，程、唐、徐三人都受到了行政處分，徐經曾經拜程敏政的師，獻上贄敬；唐伯虎則曾乞程敏政為他的文集作序，兩人俱黜而為吏；程敏政則勒令致仕。

其實，這是從寬處置。程敏政的僕人，受了徐經的利誘，偷偷出賣了試題，程敏政並不知道；出獄以後，憤懣致疾，是致命的癰，俗名「發背」，未幾下世。至於唐伯虎不但從此不能應考，而且「黜而為吏」，就是俗稱的「書辦」，連縣官都得伺候，每逢「卯期」，半夜裡就得起床「應卯」叩頭。堂堂解元，豈屑為此？唐伯虎不肯就此職務，閒廢終身。

等曹雪芹講完這個故事，秋澄立即說道：「我看唐伯虎脫不了通同作弊的嫌疑。」

「喔？」曹雪芹問道：「何以見得？」

「你想，徐經買到了試題，還得去找出處；他們既然是一起進京的，徐經當然就會去找唐伯虎。那一來，唐伯虎不也就知道了嗎？」

「言之有理。」錦兒接口說道：「我也在奇怪，何以那麼多舉子入闈，就他們兩個人知道這個題目的來歷，不太巧了一點兒了嗎？」

「由此可見，唐伯虎亦是咎由自取。」秋澄作了一個結論：「蒼蠅不鑽沒縫的蛋。凡事只要自己留心，就能遠禍；像程敏政，只要事先能挑謹慎可靠的聽差，帶在身邊，徐經的錢再多，也用不上。」

「這倒是實話。」馬夫人也同意這個看法；接著又對曹雪芹說：「反正現在為了你爺爺這一支能夠興旺起來，就指望你跟棠官了；你只管在正途上巴結，『蘿蔔吃一截，剝一截』，到那個地步說那種話，如今也談不盡那麼多。倘或命中注定，不能在科場得意，我也不會怪你。」

「娘這麼說，我就輕鬆了——。」

「可是，」錦兒截斷他的話，「你也不能老毛病發作，就此又懶得用功；儘幹些不急之務。」

「不會。」曹雪芹說：「今天我一個人在家，已經把功課表立好了，明兒就開始。」

「文社的事呢？」

「我想另起一個。要講切磋之益，貴精不貴多；有八、九個人，剛夠一桌最好。」

「對！」秋澄說道：「這樣作東就省事；輪流的回數多一點兒倒不要緊。」

馬夫人還不知道這回事，秋澄便將曹雪芹的想法說與她聽；馬夫人當然也很贊成，「不過，」她問：「你們作了文章，找誰替你們去改呢？」

這一問，將曹雪芹問住了，「還沒有想到這上頭呢？」他說：「或者就請昌表叔。」

「他肯答應最好，只怕他未必有這個功夫跟興致。」馬夫人又說：「總要請到熱心的人，才有益處。」

看大家都興興頭頭地為曹雪芹的前途在打算，馬夫人亦很受鼓舞；她所擔心的宦海風波，畢竟還是遙遠的事，而眼前的興旺氣象，已多少可以沖淡由曹頫入獄而為她心頭帶來的一抹陰影。

因此，她又想起了正陽門西的關帝廟，前幾天本來要為曹頫入獄去求一支籤，問問休咎，還為此茹素齋戒，以後因為臨時有事，未能成行；此刻覺得非去不可，因為那座以靈異著稱的關帝廟，卜科場利鈍，更是如響斯應，每逢大比之年，舉子趨之若鶩。馬夫人此去要求兩支籤，一支為曹頫；一支為曹雪芹。

「明天咱們吃一天齋。」她對杏香說，「後天上前門關帝廟燒香。」

「是。」杏香答應著，「我會預備。」

「你呢？」秋澄問錦兒：「你去不去？」

「去！怎麼不去。」

「那你明天也就不用回去了；在這兒吃齋。」

錦兒點點頭；換了個話題：「明年太太六十大慶；得好好兒熱鬧熱鬧。」

「不，不！」馬夫人連連搖手，「如今甚麼時候，那裡談得到此？」

錦兒說這話，是因為秋澄跟她談過，打算著在馬夫人做整生日那天，附帶來辦為杏香扶正的事。

但細想一想，曹頫之獄未解，確非談這件事的適當時機，因而也就不往下說了。

第三天一早，曹雪芹策馬先行，到關帝廟迎候。馬夫人帶著錦兒、秋澄、杏香，先到正陽門東的觀音大士廟燒了香，才轉到西首的關帝廟來，已是近午時分了。

一到先上香行禮；然後馬夫人再次行禮求籤，默禱之後，搖著籤筒，冒出一支籤來，曹雪芹從地上拾了起來，看一看說：「第三十八籤。」接著轉身要走。

「慢一點。」秋澄輕聲說道：「太太還要求一支。」

曹雪芹明白了，靜靜等著；馬夫人求的第二支籤是五十一籤。

拿著籤到大殿右側去找廟祝，付了一兩銀子的香金，換來兩張籤條，第三十八籤是一首七律；第五十一籤只得八個字。等曹雪芹走了回來，錦兒問道：「怎麼說？」

「我不知道娘問的是甚麼？只有到家再說了。」

一到家，仍舊聚在馬夫人屋子裡；曹雪芹將籤條交了給秋澄，先看三十八籤那首七律是：「六曲圍屏九尺溪，尺書五夜寄遼西。銀河七夕秋填鵲，玉枕三更冷聽雞。道路十千腸欲斷，年華二八髮初齊。情波萬丈心如一，四月山深百舌啼。」

「這首詩，可真有點莫測高深了。」秋澄問道：「太太頭一支籤問的是甚麼？」

「頭一支問四老爺的官司；第二支問芹官的科名。籤上怎麼說？」

秋澄不答，將籤條交回曹雪芹，再看五十一籤：「得斧伐桂，遇馬成龍。」她凝神細想了一會，笑逐顏開地向馬夫人說道：「恭喜太太！雪芹明年一定中舉。」

「喔，」馬夫人尚未開口，錦兒先就急步走過來，一面從秋澄手裡取來籤條，一面問說：「你解給我們聽。」

「伐桂就是折桂。『蟾宮折桂』，向來當作秋闈得意來形容。這且不言，靈的是年分都指出來了。」

「嗯，嗯！」錦兒連連點頭，「遇馬成龍，馬是午，明年不是庚午嗎？」

「庚字也指出來了。」秋澄為她補充：「斧是金，西方庚辛金，不緊扣著一個庚字嗎？」

「啊，啊！」杏香也興奮了。

「那麼，」馬夫人問：「那年成進士呢？」

秋澄心裡在想，若照馬是午的解法來看，中進士可能是「成龍」的龍年，也就是辰年；會試的年分是辰戌丑未，去年乾隆十三年，戊辰會試，下一個辰年應該是十二年以後的乾隆二十五年。不過這樣一解，馬夫人可能會失望，因而故意這樣答說：「既然遇馬成龍，自然一路就上去了。」

「看樣子倒是有點道理。」馬夫人又問：「四老爺呢？他的官司要緊不要緊？」

秋澄不答；略停一下又說：「籤在雪芹手裡。」

這意思是要讓曹雪芹來解答；但他跟秋澄一樣，既感莫測高深，又有難言之苦，不過，他聽說過這首籤詩，不妨先搪塞一下。

「這首詩是考人的。押的是險韻——。」

「啊！」秋澄是恍然大悟神情，「怪不得我剛才念著，覺得有點兒不大對勁，原來是『溪、西、雞、齊、啼』五個險韻。」

「險韻就是難押的韻。」曹雪芹為他母親解釋；接著轉臉又說：「錦兒姐，我念一念這首七律，你可聽清楚了，看看其中有甚麼機關？」

他念得很慢，錦兒聽得也很仔細；聽完，脫口說道：「怎麼？盡是些數目字？」

「對了！中嵌一、二、三、四、五、六、七、八、九、十、百、千、萬，十三個數目字；另外還有兩個字，跟數目也有關係，你知道不知道？」

錦兒搖搖頭，轉問秋澄：「你知道不知道？」

秋澄想了一下說：「應該是『尺』跟『丈』。」

「不錯。」曹雪芹說：「詩題是『閨怨』，是用『打起黃鶯兒，莫教枝上啼；啼時驚妾夢，不得到遼西』那首唐詩化出來的。」

一直不曾開口的馬夫人又問了：「這跟四老爺的官司，又有甚麼相干。」

其時不但曹雪芹與秋澄的看法相同；連錦兒與杏香亦已聽出兆頭，所以臉色都很尷尬。

「怎麼回事？」馬夫人說：「就是不祥，也總有個說法。」她指名發問：「秋澄，你說。」

「大概——」秋澄很吃力地說：「大概要發遣。」

「你是說，」馬夫人睜大了眼：「要充軍？」

秋澄不答，只看著曹雪芹，要求印證；曹雪芹便說：「大概是。」

「到那裡？」

「還好，不遠；遼西。」

馬夫人想了一下又問：「還有些甚麼？」

「大概一過了七夕，就要上路了。」曹雪芹又說：「我們是姑妄言之；娘就姑妄聽之好了，不必認真。」

話雖如此，馬夫人仍是憂形於色；秋澄與曹雪芹交換了一個眼色，都有悔意，不該將這首「閨怨」，解作曹頫遠戍之兆。

「今天你不是要到你昌表叔那裡去嗎？」馬夫人說：「吃了飯就去吧！」

曹雪芹回家已快二更天了，但仍舊先到馬夫人那裡，臉上紅紅地，酒似乎喝得不少。

「昌表叔一定要留我小酌，沒法子，只好陪他。」曹雪芹說：「四叔的事，談得不多；他說他替四叔說了好些好話，劉總憲、汪尚書都答應幫忙。」

「嗯。」馬夫人表示滿意，但又問說：「方問亭呢？」

「他剛到京，對四叔的事還不大清楚。昌表叔也不便跟他深談。」曹雪芹停了一下說：「他的住處我已經打聽到了；這幾天正忙著，等他稍微閒一閒，我跟震二哥一起去看他，當面深談。」

「好！」馬夫人跟秋澄商議：「既然是世交，自然要替他接風；不過，他如今是紅督撫，應酬極忙，請他亦未必請得到，我看不如送菜。」

「是！」秋澄想了一下說：「做一個一品鍋，四樣點心，也差不多了。」

「對！明天就送。」馬夫人問：「他住在那兒？」

「住在東城帥府胡同賢良寺。」

「賢良寺？那是個甚麼地方？」

曹雪芹告訴母親，賢良寺本來是怡賢親王的府第；遺命捨宅為寺。由於跟東華門很近，地方又寬敞雅緻，所以近年督撫進京述職，多喜借住此地。

「既然是寺，只怕葷腥不入；你得打聽清楚。」

「不相干，另外有門進出。」曹雪芹起身說道：「娘歇著吧！」說著，向秋澄使了個眼色。

回到夢陶軒還未坐定，秋澄便來了，進門便問：「你有話跟我說？」

「是啊！你先坐了。等我換了衣服再談。」

秋澄料想是有關係的話，便即說道：「那麼，我在你書房裡等你。」

於是秋澄命丫頭掌燈，開了書房門坐等；曹雪芹隨後也就到了，進門輕輕將房門關上，臉色也不同了。

「怎麼？」秋澄的心一沉：「消息不妙？」

「不但不妙，是大告不妙。」曹雪芹低聲說道：「我不敢在娘面前說，一說，準會睡不著覺。」

「怎麼呢？你快說。」

「昌表叔告訴我，步軍統領衙門奉到密旨，在查兩件事，一件是四叔經手的工程，有沒有弊端；一件是四叔有沒有藉故招搖的情事？」

「甚麼叫藉故招搖。」

「是指到熱河去接聖母皇太后那件事。」

「那不會。」秋澄說道：「四叔在自己人面前都不談這件事，怎麼會到外面去招搖？」

「對！我想也不會。不過，」曹雪芹壓低了聲音，「頭一件事，據說已經有了結果，而且有證據。」

「甚麼證據？」

「不知道。」

秋澄楞了一會，自語似地說：「那可是麻煩！莫非『尺書五夜寄遼西』，竟要應驗了？」

「還有件可慮的事；說不定還會牽連到震二哥。」

一聽這話，秋澄的臉色都變了，「那可不得了！」她說：「若說四叔，總還謹慎；咱們那位震二爺，落在外面的把柄，一定不少；而況他還是辦陵工！那一發作了，腦袋都會搬家。」

「你別著急！」曹雪芹急忙安慰她說：「也許正因為案子太大，反倒容易壓下去。」

「你這話，不大說得通吧？」

「不！你要明白，陵工是特簡大員辦理的，案子一鬧開來，會興大獄。」

曹雪芹又說：「這就是所謂『天塌下來自有長人頂』。不過，震二哥也不能掉以輕心。這話，我不知道應該不應該告訴他。」

「當然要告訴他。」

「錦兒姐呢？」

「不必！」秋澄又加了一句：「這件事，就你我、震二爺知道就行了。」

正在談著，聽得杏香的聲音，兩人以眼色相戒，住口不語。等杏香推門進來，秋澄想起要送方觀承的一品鍋與點心，正好跟她計議。

「你們商量吧！」曹雪芹起身說道：「我累了一整天，可要去睡了。」

等秋澄跟杏香談完了送菜的事，亦待離去時，杏香留她再談一會，「太太跟我說了好些話。」她說：「為四老爺求的那支籤，實在不好！太太很在意；如果真的莫名其妙，倒也罷了，偏偏為芹二爺求的那一支，活龍活現，沒有一個字說不通，那就無怪乎太太發愁了。」

「太太怎麼說？」

「太太說，如果四老爺真的發遣出關，季姨娘一定尋死覓活，鬧得家宅不安。」

秋澄默然，好半晌嘆口氣說：「反正大家都不會有安靜日子過就是了。」

「太太還提到秋姑你的事。」杏香說道：「太太要我明兒去看我乾爹，問問他的意思。」

「喔。」秋澄對此當然關切，但卻不知道如何談下去？

「太太說：本來打算請四老爺主婚，風風光光地辦一場喜事；如今看樣子，官司一時不會了。而且到那時候，說不定為四老爺的事鬧得兵荒馬亂，更把喜事耽誤下來了，倒不如請我乾爹，趁早『送日子』。太太又說：這麼辦，未免委屈；想來你也能體諒的。」看到她那等著回答的眼神，秋澄明白了，馬夫人的打算是，在近期內草草成姻，了卻一樁心事；但不便親自跟她說，所以要杏香來傳話，探探她的口風，如果自己有異議，還有斟酌的餘地。

這是終身大事，秋澄頗自矜重；因而也確有委屈之感，但想到曹震亦可能出事，到時候會連主婚的人都沒有，那就更不成樣子了。

轉念到此，不再多想，「本來是太太抬舉我！」她說：「一切請太太作主。」

「是。我這麼去回太太。」杏香又說：「我乾爹一定不會委屈你的。」

「嗯。」秋澄答了這一個話，別無他語。

杏香雙眼閃爍地想了一會，突然很興奮地說道：「秋姑，我倒有個主意，你看看行不行？」

秋澄不作聲，等了一下，看她未往下說，才答了一句：「你沒有說出來，我怎麼知道行不行？」

「我是這麼在想，我乾爹原來的打算是，在京裡熱熱鬧鬧辦完喜事，帶你回他老家，請了客再回京來住；如今不妨倒過來辦，讓乾爹在家鄉辦喜事，請震二爺、芹二爺送親，回京以後，咱們再請客。那時候也許四老爺的官司已經沒事了。」

「這倒也是個辦法。」

「你說，秋姑，這個辦法你贊成不贊成？你說一句實實在在的話，我就照這麼去做了。」

秋澄還待考慮，而杏香卻不斷催問，渴望立即定局似地，便只好老實回答了。

「你忙甚麼？我得跟錦兒奶奶商量、商量。」

「這當然要的。我只是想知道你自己願意不願意這麼辦？」

「就是我願意，還不知道能不能這麼辦呢？」

「怎麼不能？」杏香極自信地，「只要你自己願意，就一定能這麼辦。」

「不見得。」秋澄搖搖頭，「譬如，震二爺不能送呢？」

「他為甚麼不能送？除非是臨時有差使；可是，送親的日子一定，他心裡就有數了，事先打個招呼，差使自然就能免派。」

「四老爺的官司，不能沒有人料理吧？」

「這，」杏香覺得這倒確是一層難處，考慮了一會說：「那就只有讓芹二爺一個人送了。沒有功名，面子不好看，索性就捐個內閣中書；那一來，明年太太六十大慶，也能建坊旌表了，一舉兩得。」

看她那種自以為盤算得很好，臉上得意的樣子，秋澄不忍潑她的冷水，笑笑說道：「你是打得一把如意算盤；還不知道人家怎麼樣呢？」

這「人家」是指仲四而言；杏香滿懷信心地說：「我乾爹一定會聽。」

「好了，明兒再說吧！」

「對了，明兒還得弄菜呢？」杏香自言自語地又說：「上午把一菜四點心都弄好；午後我跟芹二爺分頭辦事。我是先去看錦兒奶奶，然後去看我乾爹。喔，我得把我的主意，先跟太太回明了，不能冒失。」

看似獨白，其實是說給秋澄聽的；看她沒有作聲，杏香知道自己的主意可行了。

第二天午後，曹雪芹與杏香同時出門；挑食盒的先走，等曹雪芹策馬到了賢良寺，食盒也到了，到門上一問，果如預料，方觀承不在，於是投了名刺，留下食盒，策騎而回；很意外地發現曹震來了，正陪馬夫人在聊天。

「從家裡來？」

「是的。」

「見著杏香沒有？」

「沒有啊。」曹震答說：「大概路上錯過了。」他又問：「你見著方問亭沒有？」

「沒有。」

「昌表叔呢？聽說你昨兒看他去了，他怎麼說？」

「話很多。」曹雪芹略以眼色示意，「咱們回頭再談。」

於是，曹震便又跟馬夫人交談；他們剛才已談了秋澄的喜事，馬夫人將杏香的建議，告訴了曹震，而且認為是個很高明的主意，問他有何意見？曹震正要回答，讓曹雪芹回來打斷了，此刻是接續未終的話題。

「秋澄本人的意思怎麼樣呢？」

「昨晚上杏香跟她談過，喜事不必在京裡辦，就是她想出來的主意。」馬夫人又說：「剛才我又跟她談了；她也願意照這麼辦。」

「那好。仲老四是絕無異議，事情可以算定局了。不過，我看日子恐怕快不了。」

「為甚麼？」

「仲老四最愛面子。」曹震說道：「如果是在他老家辦喜事，他一定先要好好兒拾掇拾掇房子。而況，河南不比京裡，諸事方便；光說接待賀客吧，京裡有的是大客棧，隨來隨住，方便得很，在河南就不行了。他的朋友又多，一大幫子人來了，在那兒吃，那兒住，都得事先好好兒籌畫；不是十天半個月的事。」

他的話還沒有完，馬夫人已經「啊呀」一聲喊了出來，「不行，不行！」她搖著手說：「咱們圖省事，替他可添了大麻煩，未免說不過去。」

「太太也不必就此改了主見。」曹震未曾想到，自己的這番話，發生了這麼大的影響，稍有些不安地說：「且等杏香回來，看仲老四是怎麼個說法，咱們再商量。」

「我看不必勉強。」馬夫人說：「我看，把你媳婦接了來；咱們今兒好好商量商量，把這件事定規了它。」

「是。」曹震看著曹雪芹說：「你去接吧！我得到內務府打聽打聽四叔的消息，回頭再來。」

「是了。」曹雪芹說：「你先到我那兒坐一坐，我把昌表叔跟我談的情形告訴你。」

於是曹震隨著他一起到夢陶軒；曹雪芹本想將曹震可能會出事的傳聞告訴他，但臨時決定不說，因為他覺得這個消息不但徒亂人意，而且怕曹震沉不住氣，四處去打聽或者解釋，反倒會將來保他們已消弭於無形的大案掀了出來。不過，有關曹頫的案子，極可能別生枝節的傳說，還是講給他聽了。

「我也聽說了。」曹震憂愁地說：「咱們也只能盡咱們做姪子的心，做到那裡算那裡。萬一，」他忽然問道：「聽說太太給四叔求了一支籤，說要發遣到遼西，是怎麼回事？」

「是一首詩。你倒不妨也參詳，參詳。」曹雪芹提筆將那首「閨怨」寫了下來，交給曹震。

「遼西應該是甚麼地方呢？」曹震困惑地說：「發遣，從前是寧古塔、尚陽堡；近年多發打牲烏拉，可全都在遼河以東，不在遼西。」

「我也識不透，不過籤語不祥，那是很明白的。」

「真的到了這一步，看看能不能援捐贖的例；那不過多花幾吊銀子。」曹震將籤詩收入口袋，說一聲：「走吧！」

出了大門，各乘一輛車，分出噶禮胡同的西口與東口。出西口的曹雪芹，接了錦兒到家，恰好杏香也回來了。

果如曹震所預料，仲四對在他河南老家迎娶秋澄，一口應承；但表示他得先回家鄉看一看才能送日子。回一趟河南，一來一往得個把月的功夫；「送日子」是一個月以後的事了。

「你聽說了這件事沒有？」馬夫人問錦兒。

「雪芹告訴我了；我還不怎麼鬧得清楚呢！」

「到底通聲見的事多，想得周到；送親到河南，在咱們是省事了，男家可是大大的不方便。咱們得替人家想想；杏香的辦法雖好，可惜行不通。」

杏香卻還不知道如何行不通？正待發問時，為曹雪芹以眼色阻住；只好靜靜地再聽馬夫人往下說。

「喜事還得在京裡辦；我想，總得趕在四老爺官司了結以前。」

「是的。」錦兒說道：「回頭等震二爺來了，咱們商量出幾個日子來，請仲四爺去挑。太太看，這麼辦行不行？」

「好！就這麼辦。」馬夫人轉臉看著杏香說：「你知道不知道，你乾爹為甚麼要先回河南？」

「他沒有跟我說。」

「他是不便跟你說。你乾爹好面子，這一回去是要修他老家的房子；他在江湖上的朋友很多，到時候來喝喜酒，得有地方住，費的事可大了去囉。而且這一來，送的日子也不會近，跟咱們的原意也不符。所以你的主意雖好，可惜行不通。」

杏香原有些被當頭潑了一盆冷水的感覺；聽這一說，才知道自己的想法欠考慮，當即答說：「是，是！太太想得周全。」

「不是我，是震二爺提醒的。」馬夫人又說：「你回你屋子換了衣服；看看添兩個甚麼菜，震二爺快來了。」

杏香答應著走了，但並未回夢陶軒，逕自到了廚房，關照廚娘預備添菜以後，隨即又來覓秋澄，為仲四傳話。

原來有人向仲四兜售一座建在西山祕魔崖的別墅，小巧精緻，而且位居勝處，朝暉夕陰，風景宜人；仲四本就有續絃以後，將事業交給長子，憩息林泉，養靜娛老之計，所以對這座別墅，頗為中意，但如秋澄不願，他就不能不放棄自己的計畫，因而叮囑杏香，私下來問一問秋澄的意向。

「我乾爹說，他不能一個人去住，一切以秋姑你的意思為意思。」杏香又說：「那個園子的行情還很俏，對方等著回話；我乾爹又說：如果想去看一看，馬上通知他，好預備。」

「我還弄不大明白。」秋澄問道：「他是打算搬到西山去住？」

「不是，不是。」杏香答說：「是避暑的別墅；春秋天有興致，當然也可以去住兩天。」

正在談著，只聽窗外人聲，是錦兒與曹雪芹一路談著來了，杏香便先迎了出去，「咦！」錦兒微覺意外；「原來你在你『乾媽』這兒。」

「你又來了！」曹雪芹急忙攔阻，「別亂開玩笑。」

秋澄覺得錦兒樣樣都好，就是口沒遮攔，令人頭疼；這天料定她一定又會開玩笑，早存戒心，如今聽她一上來就是這種口吻，越發將臉繃得緊緊地，嚴陣以待。

見此光景，錦兒不由得就笑了，「看這樣子，」她對曹雪芹說：「咱們連正經話都不能談了。」

「正經話怎麼不能談？」曹雪芹答說：「你別胡扯就是了。」

「好，我不胡扯。」錦兒看著秋澄說：「我是奉了太太之命，請你自己先挑幾個大喜的日子。」

「我早說過了。」秋澄平靜地答說：「太太怎麼說，怎麼好。」

話有點說不下去了；杏香便說：「如今倒是有件正經事。」她問秋澄：「那件事，我能不能說？」

「當然能說。你何必問我？」

「因為我乾爹要我私下跟你談，所以我得先問你。」

話猶未完，錦兒已嚷了起來：「好啊！」她說，「原來你替你乾爹當『紅娘』『遞柬』！是甚麼私情密約，從實招來！」

這玩笑開得太厲害了；曹雪芹只急得差一點要伸手去掩她的口。但秋澄深知錦兒有點「越扶越醉」的脾氣，所以早就拿定主意，惱在心裡不理她。

見此光景，錦兒見機收篷；笑一笑問杏香：「先談你的正經事。」

「我乾爹想在西山買個園子——。」杏香將始末經過，說了一遍。

不等她說完，曹雪芹與錦兒便都興奮了，「那可是太好了！」錦兒笑道：「明年夏天，咱們到姑奶奶的園子裡避暑去。」

「你先別起勁。」曹雪芹問道：「事情定局了沒有？」

「不正在商量嗎？」杏香答說。

於是，視線都落在秋澄臉上；她卻沉吟著久久不語，這自然是她有她的委絕不下的緣故，但沒有人能猜想得到。

看看氣氛有些僵硬，曹雪芹很見機地說：「置產是件大事，讓她慢慢兒琢磨吧。」接著，向錦兒使個眼色，預備離去。

可是秋澄卻開口了，「雪芹，」她問：「西山『八大處』，你去逛過幾回？」

「總有五六回吧？記不清了。」

「我可是一回都沒有去過。你倒說給我聽聽，好在甚麼？」

西山八大處在京城西北三十里，本為太行山的餘脈，主峰原名平坡山；由於明宣宗的愛女翠微公主葬於此山，因而改名翠微山。山勢東西北三面環抱，南向平蕪；山中古剎極多，最有名的八座，俗稱為「八大處」。

聽曹雪芹約略談了梗概，秋澄問道：「那裡宜不宜於住家？」

「住家可不大相宜。」曹雪芹說：「日用什物，都得事先預備；只能偶爾去住住。」

「我雖沒有去過，倒聽人談過。」秋澄說道：「那裡除了圓明園以外，附近的萬壽山、玉泉山、香山，都建得有行宮，經常出警入蹕，進出很不方便。京裡多少富貴人物，在那裡蓋別墅的，少而又少；一個尋常百姓，夾在那裡面幹甚麼？」

聽這一說，曹雪芹與錦兒的一團高興自然都被打消了；而秋澄卻還有話。

「蓋一座園子容易；養一座園子很吃力。做事總要有長久打算，後繼為難，讓這座園子荒廢了，或者半送半賣地脫手，只落得一肚子的懊惱，悔不當初，何苦？」

「說得不錯。『有錢不置懊惱產。』」曹雪芹向杏香說：「你就把這些話，照實告訴你乾爹好了。」

「好！」杏香起身說道：「我回去換衣服。」

「你也走吧！」秋澄對曹雪芹說，「讓我靜一靜。」

曹雪芹知道，她是有話跟錦兒談；便與杏香一起先回夢陶軒，臨走以前，拋給錦兒一個眼色，示意不要再開玩笑了。

錦兒當然能夠會意，「說真個的，仲四爺娶了你，真是福氣。你剛才那番道理，不能不叫人心服。我們都是這麼在想，仲四爺就更可想而知了。」

她笑一笑又說：「我可不是又跟你開玩笑，由你這番話，我們悟出一層道理。」

「甚麼道理？」

「俗語說：怕老婆的發財！這個財怎麼發？就因為娶了你這樣會打算的太太之故。」

「可惜的是，」秋澄笑道：「娘家人少了個避暑的地方。」

「聽你們說那裡那樣子不便，我也不稀罕那個地方了。閒話少說，有句話我要問你；你可得老實說。」

「我甚麼時候沒有跟你說實話？」

「是，是！我只是這麼說一句而已。」錦兒放低了聲音說：「太太老覺得這麼提前辦喜事，似乎你嫌委屈，不過擱在心裡不說。我問你，你心裡到底是不是嫌委屈？」

「是的，有一點兒。」秋澄坦率承認，但下面有轉語：「不過，我一點都不怨太太，事由兒擠在那裡，我只怨運氣。」

「好！你這麼說，太太心裡就比較舒坦了。不過，我倒要勸你，凡事太圓滿了也不好，反倒是留著點兒缺憾，餘福不盡。」

「咦！」秋澄驚異地，「這話不像是你說的；多早晚你長了這番見識？」

「從四老爺出事以後，我就常常這麼在想。四老爺這幾年也太順了；好差使一個接一個，和親王府剛蓋好，接下來又要替傅中堂蓋新屋——。」說到這裡，她忽然頓住，彷彿有一樁突發的心事似地。

「怎麼回事？說說又不說了。」

「我是想起了你的新房。」

這是指曹雪芹去看定了的，香爐營六條東口的房子。在曹震辦完良鄉接傅恆的差使回京以後，便已通知了仲四，花一千四百銀子買了下來；正要商議如何粉刷修理時，和親王府的一場火，將這件事耽誤了下來，如今喜事提前，裝修新居，自是首要之事。

「我看你的好日子也快不了。」錦兒說道：「仲四爺說過要大修，起碼也得一個月的功夫。」

「也不必大修，能住就行了。」秋澄又說：「你不是去看過，房子沒有壞甚麼。」

「就裡裡外外粉刷一道，也得好些日子。明兒讓雪芹陪著，咱們再去看一看。」

「再說吧！」秋澄耳朵尖，「震二爺來了。」

果然是曹震來了。一時又都聚集在馬夫人屋子裡；先問曹頫的消息，說是就在這幾天要「過堂」。接下來該談喜事；秋澄搶在前面問說：「飯開在那兒？」

「就在堂屋裡好了。」錦兒向外一指。

其實杏香已在堂屋裡指揮丫頭擺桌子了；秋澄只是借此一問，好脫身離去，隔著一道板壁，裡屋的談話，仍舊能聽得清清楚楚。

「通聲，」馬夫人說：「你料得不錯，仲四說要先回河南一趟，當然是去拾掇房子。你明天到他那兒告訴他，咱們仍舊是在京裡辦喜事，請他『送日子』過來。」

「不說咱們商量出幾個日子，請仲四去挑嗎？」錦兒提醒馬夫人。

「對！這麼辦也行。你們商量吧！」

「今天四月初七。」曹震說道：「我看總得過了節。」

「是啊！」錦兒接口：「香爐營的新房還得好好兒收拾呢！」

「可也不能太晚。往後天就熱了，諸事不便。」

於是取了曆本來看，五月裡宜於嫁娶的好日子只有四個：五月初二、十一、十七與廿八。第一個嫌匆促；最後一個已近六月，天時炎熱；新娘子鳳冠霞帔，全副大妝，汗出如漿，脂粉淋漓，大非所宜。所以決定請仲四在十一與十七兩日中選其一。

「也不過一個月多一點點的功夫，甚麼事都得趕。」馬夫人對錦兒說：「打明兒起，你得天天來。」

「不是天天來。」錦兒答說：「乾脆我就住這兒了。」

「隨便你。」馬夫人點點頭：「反正這場喜事，外面一個通聲；內裡一個你，就靠你們倆來辦。」

一聽這話，曹震夫婦不約而同地在心中浮起負荷不勝之感，辛苦不用提，為難的是辦喜事要錢；不知道馬夫人能拿多少出來，看樣子絕不會寬裕，而場面又絕不能簡陋，不敷之數，該當早早籌畫。這話目前還不能提，只有先硬著頭皮答應下來，「太太放心好了。」曹震答說：「我們兩個是責無旁貸。」

馬夫人微微頷首，若有所思；可以想像得到，她也在盤算費用，就這沉默的當兒，杏香進來說道：「都請吧！我來伺候太太開飯。」

於是曹雪芹領頭，曹震夫婦跟著都到了堂屋裡，卻不見秋澄的影子；錦兒便問丫頭：「秋小姐呢？」

「回屋子裡去了。」

「你們先吃。我看看她去。」錦兒說了這一句，出屋循迴廊去找秋澄。

秋澄正在換衣服，發現窗外的人影，先就問說：「開飯了，你來幹甚麼？」

「我來看看你在幹甚麼？」

「我換了衣服就來。」秋澄忽然坐了下來，「你來了也好，我正有話要跟你說。」

「說吧！」

「你先坐下來。」等錦兒坐定，她方又低聲說道：「那四個日子，我看用第一個好了。」

「五月初二？」錦兒搖搖頭，「那不太緊了一點兒？」

「就是要緊迫才好。」

「喔，」錦兒拔下玉釵，搔著頭皮說：「我想不出好在那兒？」

秋澄欲語還休，最後站起身來說：「這話一時說不完，先吃飯去。」

「聽你這麼說，我今兒自然是不回去了。」錦兒又說：「回頭咱們好好兒商量商量，太太交過來的這副千斤重擔，還不知道我挑得下來，挑不下來呢！」

「你不必犯愁，反正一定讓你挑得動就是。」

有了這句話，錦兒心頭稍寬；暗地裡思量，她的私房恐怕不少，以她的性情，當然會罄其所有，毫無吝惜。

到得堂屋裡，只見曹雪芹與曹震已在對酌了，而且也替她們斟好酒了。

「咱們把幾件大事分派一下。」錦兒扶起筷子，指指點點地說：「二爺去看仲四，告訴他，喜事仍舊在京裡辦，日子是在五月裡，到底是那一天，再商量。」

「怎麼？」曹震愕然，「不是說，十一、十七兩天之中挑一天嗎？」

「不！明兒我再跟你說。」接著，錦兒的筷子指向曹雪芹；「香爐營的房子，該修的修，該粉刷的粉刷，得趕緊動工了。這件事歸你。」

「好！明天咱們先去看一看；當然也要看仲四哥的意思。」

「不！」曹震插進來說：「你光是陪秋澄去看了，該怎麼拾掇，定了主意，告訴仲四好了。他鏢局子裡有人會辦。」

「是。我明白了。」

一直默不作聲的秋澄到此時開口了，「震二哥，」她說，「我想還是讓雪芹來辦的好。」

這就不但曹震，連錦兒與曹雪芹都想了解其中的原因。但秋澄心情複雜，一時難言其故。她所顧慮的是，如果交給仲四自己去辦，一定踵事增華，格外加工添料，而他的手下，為了討好東家，自然唯命是從；這一來，工程的日期就會延長，與她的打算全然相悖。而她的打算，既不能當著丫頭、僕婦，侃侃而言；更不能讓鄰室的馬夫人聽見，因而遲遲無法出口。

「我的姑奶奶，」錦兒催問著，「話不說不明，鑼不打不響；你倒是說啊！雪芹又不是辦這些事的材料，為甚麼讓他來辦反倒好？」

曹震終於發覺，秋澄對她自己的喜事，似乎別有打算；而且也彷彿有難言之隱，只能跟錦兒私下去談。既然如此，這時候的一切籌畫，可能變成隔靴搔癢，徒勞無功。

意會到此，他就只聊閒天了，到得酒醉飯飽，興盡而辭；只是臨行時，悄悄丟給錦兒一句話：「明兒上午，我等你回來了，再去仲家。」

錦兒當然也了解他的用意；尤其是選日子，一次可以談妥的事，何必分做兩回？因此，在馬夫人屋子裡談到起更，便起身說道：「太太安置吧！我也要睡了。」

「不到我那兒坐一會？」曹雪芹問。

「不囉！明兒我一早就得回去，得早點上床。」

於是各道晚安，曹雪芹回夢陶軒；秋澄也陪著錦兒走了，只剩下杏香伺候馬夫人歸寢。

「你乾爹可曾問你，為甚麼改了在河南辦喜事？」

「問了。」杏香答說：「我說，因為四老爺的官司一時不能了，在京裡辦喜事，似乎顯得有些彆扭。」

「確是有點兒彆扭。」馬夫人說：「可也是真教沒法子；你明後天再抽個空到你乾爹那兒去一趟，跟他婉轉地提一提，就說這回的喜事，看起來沒法兒辦得熱鬧，請他多包涵。」

「是。」杏香停了一下又說：「其實，不說我乾爹也知道。」

「說一聲的好。」

「是。」杏香又說：「我本來想明天去，西山八大處的房子，我乾爹還等著我回話呢。不過，震二爺明天要去，我就改了後天去好了。」

「行。」

等馬夫人上了床，杏香捻小了燈，前後又看了一遍，才叫丫頭關上了堂屋門；出角門回夢陶軒時，順路經過秋澄的屋子，聽她們還在說話，便改了主意，也改變了腳步。

「是杏香不是？」秋澄從窗帘上看到人影，在屋子裡問。

「是。」她推門入內，只見錦兒已卸了妝，盤腿坐在床上；秋澄坐在床腳的凳子上，似乎正在密談，讓她打斷了，因而便又說道：「我進來看一看，就要走的。」

「忙甚麼？」錦兒說道：「坐一會。」

秋澄卻無表示，杏香便知道來得不是時候；隨意閒談了幾句，說一聲：「我也睏了。」告辭而起。

秋澄確是有些話，不願當著杏香說，因為她正跟錦兒在談家計；有些話在杏香面前說是礙口的。

「這麼多年，除了通州跟鮮魚口兩處的房租以外，別無入息，都靠四老爺跟震二爺接濟，再有不敷，不是太太拿私房貼補，就是吃老太太留下來的那點老底兒。」秋澄接著又說：「如今四老爺那裡，多半不能指望了，太太的那點私房也差不多了，往後的日子很艱難，若說為我的事，再花一大注出去，你想我於心何忍？」

「前回太太倒跟我談過，仲四爺有一萬銀子的聘金；加上鮮魚口的那幢房子，時價值五六千，兩下湊在一起，辦喜事夠了。」

「喔，」秋澄很注意地問：「太太打算賣鮮魚口的房子？」

「是啊！還讓我告訴震二爺找戶頭，我因為時候還早，不必忙；如今可得——。」

「不，不！」秋澄打斷了她的話，而且還加上有力的手勢，「為了我的事賣房子，斷乎不可；我也不願意擔這麼個名聲。」

錦兒點點頭，略想一想說：「其實有一萬銀子，喜事也能辦得像個樣兒了。」

「這一萬銀子都花光了，往後怎麼過日子？」

「怎麼？」錦兒詫異地，「你還想留下一點兒了？」

「能留，為甚麼不留？」秋澄緊接著又說：「如今倒是一個很好的藉口，日子太匆促；加以又有四老爺的事，自然一切從簡。」

「怪不得你挑五月初二！」錦兒感動地說：「你真正是賢德人。不過，太太跟雪芹，絕不願這麼辦。你不願擔那個為了你辦喜事賣房子的名聲；莫非太太跟雪芹倒肯擔一個拿你的聘金來貼補家用的名聲？」

「這話不錯。」秋澄緊接著說：「此所以我要跟你商量，太太已經把這件事交給你了，帳目是你管，你省著用，不必跟太太說，暗底下留下一點兒來。」

「這不是要我開花帳嗎？」錦兒搖搖頭說：「我絕不幹。」

秋澄苦笑了一下，「好吧！」她說：「不談這些，該睡了。」

「日子呢？」錦兒一面下了床，一面又說，「我看五月初二不行。這麼急，倒像咱們家急於要把你送出去似地。」

秋澄先不作聲，然後說道：「反正我已經把我心裡的話告訴你了；到底該怎麼辦，也輪不著我作主。」

「你別發牢騷，大家商量著辦。」錦兒加強了語氣說：「你總看得出來，大家都是唯恐你受委屈。」

秋澄也覺得自己的那兩句話中，帶著怨懟的語氣，似乎有些不明事理；因而沉默著，表示接受指責。

錦兒突然感到抑鬱難宣，自己倒了一杯茶喝，默默地看著秋澄卸妝；心裡思潮起伏，想得很多也很亂，最後終於慢慢地覺察出抑鬱的由來。

「咱們三十幾年的姐妹，甜酸苦辣都嘗過，我總覺得我跟你比親姐妹還親，你我的情分要加個倍來看；不！」她自作糾正：「是心裡加倍的感受，你好，我加倍的高興；你不如意，我加倍的難過。所以，你現在這樣兒——。」

她的聲音竟有些哽咽了！對鏡的秋澄大吃一驚；同時也有些困惑，不知道何以會惹得她傷心，急忙轉臉來看，但見錦兒眼淚無聲地流著，湖色軟緞小夾襖的衣襟上，已黑了一大片。

秋澄又驚又憐，順手取了塊手絹，替她去撫眼淚，同時困惑地問道：「怎麼回事？好端端地傷這麼大的心？」

「你的命也苦！」錦兒哽咽著說：「辦自己的喜事，還要替娘家人操心，教人怎麼能不傷心？再想想看，娘家落到要省下你的聘金來貼補家用，我又怎麼能不傷心？」

一聽這話，秋澄才知道自己以為正辦，其實是在無形中刺傷了娘家人的心，愧悔交併，也還覺得有些委屈，不由得眼圈也紅了。

但錦兒心裡卻比較舒坦了，等她收拾涕淚，卻又為惹得秋澄傷感而疚歉不安，便強笑著自責，「我是怎麼啦？」她說，「也不知道是那兒來的那麼多眼淚？」

秋澄不作聲，起身仍舊坐到梳妝台前；錦兒跟了過去，移一張凳子坐在她旁邊，怔怔地望著秋澄，好一會冒出一句話來：「五月初二也好。」

這便使得秋澄不能不先看看她的神情了；臉上很平靜，但也很深沉，竟猜不透改變主張的原因。

「初二跟十一，只不過差九天功夫，若說初二來不及，十一也還是來不及；可是天氣就不同了，過了立夏，一天比一天熱，晚一天多受一分罪，所以倒還不如挑五月初二。你說呢？」

「我原也有這麼一點意思在內。」秋澄停了一會又說：「我再跟你說句心裡的話吧，我還真怕那時候趕上四老爺——。」

她將話縮住了，但錦兒當然能夠想像得到，「我想，總還不至於那麼湊巧吧？」她說：「不過倒也不能不防，明兒我來跟震二爺說。」

錦兒第二天一早趕回家，將前一天晚上與秋澄議定的結果，告訴了曹震；提到想在曹頫定罪受刑之前，趕辦喜事一節，倒提醒了曹震。

「慢慢，慢慢！」他搖著手說：「只怕正是那時候；等我來查一查。」

他找了一部《欽定六部處分則例》，查到「審斷」部門，「刑部現審事件」的則例，內有一條：

「應會同三法司審理者，限一個月完結。如案內被證尚未到齊，及有應行提質人犯，准其以傳提到案之日起，扣限一個月完結；若正犯患病，准其以病癒之日起，按限完結，仍將提人來到，人犯患病情由及三法司到部會審日期回堂。」

細細讀完了這段文字；曹震沉吟了一會說：「有法子了；大不了花兩三百銀子。」

「甚麼法子？」錦兒又添了一句：「怎麼又要花錢？」

「嘿，你真是！」曹震大聲說道：「一遇到這種事，那裡不要花錢；包工已經快破家了！咱們到現在為止，沒有花多少錢，還算便宜的呢！往後你瞧著，花錢的地方還不知道有多少？你真是，把事情看得太容易了。」

「好了，好了！我也不過說了一句，就惹出你這麼一籮筐的廢話，閒話少說，是甚麼法子。」

「花兩三百銀子，請提牢廳遞個呈子，讓四叔報病，拖過秋澄的喜事，再報病癒。」

「這法子好！」錦兒很高興地說：「兩三百就兩三百；五百銀子都值。」

曹震心裡好笑，但也沒有功夫來調侃她，匆匆出城去看仲四。

「仲四哥，」曹震開門見山地說：「你也不必回河南了；昨兒你乾閨女說的話不作數。」

「喔，是另外又改了章程了？」

「因為那一來，我們省事，你可費了事了；我嬸娘覺得不妥當，說還是在家裡辦喜事吧！」

聽這一說，仲四真是如釋重負，滿臉堆下笑來，「太太真能體諒做晚輩的。震二爺！」他拱拱手說：「請你代為向太太道謝，改天我再給她去請安。」

「好說，好說。不過，日子不能不匆促一點兒，」曹震說道：「這也是不得已，因為我四叔的事很麻煩，到時候兩件事夾在一起來辦：很不合適。」

一件是喜事，另一件是甚麼事呢？仲四多想一想才明白，必是營救曹頫；兩件事夾在一起，難免顧此失彼。

「是，是。」他蹙眉說：「四老爺的事，我也聽說了，只怕會別生枝節。震二爺，你看四老爺的官司，會落得怎麼一個結果。」

「很難說。我嬸娘到前門關帝廟替他求了一支籤，實在不妙。」

「會──？」

「只怕會到關外去走一趟。」

「喔！」仲四悚然動容，顯得頗為關切。

「仲四哥，這個月是來不及了，五月裡有三個好日子，初二──。」

「震二爺，」仲四打斷了他的話，「無論如何不行！四老爺如果真的落到那個地步，自然是我護送出關；不然要我這種親戚幹甚麼？」

曹震大感意外，看著腰板挺得筆直的仲四，忽然生出一種從未有過的敬畏之感。

「再說，我也實在不願委屈秋小姐。日子總要等四老爺的官司有了結果才能定；那時候天氣已經很熱了，就算四老爺平平安安，也不能在夏天辦喜事。倘或四老爺出關呢，一去一回總得兩個月。」

仲四想了一下說：「震二爺，我想這麼辦，四老爺沒事，咱們在八月裡挑日子；倘或要出關呢，我回來已經七月裡了，咱們再往後延一個月，九月裡辦喜事。你看，我這麼核計行不行？」

「好，好！」曹震毫不遲疑地應承，「全照你的意思辦。」

「是，是。」仲四復又拱手為禮，「就請震二爺替我在太太面前，婉轉說一說。」

「是的，我會說。還有件事，」曹震躊躇了一會，到底還是說了出來：「萬一我四叔真的要出關，當然要大大地麻煩你；不過，那時候天氣熱了，請你護送，實在於心不安，只請你派一兩位得力的鏢頭送，就很妥當了。」

這是出於體恤他的心思，仲四覺得現在不必堅持，臨時看情形再定好了；因而點點頭說：「到時候咱們再商量。」

「秋澄真有面子！」曹震見了馬夫人，第一句話就這麼說；第二句是：「喜事非在八月裡，或者九月裡辦不可。」

「為甚麼？」曹震談完話到家，立即又轉回來的錦兒問。

曹震正要細說緣由，只見曹雪芹回來了，進門便說：「香爐營的房子，收拾起來，起碼得一個月。趕日子就得趕工──。」

「不必趕了。」錦兒指著曹震說道：「你先聽他說。」

於是，曹震從從容容地談了他跟仲四見面的經過，大家的反應，跟他初聽仲四的話以後的心境差不多，在深感意外之餘，別有一份敬意，其中又以馬夫人與秋澄的感觸最深。

「咱們都應該羞死！」她說：「講起來是衣冠縉紳人家，要論到立身處世的大過節，真還不及沒有讀多少書，可是閱歷很深的人。」

曹震聽得這話，默不作聲，心裡自然不大好過；曹雪芹便望著秋澄說：「人品高下，原不在讀書多少。從古以來，原有不讀書的聖賢……。」

「你也形容得太過分了。」秋澄毫無表情地說，而內心是激動的。

「那麼，改兩個字，不讀書的英雄，如何？」

「好了，別聖賢、英雄的了。」錦兒說道：「太太的打算，一點沒有錯，家家都有本難念的經；不過仲四的話是駁不倒的，只有照他的話行事。太太看呢？」

「人家不願意委屈秋澄，我又何樂不為？」

「不是委屈我。」秋澄微感不安地說：「也還是看重咱們家的一個曹字。」

「兩樣都有，兩樣都有。」最歡迎這個消息的錦兒說：「這一來，咱們就從容了；但盼四老爺的官司得以從輕發落，讓咱們熱熱鬧鬧辦一場喜事。」接著，將話題一轉：「雪芹，你說說，香爐營的房子是怎麼個情形？」

「嗯。」曹雪芹轉臉問曹震：「仲四哥沒有跟你談，他派了工匠去看香爐營的房子？」

「沒有。我跟他只談了辦喜事的日子。不過，他派工匠去，也是情理中事；你說吧，工匠怎麼說？」

「工匠告訴我，仲四哥交代他了，不怕花錢，要修得好。前後粉刷以外，上房太狹，後面倒還有空地，工匠的意思不妨加蓋一間，那就比較費功夫了。」曹雪芹又說：「花木似乎太少，幾時我得到豐台去一趟，找個花兒匠來看看。」

「你別胡出主意！」馬夫人說：「總要先問問人家正主兒再說。」

「正主兒不就在這裡？」錦兒指著秋澄說。

馬夫人微笑不語；曹雪芹倒是真的問了：「秋姐，你看怎麼樣？」

「多種花木，我不反對。」

「加蓋一間呢？」

「我不知道。」秋澄答說：「那兒是怎麼個樣子，我都記不大清楚了。」

「這樣吧，」錦兒又有意見了，「反正現在日子很富裕了，乾脆咱們連太太在一起，仔仔細細再去看一回；該怎麼修、怎麼改，給秋澄出出主意。」

「你們去吧！將來你們少不得常在秋澄那兒聚會，想法子收拾一間舒舒服服的屋子，倒是不可少的。」馬夫人緊接著說：「我就不必攙在裡頭了。」

有她這句話，曹雪芹與錦兒越發起勁；秋澄也不能再說甚麼。飯後，曹震辭去，馬夫人要歇午覺；錦兒拉著秋澄，在夢陶軒的書房裡聊天，便又談到了這件事。

「咱們定個日子去看。」錦兒看著秋澄說：「你說吧！」

「明天如何？」曹雪芹緊接著問。

「明天不行，最快也得後天。」

「為甚麼？」

曹雪芹話一出口，發覺自己問得魯莽；秋澄行事，一向持之有故，她說「最快也得後天」，一定有她的原因，不過晚一天的功夫，何必又問為甚麼？

這樣一想，立即自我轉圜，「啊，」他故意地，「明天我也有事，就後天；或者再晚一兩天也不要緊。」

「就是後天好了。」說著，秋澄起身出了書房。

她是去找杏香。本來杏香定了下一天要去看仲四，一則為西山的別墅去給回話；再則啣了馬夫人之命，解釋喜期不得已匆促之故，如今解釋可以不必了，但秋澄覺得去看房子怎麼修，照道理應該先告訴仲四。

「你明兒跟你乾爹說，西山的別墅，不宜住家；不過，香爐營的房子，我想好好修一修。看他怎麼說？」

「我乾爹能怎麼說？還不是全聽你的。」

「這也是一句話。」秋澄說道：「有了他這句話，咱們才能放手辦事。」

「啊，啊！我明白了。」杏香完全能夠領悟：「秋姑，你真是賢德人。我們都得跟你學。」

「好了，好了！」秋澄笑著打了她一下，「連你也學得油嘴了。」

等她回到原處，只見曹雪芹坐在臨窗的書桌後面；錦兒一手撐著他的椅背，一手扶住書桌，在看他寫字。秋澄便放輕了腳步，悄悄掩到他們身後，從兩人肩臂之間望過去，看到曹雪芹是很細心地在畫圖。

「工匠說：這裡加蓋一間，跟臥房打通；中間用多寶槅隔開。那一來不但寬敞，也亮得多。」

「不用多寶槅呢？往後挪一點兒，」錦兒指點著說，「在這裡開一道門，不也很好嗎？」

「不錯，」秋澄在後接口：「很好！」

「唷！」錦兒驀地裡掉過臉來，手拍胸脯，「嚇我一大跳，你真是越來越鬼了。」

「你們也真是越來越無事忙了！」

聽得這話，曹雪芹赧然擱筆；錦兒的神色也變得深沉了，秋澄不免歉然，但她必須裝作懵然不覺自己的失言，拿起曹雪芹所畫的圖，彷彿很細心地在看。

「你索性都畫好了，咱們再談。」

放下曹雪芹所畫的圖，轉臉看時，錦兒已坐到一邊喝茶去了；等她走了過去，錦兒並未開口，不過另拿一隻空杯斟茶，意味著讓她坐下來談談。

「雪芹向來是無事忙；如今連我也是了。」錦兒問說：「你知道是為甚麼？」

「你別問我；乾脆實話直說就是了。」

「我告訴你吧，都為四老爺的事，心裡老拴著一個疙瘩，沒事一想起就發愁，所以得找件有趣的事做，才能忘掉四老爺那件像做噩夢的官司。」

聽這一說，秋澄才能了解她的心境，同時也發覺自己隱然負有一種重大的責任；自己的「喜事」，對大家具有一種很重要的彌補作用。

既然如此，她覺得自己應該像馬夫人所說的「何樂不為」；因而答說：「如果你覺得這可以讓你丟開心事，那，你就儘管去無事忙好了。反正，這件事，太太已經交給你了！」

「光是我跟雪芹無事忙，你不起勁，就沒意思了。」

秋澄心想，我自己的事，怎麼會不起勁？不過這話到底不好意思實說；便順著她的語氣問道：「你要我怎麼樣起勁呢？」

「這很難說。不過，你起勁不起勁，在神氣之間，我是看得出來的。」

「那就太難了！」秋澄笑道：「我得時時刻刻防著你，也太累了。」

「閒話少說。」錦兒說道：「咱們得定出一個日程來，費功夫的事得先辦；辦嫁妝最費功夫的是繡件，先說桌圍、椅披，你喜歡甚麼花樣？」

「我還沒有想過。」秋澄又說：「這得找樣本來看。」

「對！我記得杏香有個樣本，花樣很多。」

於是即時喚丫頭去告訴杏香，將她的刺繡樣本要了來，無非「五福捧壽」、「富貴不斷頭」之類的吉祥圖案，都嫌俗氣，挑了半天，竟沒有一幅是秋澄中意的。

「要樣本幹甚麼？」杏香走來問說。

「挑桌圍、椅披的花樣。」錦兒答說：「我記得你有樣本，花樣挺多的；怎麼竟挑不出一個比較文雅的。」

「喔！」杏香答說，「你上回看的不是這一本；好的那一本讓鄒姨娘借去了。」

「對了！講繡花，鄒姨娘是一把好手。少不得要抓她的差了。」

「不了！」秋澄搖搖頭，「人家現在那有繡花的心思。再說，這些大件，也不是在家能辦得了的。」

「當然，大件得請教作坊。被面、枕頭，還有，最要緊的是，喜事當天你穿的衣服，咱們得分開來繡。」錦兒又說：「鄒姨娘雖不必動手，請她指點指點總行吧？」

「其實，」秋澄指著杏香說：「她的功夫亦不下於鄒姨娘。」

「這不敢說。不過，秋姑的事，我當然要格外盡心。」杏香略一沉吟，慨然說道：「繡件都交給我好了。」

「好！繡件由你那裡歸總；房子歸雪芹。這麼一樣一樣有專人管，事情就有頭緒了。」

「你們看！」曹雪芹在一旁接口；隨即拿了他所畫的圖樣過來，何處要加蓋，何處要打通，何處該另開一道門，以及該添種些甚麼花木，都已在圖上註明，加上口頭講解，就越發清楚了。

秋澄沒有意見，錦兒亦無從置喙；開口的是杏香，「你把圖給我。」她說：「明兒我拿給我乾爹去看看。」

「對！應該。」曹雪芹說：「不過，你要講清楚。」

「我知道。我乾爹如果有不清楚的地方，把你請了去當面談就是。不過，我想他不會說甚麼。」

「話雖如此，咱們還是得說得明明白白。你過來，我給你說一說。」

等曹雪芹為杏香在書桌上攤圖講解時，秋澄悄悄對錦兒說道：「讓他管了這件事，別再抓他的差了；免得耽誤他用功。」

「我知道。」錦兒又說：「反正這幾個月，我會常住你們這兒，他結文社的事，我也要抽功夫來催他。」

正在談著，門上傳進一封信來，是曹震派他的小廝送來的；信上很簡單地說：「茲得確息，四叔明晨在刑部山西司過堂；盼同往一觀動靜。」

三法司會審，何以變成在「山西司」過堂？曹雪芹找出《會典》來看，才知道山西司兼管內務府的文移；猜想是刑部的堂官，先命主管司預行訊問，為會審作準備。

「早點睡吧！」秋澄說道：「明兒早點到震二爺那裡，會齊了一起去。」

第十章

刑部在皇城西面，西江米巷中間南北直達的大街，即名之為「刑部街」；街西便是三法司，刑部在中間，左右都察院大理寺。大堂朝東，入右面走廊，第二重廳堂便是山西司。

曹震與曹雪芹是一大早就來了。刑部大門橫掛一條大鐵鍊，頭一天約好的福生，便在鐵鍊外面等候；鐵鍊以內有個七品服色的官員，曹雪芹不認識，曹震卻見過一面，便是黃主事。

由於送過他三百兩銀子，所以黃主事很客氣，「震二爺，來得早！」他問：「用了早點沒有？」

「吃過了。」曹震指著曹雪芹說：「這是舍弟雪芹，也行二。」

「我知道，我知道。」黃主事拱拱手，「早就聽說過，芹二爺是八旗的才子。」

曹雪芹不免汗顏，連聲答說：「那裡，那裡。」

有黃主事帶頭，看門的差役才將鐵鍊取了下來；由南夾道走到底，有一間小屋，便是黃主事值宿的臥室，「還早！」他說：「先請歇一會兒。」

「謝謝！」曹震問說：「今兒不是會審？」

「不是。」黃主事答說：「是堂官交代秋審處的謝郎中，先問一問。聽說謝郎中跟令叔有舊？」

「是，」曹震問說：「是謝仲釗不是？」

「不錯，就是他。」

「這謝仲釗，家叔幫過他一個小忙；不過沒有甚麼來往。」曹震又說，「聽說此人不大講情面。」

「『聖人』嘛！難免道貌儼然。」刑部秋審處總辦八人，特選資深司官充任，號稱「八大聖人」；黃主事又說：「不過，人也還平和；既然有舊，少不得筆下留情。不過——，」他遲疑了一下，終於還是說了出來：「聽說案外有案，但望不是過事吹求。」

曹震心裡有數，所謂「案外有案」，便是曹頫有幾樁經辦的工程，報銷上有毛病；曹震跟黃主事不熟，像這樣有欠光明的事，就不便打聽了。

「黃老爺，」有個蘇拉來報：「謝總辦請。」

「好！就來。」黃主事對曹震說：「大概要問了，我叫人帶兩位去。」

「在那兒問？」

「山西司。」黃主事說：「謝仲釗本來在湖廣司，前幾天才調的山西司。」接著，他派人為曹震兄弟帶路，同時提醒：「震二爺，問案的地方有關防。」

「我明白，我明白。我們只不過遠遠兒看一看。」

「是的。問完了，如果想跟令叔見面，再來找我。」

到得右廊盡頭，二門之外，等候了有一盞茶的功夫，只見曹頫出現了，穿一襲藍布夾袍；上戴一頂黑布瓜皮帽——青衣小帽，是犯官打扮；臉上清癯得多了，但眼光沉靜，精神似乎還不壞。

「四叔！」曹雪芹蹲身請安；曹震亦是如此。

「喔，你們來了！」曹頫問說：「棠官呢？」

「他在圓明園當班。我沒有叫他來。」曹震特為這樣答說。

「你娘身子還好吧？」曹頫看著曹雪芹問。

「還好。」曹雪芹說：「我娘說，請四叔寬心，自己保重。」

曹頫點點頭，還想說甚麼時；在旁邊押解的差人已在咳嗽催促了，曹震便說：「回頭我們到火房來看四叔。」

「好！好！」曹頫一面答應，一面往前走，進入山西司。

山西司後面有間堂屋，是與河南、山東、江西三司合用的問案所在；曹頫進門一看，長桌後面坐的是謝仲釗，另外有一張小桌，為錄供的書辦所用，使他不解的是，長桌前面放著一張椅子，而且面對問官；莫非還能坐著回話？

他不相信的事，居然出現了；「昂友，」謝仲釗喚著他的別號說：「當年我在江寧鄉試落第，困居逆旅；只因在揚州一面之識，承你援手接濟，不致流落。欠你的這一份情，一直耿耿於懷。你請坐。」

謹飭的曹頫，很守本分地答說：「不敢！謝老爺，這裡沒有我的坐位。」

「不！」謝仲釗說：「刑部則例，『官員涉訟，聽其坐審者，罰俸一年。』我罰一年俸，請你坐。」

「啊，啊！真是不敢當——。」

「別客氣，別客氣。」謝仲釗打斷他的話說：「你我公私分明。」

這句話便不大妙了；曹頫心想，倘或不坐，倒彷彿要他問案徇情似地，因而答一聲：「恭敬不如從命，我就無禮了。」接著便坐了下來。

「昂友，大丈夫光明磊落，有幾件案子，我希望你有甚麼說甚麼。」

「是。」

於是謝仲釗將一疊案卷移過來，細細翻閱；而且不時與書辦小聲交談，好久都未發問。在曹頫便有如黃梅天密雲不雨那樣令人鬱悶不舒。

終於開口了，這回是公事公辦，稱名道姓地發問：「曹頫，平敏郡王在西路督師的時候，曾經報效馬匹，這件事，」謝仲釗問：「你知道吧？」

「是。」

「那時候，平敏郡王的馬在那裡？」

曹頫搜索記憶，好一會方始答說：「平郡王府有好幾處牧場；那些馬，我記得是從熱河的兩個牧場選出來的。」

「一共多少匹？」

「記不得了。」曹頫答說：「那是雍正十二年的事。請謝老爺查檔案，上有確數。」

謝仲釗點點頭，翻閱了檔案以後問：「當時是你經手發的運費？」

「是。」曹頫答說：「那時我奉平敏郡王之命，協辦後路糧台。」

「還有誰？」

「還有舍姪曹震。」

「旅費一共多少？」

「確數記不得了。只記得每一匹十二兩銀子。」

「不錯。」謝仲釗說：「一共四百匹，應該實發四千八百兩，何以報銷六千五百多兩？」

曹頫楞了一下，方始想起，「是這樣的，」他說：「那四百匹馬，運到西路，中途死了好幾匹；驗數不符，兵部車駕司不肯接收，只好另買了補上。買馬的費用在運費中開支，所以數目不符。」

「這麼說，不就是浮報運費嗎？」

「謝老爺，這話我不敢承認。如果浮報以後，飽入私囊，那是我錯了；其實沒有這回事，只不過車駕司刁難，不能不變通辦理而已。」

「那麼，一共是買了多少匹馬？」

「記不起了。」

「你再想想，大概多少？」

「大概，」曹頫復又苦思：「大概二十匹左右。」

「買進來，每匹馬多少錢？」

「不是跟一個馬販子買的，所以價錢不一；有六七十的，也有八九十的。」

「平均呢？」

「平均，大約八十兩。」曹頫又說：「那時候馬價大致是這個數目，我記得我自己買了兩匹馬，花了一百六十兩。」

謝仲釗約略計算了一下，二十匹馬，每匹八十，需費一千六百兩；浮多的運費是一千七百餘兩，數目大致相符，可以不必追問了。

不過有一層不能不問：「買補馬匹，在運費中報銷這件事，你回過平敏郡王沒有？」

曹頫略想一想答說：「謝老爺，如果我跟你說，我回過平敏郡王，是奉准了的；如今死無對證，無從查究。不過，那一來就是我欺你了。我實話直說，沒有。那時平敏郡王掛大將軍的印，在前線督師，根本無從稟報；而且軍需支出浩繁，一千多兩銀子的事，太小了，別說平敏郡王，那一位當大將軍，也管不到這種事。」

「好！這話說得很實在。」謝仲釗表示滿意，「不過，這件事，在京的大臣中，總有人知道吧？」

「我記得我跟海大臣提過。不過，我不願意這麼說，因為像這種小事，海大臣也許忘掉了；如果我引海大臣為證，倘或他說一句『我不記得有這回事』，豈非顯得我所言不實？」

「那位海大臣？」謝仲釗問：「是現任步軍統領海大臣？」

接下來便問到曹頫所經手的工程了，頭一件是乾隆二年修理熱河行宮圍牆的案子；曹頫是無辜的，但卻有苦難言，因為是當時平敏郡王福彭，特地交代他替人受過之故。

有過的這個人叫杭奕祿，隸屬鑲紅旗，為金主完顏亮之後；此人是筆帖式出身，長於折衝，頗得世宗寵信。雍正六年曾靜遣徒張熙投書川陝總督岳鍾琪，說清朝為金之後，而岳鍾琪為岳飛的子孫，勸他反清，為宋復仇。岳鍾琪據奏聞後，世宗以刑部侍郎署理吏部尚書的杭奕祿，為金之嫡系，所以特命他赴湖南，與巡撫王國棟會審此案。

及至案情大白，世宗又命杭奕祿協助張廷玉，編了一部《大義覺迷錄》；同時復派杭奕祿，押解曾靜至江寧、杭州、蘇州三地，召集士紳講解，明闢為宋復仇而反清之謬，其實是對世宗奪位一事，有所解釋。但這件欲蓋彌彰的醜聞，世宗發覺做得很不聰明；而所以出此下愚之計，世宗認為是受了杭奕祿的影響，至少，他是最深知內幕的人，是非應該看得比別人明白，如果皇帝錯了，他應該及時奏諫，應盡言責而未盡，咎戾甚重。但世宗痛恨在心，卻不便當時就發作；大家只覺得杭奕祿辛苦年餘，奔馳數省，結果不但不曾真除吏部尚書，反而解除部務，只任鑲紅旗副都統；又隔了一段辰光，方又復補禮部侍郎，署理鑲紅旗前鋒統領，看起來似乎又將大用，其實，世宗沒有安著好心。

其時正用兵準噶爾，世宗怕陝甘百姓因為軍需調發，受累生怨，特命杭奕祿偕同左都御史史貽直、內務府總管鄭渾寶，率領翰林院庶吉士、六部學習主事，以及在國子監肄業的各省拔貢，前往陝甘宣諭化導，苦心說明朝廷不得已用兵，希望取得支持。此事結束，杭奕祿奉旨協辦軍需；雍正十年署理西安將軍，接著特授為欽差大臣，檢閱甘肅、涼州、山西近邊營伍。這一帶在明朝稱為「九邊」，兵部尚書以「本兵行邊」，將帥可以就地撤換；遇有邊防重大失職的帶兵官，甚至可以先斬後奏，權重無比；杭奕祿以欽差大臣擔任此一任務，威權亦與明朝的「本兵」相彷彿，就表面上看，確是復受重用的明顯跡象。

那知世宗已另外派了人偵察他的行跡，到了雍正十一年七月，突然降旨：「杭奕祿係朕特差稽查沿邊營伍之大臣，理宜體恤弁兵，潔己奉公，以副委任，今聞其沿邊驕奢放縱，擾累民兵，甚屬溺職，著即革職，在肅州永遠枷號。」

這是世宗的一石兩鳥之計，一方面洩自己內心之忿；另一方面是平民憤。大官犯罪，重則大辟、長戍，而「枷號」之刑，非不得已不用，因為這不但是對本人羞辱特重的刑罰，而且亦有傷國體，大致管河工的大員，如因失職而致潰決，百姓水深火熱，流離失所，民怨至深，朝廷無以交代，往往將此大員「枷號」，露立河干，直至決口塞住，復保安瀾為止。其時準噶爾台吉噶爾丹策零入寇，統兵大將軍馬爾賽、順承郡王錫保，先後僨事，百姓輸將，出錢出力，而仍舊為敵人所蹂躪，內心怨憤，非止一日，世宗因而犧牲杭奕祿，來替他們出氣；其實「驕奢放縱，擾累兵民」又豈止杭奕祿一人而已？

到了乾隆即位，對先朝責罰過苛，處置乖謬的舉措，多所匡正，如曾靜、張熙師徒被誅之類；杭奕祿罰非其罪，亦為乾隆所諒解，因而釋放回京，特授額外內閣學士，未幾調補工部侍郎，充纂修世宗實錄副總裁，修理熱河行宮圍牆，便歸他主持，承修人員由他一手所派。

不久，杭奕祿以工部侍郎遣駐西藏辦事；其時準噶爾乞和罷兵，西陲沿邊設卡，以及撫緝流亡諸事，職責頗為繁重，不意他剛到西藏，熱河行宮新修的圍牆，由於大雨沖刷，坍壞了一大段。言官論劾，自將波及杭奕祿；議政的平敏郡王福彭，認為杭奕祿如果牽涉在內，就必須回京待質，耽誤了西藏的善後復原事宜，關係不小；因而跟剛剛派充接辦熱河行宮圍牆工程的曹頫商量，由他申復新修圍牆倒塌經過，只言原因，不論責任，結果是另外動用公帑修復，含糊了事。

如今謝仲釗要查究的是這一案，曹頫答說：「我奉派接辦這項工程是在乾隆二年十月；倒塌的圍牆，是在這年八月裡完工的。謝老爺，請你想，我有沒有責任？」

「你既沒有責任，那麼，是誰的責任呢？」

「我不敢說。」

「為甚麼？」

「因為，」曹頫囁嚅著說：「因為我不知道。」

這句話將謝仲釗惹火了，「你怎麼能說不知道？」他的聲音又快又急：「你是接辦人員，當然該對已辦的工程先查個明白；而且行宮圍牆倒塌的原因，你也說得很詳細，莫非會不問致此原因的是誰？世界上有這樣的道理嗎？」

「謝老爺的責備，我只好甘領不辭。」曹頫這樣回答，同時不時瞻顧，彷彿有甚麼話不便出口似地。

謝仲釗想了一下，恍然大悟，轉臉對那錄供的書辦說：「你先請出去休息一會兒。」

「是。」書辦將筆擱了下來，起身悄悄退去。

「這你可以說了吧？」

「是的。謝謝！」曹頫將椅子往前移了移，低聲說道：「平敏郡王跟杭侍郎——。」

「那個杭侍郎？」謝仲釗打斷他的話問。

「原任工部侍郎杭奕祿。」

「喔，杭奕祿怎麼樣？」

「杭侍郎跟平敏郡王，都在去年下世了，說起來又是件死無對證的事；不過，我跟謝老爺若有一句虛言，天誅地滅。」

「你不必罰誓，只說實情好了。」

「實情是——。」

他將前因後果細說了一遍；最後解釋他的難言之隱。

「平敏郡王跟今上可說是總角之交。不過從乾隆四年，出了理密親王長子弘皙索取皇位那件案子以後，皇上認為平敏郡王不能弭患於無形，大負委任，寵信漸漸就衰了；去年張廣泗逮問那一案，差點波及平敏郡王，他的中風不治，得疾之由，未始不由驚懼而起。」

一口氣說到這裡，曹頫發覺自己話說得太多了，便停了下來；但謝仲釗已深為動容，催促著說：「請你再說下去。張廣泗不是鑲紅旗嗎？是不是平敏郡王曾有袒護他的情事？」

「這很難說；不過平敏郡王衛護同旗的杭奕祿，是很明白的事。」曹頫停了一下，壓低了聲音又說：「皇上早年，乾運未隆，諸事委曲求全；從去年孝賢皇后大事以後，乾綱大振，大威不測。我如果把這一案的實情，據實陳明，皇上或許會想到，當年的處置，過於寬大，降旨徹查，平敏郡王身後或許亦會有不測之禍。是故，倘若要追論此案，只有我來承擔一切罪過，絕不敢牽涉到平敏郡王。」

「嗯，嗯！你的用心很仁厚。」謝仲釗深深點頭，「我知道了。不過，杭侍郎到底有甚麼責任，你亦不妨實說，讓我作個參考。」

「杭侍郎內舉不避親，用了他的胞姪；據他胞姪跟我說，杭侍郎在肅州枷號那幾年，受的罪可大了去了；為求少受點罪，上下使費，羅掘俱窮，所以這趟工程上弄了點好處，全是為了替杭侍郎還債。工程本來也不算太差，只是運氣不好；那一段圍牆，下有流沙，本來就是常要出事的地方；加以霪雨經月，牆基鬆動，以至於剛報完工不久就倒塌了。」

「好了！」謝仲釗的決定，大出曹頫意料，「其餘幾件案子也不必問了；反正內務府的事，總是『剪不斷，理還亂』，等我回了堂官再說。你請回吧！」

於是曹頫站起身來，拱手為禮；在廊外待命的差人，引他出了山西司。曹震與曹雪芹一起都迎了上來，不便問話，只看臉上，似乎微露喜色，兩人都比較放心了。

「你們回頭來看我，當面談。」曹頫說了這一句，便跟著差人走了。

「走！」曹震向曹雪芹說：「看黃主事去。」

那知黃主事吃午飯去了；不過蘇拉告訴他們，這天是黃主事值班，下午一定還會來。到火房去探望，必得黃主事批准，「咱們也別回去了。」曹震說道：「找個地方吃了飯，早點來等。」

於是出了刑部，往北不遠有條橫胡同叫做雙溝沿，東口南北相對兩座「大酒缸」；中飯市正是熱鬧的時候，曹震酒癮發作，一腳跨進去，只見屋角還有可容膝之處，便先坐了下來，關照他的跟班說：「到月盛齋去切一包醬羊肉來。」

月盛齋在往東不遠的戶部街，等跟班買了醬羊肉回來，大酒缸上多了一個人，正就是黃主事；無意邂逅，便作一處坐了。

「今兒情形不壞。」黃主事喝了口燒刀子說：「問到半路，謝總辦把書辦調開了，這是有不便讓不相干的人聽見的話要談。凡是有不必錄的口供，大致都是有利於被告的，兩位二爺，大可放心。」

「託福，託福！」曹震舉杯相敬：「凡事都還要仰仗老兄照應。」

「好說，好說。也許，住不到幾天就回家了。」

「只怕——，」曹震遲疑了一下，終於說了出來：「只怕沒有那麼便宜的事。」

「黃主事，」曹雪芹問：「我跟你請教，三法司問案，是怎麼個情形；跟今天謝總辦所問的，有沒有關係？」

「怎麼沒有？三法司雖說連都察院、大理寺在內，會審還是以刑部為主，都察院、大理寺不過陪審而已。」

黃主事接著又說，刑部堂官主審之前，先派司官問明了案情；該怎麼問，心裡已經有了底子，要言不煩，一堂可了。通常都聽刑部的，覆奏亦由刑部主稿。所以今天過總辦這一堂，關係很大。

「是。」曹雪芹問：「三法司會審的時候，莫非就沒有爭執？」

「就有爭執，亦可在會銜的覆奏之中說明白，彼此有何異議？只有一種情形例外，非全堂畫諾不可。」

「是那種情形？」

「死刑。」黃主事說：「非全堂畫諾不可，少一個也不行。」

「喔，」曹雪芹興味盎然地問：「何謂全堂？」

「全堂就是九堂。刑部尚書、侍郎；都察院左都御史、副都御史；大理寺正卿、少卿，不拘滿漢，總計九位堂官。覆奏稿上都得畫行，否則就不能定讞。」

「照這樣說，如果有人該判死刑；倘或九堂中有人徇私，獨持異議，不就可以逃出一條活命了嗎？」

「話是這麼說，不過很難。」黃主事說：「如果有人獨持異議，那就變成『兩議』了，覆奏恭候欽裁；當然會著落獨持異議的人，明白回奏。你想誰敢徇私。」

「可是確有真知灼見，認為不該處死的呢？」

「那當然可以侃侃而談；不過一個人的意見能駁倒八個人，這種大手筆，我沒有見過。」

「黃主事，你雖沒有見過，可知道以前有過這種事沒有？」

「要有，也是康熙年間，聖主當陽——。」

一句話未完，只聽「嚓啷」一聲，一個錫酒杯，由朱漆缸蓋上滾落在地，是曹震的袖子帶翻的。

「掌櫃的！」曹震不慌不忙地喊道：「再來三個。」

大酒缸的規矩，只賣白乾，容器是錫杯，一杯恰可二兩，稱之為「一個」。

關照完了，曹震彎腰去拾酒杯；順便將曹雪芹的袴腿一拉，等他抬起身，見曹雪芹困惑地望著他，便努一努嘴；曹雪芹抬眼一望，壁上貼著一張泛黃了的紅紙條，上書「莫談時事」四字。

觸犯了甚麼忌諱？他略一尋思，恍然大悟，說「康熙年間，聖主當陽」；然則雍正、乾隆兩朝，都非聖主？

這才知道，曹震是故意拂落他的酒杯，好打斷黃主事的話。這一來，他自然不敢再談這件事了。

「黃主事，你餓了吧，要點兒甚麼？」曹雪芹說，「我看門口的天津包子很不壞。」

「對！我往常總是一盤天津包子、一碗炒肝兒。不過，今兒有醬羊肉，我還是來倆麻醬燒餅吧。」

於是要了燒餅，也要了包子；另外又是炒肝兒、湯爆肚，擺滿了缸蓋，曹震說道：「回頭還得到部裡，酒不能再要了。」

酒足飯飽，曹雪芹要結帳；黃主事一把揿住他的手，「這兒是我的地盤，我作個小東。」他說：「你就惠帳，掌櫃的也不敢收。」

料想他說的是實情，便道了謝；一起步行回部，黃主事隨即叫人把他們兄弟倆，送到火房去看曹頫。

「喔，」曹頫將手上的書本放了下來，「你們來了。」

兩人都請了安，曹震便問：「今兒問了些甚麼？」

曹頫正要開口，恰好福生燒開了一壺水來；他便不忙答話，依舊是在家閒豫享清福的派頭，「慢點，」他說：「沏一壺好茶。」

「六安瓜片沒有了。喝黃主事送的那一罐『碧螺春』吧？」

「那還不如喝家裡帶來的『旗槍』。」

福生照他的吩咐，沏了一壺杭州龍井茶中的上品「旗槍」；曹頫慢條斯理地品嘗了幾口，才回答曹震的話。

「謝仲釗還為我罰了一年俸。」他將問官為他設座的事，略略講了一些。

「這樣說，是很顧交情？」曹雪芹說。

「不錯。應該說是很顧交情。不過，」曹頫很得意地，「也是我以誠相待所致。」

接下來便細談訊問經過；曹震亦喜亦憂，喜的是一向公私分明的謝仲釗，居然如此幫忙；憂的是所問的兩件案子，以及未問的幾件案子中，他也很弄了不少好處，萬一認真追究，他也脫不了干係。

「如今就看阿尚書了；汪尚書在軍機處的時候多，部裡是他當家。」

阿克敦為人平和；曹震心想，如果能託一個人再跟他說個情，大事化小，小事化無，亦非不可能。

在他們談話時，曹雪芹隨手將曹頫剛才放下的書，拿起來看了一下，不由得大吃一驚。

「四叔，」他急急問說：「你怎麼帶這本書進來看？」

「不是我帶來的。」曹頫用手一指，「昨兒個，福生從那底下掃出來的。」

原來刑部火房的土匠底下，幾十年不曾清掃，汙穢不堪；天氣漸熱，蠍子、蚣蜈都鑽了出來，福生捉不勝捉，發個狠「掃穴犁庭」，清除匠底，不道掃出來好幾本書，其中還有一個鈔本，便是曹頫剛放下的。

看曹雪芹神色緊張，曹震便即問說：「這本書怎麼啦？」

「這個錢牧齋的《投筆集》，你知道上面的詩，記的是甚麼？」

「不知道。」

「記順治十六年，鄭成功攻江寧的始末。」曹雪芹說：「那裡面的話，看不得，說不得。」

「那不對吧？」曹頫說道：「我記得錢牧齋的詩集，有康熙年間的刊本；如果中有礙語，有人敢刻嗎？」

「那大概是《初學集》跟《有學集》；《投筆集》不同。」曹雪芹說：「四叔不信，再看。」

「我也是剛拿上手，你們就來了，還來不及看呢！」

說著，從曹雪芹手裡接過鈔本，第一頁第一行的題目是「金陵秋興八首次草堂韻」；下有小注：「乙亥七月初一日，正鄭成功初下京口，張蒼水直逼金陵之際。」接下來看第一首：「龍虎新軍舊羽林，八公草木氣森森。樓船蕩日三江湧，石馬嘶風九域陰。掃穴金陵還地肺，埋胡紫塞慰天心。長干女唱平遼曲，萬戶秋聲息擣礎。」

看到「埋胡」、「平遼」的字樣，曹頫不由得變色，「可了不得！」他說，「真是『看不得，說不得』。」

「錢牧齋作了前後〈秋興〉一百另八首，有幾首，不必讀詩，只看詩題，就知道了。」曹雪芹將鈔本要了來，翻倒〈後秋興之十〉說道：「四叔，你看這一題的註。」

曹頫看了「辛丑二月初四日，夜宴述古堂，酒罷而作」這個小註，不由得發問：「辛丑是那一年？」

「順治十八年。」

「順治十八年？」曹頫想了一下說：「世祖是正月初駕崩的；哀詔到江南最多半個月，他怎麼還在家開宴呢？」

這時曹震已經聽明白了，所以接口說道：「那還用說嗎？無非幸災樂禍而已。」

「正就是這話。」

「等我來看看。」

曹頫重新拿起這個鈔本，就捨不得放下來；曹震有許多話要跟他說，見此光景，只有暗中嘆氣。

曹雪芹一樣也是「書獃子」的味道，對於這個鈔本是誰留在這裡的，深感興味，因而便問福生：

「還有幾本甚麼書？」

「喏，都在這裡。」

福生將綑紮好的一堆書，取了過來；曹雪芹解開繩子來看，是殘缺不全的一部《昭明文選》；一部《貞觀政要》，另有幾本明朝的詩集。他一本一本地翻，希望能發現藏書印，便可知道原主是誰？但卻失望了。

「雪芹，你看，」曹頫忽然說道：「這又是董小宛祔葬孝陵的證據。」

他是指〈後秋興之十〉八首七律中的第六首：「辮髮胡姬學裹頭，朝歌秋獵不知秋。可憐青塚孤魂恨，也是幽蘭一燼秋。銜尾北來真似鼠，梳翎東去不如鷗。而今好擊中流楫，已有先聲達豫州。」

「世祖好遊獵，妃嬪亦策騎相從；騎馬要把辮子盤起來，這就是所謂『裹頭』。第三句明指小宛，」曹頫說道：「錢牧齋一直把董小宛比作王昭君，他不有一首和老杜『生長明妃』一首嗎？」

曹雪芹讀過那一首詩，其中有一聯：「舊聯風淒邀笛步，新愁月冷拂雲堆」，上句指董小宛出身秦淮河；下句的「拂雲堆」，便是王昭君的青塚所在地。董小宛祔葬順治孝陵是康熙二年夏天的事，而錢牧齋這首詩作於那一年冬天，所以用「新愁」的字樣。

「可是，怎麼叫『也是幽蘭一燼愁』呢？」

「那下面有錢牧齋的姪孫錢遵王的註。」曹頫答說：「你細看了就知道了。」

錢遵王的註解，引用的是一部元朝人所作的《大金國志》，說蒙古兵入汴京後，金哀宗逃到河南汝寧府，以府治為行宮築了一座幽蘭閣。後來被迫退位後，自縊於幽蘭閣；死前囑咐他的一個名為絳山的近侍，焚燒幽蘭閣。絳山遵遺命辦理；然以金哀宗的一件舊皮袍葬在汝水之旁，作為衣冠塚。

「國初的習俗，死後火化；世祖是寧波天童寺高僧木陳忞的弟子，佛家名火化遺體為『荼毘』，國俗如此，佛法如彼，所以世祖是火化後，再葬孝陵，斷無可疑，所以『幽蘭一燼』這個典，用得很精確，不過把大清開國之主比作金國末代之帝，這就是錢牧齋大逆不道的確證。」

聽他引經據典，侃侃而談，曹震可真是忍不住，大聲說道：「四叔既然知道錢牧齋大逆不道，還看他的詩幹甚麼？這些惹禍的東西，留著幹甚麼？趁早燒掉它！」

曹頫不作聲，但卻接受了曹震的主張，「福生，」他說：「把這些書去燒掉！」

「我看燒掉不妥。」曹雪芹說：「原是這裡的東西，掃出來了，交上去不就完了嗎？」

「言之有理。不過，得跟黃主事說明白；尤其是那個鈔本，關係重大。得小心別流出去。」

曹頫交代：「雪芹，你帶福生去一趟。」

「是。」

這只是交代一句話的事，很快地辦完了，從黃主事那裡回來，只見曹震站在廊上，是特為在等他有話說。

「我看四叔很沉得住氣，今兒興致好像也不壞；那件事，」曹震低聲說道：「不如今兒就跟他說了吧？」

「哪件事？」曹雪芹問。

「不就是『尺書五夜寄遼西』嗎！」

「喔，」曹雪芹想了一下，點點頭表示同意；但又問說：「怎麼個說法呢？」

「只有見機行事。要你開口的時候，我會給你使眼色。」

「好。我知道了。」

於是兩人相偕回屋，曹震閒閒問道：「四叔，你看這回的事，會落個甚麼結局？」

「難說得很。」曹頫微皺著眉，「如今彷彿有點兒節外生枝似地。」

「正就是這一層麻煩。如果光是論和親王府火災，大不了賠修就是了。掀老帳就吉凶難卜了。」

「嗯，嗯。」曹頫沉吟了一會兒說：「吉是如何，凶又如何？」

「掀老帳牽涉太多，就此打住，一切無事，至多掉了差使，那是上上大吉；只怕不能那麼便宜。」

曹震又說：「二嬸替四叔到關帝廟去求了一支籤，兆頭不大好。」

「喔，籤上怎麼說？」

「雪芹，你給四叔講一講。」說著，揚一揚手，暗示不必隱瞞甚麼。

「是一首詩——。」

曹雪芹講了「尺書五夜寄遼西」那首詩，說大家都認為「遼西」二字不祥；這意思就很明白了。

「莫非會發遣到遼西？」曹頫問說：「怎麼不是遼東？遼西一大片，是那兒啊？」

「我們也在納悶兒。所以這支籤也不一定靈。可是，」曹震隨即下了個轉語，「萬一倒應驗了，四叔心裡會怎麼想？」

「真的落得那一步了，也只有認命。不過到那時候，可要累你們倆了。」

曹頫雖然容顏慘淡，但語氣平靜，是有擔當的神情；曹震與曹雪芹總都算放心了。

「看顧兩位姨娘，自然是我跟雪芹的責任，這一層四叔不必縈懷。當然這是往最壞的地方去打算，也許只是年災月晦，四叔先把心寬了，我們再去想辦法。」

「嗯。」曹頫說道：「聽說方問亭來了，他跟雪芹很談得來，不妨去看他一看，請他念著平敏郡王的情分，能不能從中斡旋一下；他是有迴天之力的。」

「是。」曹雪芹答說：「他住在賢良寺，已經先送了菜了；這一兩天本來就還要去看他的。」

「好！」曹頫打了個呵欠，「你們回去吧！我不行了，得歇個午覺。」

曹震與曹雪芹請安辭出，又到黃主事那裡打個照面，拜託他有事隨時通知；然後相偕出了刑部，曹震上內務府；曹雪芹本打算到賢良寺去看方觀承，但想到馬夫人在等候消息，決定先回家再說。

「事情跟起初不同了。」曹雪芹跟他母親說：「和親王府火災，彷彿倒不要緊了，如今的關鍵，是在四叔過去經手的幾樁差使上，也許很不妙，也許就能安然無事，很難說。」

「何以會有那麼大的差別呢？」

「這因為四叔的案子，牽涉到內務府大臣，一掀開來關係太大；那就只有『一床錦被，遮蓋則個』了。」

馬夫人與錦兒，都不懂他說的甚麼？相顧愕然；秋澄卻知道那句話的出處，笑笑說道：「太太沒有看過《水滸》，那是西門慶跟何九說的話，一床錦被一蓋，甚麼醜事都遮過去了。」

「原來『天坍下來有長人頂』。」錦兒恍然大悟，「四叔不要緊了。」

「這也未免樂觀得早了些。不過，今兒有件事很好，震二哥把太太替四叔求的那支籤告訴他了。」

「喔，」馬夫人很關切地問：「你四叔怎麼說？」

「四叔到底是讀了書的，既不怨天，亦不尤人；自願認命。」曹雪芹又說：「真要到了那一步，四叔倒挺得住，只怕季姨娘會鬧得不可開交。」

「有個法子。」錦兒接口說道：「讓她跟了四叔一起去。」

「噚，噚！」秋澄急忙攔阻，「你別出餿主意了！那一來四叔到了不了地頭，就會送老命。」

「嗯！」馬夫人說，「果真要有個人跟了去照料，自然是讓鄒姨娘去。」

「那麼，季姨娘呢？」

「隨她鬧去。」秋澄說道：「反正有棠官在。」

「對！」馬夫人說，「派個人去看看，棠官如果回來了，讓他來一趟；把今天的情形告訴他，讓他心裡有個數。」

「是。」

「還有，既然你四叔自己也覺得方問亭有力量，你得趁早去一趟，重重託他。」

「是。」曹雪芹又說：「是不是跟震二哥一起去，比較好。」

「照規矩，原該如此。」馬夫人說：「那就明兒一早去吧。」

「好。」錦兒說道：「今天我得回家，我跟他說好了。」她又問曹雪芹：「你明天甚麼時候來？」

「當然是一大早；晚了，只怕方問亭會進宮。」

「對。」錦兒轉臉向杏香說：「能不能早點兒開飯？我吃了好走。」說著，從衣襟上摘下一個琺瑯鑲碎鑽的懷表，打開蓋子看了看說：「快酉正了。」

時近夏至，白晝正長；雖近酉正，暮色不過初起，這是最宜於在院子裡散步閒坐的辰光。當此等開晚飯之際，也就是各人不受拘束，隨意消遣的時刻；馬夫人首先就往外走，去看仲四所送，擱在院子裡石條凳上的四盆盆景。這一下，除了杏香去監廚以外，曹雪芹回夢陶軒；秋澄回自己臥室，錦兒躊躇了一下，走到院子裡去陪馬夫人。

「你看呢？」馬夫人一面摘蟲蛀的葉子，一面問說：「四老爺會落個甚麼罪名？」

「我看不要緊。」錦兒答說：「如今跟去年這時候，皇后剛駕崩的情形不同了，皇上的脾氣發過了；只要有人替四老爺說兩句好話，皇上高高手，就過去了。這好話呢，替他說的人很多。而且，剛剛聽雪芹說，四老爺過堂，說的話很得體；打那兒來說，都讓人往好的方面看。」

「嗯。」馬夫人緩慢地點著頭，「但願四老爺安然無事，讓秋澄的喜事能好好兒熱鬧一下。」

「是。」錦兒說道：「太太讓我來抓總，我得跟太太請示，這回喜事打算花多少錢？」

「只要有錢花，儘管花。」馬夫人停了一下又說：「不過，到底有沒有錢花，說實在的，我也不清楚；只有秋澄才知道。」

「我知道了。反正場面要好看，可也不能為辦這場喜事，弄得以後日子不好過。」

「對了！只要不是拉虧空，場面上儘管花。」

就這樣，一直圍繞著為秋澄辦喜事這個話題談到暮靄四起，方始進屋。接著便開飯了；吃到一半，曹震來了。

「是來接你來了。」秋澄對錦兒說。

「不見得。」錦兒答說：「是吃飯的時候，他沒有事早跟朋友喝酒去了。」果然，曹震的臉色非常深沉；添了杯筷等他坐下，卻拿手掩住酒杯，表示不想喝。

「怎麼回事？」曹雪芹問說。

曹震不作聲；過了一會，站起身來說：「我到你那裡去談。」

曹雪芹看了看秋澄與錦兒，默默起身；帶著曹震到了夢陶軒，等丫頭剔亮燈火，倒了茶來，他揮揮手，示意迴避。

「真是沒有想到的事，和親王不替四叔說話還好；一說反說壞了。」

「喔，」曹雪芹想了一下問：「和親王是在皇上面前替四叔說好話？」

「對。」曹震緊接著說：「據說，昨兒皇上召見和親王，談南巡的事，不知道怎麼提到了四叔的事——。」

預定後年舉行的南巡，主要的是因為聖母皇太后六旬萬壽，陪侍慈駕，一覽江南之勝；因而追溯往事，和親王說曹頫有熱河迎鑾之功，請皇帝念在他這一份勞績上，格外開恩，薄懲結案。

孰知皇帝大不以為然，說國法是國法，孝養是孝養，如果凡事都看在聖母皇太后的分上，徇私開恩，何以維護國法？又說曹頫資質平庸，不過為人還算謹慎，而竟如此玩忽溺職，或許正由於自覺有熱河迎鑾之功，出了事有聖母皇太后可恃為奧援，故而漫不經心，連他唯一的長處謹慎都不顧了。因此，他這個案子，非嚴辦不足以尚戒。

「這真是弄巧反而成拙。」曹雪芹亦大感意外；同時自然而然想到一件事，「這不跟傅中堂為高貴妃的胞弟高恆乞恩碰了釘子，如出一轍嗎？」

「一點不錯。據來爺爺告訴我，說皇上是有意殺雞駭猴；為的是——。」

為的是後年南巡，可以免去許多麻煩。原來聖母皇太后喜歡到佛寺尼庵去燒香；便有方外人借此招搖，甚至有尼姑進宮，叩見聖母皇太后，不是化緣，便是求情，或者要放差放缺，或者打官司希望從輕發落。化緣倒是小事，以天家富貴，緣簿寫個八千一萬銀子，由內務府撥付，皇帝也還不在乎，但牽涉到用人及刑名，皇帝無法容忍，為此還將私下帶尼姑由蒼震門入宮的太監嚴辦過幾個。

「如今要南巡了，聖母皇太后一路上會遇見各式各樣的人，倘或藉端有所干求，聖母皇太后點了頭，皇上就不能不辦。不過，最麻煩的，」曹震放低了聲音說：「聖母皇太后出身寒微，到了浙江，有那窮親戚私下求見，或者在外面胡說聖母皇太后的底細，那種大犯忌諱的事，絕不許發生。所以拿四叔作個警告，好讓有些打算利用聖母皇太后的人，望而卻步。」

曹雪芹聽完，心裡感觸很多，「幸而我從不求這種非分之榮。」他說：「以前老有人勸我，想法子跟聖母皇太后提一提，給我弄個官做，我不願意走那樣的路子。如今看來，我倒是對了。」

「別提這些閒白兒了。」曹震搖著手，表示聽不進去；他停一停說：「內務府的世家大族，那一家都是四分五裂；曹家也就是咱們這三家，一榮俱榮、一枯俱枯。四叔的事，你我不能說不盡心盡力；那知道其中另有個解不開的結，以至於力氣都花在刀背上，咱們再不能幹徒勞無功的事了。」

曹雪芹深知曹震的性情，這段話只是個引子；下面的話才是要緊的，所以只點點頭，等他說下去。

「皇上的話，說得很明白了；反正合該咱們三家倒楣。這一層，你我都明白；四叔可是做夢都想不到的。」

「是的。」曹雪芹答說：「應該點醒他。」

「正就是這話。」曹震沉吟了好一會，說：「如今打開天窗說亮話吧，四叔真的應該認命了！既然認命，就得往好的地方打算；他應該聰明一點兒，反正是那回事了，倒不如留個退路。」

「何謂留個退路？」

「退路就是在外面留一條讓人家走的路；只要外面的人能往前走，自然就會看顧他。如果把外面的人也扯了進去，大家動彈不得，於他有何益處？」

曹雪芹將他的話，跟曹頫過堂時的情形，詳思合參，有些明白了，點點頭說：「震二哥，你就明明白白指點吧！」

「第一，他不必提平郡王；第二，他不必提內務府大臣；第三，他不必提我。」曹震又說：「就因為有第三點，所以我不便跟他去說。」

這就等於明明白白告訴曹雪芹，要他向曹頫進言。他們兄弟只為繡春有過一回衝突，平時倒是兄友弟恭；尤其是曹雪芹，看在死去的震二奶奶、活著的錦兒面上，凡是曹震要他辦的事，不管有何窒礙，總是一諾無辭，此時自然也不例外。

「好，我跟四叔去說。」他問：「應該怎麼說法。」

「無非剖陳利害。」曹震答說：「我剛才的話說得很清楚了，如何措詞，你自己去琢磨。」

曹雪芹略為思索了一下，點點頭說：「好吧，等我好好兒想一想。」

「這件事還得快。三法司會審，就在這幾天。」

「我明天就去。」曹雪芹問：「還有甚麼話？」

「就是這件事。」

「那就回去吧！」曹雪芹又問：「娘要問起你跟我談了些甚麼？我該怎麼說？」

「不能說實話。你隨便找幾句話搪塞好了。」

找甚麼話來搪塞呢？曹雪芹覺得這是個難題。幸好馬夫人始終沒有問；等曹震陪著錦兒一走，曹雪芹為了躲避難題，託詞有些頭痛，逕自回到夢陶軒。直到杏香回來，知道母親已經歸寢，方又悄悄來叩秋澄的門。

已經卸了妝的秋澄，親自來開了門，「咦！我以為是杏香。」她問：「頭痛好點兒沒有？」

「另外有件事頭痛。我是怕娘問我，震二哥來幹甚麼，特為躲開的。」

「喔，那麼，震二哥來幹甚麼呢？」

「裡頭說去。」

進了屋子，瀹茗深談，他將曹震所得來的消息，以及要他跟曹頫去會面的情形，鉅細靡遺地說了給她聽，當然也要向她問計。

秋澄傾聽著，一直一言不發；聽完考慮了好一會，方始開口問說：「震二哥的意思，是要讓四叔一個人頂罪？」

「你這話，真可謂之一語破的。」

「既然如此，震二哥也得有個預備。」秋澄問說：「這一層，他跟你談了沒有？」

「沒有。」曹雪芹又說：「你所說的『預備』是甚麼？」

「預備四叔替他頂罪以後，他怎麼樣承擔一切後果。」

「啊！我倒沒有想到這一層。不過，休戚相關，有難同當，本就是大家就定好了的宗旨。」

「那情形不同。」秋澄加重了語氣說：「原來是本於情分、義氣，大家量力而為，只要盡到了心，即令不能盡如人意，亦可以問心無愧；如今變成非盡不可的義務，有一點安排得不妥當，就算對不起四叔。」

「嗯，嗯，我明白了。」曹雪芹將她的話，好好地體會了一下，「照這樣說，我跟震二哥的情形就不大同了，我是盡力而為，他是非辦妥當了不可。」

「本應該如此區分，不過話由你口中說出去，你也就應該跟震二哥一樣了。」

聽得這一說，曹雪芹頓覺雙肩沉重，「我可得好好核計核計。」他說：「看我能承擔得下來不能？」

「你已經答應震二哥了，只怕承擔不下來也得承擔。」秋澄又說：「我的意思，你得先把一層意思跟震二哥說明白。」

「那當然。我明天先找震二哥；要他作了承諾，我再跟四叔去談。」

接下來，兩人商量如何措詞？最要緊的是，不能讓曹頫起反感。秋澄認為有兩件事不能告訴他，第一是皇帝為了防止有人跟聖母皇太后接近，圖諸非法的利益而用「殺雞駭猴」的權術，不該拿他來犧牲，因為這好像有些「恩將仇報」的意味在內，令人寒心；其次便是為曹震頂罪，曹頫一定會傷心。

「我明白了，」曹雪芹深以為然，「我只拿郡王跟來爺爺來做文章好了。開脫震二哥的話，我想，可以順便提一提，不過作為我的看法，話就容易見聽了。」

「好！你就這樣說好了。」

去得雖早，還是撲了個空；曹震有太廟祭享執事的差使，天不亮就出門了。

「你這麼早來找他，一定有急事吧？」剛起身不久，正在梳頭的錦兒問說。

「昨兒晚上，震二哥沒有跟你提？」

「沒有啊！」錦兒略感詫異，「甚麼事，我一點都不知道。」

曹雪芹沉吟了一會說：「我不知道他為甚麼沒有跟你提？也許一時忘了；不過，這件事他遲早會告訴你的，我現在說說也不妨。」

說到一半，錦兒就顯得很不安了，打斷他的話問：「這些差使要認真追究，會不會把你震二哥牽連進去？」

「會。」曹雪芹緊接著安慰她，「不過不要緊，讓四叔一個頂起來好了。」

「他肯嗎？」

「這就是我今天要下的功夫。我有把握，說得他肯。」

「那一來，」錦兒憂形於色地，「只怕真的要到關外去了。」

「這一層，四叔倒是在心裡有預備的。不過，震二哥的話不錯，四叔留一條路，讓咱們在外面走；咱們就得替他去走走。這一層，我得先跟震二哥說通了，才好讓四叔放心。」

錦兒想了一會說：「我明白了。四叔一個人把這副擔子挑起來，咱們就得把他的一切接下來，照看姨娘跟棠官、官司上的一切花費、將來想法子把他弄回來，都是咱們的事了？」

「你說得一點不錯。」

「好！」錦兒慨然說道：「你也不必問你震二哥了，就這麼辦好了。」

「我看，」曹雪芹躊躇著說：「是不是先跟震二哥提一提的好？」

「不必！」錦兒很有決斷地說：「本就該這麼辦的；而況四叔還幫了他的忙。你儘放心大膽跟四叔這麼說好了。」

「好！」

「這件事你跟秋澄談過沒有？」

「我跟她談過。」

「她怎麼說？」

「她說，」曹雪芹想了一下，方又開口，「開脫震二哥的話，作為我的意思，四叔就容易聽得進去了。」

「嗯，嗯！」錦兒非常滿意，「平心而論，她的見識不但比我們強，連你都不如。」她緊接著又說：「我說這話你可別生氣。」

「我生甚麼氣？本就是如此嘛！」

「她不但見識高，而且總是處處想到別人。想起來，真有點兒捨不得她！」說著，錦兒嘆了口無聲的氣。

曹雪芹笑道：「她還不知道那天上轎，看你倒要掉眼淚了。」

「對了！」錦兒被提醒了，「她的喜事，你順便也跟四叔提一提。還有，仲四打算送四叔的話，你看要不要跟他說？」

「不必！而且也絕不能讓仲四哥送；他的身子雖健朗，到底上了年紀了，五荒六月，跋涉長途，萬一得了病，怎麼得了？」

「這話不錯。」錦兒深深點頭。

「不過，我想告訴四叔，萬一他真的要出關，可以請仲四哥多派老誠可靠的鏢客護送。」

「對！這麼說很妥當。你就快去吧。」錦兒又說：「我吃了早飯，也要到你那兒去了。」

正在談著，翠寶走了來說：「芹二爺，吃早飯了。」

「謝謝！我吃了來的。」

「再吃一點兒，現蒸的包子。」翠寶又說：「我們二爺，昨兒不知怎麼想起來，要吃素包子；半夜裡起來，麵還沒有發透呢，來不及吃就走了，如今蒸了一大籠，得找人幫忙來消掉它。」

「有辦法。我帶給四叔去嘗嘗。」曹雪芹接著又說：「包子如果多，包兩包。」

「怎麼？」錦兒問說：「你想吃，我回頭帶去就是了。」

「不！一包給四叔；另外一包送黃主事。」

曹雪芹在路上就曾作過盤算，是漸漸引話入港，還是開門見山就說？細細琢磨，以後一種辦法為是；宛如拉弓，用個猛勁一下子拉緊了，慢慢放鬆，比逐次加勁，拉到適當的部位來得容易。

因此，他在曹頫喝著茶、吃了兩個餘溫猶在的素包子以後，開口說道：「四叔，此刻是禍福關頭了。也許應了我娘求的那支籤；也許十天半個月以後，你仍舊能去逛琉璃廠了。」

說到最後兩句，曹雪芹不免自慚，因為那兩句話，就像兒科大夫開方子，加上一些甘味的藥材一樣，能哄得小兒易於將苦口之藥下嚥而已。

但這兩句話，還真管用；只見曹頫精神一振，「好！」他說，「我就怕不死不活地拖在那裡。你說，禍福關頭，我該怎麼辦？」

「昨兒個震二哥為四叔的事，在來爺爺、海大人他們那些大老那兒，都去打了招呼。照他們的意見，四叔的案子宜乎早結。不過照四叔過堂的情形看，他們都說早結不了。」

「為甚麼呢？」

「為的是四叔所交代的情形，有些是說了前半截，沒有後半段；有的倒是全鬚全尾，完整無缺，可是得查證。這就難了，譬如平敏郡王交代過的話，就不能起之於地下，一問有無。」

「我是實話直說，沒法子的事。」

「可是，有些情形，四叔為了維護人家，說得不全，也是有的。」

曹頫點點頭，表示默認，但並無進一步的解釋。

「四叔是有不盡，無不實；可是不盡就容易讓人疑心不實。四叔，這是你最吃虧的地方。」

「那麼，怎麼才能盡呢？」

這就說到緊要關頭上了，曹雪芹很謹慎地答說：「照來爺爺他們的意思，能交代就行了。」

「怎麼叫能交代？」

「無非刪落枝葉，長話短說。」

「刪落枝葉，長話短說？」曹頫將這八個字念了兩遍，又拿起一個素包子一面咬著，一面不斷眨眼，顯然八個字也很耐於咀嚼。

「我明白了。」曹頫吃完一個包子，方又開口：「他們的意思，是要我能推就推；不能推就一肩擔起來。雪芹，你說，是這樣子不是？」

「是的。」曹雪芹如釋重負，「四叔說得比他們好！」

「他們怎麼說？」

「大致就是這樣的意思。我是聽震二哥告訴我，雜七雜八，我也說不上來；不過，是這樣的意思，絕對不錯。」曹雪芹又說：「照我想，連震二哥在內，總要能站在局外，才可以脫然無累，盡全力替四叔去想辦法。」

「你震二哥也是這麼說的嗎？」

「不！」曹雪芹說：「這是我跟秋澄的想法。」

曹頫不作聲，沉吟了好一會，慨然說道：「你們的想法不錯。我就這麼辦。」

大功告成了，曹雪芹既覺輕鬆，又感沉重，一時竟不解心裡的這份矛盾，從何而來？

「生死有命，富貴在天。」曹頫是很蒼涼的聲音，「垂老拋家棄子，境遇自然太苛了一點，不過，這亦是考驗我讀書養氣，功夫夠不夠的時候，你們別替我擔心，我受得了的。」

曹雪芹無言可答，只有肅然靜聽，表示敬重。

「我不大放得下心的是，季姨娘不明事理；鄒姨娘忠厚，以後會讓她欺侮。」

「這，四叔請放心。」曹雪芹說，「大家會多方安撫季姨娘，勸她跟鄒姨娘和睦相處。」

「可惜，秋澄要出閣了；季姨娘倒是比較服她。」

「她雖出閣，還住在京裡；就在宣武門外，有事隨時可以來調解的。」

「喔，」曹頫問說：「已經置了新居了？」

「是的。」曹雪芹又說：「而且還有錦兒姐在。將來萬一四叔真要出關，我把四叔的意思告訴她。」

「好！還有棠官。」說到這裡，曹頫停了下來，沉吟了好一會方又交代：「雪芹，你回去跟你娘說，棠官的親事，我請你娘主婚。如果將來季姨娘跟兒媳婦不和，請你娘作主，讓他們小倆口搬出來，另立門戶。」

這是很鄭重的囑咐，所以曹雪芹恭恭敬敬地答一聲：「是。」

「至於將來的家用，現在亦無從談起；棠官當然要養生母跟庶母，只怕他力量不夠——。」

「四叔，這不用交代的。」曹雪芹搶著說道：「我娘說過了，四叔、震二哥、我家，三處是一家，休戚相關，榮辱與共。但願四叔安然無事；如今不必徒然過慮。」

「好！你娘是最賢慧，我也不必多說了。」

「是。」

曹雪芹想起一件事，轉臉問福生：「那幾本書送了給黃主事，知道不知道他是怎麼處理的？」

「喔，黃主事把那個鈔本燒掉了。他跟我說，就當作根本沒有這麼一個本子。」

「這倒也乾脆。」曹雪芹又問曹頫：「四叔知道這件事了？」

「我知道了。」曹頫答說：「黃主事昨兒來看我，還談起這件事；他說那一百另八首詩，他整整吟哦了一夜，詩是真好，可惜絕不能傳。還給我念了幾首，把咱們旗人罵慘了。」

「四叔還記得吧？」好事的曹雪芹興味又來了，「倒念給我聽聽。」

「記不全了。」曹頫想了一下說：「有一聯是『溝填羯肉那堪爨，竿掛胡酋豈解飛？』又有一聯是：『生奴八部憂懸首，死虜千秋悔入關。』」

「『八部』當然是指八旗。」曹雪芹：「第二句怎麼解？」

「那大概是指太宗皇帝。據說太宗崇禎二年伐明，兵臨北京城下，雖用反間計讓崇禎殺了袁崇煥，但認為明朝不可輕敵，倘遇挫折，不能全師而退，所以告誡諸王，不可輕易入關。」

「當年真有這樣的話嗎？」

「有無已無可究詰。」曹頫又說：「這是鄭成功、張蒼水剛剛入長江，軍容如火如荼，所以錢牧齋有那種張狂的語氣；後來就不同了。世事如棋，難以逆料，所以，我亦看開了，反正『聽天由命』就是。」

有此豁達的結論，曹雪芹亦覺得很安慰；欣然告辭，路上回想談話的經過，才發現自己何以有既覺輕鬆，又感矛盾的心境？

因為輕鬆的是，原以為要說服曹頫自願頂罪，而又不至於對曹震起反感，是件很不容易的事，不想曹頫不必他明說，便已默喻，自然覺得輕鬆。

感到沉重的便是，曹頫如果獲罪，一切都要他跟曹震來料理；這副重擔能不能挑得下來，頗成疑問。同時眼前就有個難題，等一回去，馬夫人問起來，應該怎麼說？

只有先瞞著再說；他作了這樣一個決定。

就在馬夫人將要歸寢之際，曹震來了；他也是惦念著曹雪芹去看了曹頫以後的情形，急於想知道結果，而錦兒這天不回家，所以自己趕了來聽消息。

在夢陶軒的書房裡，等曹雪芹細談了經過，曹震深為滿意；「你很行！」他豎著拇指，誇讚曹雪芹，「我沒有想到，你還真有點手段。」

曹雪芹不作聲，而且面無得色，只向錦兒深深看了一眼。

「凡事想透澈了，話就比較好說。」錦兒看著她丈夫問：「你知道不知道，雪芹的話，為甚麼能讓四叔聽得進去？」

「這，」曹震問道：「莫非另有說法？」

「不錯。另有說法。」錦兒緊接著說：「我們三個商量過了，這齣戲，四叔只唱前半段；後半段是咱們兩家的事。有了這麼一個打算，雪芹說話，不必瞻前顧後，只跟四叔講利害，話當然就說得圓了。」

「這話不錯。」曹震問說：「不過，你們所說的後半齣是甚麼？」

錦兒將跟曹雪芹說的話，復述了一遍：「四叔一個人把這副擔子挑起來，以後的事，就得咱們接，照看姨娘跟棠官、官司上的一切花費、將來想法子把他弄回來，都是咱們兩家的事。」不過，她又加了一句：「更是你的事。」

「也不必分彼此。」秋澄接口說道：「別的都好辦，只有想法子把四叔弄回來，恐怕不容易。」

曹震默然，停了一會才說：「反正不怕破家，就有辦法。」

「這話怎麼說？」

「完贓滅罪！」曹震問曹雪芹：「這四個字，你總聽說過吧？」

「聽說過。」

「這個『完』字，就傾家蕩產有餘。」剎那間，曹震臉上已很明顯地籠罩著一層抑鬱愁慘之色。

秋澄暗暗吃驚，因為錦兒所說的話，原是她最先提出來的主張；不想曹震看得如此嚴重。她不能不疑惑自己，是不是在無意中闖了大禍？但她實在也很困惑，不知道錯在何處？

錦兒就更不解了，「怎麼叫『完贓滅罪』？又怎麼會傾家蕩產有餘？」她提高了聲音說：「鑼不打不響，話不說不明，你倒是說清楚呀！」

「說不清楚。反正——。」曹震突然停住；然後搖搖頭，不願再說下去。

錦兒性子急，已是一臉不悅；曹雪芹急忙插進去安撫錦兒：「你別急！等我跟震二哥好好兒琢磨一下，事情還不至於那麼壞！」接著又說：「你們倆找杏香去聊聊。」

「好！」秋澄拉著錦兒說：「這律例上的事，咱們不懂；看他們哥倆商量了再說。」

等她們一走，曹震氣急敗壞地說：「四叔是老實人，不懂避重就輕的訣竅，如果老老實實都招供了，也承認了，就得賠出二、三十萬銀子，才能保得住命。」

一聽這話，曹雪芹也楞住了，「怎麼？」他問：「還有死罪？」

「怎麼不是？這贓罪，《大清律》跟《大明律》是一樣的，就算『不枉法贓』好了，得贓一百二十兩以上，就是『絞監候』，不是死罪是甚麼？」

原來律例規定，贓罪共分六款，最重的枉法貪贓；其次是貪贓而非枉法，就是所謂「不枉法贓」。此外四款是「竊盜贓」、「監守自盜贓」、「常人盜贓」、「坐贓」。贓又分兩種，一種叫做「入官者」，一種叫做「給主者」。如因事行賄，則賄款沒收，屬於「入官者」；倘或索賄而事主不願，以強迫手段勒索財物，則事發之後，贓款發還原主，便是「給主者」。

曹頫與曹震經手承辦、驗收的工程，所受包商的賄款，皆屬「入官贓」；還了贓款，貪贓的銀數減少，罪名便可減輕。曹震談到這些律例刑名上的奧妙，曹雪芹不甚了然，但語氣之間聽得出來，他的意思是，三家雖說休戚相關，榮辱與共，但畢竟還是量力而為，現在對曹頫作了承諾，就變成自己的事了。而曹震又認為，曹雪芹雖然這多年來常受接濟，但與公家無關；因此，曹頫替他頂了罪，則一切善後事宜，他應該一肩擔承，到他傾家蕩產，猶不足以了事時，才輪到曹雪芹來相助。

「可是，話已經說出去了，該怎麼辦呢？」

「說了話，當然不能不算。」曹震將雙手一攤，「我也不知道該怎麼辦，只好聽天由命了。」

「船到橋門自會直。」曹雪芹說：「到時候真個不了，反正我陪你傾家蕩產就是。」

這話略略有些負氣的意味在內，曹震怕再說下去，會起誤會，只好隱忍不言，而內心有苦難言的抑鬱，自然也就更甚。

「震二哥，」曹雪芹問說：「你認為我們三個人商量好的辦法，是不是正辦？」

「當然是正辦。不過，」曹震遲疑地說：「似乎話說早了一點兒。」

「咦！不是你催我去的嗎？」

「不錯，我是說後半段。」

原來他是說對曹頫所作的承諾太早了些；心裡不免反感，「當時是四叔問起來，我才不能不說。如果，」他停了一下說：「四叔有後顧之憂，他怎麼肯放心大膽地一肩承擔。」

曹震語塞，搖搖頭嘆口氣；然後挺一挺腰說：「好吧！是禍躲不過，到時候再說吧。」

「這才是。」曹雪芹又問：「這件事，你不會怪錦兒姐吧？」

「不會。我怪我自己，怪她幹甚麼？不過，我得跟她算算帳。」

「算帳？」曹雪芹詫異地問。

「我跟四叔合辦的事不少；還有些事，是他出名我經手。年深月久，那件事有多少好處，我怕一時記不得了，她的記性好，我得問問她。」

原來是算這些帳，曹雪芹放心了。

為了曹震的一席話，曹雪芹這晚上心事在心，輾轉不能成眠；尤其讓他橫亙於胸，不能釋然的是，曹頫可能會落個「絞監候」的死罪；而「完贓減罪」又能減到甚麼程度？

這些非看律例不能明白。他沒有《大清律》，但想到《會典》上應該有記載；於是披衣起床，剔亮了燈，檢出《會典》來仔細檢查。

一查查到了曹震所說的六款贓罪，前五款都可解；看到最後一款「坐贓」，在困惑中大為興奮。興奮的是「坐贓致罪」最重的刑，不過杖一百、徒三年；困惑的是，「坐贓致罪」的解釋，似乎不通。

這一條之下，舉了幾個例，有一個例子說：「如擅科斂財物，或多收少徵，如收錢糧，稅糧『斛面』；及檢踏災傷田糧與『私造斛斗秤尺』各律所載，雖不入己；或造作虛費人工物料之類，凡罪由此贓者，皆名『坐贓致罪』。」

怪了！曹雪芹在心中自語：擅科斂財物，多收少徵，私造斛斗，這是何等罪名？為甚麼只視作「杖一百、徒三年」的微罪？

想了看，看了想，反覆思量，終於恍然大悟，關鍵在「雖不入己」四字。原來這是指陋規而言。陋規也就是法無明文，而其實已為朝廷承認，甚至默許的積弊。所舉的例子，即為天下無處不然的徵錢糧的積弊；曹雪芹在通州見過徵糧，胥吏以熟練的手法，拎起麻袋一倒，斗斛中自然形成中間突起的一個尖頂，名為「淋尖」；接著使勁一腳，米尖便陷了下去，這就叫「踢斛」；然後再倒再踢，等結結實實裝滿了容器，拿小木棍劃過，滿出斛面的米穀都散落在蘆蓆上，即名之為「斛面」。斛面當然不容納糧者收回，積少成多，自縣官至吏役，按大小股朋分；而在當時並非由司斛者個人所得；「雖不入己」應如此解釋。

地方官的開銷甚大，但俸銀甚薄；而且俸銀向不支領，因為地方官管的事多，稍有違例，便須「罰俸」，所以俸銀只是留著備罰。然則「靠山吃山，靠水吃水」，徵收田賦的陋規，便是由此而來的。

田賦稱為錢糧，便是既可徵實收漕米，亦可折乾收銀子；「斛面」是徵實的積弊，折銀又另有花樣，由於散碎銀兩，必須交「爐房」回爐，鑄成每個五十兩重的「官寶」，化零為整，一鎔一鑄，分量不免損失，所以在規定徵數以外，每兩附徵若干，名為「火耗」。所加火耗多寡，要看地方官的良心及約束胥吏的才幹；除非過貪，弄得民怨沸騰，朝廷是容忍的——據說聖祖將地方官分為四等，既廉又能是第一等；能而不廉是第二等；廉而不能是第三等；不能不廉是末等。第一等獎勵升官；第二等告誡留任；第三等調任閒職；只有末等官經大吏或言官參劾得實，方始治罪。

到了雍正年間，對徵錢糧的陋規，作了一次「化暗為明」大改革，視各地情形規定「斛面」與「火耗」的限額，視責任輕重，職務繁簡，平均分派，名之為「養廉銀」。因為如此，所以「贓罪」六款中，「坐贓」的罪名特輕，即由於「坐贓」無非收陋規而已。

曹雪芹心裡在想，內務府官員承辦工程，亦猶如地方官徵收錢糧，陋規之存在，已非一日；向例工款扣去三成，上下朋分。這不但是公開的祕密，甚至聖祖當皇二子胤礽立為太子，而又被廢時，宣布罪狀，說胤礽性好揮霍，所以特派他的乳母之夫為內務府大臣，以便利他的需索。這等於承認內務府可以營私舞弊。其實，曹頫經手工程而落下的回扣，孝敬堂官，分潤同僚之外，所剩無幾，而且往往曹震又拿走了大部分；所得戔戔，卻由他一個人獨繫囹圄，承擔罪名，實在也太不公平了。

轉念到此，曹雪芹內心激動，決意要為曹頫力爭；但只覺得精神亢奮，思路敏銳，卻不能集中，以至於雖有靈感而掌握不住。

「怎麼？天都快亮了，你一個人還睜大了眼在發楞！」睡眼惺忪的杏香問道：「你在想甚麼？」

「自然是想四老爺的事。」曹雪芹說：「你打水來，我洗了臉要去看震二爺。」

「這麼早去敲人家的門？」

「反正我也睡不著。」

「你沒有上床，怎麼知道睡不著？」杏香又說：「太太昨兒問我，說你是不是有甚麼事，不敢跟她說？這兩天像是老在躲她似地。如今天不亮就出門，不更惹太太疑心嗎？」

「喔，真有這話？」

「我騙你幹甚麼？」

曹雪芹想了一下說：「好吧！我喝『卯酒』！」接著隨口吟了兩句詩：「夢鄉如借徑，酒國是康莊。」

於是杏香為他備了酒菜，曹雪芹自斟自飲，喝到微醺，解衣上床，酣然入夢，睡到近午時分，方始起身；杏香告訴他說，馬夫人已經問過兩遍，何以天明方睡？因此，他漱洗以後，趕緊向他母親去問安。

「昨兒看《會典》，看了一夜，總算將四叔的事弄清楚了。沒有甚麼大不了的罪名，應該不至於發遣。」

接下來，曹雪芹解釋曹頫所坐的罪名；引證律例，有根有據，而且將說話的語氣沖淡，所以馬夫人雖還有些疑惑，大致還是欣慰的。

「四叔倒是很坦然，已經打算著發遣關外了，所以昨兒交代了好些話。他說：棠村的親事，請娘主婚；將來如果婆媳不和，請娘作主，讓他們小兩口搬出來住。」

「喔，」馬夫人對這話很重視，「你四叔真是這麼說的嗎？」

「一點不錯。」

「那，你昨兒怎麼不告訴我？」

「昨兒，」曹雪芹說：「因為四叔說的是發遣以後的話，我怕娘著急，所以沒有說；現在看樣子是不見得會出關了，說說不妨。」

「既然不會出關了，當然他自己主婚。」馬夫人又說：「萬一事情有變化，我受你四叔重託，當然要好好兒替他辦。」

正在談著，錦兒來了；一起吃飯時，曹雪芹少不得又要將「坐贓」那一款罪名，細談一遍。

錦兒只點點頭說了一句：「咱們回頭再談。」

這是為了不願讓馬夫人聽見；曹雪芹心裡有數，所以吃完飯，先回夢陶軒，不久，錦兒與秋澄都來了。

「昨晚上，我跟你震二哥細細算了一下；這幾年四叔跟你震二哥的『外快』，一共多少？你們恐怕想不到。」

「多少？」

「總有四十萬，只多不少。」錦兒憂心忡忡地：「若說全完了官款，才能減罪，只怕傾家蕩產還不夠。」

「這麼多？」曹雪芹不由得心一沉；楞在那裡說不出話。

「你震二哥的意思，還得讓你跟四叔去見個面，好好兒跟他談一談；有些話也不必說得太老實；能瞞則瞞，儘量少說。」

「這，我怕說不清楚。」曹雪芹說：「反正四叔預備一個人頂了，震二哥何不親自跟他談一談？有些情形，局外人毫無所知，從何談起？」

「我看，」秋澄提議，「你們兩位何不一起去一趟？」

「對！」曹雪芹立即接口，「這樣好。錦兒姐，你回去問一問震二哥甚麼時候去？我聽招呼。」

其實，錦兒也曾這樣說過，曹震怕跟曹頫一談，叔姪倆便得算帳，而曹震所得的比曹頫多；那一來可能會使他心裡覺得太委屈，事情或許會變卦，所以曹震希望仍舊由曹雪芹去談。這是她的難言之隱；而秋澄的提議是正辦，曹雪芹也同意了，只好答應著說：「好！我去問他。」

話雖如此，內心卻是鬱結難解；臉上亦失去了她慣有的那種爽朗灑脫的神色。這在秋澄與曹雪芹都是很少見到的，自然感到關切。

「錦兒姐，你別煩！」曹雪芹安慰她說：「到時候我自有辦法。」

「你有甚麼辦法？你自己也是茶來伸手，飯來張口，甚至都得別人伺候的人，能有甚麼辦法？」

曹雪芹遲疑了一會，終於答說：「你別忘了，我也是有錢的人。」

這是指曹老太太留給他的那筆私房，名為交秋澄保存；而實已早歸馬夫人管理，這多年貼補家用，金葉子與易於變錢的金器，已經沒有了，但剩下的首飾珠寶，估計也還值好幾萬銀子。馬夫人曾經表示過，這是最後的準備，在她生前，絕不會變賣；如果曹雪芹將來不做官，不當差，這就是一筆衣食之資，省吃儉用，可以撐個十年、八年。她的身後之計，也只能打算到這裡為止。

因此，曹雪芹只能這樣含蓄地說；但錦兒卻忽然悲從中來，「老太太給你的東西，頭一回抄家，還能留了下來；想不到，」她抽抽噎噎地流著眼淚說：「如今倒為了我們兩家的事，主意還要打到這上頭？怎麼對得起老太太？」

「你別哭。」秋澄抽出腋下的手絹，為錦兒拭淚，「事情果真到了那步田地，老太太也還不是得嘆口氣，把鑰匙交了出來。咱們好好兒商量一下，有備無患。」

要商量的是兩件事，一件是怎麼跟馬夫人婉轉陳言；一件便是物色買主。秋澄認了頭一件；但第二件卻要等馬夫人同意了才談得到。

「這件事宜乎早早著手，才能得個善價。」曹雪芹向秋澄說道：「我記得你那裡有張清單，何妨先抄一份，讓錦兒姐帶回去。」

「清單在箱子裡。」

「這倒不忙！」錦兒沉吟了一會說，「我跟震二爺再好好核計核計，這些東西能不動，最好不動。」

「我看難免，不如未雨綢繆為妙。」

錦兒不作聲，心中另有盤算；「能不動最好不動。」她說：「倘或非動不可，亦不宜把它弄死了。」

「那就只有一個辦法，」秋澄接口說道：「找甚麼人去押一筆款子？」

找甚麼人？錦兒心裡在說：遠在天邊，近在眼前，仲四不就是現成的？當然她還不便貿然開口。不過這確是一條路子，只要打聽清楚，仲四湊那麼多現款，不會覺得吃力；而秋澄又不反對，這個做法就一定行得通。

轉念到此，錦兒心頭輕鬆了些；秋澄也覺得這是個好辦法，「如果是抵押，我跟太太去談，話就比較好說了。不過，」她停了一下說：「這筆押款甚麼時候能還清，就很難說了。」

「一定能。」錦兒很有信心地，「只要把這個難關過去了，將來莫非就沒有得好差使的機會了？」

「也只有這樣想了。」秋澄說了老實話，「不然豈不把人愁死？」

錦兒天性樂觀，經此一番談話，隱然覺得難題已經解決，無足為慮；於是話題一轉，談她喜歡談的事，秋澄的婚禮與嫁妝。秋澄料知攔她不住，而又實在不大愛聽，那就只有避開。

「太太大概起來了，我看看去。」等她一走，錦兒便又想起抵押之事，要跟曹雪芹商量，「剛才我當著秋澄不便說，這會兒看看你的意思，能不能辦。」她說：「太太留下來的那些東西，如果太太答應拿來應一應急，我想找仲四去想法子，你覺得怎麼樣？」

「是押給他？」

「對。」錦兒說道：「這有兩項好處，第一、期限長，有錢就還，沒有錢延一延，他不至於去變價；第二、利息上頭可以商量。」

「如果辦得成，他不至於會要利息。」曹雪芹說：「不過，我不知道辦得成，辦不成？這不是說他不肯，是他有沒有這個力量；這一點，只有震二哥才清楚。」

「我想他應該有的。」

「不見得。做買賣的人，將本求利，不會有幾萬銀子的現款閒置在那裡。這件事，你最好跟震二哥商量。」

「那當然。」錦兒說道：「我是想先問問你，贊成不贊成？」

「我當然贊成。」

「秋澄呢？你看要不要跟她談。」錦兒又說：「我怕這麼做，她的面子上不好看。」

這確是一個顧慮；曹雪芹琢磨了好一會說：「我想先不必談。第一、要打聽確實，仲四哥能辦得到；第二、不但辦得到，而且不是太費事。能這樣的話，就不妨跟她談；如果先談過了，可是仲四哥那方面辦不到，就不必多此一舉。」

「你說得是。」錦兒深深點頭，「準定這麼辦。」

曹雪芹點一點頭，霍地起立，「走！」他說：「咱們看看去。」

這是說到馬夫人那裡，一探動靜；錦兒想了一下說：「你一個人去吧！我去了，有好些不便。就是你，最好先別露面，私下聽一聽；萬一太太有意見，還有轉圜的餘地。」

曹雪芹覺得這話也不錯，當下答說：「好吧！你在這兒等我；怎麼個情形，馬上就知道了。」

到了馬夫人院子裡，曹雪芹一進垂花門，便先搖手，同時拿另一隻手掩在嘴上，示意禁聲。丫頭僕婦們，這一陣子都知道「四老爺」的官司很麻煩，偶爾也看到曹震與曹雪芹，在跟馬夫人談這件事時，神色都很嚴重，因而皆具戒心；此時一看到他的手勢，無不會意，靜悄悄地都不敢出聲，只往窗裡指一指，示意有人在內。

這個人當然是秋澄；曹雪芹在堂屋裡，隔著一層板壁，聽得她在說：「事情也許不至於壞到那樣子，不過，雪芹說得好，未雨綢繆，作了最壞的打算，心裡反倒踏實了。」

然後是馬夫人的聲音：「芹官的話也不大對。他說得頭頭是道，照我看，不是那回事。」

「太太說的是那件事？」

「完贓減罪。」馬夫人問：「完了贓就沒有罪了嗎？」

「不是說『坐贓』最多不過杖一百，徒三年，那都是可以拿錢贖罪的；大不了多花一兩千銀子。」

「不是。照你這麼說，貪官儘做不妨！天下那有這樣的道理？」

秋澄沒有作聲；曹雪芹心裡不由得自語：是啊！這話有道理。因而越發屏息靜聽。

「我把這多少年，親戚世交家出了這種事的情形，都細想過了。」馬夫人很平靜地在說：「就拿咱們家在江寧的例子來說，你四叔也不過虧欠了該繳內務府的公款，所以抄了家，補夠了公款，沒有別的處分。這才是完贓減罪。如今的情形，恐怕大不一樣，不能這麼辦。」

「那麼，」秋澄問道：「照太太看，四老爺會得一個甚麼罪名？」

「只怕還是免不了要到關外走一遭。」馬夫人又說：「追贓當然也不能免。」

又充軍，又追贓，是最壞的結局；曹雪芹的心頓時往下一沉，但卻不能不強自克制，繼續側耳靜聽。

「到了追贓的時候，咱們當然不能籠著手在旁邊裝沒事人；不過，要緊的還在料理四老爺出關。」馬夫人停了一下說：「他不能沒有人在身邊；充軍，照例可以有家屬跟了去的，我看只有讓鄒姨娘跟了去。那一來倒好，省得四老爺怕她會受季姨娘欺侮。」

「是。」秋澄答說：「我照太太的意思，悄悄兒先告訴鄒姨娘，讓她心裡有個底子。」

「對！」馬夫人緊接著說：「至於老太太留下來的那些東西，拿出去押個幾萬銀子，只要芹官捨得，我沒有意見。不過，他應該明白，那一來他想瀟瀟灑灑做公子哥兒，可就辦不到了。」

「這倒正好逼他一逼。」

聽到這裡，曹雪芹認為可以現身了，咳嗽一聲，掀簾而入，笑著問道：「逼我甚麼呀？」

「只怕非逼你在正途上巴結不可了。」秋澄將馬夫人的話，告訴他以後又說：「你自己可得估量一下，東西是老太太留給你的；而且老太太也不會想到，那些東西作了這種用途。」

當著馬夫人，秋澄故意這麼說，用意當然也是為了激勵曹雪芹立志。他卻沒有能深入去體會她的意思，只大而化之地說：「我不相信天下會有人餓死。」

「餓死雖不至於，不過，」馬夫人說：「苦日子你亦未見得能過。」

「我總不會讓娘過苦日子。」曹雪芹又說：「秋澄也不會。」

「別提我。我也不過還有三、五年日子；至多十年八年，想想也還不至於落到那種地步。閒話少說，」馬夫人問道：「這些東西拿出去抵押，你錦兒姐有路子沒有？」

「此刻還談不到；趁早去找，總能找得出路子來。」

「要悄悄兒去找，別四處張揚，鬧得滿城風雨。」

「我知道，我跟錦兒姐說。」曹雪芹又說：「有些甚麼東西，最好理個清單出來。」

馬夫人點點頭；停了一會，忽然問道：「這件事，杏香知道不知道？」

「還不知道。」曹雪芹答說：「她不會有意見的。」

「她雖不會有意見。咱們可得替她想到。」

曹雪芹不知母親這話是甚麼意思，只答應一聲：「是。」

「你錦兒姐呢？」

「在我那裡。」

「在幹甚麼？」

「在挑繡花的花樣。」曹雪芹隨意編了個理由，接著又問：「娘要找她？」

「不！」馬夫人說：「你陪她去聊聊。」

這是暗示她跟秋澄有話說，不願錦兒闖了來。曹雪芹深深點頭，表示會意；隨即起身回夢陶軒。

等他走遠了，馬夫人問秋澄：「你看剩下的東西，還值多少錢？」

「珠寶首飾沒有動甚麼。」秋澄答說：「珠子泛黃了，不大值錢；不過珠花甚麼的並不多。祖母綠跟金剛鑽都是上好貨色，我想五、六萬銀子總值。」

馬夫人不作聲，只是喝著茶，剝剝指甲，又抬眼望一望窗外，看似閒豫，其實心裡想得很深。秋澄不去打擾她，站起身來整理瓶花；好一會，只聽馬夫人開口了。

「名為抵押，也許就一去不回了。」她的聲音很平靜，「老太太從前說過，幫人的忙是應該的，不過有件事不能做，從井救人。」

「是。」秋澄玩味著「從井救人」四個字，靜等下文。

「我說過，四老爺的事，三家猶如一家；有多少力量，盡多少力量。從井救人，就是自不量力了。」

秋澄依舊只能答一聲：「是。」

「我想，老太太的東西應該作三股派，你一股、芹官一股；剩下一股來幫四老爺。」馬夫人略停一下問說：「你看呢？」

「給我給得太多了——。」

「不多。」馬夫人簡潔地將她的話打斷。

「而且，」秋澄還有話，「四老爺的虧空很多，少了怕不濟事。」

「這一層我也想到了。」馬夫人說，「我另有個盤算，如果不夠補虧空，看能不能拖一拖；不能拖，你跟芹官再借給他。」

原來如此。秋澄心想，夠是一定不夠的；反正總是要拿出來的，何不先做得漂亮些？

一個念頭尚未轉完，馬夫人又接下去說了，「這也就是量力而為的意思。」她說：「在我，是對老太太有個交代；她特為留下來的東西，這樣子散掉，雖說事出無奈，但我將來見了老太太，她說一句：你何以一點兒都不為芹官著想？你想，我怎麼說？我現在總算替你們都想到了。至於你們自己願意從井救人，與我無干。」

「是。」秋澄這才明白她的深心；感激在心，卻無話表達。

「還有一層。雖說有去無回，但人也說不定，或許棠官倒有意外機緣，又發起來了。那時候，你們如果想跟他算帳，也有一句話說。」

這更是深思熟慮，處處周到；秋澄立即答說：「太太想得深，見得遠；都聽太太的意思好了。」

「不但如此，我想索性分一分家；弄得清清楚楚，才不會吃罣誤官司。」

絃外有音，這一來不管是曹頫或者曹震，在他們的公事上都牽涉不到曹雪芹了。

不過，有弟兄才會有分家，曹雪芹是獨子，家跟誰分？馬夫人的意思，大概亦只是要確定曹雪芹的產權，以示與曹頫、曹震無關而已。既然如此，倒有個簡單的辦法，「太太，」秋澄說道：「動產當然都歸雪芹繼承，無所謂分家；不動產還在老太爺名下，只在州縣衙門立個案，過戶給雪芹好了。」

「我想想。」馬夫人躊躇著說：「這似乎又不大妥當，還是公然分家的好。」

「跟誰分呢？」

「跟四老爺分啊！」馬夫人說：「四老爺是過繼給老太爺的；老太太的私房，愛給誰給誰，跟四老爺無關，老太爺名下的產業就不同了。」

這是秋澄所沒有想到的；心裡在想，這件事大概馬夫人盤算已久，直到此刻才說出口來。然則是怎麼個分法呢？當然，這是不必她問，馬夫人也會說的。

「我想這樣子，老太爺名下的產業，有通州的房子、鮮魚口的市房，還有灤州的兩百畝田，請人估一估價，值多少銀子，各分一半。譬如值五萬銀子吧，給他兩萬五，不就都歸芹官了嗎？」

「是。」秋澄問說，「可是這兩萬五現銀打那裡來呢？」

「喏！」馬夫人向後房一指，「就靠老太太的那些東西了。」

原來是這麼一個打算，秋澄覺得馬夫人亦頗精明；這麼多年來，第一次才真正了解她的為人。

「如果兩萬五還不夠了四老爺的虧空，那就看你跟芹官了。你們願意幫他，是你們的事，我可把你跟芹官都打算到了，將來見了老太太也有話可說了。」

秋澄細想一想，才發覺馬夫人雖然精明，但老謀深算，面面俱到，實在不能不令人佩服。

「太太這麼說，可真是光明正大。」秋澄又說：「事不宜遲，我看就請震二爺居間來辦這件事吧！」

「好吧！」馬夫人點點頭，「你們到芹官那兒談去。」

於是秋澄起身到夢陶軒，一路走，一路想，剛才馬夫人已許了將那些珠寶，全數去作抵押；這話曹雪芹必已知道，當然也已經告訴了錦兒。此刻事生中變，前後不符，如何說法，需要考慮。

這個念頭，一直轉到進了夢陶軒的垂花門，方始轉定，患難之際，貴乎以誠相見，而況馬夫人的打算，亦是正辦。

因此，她一進書房就說：「太太把她早在心裡的全盤打算告訴我了。」

「喔，」錦兒說道：「你先坐下來，慢慢兒談。」

「四老爺是過繼給老太爺的，」秋澄坐了下來，從容說道：「太太的意思，老太爺名下的產業，應該由四老爺跟雪芹對分。」

「太太怎麼忽然想起分家來了呢？」錦兒微感詫異地問。

「分家也是為了替四老爺完虧空。」接下來秋澄將馬夫人處置不動產的辦法，說了一遍。

「這個辦法好！有了那兩處房子，跟那兩百畝田，雪芹不論怎麼樣，就算不能再當名士派，溫飽是可以不愁的了。」

顯然的，曹雪芹已將馬夫人說他「不能瀟瀟灑灑做公子哥兒」的話，告訴錦兒了。

「不過，」錦兒很吃力地說：「四老爺的虧空，數目還差得遠。」

「不要緊。」秋澄說道：「老太太的東西，太太要提一份給我；我可以借出來。雪芹總也還能剩下一點兒，看他的意思了。」

「我也照借。」曹雪芹毫不遲疑地說。

「那不是還是照原議嗎？」

「是，是！」錦兒接著秋澄的話，很高興地說：「這樣再好不過。將來不論是棠村得意了，或是震二爺仍舊能得兩個好差使，借你們兩位的東西，一定原樣兒贖回來奉還。」

「原樣兒贖回來，只怕不能了。」秋澄又說：「那不是三兩年的事；抵押給人家，總有個限期的，到期不贖，自然就了斷了；再說，利息也吃不起。你乾脆別存這個打算吧！」

「不！我們有個極好的打算，一定能贖回來。」

所謂「我們」，當然是指她跟曹雪芹，因而秋澄轉臉問說：「雪芹，你們是怎麼打算的？」

曹雪芹轉臉看著錦兒說：「怎麼樣？我看說實話吧？」

「你怎麼這樣說！」錦兒有些氣急敗壞地，「倒像我們有事要瞞著大姐似地。」

「別急，別急！」秋澄急忙慰勸，「我知道你從沒有瞞過我甚麼！」

「本來這件事就要你贊成才算數。」錦兒想了一下，覺得還是由曹雪芹來談為宜；便故意白了他一眼，嗔怪似地說：「說實話啊！怎麼又不開口了呢？」

曹雪芹毫不以為忤，笑嘻嘻地說：「大姐，實在是想把這些東西抵押給你。」

秋澄想了一下，老實說道：「我不明白你的話。」

「是我出的主意，想找仲四哥想辦法，借一筆款子；那不就等於抵押給你了嗎？」

怪不得說這些東西一定可以收回；利息當然也不成負擔了。

她還在考量這件事辦得成，辦不成；錦兒卻搶先表白：「如果你覺得這麼做不合適，那就作罷。」

「不是甚麼合適不合適，如果能保全老太太留下來的東西，在我當然求之不得。不過，說實在的，我也另有想法。」

「儘管請說。」

「四老爺的事，他總也要出些力；這一來，似乎不能另外再要他幫忙了。再說，數目太大，也不知道他辦得到，辦不到？」

這個「他」自然是指仲四；換了平日，錦兒一定會故作不解地問：「你那個『他』，到底是誰啊？」但此時卻不敢亂開玩笑，只說：「當然先要探探他的口氣。他的情形，震二爺應該很清楚；強人所難的事，絕不能做，而況也關著你的面子。」

「事出無奈，也無所謂面子不面子。」

「這樣說，你是贊成這麼辦？」曹雪芹問。

「嗯。」秋澄點點頭。

「這麼辦，還有一層好處，」錦兒說道：「那些東西你平時也可以穿戴。俗語說：『好女不穿嫁時衣』，這就比你戴陪嫁的首飾，更有面子。」

「你真是會說話！」秋澄失笑，「不過那一來，咱們曹家就沒有面子了。」

「為甚麼？」

「為甚麼？」秋澄答說：「你倒想，那不等於掛了個曹家敗落的幌子？」

聽得這話，錦兒心裡很難過，而且也有濃重的愧歉，雖然彼此都是口口聲聲「替四老爺完虧」，其實大半幫的是曹震的忙。

就這時有丫頭來報：「棠官少爺來了。」

曹雪芹從玻璃窗內望出去，只見曹霖穿一身行裝，匆匆而至；由於走得太急的緣故，滿頭是汗，一頂紅纓帽拿在手裡當扇子搧。見此光景，大家都懸起了一顆心，不知道出了甚麼意外之事？因而一起迎了出去。

剛走到外屋，曹霖已經進門；將大帽子隨便往茶几上一扔；只這一個動作，便意味著他有異常的舉動，因為他是圓明營包衣三旗護軍營的副護軍校，從八品的武官，按規制戴的是金頂子，他的這枚金頂子與眾不同，是特為用四兩多的赤金打成的，平時頗為自矜，這時居然毫不顧惜，令人詫異。

果然，曹霖面對錦兒，跪了下來，口中說道：「求求震二嫂，我爹的一條命，在震二哥手裡。」說著，俯首到地，「咚，咚」地磕著響頭。

錦兒錯愕莫名，只避向一旁，連話都說不出來。秋澄趕緊上前，親自去扶他起來，口中說道：「棠弟弟起來，起來；有話好好兒說。」

「不！」曹霖有些撒賴地說：「非震二嫂答應了，我不能起來。」同時身子亂扭著。

「起來！」曹雪芹厲聲吼道：「你幹麼這樣子！」

曹家的家規，於長幼倫序上，格外講究；曹雪芹這從未有過的一吼，頗具權威，曹霖遲疑了一下，終於站了起來。

「怎麼回事？」曹雪芹的聲音，仍舊很嚴厲。

「今兒上午，我去看我爹了；他說——。」

曹霖結結巴巴地，好半天才說清楚。原來這天上午，他到刑部火房去省視老父，曹頫告訴他說，決意一個人認罪；將曹震開脫出來，以後的一切，有曹震照料，叮囑他在家安分守己，侍奉生母與庶母。

及至回家跟季姨娘一說，她頓時大聲號咷，說以往曹頫有了好差使，所得的好處，都與曹震分享，如今出了事，曹震渾如無事，卻要曹頫一個人頂罪，世間事理之不平，無過於此。曹霖心地雖較他母親明白，但父子天性，自然也覺得憤憤不平；同時他也聽人談過「完贓減罪」之說，所以趕到曹震那裡，想討個公道。曹震不在家，聽說錦兒在此，便趕了來作出這麼一個魯莽的舉動。

「我聽人說，如今只要把過去得的好處，都吐了出來，我爹就可以不死；我爹這條命，就全靠震二哥救了。」說著，曹霖頓足大哭。

錦兒又氣又急，臉色蒼白，手足冰冷，秋澄趕緊扶著她坐下；同時向曹霖說道：「棠弟弟，你別哭！大家慢慢商量。」

季姨娘的話與他心裡的想法，雖沒有完全說出來，但以他們母子的性情，可說如見肺腑。錦兒氣得臉色發白；真想說一句：「你跟季姨娘算是賴上你震二哥了。」但秋澄最冷靜，連連示以眼色；為了顧全大局，也就只有「嘿嘿」地冷笑不止，聊以洩憤。

曹雪芹當然也很生氣。首先是氣曹頫，明知一妾一子都是心地糊塗的人，說話仍舊毫不檢點；其次才是氣曹霖，三十歲出頭，當差也當了十年了，居然仍是如此不明事理。

轉念到此，決定教訓他一頓，「你夾槍帶棒地渾說些甚麼？」他沉下臉來：「如今朝廷是追究四叔的事；震二哥幫著四叔辦事，四叔不願扯上他，也是為自己留下餘地。看你跟季姨娘的意思，似乎是震二哥害了四叔。你這成話嗎？」

「我，我沒有這麼說。」曹霖急忙分辯，「我跟我娘，只覺得只有震二哥能救我爹，所以趕了來求震二嫂、震二哥。」

「就算如此，你不求，震二哥莫非就袖手旁觀了？」

曹霖語塞，開始懊悔自己過於莽撞；尤其是看到錦兒的臉色，更怕她一怒之下，撒手不管，因而臉上青一陣，紅一陣地，顯得侷促不安。

「棠弟弟，」秋澄開口了，當然是神色和緩地開導：「為四叔的事，大家都在日夜奔走；不說別的，只說一樣好了，你到刑部去看過四叔幾回？震二哥去看過幾回？」

這等於指責他未盡為子之道，綿裡針的語氣，曹霖不能不感覺得到，囁嚅著說：「我當差——。」

「你當差，」錦兒截斷他的話質問：「莫非你震二哥在家逗孩子、吃閒飯，不用上衙門？」

曹霖更沒話說了，把頭低了下去；錦兒還想數落時，秋澄急忙搖手攔住。

「你別生氣！棠村不會說話，你不必跟他一般見識。」秋澄轉臉又說：「棠弟弟，我們都知道你心裡著急，口不擇言。震二哥、震二嫂都為四叔的事，愁得眠食不安；你這麼一鬧，不教人寒心嗎？」

「對！」錦兒接口：「大概你們也覺得寒心了。你跟太太去說，四叔的事，請她不必管；也不用說甚麼，拿東西出去變錢，替四叔完虧空！季姨娘跟棠村不說，震二爺該負責嗎？好，我回去跟他說，該殺該剮，讓他去頂著；不與你們相干。季姨娘跟棠村，總賴不到雪芹身上吧？」

聽這一說，曹霖才知道馬夫人打算變產為他父親料理官司；馬夫人如此，曹震夫婦當然更不必說。看起來是好好的事，讓自己搞砸了。

看他臉上的愧悔惶恐之色，秋澄於心不忍，「棠弟弟，」她問：「你知道你錯了吧？」

「是。我錯了。」

「錯了，」曹雪芹說：「那還不給震二嫂陪不是。」

六神無主的曹霖當即雙膝一屈，跪了下來，口中說道：「震二嫂，我錯了，我給你陪不是。」接著，磕下頭去。

錦兒一閃身躲開，「你不用給我磕頭！」她說：「你無緣無故在這裡撒野，目無尊長，該給太太去陪罪。」

這頂大帽子壓下來，更讓曹霖惶恐，站起身來，有些手足無措的模樣；秋澄少不得要為他解圍。

「對了，」她說，「你也得給太太去請個安。也許還有四叔的話交代你。」

「是。」曹霖問道：「我爹說了甚麼？」

「你去了就知道了。」

說著，秋澄搶先一步，到了馬夫人那裡，略說緣由；接著，曹雪芹陪著曹霖也來了。錦兒卻仍舊留在夢陶軒，一個人在生悶氣。

「伯娘！」曹霖招呼一聲，跪下來說：「特為來給你請安。」

「起來，起來！」馬夫人不提他來無理取鬧的事，只問：「你去看過你爹了？」

「是。」

「他跟你說了些甚麼？」

曹霖也不敢提那些開脫曹震的話，揀了一句能說的話說：「我爹說，只怕要發遣到關外；將來有事要跟伯娘請示。」

「沒有提你的親事？」

「沒有。」

「你娘呢？」馬夫人問：「沒有提到你娘將來怎麼跟你過日子？」

「也沒有。」

「那好！我把你爹說的話告訴你。另外我有一層意思，你回去一塊兒告訴你娘。」馬夫人接下來說：「第一件是你的親事，你自己有看中的人沒有？」

「有，有是有一兩家，」曹霖囁嚅著說：「我也不敢跟我娘提。她那個脾氣，我怕害了人家小姐。」

「喔，」馬夫人問：「是那家的小姐？」

「有兩家——。」

據曹霖自己說，一家是個八品筆帖式的獨生女，姓富；有人替曹霖作媒，曹霖聽說富小姐脾氣驕縱，心知絕不能跟他生母相處，所以一提便敬謝不敏。

另一家是他的同事，護軍校的大女兒，閨名金妞；原在圓明園當宮女，年滿二十五歲放了出來，如今已二十七歲了。金妞的父母對曹霖都很中意；金妞本人也「曹大哥、曹大哥」地叫得很親熱。

「那位小姐人長得怎麼樣？」

「很富態的。」

「那是宜男之相。」馬夫人又問：「性情好不好？規矩懂不懂？」

「宮裡出來的，」秋澄插嘴：「規矩怎麼能不好？」

「性情也很要緊。」

「性情很好的。」曹霖說道：「很有耐性。」

「那好！你爹託我替你主婚，我來替你辦。」馬夫人轉臉看著秋澄說：「幾時咱們倒去看看那位小姐。」

「這得把錦兒姐也找了去。」曹雪芹向曹霖說：「你回頭還得好好兒去敷衍一下。」

「是。」曹霖又說：「伯娘，這件事，請你不必操心吧！」

「為甚麼呢？」

「我娘有意見。」曹霖答說：「我跟她提過一回；她說：『宮裡出來的，看慣用慣，眼孔大，只怕咱們供養不起。』我就不再往下說。」

「這顧慮倒也不能說你娘不對。」馬夫人問：「到底是不是看慣用慣的呢？」

「不！都是做鞋、做衣服穿。她家境況並不寬裕，都是她在調度。」

「照這麼說，連看都不必看了。」馬夫人緊接著又說：「你爹已經有話了，將來如果婆媳處不好，讓我看情形，許你跟你媳婦搬出來住。」

一聽這話，曹霖喜動顏色；不過，仍舊是不表示意見的答一聲：「是。」

「好了，你的事談完了，談你爹的事；萬一真的要出關，你爹這一大把年紀，也不能沒有人照應。」馬夫人略停一下又說：「你回去先跟你娘說，到時讓鄒姨娘去服侍你爹；她可別又生意見。」

「是，是！」曹霖垂手請了個安：「伯娘這麼交代，可真是面面俱到，再好不過。我跟我娘去說，她也一定會照伯娘的吩咐。」

「但願如此。」

「你娘未必如你這麼容易說話，你先跟她好好兒說；如果她有意見，你也別跟她吵，讓她跟我來商量。」

「是。若是我跟我娘說不通，再請伯娘來開導她。」

「好！」馬夫人停了一下說：「我想把你的親事，早早辦成了，你爹也是個安慰。」接著又對秋澄說：「你們去好好兒商量、商量，看應該怎麼辦。」

這「你們」之中，自然包括錦兒在內；秋澄便站起身來說：「棠弟弟，咱們到雪芹那兒去談。」

三個人一起回到夢陶軒，錦兒本來高高興興地在跟杏香聊天的，一看到曹霖，頓時又把臉繃了起來。

於是，曹雪芹推了曹霖一下，同時努一努嘴；曹霖原本就含著笑意，不必做作，便笑嘻嘻地躬身說道：「震二嫂，你還在生我的氣？你是看著我長大的，我有不對的地方，你罵我幾句也不要緊，可別氣壞了身子。」

「唷！」杏香調侃地笑道：「可了不得了！棠少爺幾時學得嘴這麼甜，這麼通情達理了？」

「他本來就很通情達理。」曹雪芹接口說道：「棠村就是震二哥說的，有根糊塗的筋，不碰上那根筋，甚麼都好說。」

錦兒自然也不好意思板臉了，「今兒個算我倒楣，正碰上他那根筋。真是，」她嘆口氣說：「到現在還跟七八歲的時候那樣，一會兒哭，一會兒笑！教我說你甚麼好。」

「他怎麼不要笑？」秋澄接口說道：「人家小姐，『曹大哥、曹大哥』地叫得好親熱；快要娶親了。」

這又是好熱鬧的錦兒，深感興趣的事，隨即問道：「喔，是那家的小姐？」

「你聽他自己說。」

「是我的一個同事，達三爺的大小姐──。」曹霖將金妞的情形，又說了一遍。

秋澄便接著他的話補充：「太太交代了，這頭親事要早早辦成功；在四老爺也是個安慰，讓我們跟你來商量，看應該怎麼辦。我想，這應該先問問季姨娘的意思。」

「不！」錦兒很快地說：「既然四老爺重託了太太，替棠村主婚，就不必先跟季姨娘談，免得節外生枝。等咱們把這件親事辦成了，請她當現成婆婆好了。」

「這話倒也是。不過，」秋澄又說：「事先能夠疏導、疏導，讓季姨娘心裡比較舒服，將來她們婆媳，也容易相處。」

「這是不用急的事。咱們先商量怎麼樣到達家相親。」秋澄問曹霖：「你看託誰出來說媒？」

「這，不如問問震二哥。」曹霖答說：「他也認識達三爺的。」

「既然如此，」曹雪芹接口，「乾脆就請震二哥作大媒好了。」

「只怕他沒有功夫。」

「有錦兒姐。」曹雪芹接著秋澄的話說：「請震二哥提個頭，以後都歸錦兒姐來接頭。」

「媒人跑腿可很累。」錦兒問道：「達家住那兒？」

「海淀。」

「唷！」錦兒說道：「那一來一去就是一整天。」

「為棠弟的事，」秋澄敦勸：「說不得只好你多辛苦了。我想，季姨娘也會見你的情。」

「得了！別『春梅漿』就很好了。」

「春梅漿」是江南俗語，媒人撮成了好事，誰知到後來成了一對怨偶；男女兩家都怪媒人，從中說了假話，詬責不已，謂之「春梅漿」。錦兒雖是一句戲言，但細想一想，季姨娘的脾氣，覺得大是可慮，因而變卦了。

「算了！還是另請高明吧！」她說，「至於媒作成了，如何辦喜事，我們當然有錢出錢，有力出力，是用不著說的。」

「怎麼？」曹雪芹詫異，「何以忽然打了退堂鼓？」

「還不是怕季姨娘將來有閒話。」秋澄說。

秋澄很了解錦兒的心理，「不過不要緊，」她又說：「太太替棠村主婚；如今算是太太交代你跟震二哥去說媒，季姨娘即使甚麼意見，也怪不到你頭上。而況看樣子，將來她們婆媳的感情會融洽的。」

「這可說不定。不過照你的辦法，怪不到我頭上，我也不管這一層了。」錦兒緊接著說：「最好太太當著季姨娘的面交代我。」

「這跟你剛才的話不同。」

「不錯。剛才我是往好的方面想，把親事辦成了，請她當現成婆婆。就怕她還不領情，所以先把話說明白了好。」

「那也行！」秋澄關照曹霖：「你回去跟你娘說，明兒得空請她來一趟。」

「是。」曹霖答應著。

「慢一點。」秋澄搖搖手，「明天震二爺不是得去看四叔？等他回來了再說。」

「對！這件事得先告訴四叔。」秋澄又說：「棠弟弟聽我招呼吧！這幾天或許有好些事要辦；你沒事就回家，少在外面亂逛。」

「我那兒還有心思，到處去逛？」曹霖臉色有些不平：「都是教我娘害的。」

這話令人詫異，秋澄便問：「你這是怎麼說？季姨娘害了你甚麼？」

「我娘不明白事理，又天生是不識好歹的脾氣，惹得人人生厭；連帶大家都以為我跟我娘一樣糊塗，連個事情都分不出來；爹下在牢裡，我還到處去亂逛。」

這番牢騷，自是針對秋澄而發；她也覺得自己說得過分了些，很抱歉地說：「棠弟弟，我失言了，你別生氣。」

可是錦兒卻頗不平，「棠村，」她說：「你也別怨人家，總怪你自己有根糊塗的筋！這根筋打那兒來的？不就是你娘給你的嗎？譬如剛才你一來，夾槍帶棒，又哭又鬧，簡直就是你娘那個模子裡倒出來的樣兒。你娘不識字，又是婦道人家；你可是念過書的世家子弟，那副潑婦行徑，我想起來都替你難為情。我雖沒有念過書，可也知道『止謗莫如自修』這句話；你要怨人家，先想想自己。」

這頓排揎，說得曹霖臉上青一陣，紅一陣；秋澄怕又觸犯了曹霖那根糊塗筋，急忙亂以他語：「好了，好了！」她一面向錦兒搖手，一面以手勢安撫曹霖：「你震二嫂向來心直口快，你別理她。」

曹霖此時渾不似初來時那樣，懷著一股盛氣；而且錦兒的話也實在厲害，句句擊中他的弱點，所以只有忍著氣，苦笑說道：「原是我不對！難怪她說我。」

「錦兒姐是為你好，才說你。」曹雪芹說：「如今話都說明白了；你是明白人，說過就丟開，這些情形，你也不必跟季姨娘去說。」

「是。」

「好吧！你回去順路送錦兒姐回家。」

「我是騎馬來的。」

「我知道你騎馬來的。」曹雪芹說：「咱們一起送。你是『頂馬』；我是『跟馬』。」

於是曹霖跟曹雪芹，兩匹馬一前一後，護送坐車的錦兒到家。錦兒邀他們兄弟倆進去坐，兩人都辭謝了。

聽完錦兒所談的一切，曹震一直不曾作聲；他知道事情很複雜，他需要好好盤算，便先拋開，自己去料理自己的事。

到得夜飯以後，曹震方始開口，「如今三件事，得先分個緩急輕重。達家的親事不急；太太願意跟四叔分家的事，也不過就是告訴他一聲，隨便甚麼時候都可以說。只有押款那件事，應該先辦；可是細想起來，難處很多。」

「我也想過，只怕仲四拿不出那麼些現款。」

「對！」曹震說道：「我跟他談過。他拿了帳給我看，如果我把我的股分撤出來，一共是七萬四千多銀子。他答應給我湊成一個整數。如今再要讓他想法子湊五六萬現款，只怕很難。」

「那麼，怎麼辦呢？」

「這樁官司，大概能賠出來二十萬，就可以化險為夷。現在有了仲四的十萬，看四叔能拿多少？餘下的再由雪芹那兒來補足。三下一湊，事情擺平了。」曹震變得相當樂觀了，「至於珠寶變賣，總可以找到一個戶頭，不必著急。」

「不是變賣，是抵押。」錦兒提醒他說：「東西將來仍舊要拿回來的。」

「那還不是一回事！」

「怎麼會是一回事？」

「你別傻了！抵押到期不贖，還不就跟變賣一樣？要贖，只怕也不是兩三年的事；如果付了多少次的利息，到頭來還是贖不回來，利息就算白墊。再說抵押的銀數總是押不足的，倒不如乾脆變賣，討價還價，一次了斷；比拖泥帶水的抵押，划算得多。」

想想他的話雖不錯，但已經商定只押不賣，如今要推翻成議，話不好說，只好暫且丟開，以後再談了。

但曹震心裡卻丟不開，反覆在盤算此事；直到第二天起身，才籌畫出一個辦法。

「我想到一個戶頭，方問亭。」他說：「方問亭這回來，是想活動直隸總督，各方面都要打點；也許他會買這些東西來送禮。」

錦兒有些不大相信，「有這話嗎？」她問：「老太太常說：直隸總督是督撫的領袖，雖不及兩江總督來得闊，可是非夠了資格不能調這個缺。方問亭也不過剛升上浙江巡撫，能一下子調升直隸總督嗎？」

「怎麼不能？李衛不就是由浙江巡撫調升直隸總督的？」曹震又說：「而況皇上要南巡，就得找方問亭來看家，才能放心。」

「為甚麼要找他看家？」

「他熟悉江湖上的事，有他在，沒有人敢到京城裡來搗亂。」

「這話，你聽誰說的？」

「仲四。」

「他？」錦兒大為詫異，「他倒懂這些事？」

「你別小看他！」曹震停了一下說：「我再跟你說件事吧，方問亭南來北往，常常找機會跟仲四見面。他們也是有交情的。」

「甚麼交情？」

「江湖上的交情。他們都是『在幫』的。」

「既然如此，四叔的事，請仲四去託方問亭幫忙；似乎他的話，比你跟雪芹還管用。」

「那是兩回事。」曹震搖搖頭：「你問他，跟方問亭認識不認識，他一定說不認識。」

「莫非連至親都要瞞著？為甚麼？」

「是他們的幫規如此。別說至親，連父子都不認的。」

「父子不認，母子應該認吧？當初四叔跟你們到熱河去接聖母老太太，那趟差使，擔驚受怕，沒有功勞，也有苦勞；莫非真的連這點香火之情都不念嗎？」

這是指責皇帝無情。雖說「皇帝背後罵昏君」，而又是房幃私語，但曹震仍很不安：「你不懂，你不懂！」他連連搖手，「這些話，你以後千萬不可出口；會闖大禍。」

錦兒確是有許多牢騷，但因曹震怕事，她也就只好強自克制；定定神問：「你今天就要去看方問亭？」

「不！我先去看仲四，通州跟鮮魚口兩處房子，反正不住，能夠脫手變現，亦可解燃眉之急，我打算託仲四去找戶頭。鮮魚口的房子，容易脫手。通州是他的碼頭，或許也能找出路子來。」

「方問亭那兒呢？」錦兒說道：「你也應該早早去一趟。珠寶的事，還在其次，四叔的事，得重託一託他。」她停了一下，「照你的說法，他似乎在皇上面前很紅，想來應該說得上話。」

「紅雖紅，說不說得上話，要看情形；不歸他管的事，他也不能胡亂開口。」

「可是，聖母皇太后的事——。」

「你又來了！」曹震魯莽地打斷，「犯忌諱的事，你別再提了好不好？」

「哼！」錦兒冷笑，「提都提不得一聲，真是讓人寒心。」

「本來就有句俗語，叫做『伴君如伴虎』。皇上本來就小心眼兒很多，從去年皇后的大事以後，更難說話了。」曹震說。

曹震又道：「我老實跟你說吧，我每逢有內廷差使，心裡就嘀咕，怕不知道那兒錯走一步，錯說一句話，即時就是大禍臨頭。」

「罷了，罷了！怪不得雪芹不願意做官。」

「閒話少說，你今兒還得到太太那兒去一趟，了四叔的事，咱們把先後次序定出來，第一，當然是四叔自己要盡力湊；第二，是仲四答應我的十萬銀子；第三，把那兩處房子脫手，除了四叔的一半以外，另外一半算是太太幫四叔。如果還是不夠，再在老太太留下來的東西上頭打主意。不過，抵押並非好辦法。這一點，」曹震加強了語氣說：「你務必要說清楚。」

「好吧！」

「還有，我打算明天去看方問亭；你問一問雪芹，最好一塊兒去。」

錦兒答應著，吃了早飯，曹震先將妻子送到噶禮胡同；然後出城去看仲四。

一見了面，仲四訝異而又關切地說：「震二爺，你清瘦得多了！才幾天不見，怎麼會這樣子？」

「是嗎？」曹震摸摸自己的臉，發覺雙頰已陷了下去，不由得嘆口氣說：「還不是為四老爺的官司，煩得睡也不好，吃也不香。」

提到此事，仲四亦為之黯然；「聽說問過一回了。」他問：「情形怎麼樣？」

「一言難盡，總之不大好！大概非破家不能了結。今兒來，是想託你，鮮魚口跟通州的兩處房子，你能不能給找個主兒？」

「喔，」仲四問說：「是典是賣？」

「想賣；出典也行。」

「想賣個甚麼數目呢？」

「不知道能賣多少？託你作主吧！不過，最好能快一點兒。」

「怎麼，是有急用？」仲四緊接著說：「我正好有筆現銀在手裡，不如先挪了去用。」

「不是目前就要用，是想知道了確數，看還差多少，另外好想辦法。」

「好！我知道了。」仲四又說：「前天有鏢頭從雲南回來，帶的雞樅菌、宣威腿；晌午在這兒喝酒吧？」

「謝謝！」曹震答說：「我還得到刑部去打聽消息；去晚了，人都散了。」

「既然有事，我就不留你了。我把菌跟火腿，送到府上去。」

「不，不！這兩樣東西很珍貴，你留著應酬客人。說實話，這一陣子再有好東西，也是食而不知其味。」說完，曹震拱拱手，告辭而去。

坐車到了刑部，先去訪黃主事；他不待曹震開口，便即說道：「令叔的事，有消息了，三法司後天在大理寺會審。」

「喔，」曹震問說：「不知道派的甚麼人？」

「刑部已經派出來了，仍舊是謝仁釗。」黃主事又說：「都察院大概是河南道；大理寺當然是寺丞。名字就不知道了。」

原來三法司會審，視被告官位及案情輕重而定，官位高、案情重，方由堂官率同有關的司官主審；像曹頫這種身分及案情，不須堂官親審。都察院大致派十五道御史之首，參治院事的河南道御史；大理寺則派掌治刑名的寺丞，但河南道御史有十四人之多；大理寺寺丞則是滿洲、漢軍、漢員各一，派誰參與會審，非要到本衙門去打聽不可。

「上次謝仁釗問過了，不知道結果如何？老兄聽說了沒有？」

「聽說了。謝仁釗很幫忙，說內務府承辦工程，向來有『三成到工』的說法，此雖言過其實，但木廠送回扣，上下朋分，是盡人皆知的事實。要辦，就得傳訊監督的大員，光辦曹某人一個人，顯失公平。阿、汪兩公都認為茲事體大，尤其是牽涉到陵寢大工，必興大獄，甚至連當今皇上面前第一紅人的傅中堂，亦不能免；所以都不主擴大。」

一聽這話，曹震大感欣慰；「照老兄所說，不但大事化小，或者小事還能化無。」他自己都有些不敢相信了，「恐怕沒有那麼便宜吧？」

「這可難說。刑部是如此看法，都察院、大理寺或許有異議。」黃主事又說：「三法司定讞，向來是許『兩議』的，甚至『三議』的。」

「兩議」是兩種意見；「三議」則是三種，會銜覆奏，各抒所見，聽候上裁，為法例所許。但若非輕重之間，出入太大，無法折衷，通常不會發生這種情形。曹震心想，三法司會審，以刑部為主；「阿、汪兩公」既然不願興大獄，此意必受都察院、大理寺尊重。尤其是左都御史劉統勳清勤正直，最重大體，聖眷甚隆，如果能將他說動了，從輕發落；覆奏必能邀准。轉念到此，又覺得由曹頫一肩擔承的算盤，亦未見得是上策。回去要重新好好商量。

由於有了這樣一個想法，他覺得這天不宜去看曹頫，辭別黃主事，直接去訪曹雪芹。

「吃了飯沒有？」曹雪芹一見便問。

「還沒有。」

「那正好。」曹雪芹說：「仲四哥叫人送來一包雞樅菌，半條宣威腿；恰好另外還有人送了天目山的『鞭筍』，跟雞樅菌做湯，相得益彰。」

「我那兒大概也有一分。你自己留著慢慢兒吃吧！」

「宣威腿已經蒸上了。」杏香接口又問：「震二爺是喜歡烙餅還是家常餅？」

「烙餅好了。」曹震緊接著說：「我跟雪芹在你們那兒吃好了。」

向例曹震來了，總是在馬夫人院子裡開飯；他現在特為如此關照，必是私下有話跟曹雪芹說，所以錦兒與秋澄都不去夢陶軒；杏香照料開飯以後，亦仍回馬夫人那裡。

喝著酒，曹震將與黃主事會晤的情形，細細說了一遍，然後提出他的看法。

「刑部堂官不願意把案子鬧大發了，他們的這一層心理，我覺得大可利用。咱們原來的打算，似乎錯了。雪芹，你看呢？」

「你的意思，還是應該讓四叔牽扯開來；扯得越大，他們的顧忌越多。是不是？」

「不錯。」曹震答說：「四叔一個人頂下來，案情好像很簡單，而且話也都說死了，問官想幫忙也不幫不上了嗎？」

「話是不錯。不過有兩層顧慮，第一、會得罪來爺爺他們；第二、言官聞風言事，參上一本，案子真會鬧得不可收拾。」

其實，這正也是曹震的顧慮，他之來跟曹雪芹商量，主要的是希望能為他祛疑。如今聽曹雪芹也是如此說法，內心就更動搖了。

「不過，四叔的話不宜說得太死，這一點是對的。」

「那麼，應該怎麼辦呢？」

「這很難說。也不知道問官是怎麼問？謝仁釗自然是稟承堂官的意思，而且他跟四叔有舊，能照應一定會照應；可是都察院跟大理寺呢？」

「對了！那兩處衙門，派的甚麼人，得去打聽一下。你有熟人沒有？」

曹雪芹想了一會答說：「我有個咸安宮的同學，在大理寺當筆帖式；下午我找他去問。」

「好！都察院，我去打聽。」曹震問說：「明兒去看方問亭，你去不去？」

「錦兒姐跟我說了，我跟你一起去。明兒從賢良寺出來，再一塊兒去看四叔。」

「看四叔該怎麼說呢？」

曹雪芹沉吟不語；等將整個案情通盤考慮過了，方始開口。

「我想，只能告訴四叔一句總訣：避重就輕。參以活筆。」

「『避重就輕、參以活筆』！」曹震念了兩遍，細細體會以後，深深點頭：「不錯，不過得早點告訴四叔，讓他好仔細琢磨、琢磨。」

「今天下午總不行了。」

去刑部探監，向來是在上午；一過午後未時，司官星散，無人可以作主。不過，曹震認為可以寫信給曹頫。

「也好。」恰好杏香來了；曹雪芹便說：「你蒸一塊宣威腿，回頭我替四叔送去。」

於是，匆匆飯罷，曹震去看馬夫人；曹雪芹在書房裡寫信，剛寫下：「四叔大人尊鑒」六字，丫頭來報，福生來了。

「這倒好！」曹雪芹自語著，「省得我走一趟。」

「芹二爺，」福生在書房門口請了個安說：「四老爺讓我來通知，後天要開審了。」

「已經知道了。」曹雪芹忽然想起，福生很能幹，善於打聽消息，便即問說：「你知道不知道，都察院跟大理寺派的問官是誰？」

「刑部還是謝老爺。都察院聽說派的是河南道掌印；大理寺就不知道了。」

原來都察院雖設十五道御史，但只有河南、江南、浙江、山東、山西、陝西六道，授予印信；居首的稱為「掌印」或稱「掌道」。河南道居諸道之首，而又派掌道司審，足見都察院重視此案；曹雪芹問：「那位都老爺姓甚麼，你知道不知道？」

「姓沈，是昌老爺的同年。」

「昌老爺」指昌齡；既是同年，不妨託昌齡關說，曹雪芹問道：「四老爺還有甚麼話交代？」

「四老爺說，問是在大理寺問：到時候，請震二爺、芹二爺去看看。」

「當然。」曹雪芹：「你吃了飯沒有？」

「吃過了。」

「好！你先到門房裡去喝茶，我有信託你帶去；另外還要託你辦件事。」

曹雪芹復回書房，寫好兩封信，派人到門房裡將福生喚了來，當面交代。

「這封信是給四老爺的；還有塊宣威腿，是仲四送的，你一塊兒帶去。」

「我看不必了。」福生答說：「仲四爺已經送了一大塊了。」

「喔，他倒真周到。」曹雪芹又說：「這封信很要緊，你千萬小心，別掉了。你跟四老爺說，信看完了，馬上燒掉；四老爺如果忘了，你提醒他。」

「是。」

「還有封信，你替我送到東單牌樓三條胡同西口，路北第四家，姓榮。榮三爺是我的同學，在大理寺當差，你到那裡問一問就知道了。」

「是。見了榮三爺，還有甚麼話沒有？」

「就是託他打聽大理寺派的問官是誰？你等一下好了，他准有回信；回頭你還得跑一趟，給我送來。」

「當然。」

等遣走了福生，曹雪芹隨即也換了衣服去看昌齡；開門見山地道明了來意，昌齡一諾無辭。

「河南道掌道沈紀生，號子綱，他住得不遠，我寫封信去問他；等有了回音，我馬上通知你。」

「是，多謝表叔。」曹雪芹又說：「等後天問過了，怎麼個情形，還得求表叔請傅中堂格外成全。」

這是昌齡以前允承過的；所以曹雪芹重申前請，他亦毫不遲疑地答應了。

看他書桌上丹鉛狼藉，攤開了好幾本書在那裡，曹雪芹：「表叔在校書？」

「不是。翰林院派了『撰文』的差使，孝賢皇后周年忌辰的祭文；少不得搜羅故實，獺祭而已。」

「既然如此，我不敢打攪表叔構思。」雪芹起身告辭，「我就靜等表叔的信了。」

「好、好！遲則今夕，晚則明晨，我一定有信給你。」

等坐車回家，福生已經把榮三爺的回信送來了，大理寺派的問官是右寺丞福照，是個漢軍；本姓楊，隸屬鑲紅旗。曹雪芹雖不知其人，但平郡王是鑲紅旗旗主，應該可以找到關係，拜託關照。

到得晚飯時分，昌齡的回音也有了，他在覆信中說，沈紀生接到他的信以後，親自去看他，據說劉統勳當面交代，關於工程方面的情形，不必多問；但和親王府失火，延燒甚廣，小民受害頗深。言官理當關懷民瘼，所以責任誰屬，必須追究明白。

接到這個信息，曹雪芹心裡不由得有些嘀咕；但這天馬夫人的氣喘病又有復發的模樣，曹雪芹怕她心煩，不敢將這件事告訴她。

在賢良寺等著見方觀承的客人很不少；至近午時分才輪到曹震與曹雪芹，那已是方觀承最後接見的賓客，但此非他有意怠慢，相反地，正是交情較厚的緣故。

「有勞久候。」他很親切地說：「在這裡便飯，可以多談談。」

這樣子就比較從容了，從此敘了契闊；閒閒話入正題，曹震將曹頫的官司，一波三折的經過，原原本本地從頭細談。講到一半，聽差來請示開飯；於是話題也帶到了餐桌上。

「今天你們來得巧。」方觀承指著一碗火腿蓴菜湯說：「昨天，浙江新任的提塘官到京，帶來的西湖蓴菜。」

「喔，」曹雪芹率直問說：「聽說問亭先生不必回任了；不知道新命那一天下達？」

「還不一定。」方觀承答說：「總要到下個月才能定奪；直督是疆臣領袖，責任艱鉅，我倒還是想回浙江，『故鄉無此好湖山』。」他又說：「通聲，咱們一面吃，一面談，昌敷槎跟傅中堂是怎麼說的？」

這就該曹雪芹來回答了：「我那昌表叔許了等三法司會審以後，相機設法。昨天我去看了他，重申前請，一切都要等明天問過以後，再看情形。」曹雪芹又說：「現在為難的是，家叔不知道，和親王府火災，跟經手工程兩事，孰輕孰重？」

「頂重要的一點是，絕不能牽涉到平敏郡王！」

「是。」曹震與曹雪芹同聲答應；也同時用眼色表達了希望方觀承作進一步解釋的願望。

「皇上對平敏郡王的誤會很深。」方觀承說：「從我到京，皇上召見過五次，倒有四次提到平敏郡王，說他大負委任。所以一牽涉到平敏郡王，恐怕有不測的後果。」

「是、是為了張廣泗的事？」曹雪芹問。

「不止這一端。」

接下來，方觀承談到襲爵不久的小王慶明，說皇帝對他的印象不佳；這一層倒是可想而知的，慶明身體很弱，最近且有癆瘵的徵象，曾咯過兩回血；因為體弱，不但難任煩劇，而且照例的差使，諸如壇廟代祭之類，亦難勝任，當然會招致皇帝的不滿。

「我在擔心，小王恐怕不永年，倘或去世，爵位可能會轉入四房。」

原來禮親王代善長子岳託，受封的克勤郡王，二傳至長孫羅科鐸，於順治八年改號平郡王。羅科鐸生有四子，養大了的，只有第四子訥爾圖，第六子訥爾福。康熙廿二年羅科鐸病歿後，王爵由訥爾圖承襲；四年以後，因罪革爵；這個爵位是「鐵帽子王」，世襲罔替，所以聖祖改命訥爾福承襲，就是福彭的祖父。

如今慶明身弱而無子，一旦物化，皇帝或許會因為對他們父子兩代，均無好感，改歸四房訥爾圖的裔孫襲爵。此不可不慮，而關鍵則在皇帝能不念福彭的前惡，就像當初聖祖為曹寅主持家務那樣，在福彭的姪子中，挑一個人，繼嗣襲爵。倘能如此，曹家依然擁有一門貴戚，多少可獲照應。

聽方觀承這樣分析以後，曹震雖知曹頫識得輕重，在口供中不會牽涉到福彭，但仍認為有格外關照曹頫的必要。

但時已過午，原定看了方觀承再去看曹頫的計畫，無法實現；兄弟倆辭出賢良寺後，就在路旁商量，仍舊只有用寫信的辦法。

「好！福生會來；我趕緊回去寫了信，讓他帶進去。震二哥，」曹雪芹又說：「咱們分頭辦事，大理寺派的右寺丞福照，是鑲紅旗漢軍，你得託人去打個招呼。」

「這，」曹震皺起眉，遲疑著說：「這陣子我老頭暈、手發麻，不知道是甚麼毛病？」

「怎麼？現在又發了？」

「有點支持不住，我先回家躺一躺，回頭再去找人。」

「既然如此，你請回家休息；反正，那裡我也有兩三個熟人，我去辦好了。」

於是曹震逕自回家；曹雪芹先到石駙馬大街，鑲紅旗漢軍都統衙門，找熟人跟福照打招呼，接著趕了回去，恰好福生也來了，便匆匆寫了信，交了給他，同時也帶了口信給曹頫，第二天一早，只在大理寺見面。

辰初時分，曹雪芹便到了大理寺，他的同窗，大理寺八品筆帖式榮方，人很熱心，守在門口等待，相見歡然，少不得有一番寒暄。

「時候還早，總要到辰正才會過堂，先進去息一會。」

「我想還是在這裡等一等吧。」曹雪芹說：「怕家兄來了，接不上頭。」

「那就在號房裡坐。」

榮方職司收發，號房正歸他管，那裡的書辦姓何，很客氣地張羅著，現沏的茶，又要叫蘇拉去買點心；而號房裡也正是忙的時候，各衙門投文的人紛至沓來，因此曹雪芹覺得老大過意不去，侷促不安地對榮方說道：「我還是在外面等吧！」接著向何書辦點點頭：「你請治公！我不打攪。」說完，不等他有何表示，站起身來走了出去。

榮方自然也跟了出來，「雪芹，」他說：「大理寺的菠菜石，你見過沒有？」

「啊！啊！」曹雪芹被提醒了，「久聞其名，一直沒有機會見識；今天可不能錯過了。」

「那就請過來。」

「喔，」曹雪芹問道：「在那兒？」

「喏，就在裡面這個院子裡。」

「好！你請等一等。」曹雪芹去到門口，交代跟班的桐生：「我在裡面的院子裡看菠菜石；四老爺或者震二爺來了，你趕緊來告訴我。」

一進東面的跨院，觸目驚喜；院子正中，彷彿樹立著一塊翡翠，走近了才看清楚，這塊碧綠青秀的菠菜石，上有白色錦紋，高約四尺許，兩面矗起尖角，遙遙相對，宛如西湖上的南北高峰，石上刻著篆字，仔細辨認，是「大梁戊戌歲」五字。

「大梁」便是河南開封；「這塊天壤奇石，大概來自宋徽宗的『艮嶽』？」他問。

「不錯。有人考證過，戊戌是宋徽宗重和元年，前一年政和七年，作萬歲山，歷時五年才成功，改名艮嶽；徽宗作〈艮嶽記〉，自道『大抵四方怪竹奇石，悉聚于斯』，可以確信這塊菠菜石，來自大梁。」

正在談著，只見桐生奔了來說：「四老爺來了。」

等曹雪芹急急趕了出去，卻只望見曹頫的一個背影，不免悵然若失；回頭看到榮方，姑且試探著問：「不能過去聽審吧？」

榮方雙肩一聳，作個無奈的表情，「大理寺的規矩最嚴。」他說：「連我們自己人都不能接近大堂。」

「是啊！大理寺的大堂，不是大興縣的大堂。」談到這裡，發現黃主事走了出來；等曹雪芹迎上幾步，只見他急急問說：「令兄怎麼不見？」

「是啊！不知是何緣故，至今不見他來。」

「那，令叔有封信，託我轉交，我就交給你吧。」

接過信來，只見信封上寫著，「通聲親啟」，封緘嚴固，就不便擅自拆閱了。

「這會兒可以到號房裡去坐了。」榮方說道：「忙過一陣了。」

果然，號房裡很清閒；所以何書辦殷勤接待時，曹雪芹並無不安之感，一面跟黃主事及榮方閒談；一面不斷留意門口，當然是在盼望曹震。

曹震沒有盼到，卻盼到了曹霖，只見他滿頭大汗，神色倉皇，一見桐生便問：「芹二爺呢？」

「棠村，」曹雪芹急步出了號房，「我在這兒。」

「喔，」曹霖欲言又止，一把拉著他走到另一邊，低聲說道：「震二哥中風了！」

此言入耳，曹雪芹不由得一哆嗦，「甚麼時候的事？」他問：「要緊不要緊？」

「是今兒早晨，剛要出門的時候。」曹霖答說：「我是昨晚上回家的，一早去約他一起上這兒來，進門就聽見震二嫂的哭聲，問起來才知道——。」

「人怎麼樣了？」曹雪芹截斷他的話問。

「已經不能說話了。」

曹雪芹的一顆心，又是一沉；定定神又問：「請了大夫沒有？」

「請了。」曹霖答說：「震二嫂要我來替你；你趕緊去吧！」

曹雪芹點點頭，復回號房；向黃主事與榮方拱拱手說：「對不起，舍間有點急事，我得趕回去。家叔這裡，請兩位多照應。」接著回頭喊道：「棠村，你過來。」

將曹霖為黃主事與榮方引見以後，又說了好些拜託的話，方始辭別；但出了大理寺，忽又想起一件事，便吩咐桐生將曹霖請了出來，有話交代。

「震二哥中風的事，回頭你見了四叔，別提起，他會著急。」

「好。」曹霖又說：「我爹如果問，震二哥怎麼不來，我該怎麼說？」

「你就說，臨時有內廷差使好了。」

囑咐已畢，騰身上馬，加上一鞭，直奔曹震家，只見男女僕人，個個憂形於色，及至進入上房院子，迎面遇見秋澄，她悄悄地搖一搖手，走近了輕聲說道：「大夫在裡面；恐怕不行了。」說著，眼角已滲出淚珠。

曹雪芹心亂如麻，不知道說甚麼好？剛走近房門，便聽得曹震痰聲如牛喘。探頭一望，入眼驚心的是，他的一張雙目緊閉的臉紅得跟火一樣；身後一個壯碩的女僕，雙手抱住他的腰，顯見得已失去自制的力量，倘非如此扶持，身子便要倒下去了。

在滿屋屏息之中，號完了脈的大夫，站起身來，一言不發；坐在床後的錦兒，一回頭發現曹雪芹，雙淚交流，自己掩著嘴奔了出來。

曹雪芹搖搖手，表示沒有功夫跟她招呼；只迎著大夫到了堂屋裡，輕身問道：「怎麼樣？」

「不必開方子了。」大夫兀自搖頭。

「大夫，總還有一線希望吧？」

「難。」大夫說道：「拖時候而已。預備後事吧！」

一語未終，錦兒失聲而號；秋澄趕緊上前掩住了她的口，扶到後面。曹雪芹卻還不死心，磨著大夫開方子。

「死馬當活馬醫。大夫，無論如何請你留一張方子下了。」

「也罷，姑且試一試。」大夫問道：「病人平常身子如何？」

「不算強，也不算弱。」

「那就用『小續命湯』。」

大夫坐了下來，細心斟酌，開了一張方子，名為「羌活、連翹續命湯」；指明要加薑棗煎服。

大夫尚未送走，方子先已出門，由桐生騎馬去撮了藥來，煎好了送到病榻前，雙眼已哭得紅腫的錦兒，親口吹涼了，撬開曹震的牙關，一匙一匙往口中灌，居然能夠下嚥，環視著病榻前的親人老僕，莫不寬慰，只要還能服藥，便可指望發生藥效，「續命」有望了。

「外面坐吧！」曹雪芹說：「屋子間人不宜多，更不宜嘈雜。」他又大聲說道：「震二哥心裡是很清楚的；四叔沒事，震二哥更沒事，讓他慢慢兒養病，別煩他。」

錦兒與翠寶相互看了一眼，面露訝異之色；秋澄卻明白曹雪芹的用意，急忙向錦兒掩口示意，阻止她出聲。

「你在這裡照看。」錦兒向翠寶說：「我們都在對面屋子裡，有事來叫我。」

對面屋子便是曹震的書房，一等坐定，秋澄問道：「四叔怎麼樣？」

「正在問。」曹雪芹答說：「一天可以問完。」

「這麼說，明天就有結果了。」

「明天至多知道一半。」

「這是怎麼說？」

「明天三法司會銜覆奏，最快也要等後天才會有旨意。」曹雪芹說：「我想皇上會先問問軍機；那時候傅中堂肯幫忙，就有說話的機會了。」

「四叔知道不知道震二哥的事？」

「不知道。我已經關照棠村了，暫時別告訴他。」

「唉！」錦兒嘆口氣：「四叔倒是真的不要緊了。」

「何以見得？」

「只怕是震二爺替他擋了災了。」

「你別這麼說！吉人天相——。」

「喔！」曹雪芹忽然想到：「震二哥是辰年生人不是？」

「屬龍。」秋澄答說：「應該是辰年生的。」

「今年己巳；己是火，辰是土；火生土，流年大利，吉人天相，不錯！」

錦兒沒有作聲，放心不下，起身又去看曹震了。

「真是『屋漏偏逢連夜雨』！」秋澄皺著眉說：「四叔那面，也得照應；我看你回頭還得去一趟。」

「對！他今兒到大理寺的時候，榮老三正拖著我去看『菠菜石』，錯過了，沒有見著；回頭問完了再瞧不見我，心裡一定會起疑。棠村的嘴又笨，話說得不妥當，四叔會誤會咱們漠不關心。」

於是等錦兒回來；秋澄問道：「好一點兒吧？」

「倒像是藥還管用。」

「那好！」秋澄緊接著說：「兩面都要顧得，讓雪芹到大理寺去吧！我在這裡。」

「我把桐生留下來，有事讓他隨時來招呼我。」

錦兒點點頭，「你先回去一趟。」她說：「太太一個人在家著急，你得去說一聲，就說——，就說好得多了。」說著，又掉眼淚。

曹雪芹答應著，匆匆而去。一到家自然先去看馬夫人，剛踏入堂屋，只見杏香掀簾而出，輕輕搖手，示意禁聲。

「太太剛睡下。」杏香問道：「你吃了飯沒有？」

曹雪芹這才想起，腹中空空，「還沒有。」他說：「不過，不想吃；胃口不好。」

「給你下碗酸辣片兒湯吃？」

「也好。」曹雪芹問：「太太怎麼樣？」

「還不是發愁。既愁四老爺的官司；更愁震二爺的病。」杏香皺著眉說：「怎麼一下子中風了！要緊不要緊？」

曹雪芹剛要回答，聽得馬夫人在裡面問：「是芹官回來了？」

「是。」曹雪芹高聲答應；入室以前，摸一摸臉，將肌肉放鬆，裝出平靜的神色。

「你是從那兒來？」

「震二哥那裡。」

「喔，」馬夫人急急問說：「現在怎麼樣？」

「病勢是不輕。不過大夫的手段也還高明，一服續命湯下去，馬上有起色了。」

「甚麼？」馬夫人問：「你說那藥叫甚麼『續命湯』？」

曹雪芹深悔失言，藥名「續命」，可知病在生死呼吸之間；但話已出口，不可否認，只能略為說些實話。

「先是昏迷不醒，嗓子裡上痰了。」他說：「中風本來就是痰症；服了藥以後，好得多了，想來一條命總可保住。」

「唉！」馬夫人嘆著氣搖頭：「就能保住，也成了廢人了。」

「能帶病延年就算好的。」

「你四叔呢？」

「正問著呢？」曹雪芹又說：「照錦兒姐的說法，四叔也許不要緊；她說，震二哥替他擋了災了。」

馬夫人沉默了一會，方始開口，「倒情願不要他擋災。」她說：「你震二哥到底是個要緊人。」她又問：「你吃了飯沒有？」

「片兒湯好了。」杏香在外面應聲，接著是丫頭端進來一碗片兒湯，另外是一碟火腿、一碟醬菜。

「你吃完了，陪我去看看你震二哥。」

「娘！你別去。」曹雪芹說：「震二哥看似昏迷，心裡可是很清楚；一看把老人家都驚動了，心裡在想：必是沒有救了。那一來於他的病不好。」

「芹二爺的話不錯。」杏香也勸：「而況太太的氣喘剛好，如果看了傷心，也許又會犯病。」

「好罷！」馬夫人接受了勸告。

於是曹雪芹匆匆果腹以後，復又趕到大理寺，找到曹霖，詢問情形，據說中午曾有半個時辰休息，午飯是黃主事所備，他曾想跟他父親見一面，卻未能如願。不過據黃主事說，問案經過，頗為順利，這天一定可以審明結案。

所謂「順利」意何所指？曹雪芹心裡在想，如果問官避重就輕，有心開脫，固然是「順利」；但曹頫據實答供，毫無隱飾，使得問官感到滿意，亦可以說是順利。照情勢判斷，似乎以後者為是。果然如此，這罪名就不會輕了。

轉念到此，曹雪芹覺得有找個熟人去打聽打聽的必要。論交情是跟榮三熟，可是他未必了解案情，因而決定仍舊去找黃主事。

巧得很，黃主事也正在找他；而且是要避開曹霖，有話相告，「照令叔的案子看，只怕要發遣。」他問：「不知道，府上有預備沒有？」

這話將曹雪芹問住了，不知道要預備甚麼？「黃大哥，」他用親切的稱呼說：「一切請黃大哥指點！」

「不敢當。既然至好，我有話不能不實說，令叔這回也算『欽命』案子；照規矩，一奉上諭，即日就道，是不能回家的。」

「是。」

「不過，中間自然有個拆兌。」黃主事說，「今天審結，明天覆奏，後天就有結果。如果是發遣，由刑部移兵部，過了堂以後，馬上出城，就算上道了。」

「是。」曹雪芹想起來了，「出城以後，是不是可以在城外住一兩天？」

「不錯，向例是住東便門外的夕照寺；時間久暫，」黃主事停了一下說：「我老實奉告，要看花錢多少。」

「是。」曹雪芹問：「黃大哥，你看要送多少？」

「總得五、六百銀子。」

「好！我知道了；我回去預備。」

「要預備的不止這一樣，行李，喔，」黃主事突然問道：「有沒有人陪令叔一起去。」

「有的。」曹雪芹答說：「有個姨太太，陪家叔一起去。」

「這樣子，總要帶一個聽差，一個丫頭，那就是四個人了，起碼得三輛車子。是自己雇呢？還是託解差代辦？」

「自然是託解差。」曹雪芹問：「車價如何？」

「那得看路程遠近，一輛車至少也得三百兩銀子。」

「是的。」曹雪芹問：「還要預備甚麼？」

「最好能託人弄幾封『八行』讓令叔帶在身上，到了地頭，諸事有個照應。」

「說得是。不過到底發遣到那裡，也還不知道，似乎無從託起。」

「總不外乎吉林、黑龍江兩處，能找到給當地將軍的八行書最好。」黃主事又說：「或者盛京刑部有熟人，也很管用。」

「是，是，多承指點，感激不盡。」

「黃老爺，黃老爺，」有個蘇拉走了來招呼，「你請進去吧！」

「大概問完了。」黃主事對曹雪芹說：「回頭我帶了令叔出來，稍微停一停，你們可以說幾句話。」

「是，是，謝謝黃大哥。」

這時在遠處的曹霖走了過來，悄悄問道：「黃主事說了些甚麼？」

「四叔只怕免不了要到關外走一趟。」曹雪芹說：「上下打點、雇車，在在需款，這歸我去想法子；你回頭回去了，跟姨娘婉轉說一說，讓鄒姨娘跟了去。」

「嗯，嗯。我跟我娘早就說過了。」曹霖答說：「她說以後她跟鄒姨娘換班。」

季姨娘居然在這件事上很講理，令人微感意外，「那好，不過那是以後的事。」曹雪芹說：「眼前趕緊要打點動身，上諭一下來，如果真的發遣，馬上就得走。除了福生以外，鄒姨娘看看能不能帶個丫頭？要挑能吃苦而勤快的，笨一點倒不要緊。」

「我知道了。不過，福生怕不肯跟了去。」

「不會！我來跟他說。」曹雪芹又關照，「四叔的行李要趕緊收拾，多帶點書。」正在談著，只見福生神色倉皇地奔了來，「芹二爺，」他說：「黃主事請你過去，有要緊事！」

「喔，」曹雪芹躊躇著，「我得等四老爺——。」

「四老爺已經回刑部了。」

「怎麼？」曹雪芹大為詫異，「黃主事不是讓我在這兒等嗎？」

「不！由大理寺通刑部的便門回去了。」

「黃主事呢？」

「跟四老爺一起走的。」福生又說：「他只跟我說了一句話：趕緊請你們芹二爺來，有要緊事。」

「好！我就走。」

「我呢？」曹霖問說。

「你在這兒等我。」

說完，曹雪芹由福生帶路，出了大理寺，他才輕聲說道：「芹二爺，事情不好了！四老爺是上了手銬帶走的。」

曹雪芹就像被手銬當頭重擊，頓覺雙眼迸金星，勉強站定了問：「是為甚麼？」

「不知道。」福生答說：「到了黃主事那裡就知道了。」

但黃主事卻一時不得見面，坐立不安地盼望了好久，才見他匆匆而來，福生便請個安退到廊上靜聽。

「情勢不妙。」黃主事說：「問完了，三法司會審，大理寺福寺丞首先聲明，他是奉了堂諭來的——。」

原來大理寺的堂官交代司審的寺丞，如果審出貪瀆的銀數在一萬兩以上，便須依例問死罪；曹頫直供不諱，贓款遠過於此數，而且話說得很老實，連想引用完贓減罪的律例，為他開脫，亦很困難。至於因失察而致親王府失火延燒民居一節，雖然御史問得很詳細，但相形之下，反變得不甚重要了。

刑部的謝仲釗，倒是極力為曹頫辯解，但三法司會審覆奏，例許「兩議」，福寺丞表示：「你們怎麼擬，我管不著；大理寺雖有『糾部讞』之權，也不打算行使。不過，大理寺至少要擬個『絞監候』的罪名，如果皇上開恩，稍從末減，曹某人的命仍舊能保住。」

因為如此，另兩人也不能擬得太輕，以免過於分歧，可能會替他們的堂官帶來處分；因而會議決定「兩議」，一是絞監候，一是「流三千里」。

「你知道的，欽命案子，向來擬得重一點，讓皇上硃筆減輕，以示恩出自上。」黃主事說，「不過擬議是死罪，我不能不『械繫』，為怕你們叔姪見了面，彼此傷心，所以我由側門回部。為今之計，你趕快去託人；這裡你請放心，令叔我會照應。」

「是，是！多承黃大哥多方關顧，感激不盡。」曹雪芹本想要求跟曹頫見面，但料想這是黃主事無法允許的事，不必徒然讓他為難；而且見了面「流淚眼觀流淚眼」，於事無補，因而只這樣託他：「請黃大哥務必安慰家叔，就說一定會有人在皇上面前求恩，絕無大凶險，請他千萬寬心。」

「你不必囑咐，我會說，我會勸；說實話，就你不說，我也會這麼辦，為的是怕令叔一時想不開，尋了短見。」黃主事緊接著又問：「你想託誰？」

「託我一位表叔，他是傅中堂的令姪——。」

「我知道。」黃主事打斷他的話說：「託昌翰林是間接的路子，恐怕緩不濟急；更怕他案情不明，反而會把話說擰了。府上不是跟方中丞很熟嗎？」

「是。」

「方中丞是皇上面前的大紅人，每天召見的；你不如託他為妙。」

「是，是！多承指點，我現在馬上到賢良寺去。這裡重重拜託！」說著，曹雪芹蹲身請了個安；站起來又拱拱手，方始踏了出來。

出來便遇見福生，眼圈紅紅地，當然是聽說主人有性命之憂，以致如此，看起來倒是有良心的。

「福生，你陪我出去，我有話說。」曹雪芹一面走，一面說：「你別難過，四老爺死不了！死罪——。」

死罪分四等，斬立決、絞立決；斬監候、絞監候。最後一種再減一等便是軍流；曹雪芹告訴福生，預備去求方觀承代為乞恩。即令不能如願，秋後處決尚須經過刑部「秋審」，造冊請皇帝「勾決」；一定可以想法子「緩」下來。叮囑福生務必勸慰曹頫；夜間更須警覺，防他自裁。

他說一句，福生應一句；聽完了問說：「震二爺怎麼了？」

「只怕難了。」曹雪芹說：「福生，你現在要跟我們曹家共患難，你肯不肯？」

「怎麼說肯不肯？理當如此的事。」

「好！我想，四老爺至多充軍而已。你得跟了四老爺去。」

「當然。」

「好！你跟四老爺說，鄒姨娘也跟了去照應。季姨娘有我們在，你請四老爺放心好了。去個三、五年，我們會想法子替他贖罪，把他弄回來。還有，震二爺的事，你別跟他說；你只說他臨時有內廷差使，所以今天上午沒有來。」

「是。」福生說道：「我不送芹二爺了，我得趕到四老爺那裡去。」

「好，好！你趕快去。」說完，曹雪芹匆匆走了。

一出刑部，只見曹霖等在那裡；他一見愕然，「小哥，」他問：「你怎麼臉上有眼淚？」

「喔，」曹雪芹拿手背抹去淚痕，覺得事情也不必瞞他，想一想說道：「四叔的事情鬧大了，但不要緊，一定能夠挽回；不過，充軍大概已成定局了，你趕快回去預備。」

「怎麼？」曹霖到底也是父子連心，追問著：「小哥，你跟我說，別瞞我。」

於是兄弟倆分頭辦事；曹雪芹由刑部趕到賢良寺，恰逢方觀承出門，估量要攔住他，非出以不尋常的舉動不可。

念頭很快地轉定，他毫不遲疑地在走廊上迎著方觀承跪了下來；方觀承微吃一驚，急忙說道：「起來、起來？雪芹，甚麼事？」

「家叔械繫了！」

「械繫？」方觀承想一想方明白，躊躇了一下說：「你進來！」

回到屋子裡，曹雪芹略說緣由，開門見山地說：「家叔這條命，只有方先生能救；無論如何要請方先生念在平敏郡王的分上，積這場陰功。」

「當然，我有力量一定要使出來，無奈不在其位，不謀其政。」方觀承想了一下說：「這樣，今天晚上傅中堂約我小酌，我跟他商量商量，看有甚麼辦法。」

「是。」曹雪芹說，「只要方先生跟傅中堂賜予援手，家叔就不要緊了。」

「要保住一條命，法子也還有，即令是絞監候，能過了秋審那一關，後年皇太后六旬萬壽，明年必有恩詔，罪名可以改輕。」方觀承又問：「聽說令兄中風，病勢怎麼樣？不要緊吧？」

「危乎殆哉了。」曹雪芹緊鎖雙眉，「家門不幸，只有求方先生格外成全。」

「言重、言重。」方觀承站起身來，「等明天三法司覆奏以後，你來聽信息。」

曹雪芹答應著又跪下來磕頭道謝。方觀承亦隨即坐轎去應傅恆之約，只得賓主二人把杯密談。

原來方觀承這一年來，專負後年皇帝奉皇太后南巡的籌備重任。其中最艱鉅的是要確保水陸兩路的安全。當雍正年間，李衛由浙江巡撫到直隸總督，先是誘殺金陵的名武師甘鳳池；以後又跟漕幫多方為難，與江湖上結怨甚深。而雍正、乾隆父子兩代，在皇室中都有怨家，難保未蓄異謀，結納江湖上精通水性的好漢，當御舟行經運河時，深夜在船底下鑿個洞，那時再有千軍萬馬護駕，亦難防不測的滔天之禍。所以方觀承接任浙江巡撫後，全力化解，自徐州以下這條水路，可保無虞；現在要布置的是，北五省的安全措施，他的升調直督，就是為此。

這天其實不是傅恆約晤，而是方觀承要求謁見密談；因為，漕幫中的首腦，提出一個很難令人接受的建議，也可以說是條件，如果要車駕平安，最好的辦法，便是皇帝亦在漕幫之中。

換句話說：是要皇帝亦進「香堂孝祖」。這話方觀承無法在皇帝面前啟齒，想請傅恆代奏。

「這，這太匪夷所思了吧？」傅恆大為搖頭，「問亭，你無法啟齒，我又如何開口？」

這回答原在方觀承意料之中，同時他亦並未期望皇帝會慨然許諾，但事情要一步一步談，至少先要讓皇帝知道有這麼一回事。

「這實在很難，要等機會。」傅恆問說：「如果這件事辦不到，另外有甚麼替代的辦法？」

這一層，方觀承也考慮過，「至少，」他說：「要請皇上承認漕幫的『家法』。」

「他們的『家法』是可以將徒弟處死的；皇上是不是肯授予這一種生殺之權，亦不無疑問。」

「這一層，我想沒有甚麼不行：明朝巡按御史就奉賜尚方劍，本朝專閫之將亦奉頒有『王命旗牌』，那不是授予生殺大權嗎？何況漕幫的家法，諸如犯上逆倫，方始處死，這亦是執行朝廷的王法，於紀綱並不相悖。」

「這話倒也不錯。我可以面奏代求。」

「是。不過，仍舊請中堂先提前面的那件事。」方觀承又說：「自古以來，英明之主，降身屈意，結納死士，以期有益於社稷的先例，亦非絕無。皇上博古通今，有意追步漢武，建一番震古鑠今的武功，則出以非常的舉動，亦是無足為奇的事。」

「你這話倒有點意味。」傅恒點點頭說：「我想到一個說法了，不過要等機會。反正這也不是太急的事，慢慢兒再談吧。」

「是。事緩則圓。」方觀承將這件事丟開，急轉直下地說：「曹頫今天過堂，械繫回刑部；據說擬的罪名是絞監候。請中堂無論如何救他一命。」

「當然。」傅恒答說：「舍姪也跟我談過；總要幫他一個忙。不過，為他乞恩的話，不便當著軍機談。」

他的意思，方觀承明白：為曹頫乞恩，當然要提到熱河去接聖母皇太后的勞績，而這件事是不便在第三者面前談的。

「中堂，我倒有個辦法；我來託刑部，三法司的覆奏，看明天上午能不能趕得出來，如果可能，讓他們中午遞到內奏事處，這樣下午中堂『獨對』，不就可以從容進言了嗎？」

「這個辦法好。」

原來皇帝召見軍機，照例是每天上午，辰正前後，但在下午宮門下鑰以前，常會單獨召見傅恒，軍機處稱之為「晚面」；在諮詢政務以外，皇帝也常跟傅恒談談家務，那時便有機會進言了。

「這個摺子剛由內奏事處遞進來，曹頫的案子『兩議』，一擬流三千里；一擬絞監候。」皇帝又說：「曹頫庸懦無能，所可取者謹慎而已。和親王府鬧災，已屬不謹；再加上不廉，更是大負委任，我想依大理寺所議，你看如何？」

「皇上聖明，洞見曹頫的腑肺，臣那裡敢妄議？只怕萬一傷了聖母皇太后的心，茲事體大，似不能不慮。」

皇帝默然久久，方始開口，「曹頫有沒有在招搖的情形。」他又問說：「曹頫還有個姪子，聽說人很油滑。」

「回皇上的話，曹頫跟他的姪子曹震，做事極有分寸，十幾年以來，臣可保其絕無招搖的情事。」

「好！」皇帝點點頭；又看了看三法司會銜的覆奏，「曹頫弄的錢很不少，讓他破貪囊消災吧！」

「是。」傅恆靜靜地等待皇帝發落曹頫。

「熱河都統有個摺子，請款修赤峰的城牆。」皇帝檢出原摺看了一下說：「該修之處，總計二百六十餘丈，工款四十八萬多，罰曹頫賠修一半，他那天修好驗收，那天回京。」

一半便需二十五萬，好像太多了一點；但傅恆沒有看到三法司的覆奏，不知道皇帝所說的「曹頫弄的錢很不少」，到底是多少？因而不便再為他乞恩，所以只答應一聲：「是。」

於是皇帝將他的意思，用硃筆寫了下來；最後加了四個字：「即日就道。」

憂心忡忡的曹霖，兩眼腫得如胡桃般的錦兒，強持鎮靜的秋澄，都聚集在一直保持沉默的馬夫人屋子裡，等候曹雪芹。

置在梳妝台上的小金鐘發聲了；聲音不大，平時很少有人留意到它的聲音，但此時卻聽得很清楚，而且每一個人都在計數，總共打了十下。

於是馬夫人打破了沉默，「亥正了！」她說：「芹官怎麼還不回來？」

「不回來是好事。」秋澄接口，「一定是發遣；方問亭有許多話交代。」

「要不要我去看一看？」曹霖問說。

馬夫人與秋澄都還在考慮他的提議時，只聽廊上有丫頭在說：「芹二爺回來了。」人隨聲到，曹雪芹一揭開門簾，便大聲說道：「破財消災，四叔不要緊了。」

「是完贓減罪？」錦兒與曹霖異口同聲地問。

「不是——。」

「那麼是甚麼呢？」曹霖迫不及待地問。

「你別忙！」秋澄攔住他說：「聽雪芹慢慢兒談。」

「先給我茶。」曹雪芹說：「渴得很。」

「喝我的好了。」錦兒將她的茶移了過來，「溫溫兒的正好喝。」

於是曹雪芹一面喝茶，一面談方觀承告訴他的話；二十五萬銀子買一條命，在他認為是很划算的事。

「這算不算充軍呢？」馬夫人問。

「也算也不算。」曹雪芹答說：「方問亭告訴我說：只要赤峰的事辦完了，馬上就可以回京，到時候託一託人，還可望官復原職。」

「那麼，怎麼又算是充軍？」

「『即日就道』，不許在京城逗留，這就跟充軍一樣了。」

「連回家都不許？」

「是。」曹雪芹點點頭：「皇命差遣，亦等於『君召，不俟駕而行』。最好別回家，免得節外生枝；再說，回不回家，根本無關緊要，出城在夕照寺住下來，大家仍舊能去見四叔話別。」

「好吧！」馬夫人喊一聲：「棠官。」

「在！」曹霖站了起來，聽候吩咐。

「你快回去預備。明兒上諭一下來，大概吃了午飯就得動身。」馬夫人又說：「你跟你娘說，財去身安樂，明天見了你爹，不必傷心。」

「是。」

曹霖剛剛應聲，突然聽得噭然一聲，錦兒哭出聲來；哭在此時，頗令人詫異，她自己亦急忙掩住了口，但強自止哭，只聽得喉頭發出抽搐的聲音，反更令人酸鼻。

「你哭吧！」馬夫人說：「不要緊！知道你心裡的委屈，真是替四老爺擋了災了。」

這一說，錦兒可真忍不住了，手一鬆，痛痛快快地哭出聲來；丫頭們急忙絞來熱毛巾，秋澄接到手中，為她抹淚，輕輕說道：「我陪你回去。」

錦兒點點頭，止住了哭聲，站起身來說：「明兒我去送四叔——。」

「不！」馬夫人說：「你別去！通聲的事不必告訴四老爺，你去了會露馬腳。」

「那，那我就不去。」錦兒向曹霖又說：「請你給我替四叔請安。」

「是，是。我會說到。」曹霖又說：「震二哥吉人天相，一定不要緊。」

錦兒欲語又止，只向馬夫人說一聲：「我走了。」

「好！讓芹官送你回去。有話咱們明天再談。」馬夫人又說：「船到橋頭自會直；二十五萬銀子也不是一下子要拿出來的，慢慢兒想辦法。」

「是。我知道。」

「你再不能哭了！通聲心裡明白，你一哭，他心裡會難過。」馬夫人又加了一句：「我想曹家的運氣，還不至於壞到人財兩空。」

這句話正碰在錦兒的心坎上；她之覺得委屈，正就是為此。在車上哭著向秋澄說：早知如此，倒不如由曹震來承擔一切罪過，反正一死可以解消一切。如今曹震的一條命，還是不保，卻又以有言在先，還得想盡辦法，來替曹頫籌措那修城的二十五萬銀子，豈非人財兩空？

「唉！」秋澄嘆了口氣說：「這是誰都想不到的事；反正六親同運，一切認命吧！」

正當此時，丫頭來報：「仲四爺來了。」

僅是仲四的名字，對大家便是一種安慰。馬夫人便說：「請進來談吧！」

向來仲四來訪，只有曹雪芹在夢陶軒接待，除非仲四自己說一句：「我要給太太請安。」是不會請到馬夫人這裡來的；這一回破例，不僅是因為馬夫人在這種遭遇家難的時候，對這位未來的至親格外覺得親切，而且她也認為有親自向仲四致意的必要。

及至曹雪芹去將仲四迎了進來，馬夫人已先在堂屋中等待；仲四請過安，她開口時將稱呼都改過了。

「姑爺請坐！」

「是。」仲四坐下來問曹雪芹：「四老爺有沒有消息？」

「有了。皇上有硃筆，罰四叔修赤峰的城牆。」

「熱河赤峰？」

「是的。」曹雪芹答說：「這也跟發遣一樣，命下即行；打算先在夕照寺住一天。」

「是四老爺一個人上路？」

「不！鄒姨娘陪了去。」

「車馬呢？」

「請刑部提牢廳的黃主事關照解差代辦。大概要花到一千二百兩銀子。」

「這錢是省不了的，託他們代辦，一路可以有許多方便。」仲四停了一下，咳嗽一聲又說：「我本來打算親自送四老爺去的，如今震二爺忽然中風，有甚麼事，我不能不替他頂起來；只好請一個鏢頭護送了。」

「多謝姑爺！」馬夫人接口說道：「家門不幸，接連出這麼兩場風波；姑爺不是外人，我只好老臉拜託了，以後一切都要仰仗姑爺！」

「言重、言重。」仲四站起身來答說：「是應該的。」

「姑爺請坐了談。」

「是。」仲四復又坐下：「罰修城牆，不知道要花多少銀子？」

「得要二十五萬。」曹雪芹皺著眉說：「就是這一層為難。」

一聽是如此鉅數，仲四也楞住了；馬夫人母子不便作何表示，也只是沉默著。

「是要一下子繳上去嗎？」

「那倒不是。」曹雪芹說：「這不是追繳公款；修城牆當然是陸陸續續支付工料款子。而且現在是怎麼個章程，也還不知道，得要到了熱河，跟都統衙門接了頭才明白。」

「喔，」仲四問說：「是自己修呢？還是繳款子請公家修？」

「我還沒有打聽。」曹雪芹說：「照我想，自己修就不能徵發民工，恐怕花費更大。」

「那就是繳款請公家代修了。」仲四想了一下問：「能不能在都統衙門託一託人，料自己辦，只繳工款？當然，他們的好處，還是要照送的，不過就這樣，在料款上一定也能省出好幾萬銀子來。」

「四哥說得不錯；明天我就去託人。」

「你打算託誰？」

「方問亭。」曹雪芹說：「他不會回任了，會放直隸總督；熱河都統不能不賣他的帳。」

「是的。」仲四又說：「你不妨另外託人給熱河都統來封八行；方老爺那裡，我來跟他說。」

「好。就這麼辦。」

仲四點點頭，站起來說：「太太還有甚麼話交代？」當然有話，但無法開口；罰修城牆的錢在那裡？雖說她跟曹震對籌款一層，已有成議；但曹震如今危在旦夕，亦不知他們所談的結果，究竟如何？沒有一句肯定的話，畢竟不能放心？

於是，馬夫人沉吟了一會說：「還是那句話，一切要仰仗姑爺。我們家的兩個要緊人，如今都成了沒腳蟹；芹官又是個書獃子，說不得只好賴上至親了。」

「喔，太太這話實在當不起。現在當然都是我的事，讓我一步一步來辦。但盼震二爺不出事、一天好一天；等四老爺從熱河回來，咱們再從頭幹起。」

「是的，但願如你的金口。芹官，你送姐夫！」

「是。」

等出了星花門，仲四輕輕說了句：「我到你那裡去談談。」

兩人在書房中閉門密談，曹雪芹才知道曹震另外負了債——是一筆賭債，一共六萬四千銀子。

「唉！」仲四嘆口氣，「也怪震二爺自己糊塗；鑲藍旗的奇老七，是個鎮國公，哄嚇詐騙，無所不來，有名的壞水。」

仲四搖了搖頭說：「震二爺偏偏會跟他在一起賭錢，小贏大輸，已經輸了兩三萬銀子了，最後一回大輪特輪才發現是詐賭，當時吵了起來。震二爺不肯認帳，奇老七自知理虧，不敢硬討，可是現在不同了。」

但自曹震中風的消息傳出去以後，對方起了個極惡毒的訛詐之心，準備找一班八旗中一向橫行霸道的惡少，上門坐索賭債，不遂所願，立即大吵大鬧；料定曹震家為求病人安靜，一定會出來好言央求，得如所願。

「這可是太刻毒了。」曹雪芹憂心忡忡地說：「只要有人上門一吵，震二哥一條命非馬上送在他們手裡不可。」

「幸而讓我知道了。」仲四接下來說：「我在旗下，也還有幾個能在王公府第中走動的朋友，託出他們來講解，事情總算過去了。」

「是怎麼擺平的呢？」

「那，雪芹你也就不必問了。」

「是，是！」曹雪芹明白，世間儘有崎嶇，最管用的辦法，便是用銀子來鋪平，只不知道花了多少？

「雪芹，」仲四又說：「我跟你說這話的意思是，震二爺作興還有類似的情形，你得打聽打聽；倘有麻煩，要趁早料理。府上如今再禁不起風吹草動了。」

「是，是！」曹雪芹躬著身子，連連答應：「我會留意這件事。」

「好！那就明兒見了。我會一早趕到刑部去照料。」

等仲四一走；秋澄接踵而至，曹雪芹將仲四的話，隻字不遺地告訴了她，相顧黯然。

「唉！」秋澄嘆息著說：「這幾天我老做噩夢；但願只是個噩夢。」

「你夢見甚麼了？」

「反正不祥之兆就是了。閒話少說，太太讓我來跟你商量，震二哥的事，要告訴四叔不要？」

「我想得告訴他。紙裡包不住火；再說四叔得了這麼一個處分，比原來預料的結果要好得多，他也應該禁得住打擊。」

「我也是這麼想。」秋澄又說：「但願四叔這件事能早早過去；回來以後，再託方先生保一保，得以復起。」

「你睡吧！」秋澄起身說道：「明天還得起早呢。」

「不，不！」曹雪芹搖著手說：「睡也睡不著，你再陪我聊聊。」

秋澄便又坐了下來；看雪芹形容憔悴，油然浮起友愛之情，「你可得好好兒當心你自己的身子。如今，恐怕只剩下你一個正經人了；倘或你再病倒了，一家人可要急得發瘋。」

「我不要緊。」曹雪芹摸著自己的臉說：「瘦是好像是瘦了一點兒，不過精神很好。倒是你！兩家人家，不，三家人家都要靠你撐持，你千萬病不得。」

「三家人家」四字又勾起了秋澄的心事。沉吟了一會，覺得應該跟曹雪芹吐露，「雪芹！」她說：「三家人家我都得照應，我還能再照應一家嗎？」

曹雪芹不明白她這話的意思，率直答說：「你講明白一點兒！我不大懂。」

「那就明說吧！照應了仲家，我就不能照應曹家的三家人了。」

「那可是沒法子的事。」

「沒法子也得想法子。」秋澄停了一下說：「仲四也許能體諒。」

「當然、當然！仲四哥一定會體諒。」

「既然如此，你不妨跟他去談一談。」

「怎麼談法；談甚麼？」

「談退婚啊！」

「你瘋了！」曹雪芹跳起來說：「你怎麼轉出來這麼一個念頭？我以為你說仲四哥會體諒我們的家境，常常會讓你回來看看；照你的念頭，我敢說，他一生不會體諒你。」

秋澄默然。好一會才說了句：「說起來似乎太過分了些；可是，我只有一顆心、一雙手，四家人家我實在照顧不過來。」

「那，你就照應夫家。」曹雪芹說：「照應了夫家，實在也就是照應了娘家。這話，你該明白。」

秋澄當然明白，以後曹家要靠仲四接濟；這是很失面子的一件事，而曹雪芹居然有此想法，莫非真個人窮志短？轉念到此，秋澄的心境便更抑鬱了。

曹雪芹一早便到了刑部，接著是曹霖與仲四先後到達；仲四將曹雪芹拉到一邊，低聲說道：「今天要開銷的款子，四老爺家有沒有預備？如果沒有預備，要趁早想法子？」

曹雪芹搖搖頭，「棠村不大通世務，我想他不會預備。不過，秋姐讓我帶了一張存在日昇昌顏料鋪的存單，是兩千銀子，我想大概夠了。」

「那麼，四老爺呢？不能不讓他帶點錢走。」

「這，這只有到了夕照寺，讓四叔先住下來再商量了。」

「好！我也帶了日昇昌的票子。」仲四又說：「黃主事我沒有見過，回頭請你引見以後，一切我來跟他打交道。」

「那再好沒有。」曹雪芹將存單取了出來，還沒有交過去，便讓仲四攔住了。

「你這筆錢先別動。回頭再說。」

這就時福生出現了，曹雪芹便問：「四老爺都預備好了？」

「預備好了。只等過堂。」

曹雪芹點點頭，「你先去通知黃主事。」他說：「我們馬上去看他。」

一行三眾到了黃主事屋子裡，曹雪芹為仲四引見的說詞是：「是家姐丈仲四先生。」

「久仰，久仰。」黃主事很客氣地請教：「仲四先生在那個衙門？」

「不敢，不敢！」仲四有些發窘，「捐了個小職銜在身上；這『先生』的稱呼，絕不敢當，黃主事就管我叫仲四好了。」

「喔，喔，」黃主事問曹雪芹：「這位仲四爺，原來的行當是——？」

「原來是鏢行。」曹雪芹又說：「他的一位少君是河南駐京的提塘官。」

「怪不得，我看仲四爺，豪邁之氣，溢於詞色，原來是老江湖，請坐，請坐。」

「謝謝！」仲四轉身說道：「棠弟弟，令尊多虧黃主事照應；今天過堂還要請黃主事格外成全，你給黃主事磕頭道謝。」

「是。」曹霖雙膝一彎，向黃主事磕了個頭。

「怎麼行了大禮，不敢當，不敢當。」黃主事避到側面，將曹霖扶了起來。

原來仲四雖是買賣人，衙門裡的規矩極熟；凡是發遣起解，刑部、兵部一處處投牒過堂，手續極繁。有些喜歡作威作福的司官，不但呼來喝去，態度極為無禮；而且每每遇事挑剔，不上手銬，便會發話，少磕一個頭，破口大罵。曹頫如受此辱，一定會當場流淚。所以全靠帶領過堂的黃主事格外照應指點，才能順利過關。

果然受了曹霖這一個頭，黃主事自己先示意，「令尊今天過的堂，一共有七處；修城是工部的事，將來繳款又跟戶部有關，所以戶部也得到一到。」他向曹霖說：「其中有兩處比較麻煩，如果萬一照應不到，要請足下包涵。」

曹霖不知如何回答；仲四便說：「有黃主事在，一定處處順利。」他向曹雪芹說：「你們哥倆先請便；我跟黃主事好好來請教。」

「好。」曹雪芹向曹霖使個眼色，「咱們到外面去等。」

屋子裡只剩下主客二人；仲四開門見山地說：「舍親的事，一切都託黃主事代辦；除了車價以外，各處應該有的規矩，我們絕不敢少。請黃主事吩咐一個數目。」

黃主事一聽這話，便知是個曉事的人，「靠山吃山，靠水吃水。」他說：「仲四爺是外場漂亮人物，諸事好辦。說老實話，那個衙門都有難惹的人；在我們幫忙，也只有自己落個清白。如今仲四爺這麼說，似乎我倒不能不蹚渾水了。」

「言重，言重。黃主事是幫我們這面的忙，可也是幫各衙門朋友的忙。至於對黃主事，我們自然額外還有點微意。請吩咐吧！」

「老兄這一說，我可真不能不替你們精打細算了。」接下來一面扳著手指，一面念念有詞，是在計算數目；最後說了句：「這樣吧，共七處，通扯計算每處二百兩，車價一千三，總共兩千七。」

「是。」仲四掏出一個「護書」，從裡抽出兩張存單，雙手遞了過去說：「一共三千兩，大概還有幾十兩銀子的利息；多下來的款子，不成敬意，請黃主事別嫌少。」

「那裡，那裡，這可真是受之有愧了。」

「我跟黃主事一見如故，也不說客套話了。你先請收了，我還有話。」

一聽還有話，黃主事將剛伸出來的手縮了回去，「仲四爺，你請先說，能辦得到的，我才敢攬這件閒事。」他說，「如果力有未逮，只好說聲對不起了。」

這原是仲四的試探，雖聽曹雪芹說過，此人很不壞，但畢竟初交，知人知面不知心，因而想出這麼一個試探之道，如果黃主事伸手便接，只要錢先到手，事情辦得成、辦不成再說，那就是不負責任態度，像這樣先問話，再接錢，就靠得住了。

於是仲四說道：「當然是黃主事辦得到的事。曹四老爺是讀書人，性氣比較剛強，要請黃主事格外重託，過堂的時候，務必留他一個體面。」

「不錯，不錯。士可殺不可辱，這一點一定辦得到。」黃主事問：「還有別的事沒有？」

「再就是一路上解差——。」

「這你請放心。解差收了這麼重的車價，包管一路上曹老爺長、曹老爺短地伺候到熱河。」

「既然如此，一切都重重拜託了。」仲四再一次將存單遞了過去。

「仲四爺，咱們先小人後君子；還有甚麼話？」

「沒有了。」

黃主事這才將存單接了過去，「過堂總得半天的功夫。」他說：「反正回頭就能見面，各位也不必在這裡等了；中午咱們在夕照寺見面。」

「是。」仲四又問：「在夕照寺能待幾天？」

「多了也不宜，言官發話，節外生枝，何必？」黃主事說：「能夠明天走最好；不然後天一定得動身。」

仲四點點頭，「那麼，咱們中午夕照寺見吧！」說完，拱一拱手辭了出去。

到得刑部大門外，與曹雪芹兄弟見了面，說知經過；然後交代曹霖，回家接了季姨娘與鄒姨娘到夕照寺話別，又問曹雪芹的行止。

「我得去看看震二哥，不知道有起色沒有？」曹雪芹說：「回頭我到夕照寺來。」

「好！我先到夕照寺去一趟；夕照寺只有一間客房，還不知道空不空呢？」

夕照寺在廣渠門大街以南，是很荒涼的地方，敗垣荒塚、麥畦菜圃，彌望皆是，夕照寺矗立其間，顯得格外突出；寺名由「燕京八景」的「金台夕照」而來，在順治年間，即已坍圮，到得雍正初年助世宗奪位，而在當今皇帝即位後，勒令步行南歸的文覺禪師，駐錫於此，因而修得煥然一新。寺後有一處禪房，題名「挹翠軒」，幸好並無遊客借宿。仲四在緣簿上寫了二十兩銀子，其實便是借住挹翠軒的賃價。

「你回局子裡去！」仲四關照隨行的趟子手：「要辦兩件事：第一，送一桌飯過來，要素齋、腥葷不能進寺；第二，請毛鏢頭來跟曹四老爺見個面。」

等趟子手一走，曹霖陪著他的生母與庶母也到了。鄒姨娘頗為沉著；季姨娘見了仲四，爬下來磕了個頭，接下來便是放聲大哭，搞得仲四手足無措，只是連聲說道：「棠弟弟、棠弟弟，請你勸勸姨娘，不必這樣子傷心。」

「是啊！」曹霖厭惡地說：「我早說過，爹這番又不是一去不回；靠仲四哥大力幫忙，能把修城的差使辦妥了，就能回來，哭甚麼？」

季姨娘終於收了淚；但仍是喋喋不休地向仲四致謝，又訴苦經。曹霖一再攔阻，好不容易才讓她住了口。

時已過午，飯食亦已送到；但曹頫尚未到達，最使得仲四放心不下的是，曹雪芹的蹤影杳然，是不是曹震出事了呢？

其時隱隱聽得車聲隆隆，出寺一望，遠遠塵頭大起，料想是曹頫起解到此；曹霖便向他母親說：「娘！你見了爹可別哭，惹他傷心。爹這回去是出差；差滿回來，也許官復原職，是一樁喜事，沒有甚麼好傷心的。」

這番開導很管用，季姨娘連連點著頭說：「我不哭，我不哭。」

「對了！」仲四提醒她說：「有黃主事陪著來的；兩位姨娘似乎迴避一下的好。」

堂客不見陌生官客，當然要迴避；季姨娘與鄒姨娘，便都帶著丫頭，避入挹翠軒後房。

及至曹頫到達，與黃主事先後下了車，曹霖跪接，仲四也請了安，只見曹頫于思滿面，但精神卻很不壞，拉著仲四的手，不斷地說：「謝謝，謝謝！」親熱非凡。

然後是仲四跟黃主事寒暄，「仲四爺，」他說：「我想借一步有幾句話談。」

「是，是！」

兩人走到殿前廊下，黃主事說：「幸不辱命，曹四老爺總算保住了面子。」

「這是你老的面子。」仲四拱拱手道謝：「承情之至。」

「不過，有件事我不能不告訴你，汪尚書從軍機處散值回來，特為找了我去說：這回三法司會審，雷聲大，雨點小，監察內務府的都老爺，很不服氣，打算找碴兒翻案，所以曹四老爺一定得擺出奉旨唯謹的樣子，人家才無隙可乘。這層意思，仲四爺明白不明白。」

「明白。」仲四問道：「應該怎麼做，請指點。」

「汪尚書的意思，今天一定要出京城；明天一早就得走，總要過了薊州，出了順天府轄境，才算保險。」

夕照寺雖處荒郊，但未出京師外城；仲四想了一下說：「那，今晚上只好往八里莊了。」

「有熟的地方嗎？」

「有。八里莊有我們同行開的一家米鋪，空房很多，可以借住。」

「那好！八里莊出廣渠門，要不了一個時辰就到了，在這裡可以多待一會。」

「是的。」仲四說道：「想來尚未用飯，我備得有素席在此。請吧！」

飯是開在挹翠軒後園，園中遍植丁香，正值盛放之時，色香不減法源寺；萬花叢中有一座小水榭，與一座四角亭，東西相對，亭子建在一座石台上，面積可容一張大圓桌，正好擺飯。

肅客入座，當然是黃主事首座；曹頫打橫，仲四在下方相陪，曹霖便只有侍立的分兒了。

「怎麼？」曹頫將一到夕照寺便有的疑問說了出來：「何以不見通聲跟雪芹？」

「一會兒就會來的。」仲四說道：「四老爺大概知道了吧，今天得出京城。」

「是的。我聽黃主事告訴我了；我正要跟你談這件事。」

「四老爺請放心，今天住八里莊。」仲四舉一舉杯，「你老請寬飲，跟黃主事聊聊，我來料理。」

他向曹霖招一招手，相偕退出小園，一面派趟子手到八里莊去打前站；一面另派兩名幹粗活的夥計，隨同曹霖及福生去搬運行李，講明白直接到八里莊陳家老鋪糧食店會齊。

剛安排妥當，護送曹頫的毛鏢頭也到了，於是為曹頫引見以後，一起喝酒用飯，而曹雪芹依舊不曾露面，曹頫忍不住又要問了。

「怎麼回事？」他很坦率地問：「是不是出了甚麼事？」

看看瞞不住了，仲四只好說了實話：「四老爺，震二爺中風了。」

一聽這話，曹頫頓時變色，急急問道：「要緊不要緊？」

「要等雪芹來了才知道。」

不言可知，如果不要緊，曹雪芹一定會先趕來送行話別；至今不見蹤影，可知凶多吉少。轉念到此，曹頫老淚縱橫，淚水落入酒杯，明顯可見。

「四老爺，你別傷心；吉人自有天相，震二爺也不像是命不長的人。」

「但願我是顧慮。」曹頫拭一拭眼淚說：「我想我們曹家的家運，也還不致壞到如此。」

「是啊！」一直無法插嘴的黃主事，找到開口的機會：「積善之家，必有餘慶，府上詩禮傳家，忠厚有餘；震二爺一定能夠轉危為安。」

於是黃主事談到曹寅在日，種種憐才愛士、恤老憐貧的往事；難為他有如許的耳食之言，顯見公道自在人心。這對曹頫來說，自然是一種安慰。

等話題告一段落，黃主事看一看日影說：「辰光差不多了。」

「是的。」仲四接口：「四老爺請再寬飲一杯。」

「好，好，『西出陽關』——，喔，應該說：東出榆關無故人。四兄，」曹頫說道：「此番多蒙周旋，真正存歿俱感。」

出語不祥，仲四正想有所解譬，只見園門口閃出一條影子，正是曹雪芹。

「四叔，」曹雪芹的眼圈是紅的，「我來晚了。」

「雪芹！」曹頫抓住他的手臂問：「你震二哥怎麼樣了？跟我說實話。」

「四叔，震二哥，震二哥——，」曹雪芹語不成聲地說：「他，他走了。」

一聽這話，曹頫放聲號咷；曹雪芹當然亦忍不住了，叔姪倆抱頭痛哭。

「四老爺，四老爺，雪芹，」仲四噙著淚慰勸，「人死不可復生，別太傷心；千萬請保重身子，不然震二爺死了也不安。」

「這話說得是。」曹雪芹忍住了淚：「四叔一路保重，差滿平安回京，這就是安慰死者了。」

「嗯，嗯！雪芹，你也要自己珍重。」

「芹二爺，」黃主事說：「你就在這兒送令叔吧！你還得去料理震二爺的後事呢！」

「好，好！」曹頫點點頭：「雪芹，你回去吧。」

「是。」曹雪芹一手捧起曹頫的酒杯，交了給他；自己取仲四的酒在手，高高捧起：「四叔，一路保重。」

「你也是。今後千斤重擔都在你身上；咱們三家都要看你了。」

叔姪倆淚如雨下；淚水滴入酒杯，卻都又吞入自己腹中。

日色平西，一抹斜照，將曹頫的花白鬍子映成金黃色，只見他脣吻翕動，背臉向東，口中念著：「斷腸人在天涯——。」

高陽作品集·紅樓夢斷系列（新校版）

大野龍蛇 下冊

2022年5月三版

定價：平裝新臺幣380元
精裝新臺幣550元

著者 高陽
叢書編輯 董柏廷
校對 吳美滿
封面設計 兒日

出版者 聯經出版事業股份有限公司
地址 新北市汐止區大同路一段369號1樓
叢書編輯電話 (02)86925588轉5388
台北聯經書房 台北市新生南路三段94號
電話 (02)23620308
台中分公司 台中市北區崇德路一段198號
暨門市電話 (04)22312023
台中電子信箱 e-mail：linking2@ms42.hinet.net
郵政劃撥帳戶第0100559-3號
郵撥電話 (02)23620308
印刷者 世和印製企業有限公司
總經銷 聯合發行股份有限公司
發行所 新北市新店區寶橋路235巷6弄6號2樓
電話 (02)29178022

副總編輯 陳逸華
總編輯 涂豐恩
總經理 陳芝宇
社長 羅國俊
發行人 林載爵

行政院新聞局出版事業登記證局版臺業字第0130號

本書如有缺頁，破損，倒裝請寄回台北聯經書房更換。
聯經網址：www.linkingbooks.com.tw
電子信箱：linking@udngroup.com

ISBN 978-957-08- 6296-6 (平裝)
ISBN 978-957-08- 6299-7 (精裝)

國家圖書館出版品預行編目資料

大野龍蛇 下冊/高陽著．三版．新北市．聯經．2022年5月．
448面．14.8×21公分〔高陽作品集・紅樓夢斷系列（新校版）〕．
ISBN 978-957-08-6296-6（平裝）
ISBN 978-957-08-6299-7（精裝）

863.57　　110005064/5